U0525288

Two Lives: Reading Turgenev and My House in Umbria
William Trevor

阅读屠格涅夫

[爱尔兰] 威廉·特雷弗 著

郭贤路 译

上海译文出版社

William Trevor
TWO LIVES: READING TURGENEV AND MY HOUSE IN UMBRIA
Copyright © William Trevor, 1991
This edition arranged with INTERCONTINENTAL LITERARY AGENCY LTD(LA)
through Big Apple Agency, Inc., Labuan, Malaysia.
Simplified Chinese edition copyright © 2025 by Archipel Press
All rights reserved.

本书出版获得 Literature Ireland 资助,特此鸣谢。

LITERATURE IRELAND
Promoting and Translating Irish Writing

图字:09-2024-0963 号

图书在版编目(CIP)数据

阅读屠格涅夫 /(爱尔兰) 威廉•特雷弗(William Trevor) 著;郭贤路译. -- 上海 : 上海译文出版社, 2025. 6. -- ISBN 978-7-5327-9852-0

Ⅰ. I562.45

中国国家版本馆 CIP 数据核字第 2025UF3290 号

阅读屠格涅夫

[爱尔兰]威廉•特雷弗 著 郭贤路 译
特约策划/彭伦 郭歌 责任编辑/管舒宁 封面设计/一亩幻想

上海译文出版社有限公司出版、发行
网址:www.yiwen.com.cn
201101 上海市闵行区号景路 159 弄 B 座
苏州市越洋印刷有限公司印刷

开本850×1168 1/32 印张15.75 插页2 字数231,000
2025 年 6 月第 1 版 2025 年 6 月第 1 次印刷
印数:0,001—6,000 册

ISBN 978-7-5327-9852-0
定价:89.00 元

本书中文简体字专有出版权归本社独家所有,非经本社同意不得转载、摘编或复制
如有质量问题,请与承印厂质量科联系。T:0512-68180628

目 录

阅读屠格涅夫……………………………………1
翁布里亚之家……………………………………293

献给简

阅读屠格涅夫

一

一个女人，在角落的饭桌前细心地用餐。她还未满五十七岁，身形瘦削，显得虚弱乏力。在她面前，涂满黄油的面包片分为两半，煎蛋也已捣碎，培根被仔细地切好了。"啊，这就是幸福！"她喃喃道。话音虽然不低，餐室里的其他女人却无一回应，因为她们都离得太远，没法听见。别人都说，她享有特殊权利，可以独自坐在餐室角落里那张光秃秃的饭桌前用餐。她还有自己专属的胡椒粉瓶和盐罐。

"快吃呀，"福伊小姐不知从哪儿冒了出来，粗暴地打断了这个女人的独思静想，"有位客人在等你。"

"肯定是彼得·马特。"听说有客人来访的消息，另一个女人这样猜测，却立即遭到了其他女人的齐声反对。那个孤独的女人闻讯后毫无反应，连手都不抬一下，彼得·马特和她宗教信仰相左，那个访客怎么可能是他？

"异端！"有人大声叫喊。

"异教徒！"又有人轻声咒骂。

独自用餐的女人丝毫没有理会。她们并无恶意，不是冲她来的，由于头脑混沌，她们的情绪才会变得这么激动。不过，既然已受到打扰，她就得把所有事情做到最好，她必须吃掉这些食物：只有把餐盘吃得干干净净，人家才会允许她见客人。她叉起一大块鸡蛋和培根碎肉，嚼也不嚼便大口吞咽下去。油脂，已然凝作一团，紧紧粘在她的舌头和上颚上。如果她忍不住吐出来，人家就不会让她去见客人了。她饮了口茶，把嘴里冲漱一遍，再吞下去，又用手指将更多涂满黄油的面包塞入齿间。要是不把面包吃完，其他人就会告发她。她们会高喊出来，迫使她重新回到桌前。她灌了更多的茶，将嘴里的面包泡软，然后伴着茶水径直咽下。吃完后，她从那些女人中间穿了过去。

"跟俺讲讲墓地的事儿吧，"一个身材瘦小、满脸皱纹的女人站起来，跟在她身后，向她轻声恳求，"跟俺讲讲吧，亲爱的，讲讲墓地的事儿。"

"快坐下，莎蒂，"福伊小姐命令道，"别烦她。"

"她干过伤风败俗的勾当。"又一个谴责的声音响起，结果立即露出了破绽：干那种勾当的是布莉德·比米什，她曾沿着大街招摇过市，为了挣钱而出卖自己。

"这不关我们的事。"穿着一身肃穆灰衣的福伊小姐，说话办事向来简洁明快。她的态度就是这样。她可容不得半点胡说八道。"快走吧。"她催促道。

来到会客厅，她心里泛起一阵失望。那位访客不是陌生人。他站在窗前，待福伊小姐走后，便开始对她讲话。

他说明了自己来访的目的，所有的话都是不断重复的陈词滥调。"如今的世道就是这样。"他解释道，一切都与从前截然相反，好几个月以来，福伊小姐和其他医务人员也一直这样说。那些还有去处的人，在社区里过得更好，这种情况已经很普遍了。在其他国家，比如意大利和美国，好多年前就实施这项改革了。我们这儿总是比别人慢一拍。

"听着，你还有地方可去，"男人提醒她说，"这一点毫无疑问，亲爱的。"

"我还以为是英沙罗夫[①]来了。听说有客人的时候，我告诉自己，肯定是英沙罗夫来看我了。说实话，吃晚饭的时候有人打扰我了。"

她颔首微笑，然后转身离去。

"别走，快回来，"她丈夫乞求道，"是他们请我过来跟你解释的。"

她顺从地回去了。他没有恶意。

---

① 英沙罗夫是屠格涅夫中篇小说《前夜》的男主人公。

二

玛丽·露易丝·达伦脸上保留着一副儿童般的纯洁表情。鹅蛋形的面庞，蔚蓝的双眸，流露出一丝天真无邪的孩子气。淡褐色的鬈发蓬松柔软，自然打卷，却不会勾起男人们的非分之想。人间世故尚未影响她的纯真品性。过去某次，曾有人说她美若天仙，听闻此言，她却不禁放声大笑：从卧室的梳妆镜里，她只看见了一个相貌普通的平凡少女。

新教徒教堂隔壁的教室里，玛拉芙小姐曾给玛丽·露易丝上过课，在她的记忆中，后者的形象本该永远是一个可爱动人的女孩。但到十岁那年，这个孩子竟突然对圣女贞德——玛拉芙小姐坚持用法语 Jeanne d'Arc 而非英语 Joan of Arc 称呼这个名字——产生了极不寻常的强烈兴趣。这让玛拉芙小姐好一阵思忖，心想在这孩子身上是不是隐藏着以前被她忽视的深刻内涵：某种想象力，将在未来的某天结出硕果。然而，玛丽·露易丝后来离开了课堂，她最大的梦想不过是去当地小镇的道得药房上班，结果却沮丧而归。种种情况迫使她留在家里，帮忙照料农场的活计。

玛拉芙小姐教过的另一代学生中,埃尔默·夸里也曾离开她的教室,前往距小镇约六十英里、位于韦克斯福德郡的泰特学校寄宿。夸里家的三个孩子——埃尔默和他的两个姐姐——都出身优越,几十年来,他们的家族在小镇上扮演了重要的角色。相比之下,住在卡林村郊外的达伦一家却始终入不敷出,一直挣扎在贫困线的边缘。

后来的许多年里,玛拉芙小姐一直远远观察着达伦和夸里两家人,达伦一家的生活始终充满了变故和忧愁,而夸里一家则在家庭和生意的日常轨道上平稳运转,生活波澜不惊。她注意到,已经步入中年的埃尔默·夸里把金钱看得很重,一如他的先辈,从大体上讲,他像父亲和祖父一样小心谨慎,这也极大提升了夸里家族头脑精明、恪守新教徒重视优先次序生活方式的良好口碑。一个多世纪以来,夸里家族布料店的继承者们都很晚才结婚,待事业有成以后,他们才会转念去考虑延续家族香火:坐落在布里奇街、位于布料店顶上的那座老宅,已经见证了太多嫁入此间的女子年纪轻轻便当了寡妇。所以,直到一九五五年,埃尔默·夸里依旧孑然一身,他成了小镇方圆数英里内唯一富有的新教徒。在全郡范围内,财富已经流入了一群天主教新兴中产阶级的手里,从而改变了乡村生活的本质。

长久以来,达伦家位于卡林村郊外公路旁的农舍,充其量只能形容为简朴,而到一九五五年,就连这份简朴的质感也已经大大打了折扣：外墙上粉刷的白色灰泥四处剥落，屋顶的石瓦要么滑脱原位，要么已断作两截，却始终没有更换，楼上的窗户中，有一扇玻璃破了。在农舍内部，每个房间都需要重新装修，涂料已经变得斑斑驳驳，楼梯上破破烂烂的壁纸也已被潮气侵蚀得松软不堪，无人使用的餐室则散发出霉菌和烟尘的怪味。达伦一家五口都住在这栋农舍里——玛丽·露易丝和她的大姐莱蒂，她的二哥詹姆斯，还有她的父母。

这栋农舍坐落在占地二十七英亩的农场边缘，距夸里家族那个发达已久的布料店所在的小镇三英里远。每逢星期天，身穿黑色服装的达伦一家便坐进家里那辆破旧的希尔曼牌黑色小轿车，前往小镇上做礼拜，而他们几乎占了当天聚集的新教徒人数的四分之一。到了圣诞节和复活节，新教徒的人数会增加到三十三或三十四人。埃尔默·夸里和他的姐姐们只有在这些场合下才会去教堂，但对达伦一家——特别对玛丽·露易丝和莱蒂而言，每周一次的礼拜祷告为她们提供了外出社交的机会，让她们乐在其中。

这座镇子很小，总人口不过二千五百出头。七年前，小镇制革厂的旧址上新开了一家泥炭厂。镇上还有一间损坏破败的磨坊、一座不复使用的火车站台。几间外墙上长满青苔的仓库坐落在小镇唯一的桥梁两端，桥下是缓缓流淌的河水。商店、酒馆、邮局、市政办公室、两家银行和其他企业都能提供就业机会,还有霍根酒店、三家建筑公司、一家乳酪厂、一家鸡蛋包装厂和一间农业机械仓库也会招人。电力电影院到一九五五年仍在持续营业,迪克西舞厅依然会吸引周五外出过夜的人们。坐落在小镇北郊的天主教堂,专门供奉着天国女王圣母马利亚。小镇唯一那座山丘的半山腰上有一座修道院,归圣心教会所有。男孩们在康伦街上围着银绘栅栏的基督教兄弟学校里读书学习,圣芬谭职业学院也给他们提供了进一步的技能培训。布里奇街又窄又短,外墙刷成粉红色的霍根酒店就在这条街上,等过了桥,这条小街就变成了西南大街。一道紫杉树屏障将新教徒教堂与周围隔开,教堂灰色瘦削的尖顶从树丛中升起。煤气厂和布朗广场周围散落着几条小巷,构成了小镇上的贫民区。一块将丹尼尔·奥康奈尔[1]的雕像部分遮掩住的黄底黑字路牌,指出通往克朗梅尔、卡波昆镇、凯尔镇和舒尔河畔卡里克镇的方向。小镇上的居民们对这块路牌是再熟悉不过了,而住在周围郊区的那些人,有时则会面露好奇地注视着它。

埃尔默·夸默头一回注意到玛丽·露易丝·达伦这姑娘长相甜美,是在一九五五年的一月。那一年他三十五岁,玛丽·露易丝二十一岁。他大腹便便,体形像他名字的起源所暗示的那样方正[2],身上总是一成不变地穿着一件

---

[1] 丹尼尔·奥康奈尔(1775—1847),爱尔兰民族主义运动代表人物。
[2] "夸里"(Quarry)一词在英文中有方形石或方形玻璃之义。

毫不起眼的泥褐色浅条纹西服。他日益稀疏的头发剪得很短，和他的体形相得益彰，五官端正匀称，显得小而平凡，脸颊臃肿，肤色苍白。埃尔默·夸里个子不高，块头倒是挺大，显出一副企业家的派头，就像从前他的父亲和祖父一样。他的两个姐姐罗丝和玛蒂尔达帮着他经营布料店，两人都比他年长几岁，带着一丝他所没有的俊俏端庄的美感。她俩都没结婚，当埃尔默几次将视线投向玛丽·露易丝·达伦时，她们表现得闷闷不乐。干吗要打乱布料店和楼上家中生活的现状呢？夸里家族的这三个人将一生相依为命，逐渐凋零，最终死去，就像社区里的其他新教徒一样。无论是罗丝还是玛蒂尔达，她们都不是那种会回避事实的人：夸里家族已经变成了来自另一个世纪的遗物。如果他们家的血脉走到尽头，布料店将传承给住在阿赛镇的远亲侄子们，而他们很可能会把这家店卖掉。

现在的夸里一家还记得从前布料店柜台后有五个店员帮忙的好日子，那时在他们头顶上还有一条轨道，将布料店与会计室连在一起，他们可以将当天的营业收入和找回的零钱放在中空的木质圆球里，通过轨道来回传送。如今，店里只剩下夸里三姐弟，头顶的传送系统也在多年前就已分解拆除。不过，每天傍晚清点完钱柜后，他们总会把红色的收据簿堆在收银台旁边。从前，直到布店打烊、将零钱送回木质保险箱的店员回家以后，埃尔默的父亲才会走进会计室，天天如此。然而，既然现在店里已经没了助手，玛蒂尔达和罗丝又能轻松地管理好柜台，埃尔默更多时候便待在办公室里。他常常坐在室内，透过镶有细小嵌板的落地窗，俯瞰楼下寂静的店面，凝望着堆在货架上的各种布匹材料——尼龙、印花棉布、丝绸、棉花和亚麻布，装在浅玻璃盒中的线轴以及橱窗模特身上展示的各色女装和西服。他的姐姐们分别坐在两个柜台前，有时就像那些假人一样纹丝不动，静静等候下一位客人。玛蒂尔达喜欢表现得机智聪明，罗丝则总是打扮得沉闷无趣。玛蒂尔达和顾客打交道时最有一手，埃尔默清楚，她是三姐弟中最讲究礼节的人。罗丝更热衷于干家务活和烧饭做菜。埃尔默他自己则天生更喜欢和分类账簿打交道。

埃尔默和玛丽·露易丝的交往始于一九五五年一月十一日星期二。埃尔默邀请玛丽·露易丝在下个星期五的傍晚和他一起看电影。他不知道电力电影院正在放什么片子，但他也没觉得这有什么要紧。时不时地，也许每年一次，他和姐姐们会去看场电影，因为人们在店里会说起它。他最喜欢看的是电影正式放映前播送的新闻内容，而罗丝和玛蒂尔达却喜欢轻松和充满音乐的电影。自然而然，他把自己邀请玛丽·露易丝·达伦看电影的事告诉了姐姐们。她们仍然显得不太高兴，却也没有再多说什么。

在达伦家里，埃尔默的邀请引发了不小的惊讶。达伦先生和达伦太太是一对年过五旬、身材瘦削、脸色灰白的夫妇，他们的容貌十分相似，仿佛两人是孪生兄妹。他们充分意识到了这件事隐含的意义，同时他们也很清楚，夸里家族的男人们都爱娶年轻姑娘。两人私下在卧室里聊了好久。达伦太太还专程去了一趟镇上，造访夸里家的布料店，趁着买下一卷白线的工夫，她没忘记提醒自己要透过会计室的窗户朝里面瞥几眼，记住埃尔默的长相。回家后，她向丈夫汇报说，本来以为有多糟呢，后来——在他们的房间里——夫妻俩接着聊起接下来的事情。

玛丽·露易丝的大姐莱蒂和二哥詹姆斯都反对这件事。詹姆斯性格冲动，脾气向来阴晴不定，在学校给人留下的印象是有点儿迟钝。他断言，埃尔默的邀请是对他们家的公开侮辱。埃尔默这人从不大笑，就连微笑也很少，他天生就是做布商的料子。莱蒂则暗中对埃尔默选择她妹妹却没有看上她而感到烦心，不过，就算埃尔默·夸里双膝着地跪在她面前，她也未必会同意跟他走进电影院。她警告玛丽·露易丝在黑暗的掩护下可能会发生什么事情，还建议妹妹随身带一枚安全别针，以便必要时随时可以打开。她还声称，埃尔默·夸里嘴里装了几颗假牙，这是她在小镇上那位更靠谱的牙医——麦格里维先生的候诊室里偶然听到的。

玛丽·露易丝自己也惊恐万分。当埃尔默·夸里跟在她身后走到街上、向她发出邀请的时候，她顿时满脸通红，窘得连话都说不清楚，开始结巴起来了。骑自行车一路返回农舍的途中，她眼前总是浮现出埃尔默·夸里那方正结实的身影,还有当他弯腰拾起她掉落在地的手套时,露出的光秃秃的头顶。从前,莱蒂曾经和一两个男人外出约会过,两年前是和供职于爱尔兰银行的加根,还有在收音机和电器商店工作的比利·林顿。莱蒂以为加根会向她求婚,但可惜的是,加根后来获得晋升,搬去了卡洛郡。比利·林顿也娶了海斯家的小女儿。莱蒂后来老是说自己不会再为这种事烦恼,但玛丽·露易丝明白,这不是她的真心话。如果加根回来找她,她会立马接受求婚,而要是还有其他可能合适的人选出现,她也会重新开始打扮自己。

"看啥电影呢?"莱蒂问。

"他没说。"

"是吗?"莱蒂哼了一声。

乞丐是没得选的,达伦先生最后想通了这一点。不管把哪个女儿嫁到夸里家去,都意味着家里的日子会更好过一些,剩下两个儿女的未来也会更明确。达伦太太也得出了相似的结论:要是詹姆斯不结婚,农场还能养活他自己和莱蒂,詹姆斯可以去田里干活,再负责给奶牛挤奶,而莱蒂则负责喂养那些家禽。这块地方正好适合养活两个人,大家都能过上足够舒服的日子。若是三个儿女都留在农场,就未免太惹人注目了,会给人留下生活失败的印象,尽管没有人应该为此受到责备。一家人住在一起共同老去,从来都不是什么好事,不是什么稳妥的事情。

他们去看的那场电影名叫《欲焰春潮》①。埃尔默一点儿也不喜欢它。不过,因为他喜欢吃甜食,他便提前在电影院隔壁的糖果店里买了一盒罗丝牌巧克力,这样至少在观影途中,他还有巧克力来慰藉自己。当他第五次将纸盒递给玛丽·露易丝时,她摇摇头,嘴里嘟哝了几句什么,那意思在他听来好像是说她不想要。他知道女孩子必须注意保持身材,于是他便独自吃完了剩下的巧克力,然后尽可能轻手轻脚地拆掉包装纸,以免噪音打扰别人。整部电影都是在讲一个意大利女郎让好几个男人神魂颠倒的故事。"这片子真是太好看了,不是吗?"当散场的灯光亮起的时候,玛丽·露易丝沉醉地感叹道,埃尔默也赶紧附和说的确如此。

　　那天夜里,天气很冷。在电影院外,埃尔默扣上外套大衣,戴上了皮革手套。他没戴帽子。他注意到,女伴的面颊已被电影院里的热气熏得泛红,她头上戴着一顶蓝白相间的羊毛便帽,和她的手套很般配。或许,她就是在他的布料店里买下了这些羊毛,他甚至觉得,自己还记得从会计室里朝下张望、看到她正在选羊毛的情景,那应该是去年夏天的事了。

　　"我陪你往卡林村走一段儿吧。"他说。

　　"哦,不用了,夸里先生。不过,还是谢谢您。"

---

① 《欲焰春潮》(1954),美国米高梅电影公司出品的电影。

她的自行车停在电力电影院旁边的小巷里，车上挂着粗笨的铁链和车锁，她将它们打开解下，扔进连在车把手前的车篮中。她弯腰开锁的时候，街灯的光线照着她的两腿后侧，这让埃尔默平生第一次萌发了对玛丽·露易丝的生理渴求。从她身上那件寒碜的蓝色外衣的下摆到她脚上那双皮靴的上沿之间，长筒丝袜在灯光下闪闪发亮，让他心神不宁。看电影的时候，有那么一两次，他的注意力被拉娜·特纳[1]穿的低胸上衣吸引了。

"把车给我，让我来推吧。"他催促道，全然不顾玛丽·露易丝反对说他没有必要陪她走过大街。

夸里家没有汽车。他们住在小镇中心，从来没有必要去买，就像很久以前，他们的祖先也没必要去购置马车一样。每天都有公交车可以带人们出镇子，到傍晚再把他们接回来。每年十二月，在圣诞节前夕，夸里的两个姐姐都会坐这趟公交车外出购物，置办当季需要的东西。埃尔默向来懒得出门。到了冬天，他喜欢在基督教青年会的台球室打台球，屋内，一大盆炭火灼热发光，噼啪作响，火盆两侧各有一个带玻璃门的大书橱，里面摆满了各种好书：美国狂野西部故事，神探传奇，沙伯[2]和莱斯利·查特里斯[3]的冒险小说，还有《大英百科全书》。埃尔默经常形单

---

[1] 拉娜·特纳（1921—1995），好莱坞著名女演员，影片《欲焰春潮》主演。
[2] 沙伯（1888—1937），英国作家赫尔曼·麦克尼尔的笔名。
[3] 莱斯利·查特里斯（1907—1993），新加坡作家，编剧。

影只，因为如今已经没有多少人会在基督教青年会的台球室里露面了，不过，管理员在冬天一直会将盆火烧旺，《地理杂志》和《伦敦新闻画报》也总是近在手边。到了夏天，埃尔默会出门散步，经过布里奇街、西南大街、孩儿巷、马修神父街和阿普唐路，最后回到基尔凯利修车厂隔壁的家里。

埃尔默一心想取悦玛丽·露易丝，两人又正好经过基督教青年会的台球室，他便将这两个长期形成的习惯的部分细节说了出来。他还补充说，如果他有车，自然就能早点去拜访她的农舍，现在也可以载她回家。基尔凯利就经常劝他该买车。"像你这种地位的人物，埃尔默。"拥有福特汽车特许经销权的基尔凯利说，不过埃尔默没有引述这句话，因为这听起来像是炫耀。相反，他问玛丽·露易丝会不会开那辆希尔曼轿车，他经常看见那辆车载着达伦全家，而她的回答是她会。埃尔默留心记住了这句话，他对类似的事情一直感兴趣。

"好了，我就送你到这儿吧。"他们走到据称是小镇的最后一座平房外时，埃尔默说。一轮圆月投下皎洁的清辉，如白昼般明亮，照得路面上裂缝中凝结的霜冻微光闪烁。树篱和小路的边缘已经开始发白，有几小块地方结了冰。

"你的车灯还好用吧？"埃尔默殷勤地探问道。

玛丽·露易丝试着打开自行车灯。一束灯光在月华中略显微弱。"谢谢您所做的一切。"她说。

"下周再来怎么样,有兴趣吗?"

"有兴趣?"

"那就下周五见。"埃尔默在店里曾听人说起,女孩子们喜欢在星期六去洗头发,罗丝和玛蒂尔达自然也是如此,她们每两周就要去一次。他的母亲讲过,善解人意永远不会伤害任何人,这也是为什么他会提到下周五再见。他自己更想定在星期六,因为随着周末临近而带来的放松感觉,正是从那一天开始的。布料店每逢周末便会关门歇业,直到下周一早晨才重新开张,而在周末晚间,大街上也会比平时夜里更热闹。埃尔默在周六晚上常常会心潮起伏,有种想做点其他事情的冲动。不过,一般情况下,他也只是会溜达到基督教青年会,自己跟自己玩上一场台球罢了。

"下周五?"

"下周五方便吗?或者下周六更好?"

"不,下周五挺好的。"

"那我们七点半见?"

玛丽·露易丝点点头。她跳上自行车,骑走了。莱蒂坚持让她带的那枚安全别针一直没打开。埃尔默从未试图抓住她的手。说到这个,她想,他们甚至还没有互道晚安就分手了。对一个人说晚安会有种亲密感,而他们俩都为此感到羞涩。电影院里,在灯光熄灭前,她就留意到人们在朝他们张望。等到明天这个时候,消息肯定早已传遍了整个小镇。

"你都还好吧?"看到妹妹提着自行车灯走进厨房,莱蒂赶紧问道。她们的父母已经就寝,但玛丽·露易丝心里明白,两人现在肯定都没睡着。他们会躺在床上,等待自行车轮滑行的窸窣动静,等待谷仓房门打开的吱嘎声响,等待她走在鹅卵石路上的清脆足音。他们还会继续躺在那里,多半不会彼此聊天,只是在心里寻思她的进展如何。

"今晚是啥片子?"莱蒂问。

"拉娜·特纳。《欲焰春潮》。"

"我的天哪!"

"博纳尔·科利诺[①]也在里面。"

"你男人把手脚都放规矩了吧?"

"当然啦,他很老实。"玛丽·露易丝生气地反驳。她第一次感觉到,那个带她出门看电影的男人,和她有一种亲人似的羁绊。莱蒂那条毒舌简直就像剃刀一样尖锐。

"詹姆斯在哪儿?"

"他上艾德瑞家玩纸牌去了。"

"那我去睡觉了。"

"这就到头了,对吗,玛丽·露易丝?"

"你什么意思?什么到头了?"

"他有下一步的意思吗?"

"他约我下周五再出门。"

---

① 博纳尔·科利诺(1924—1958),美国电影演员。

"别去啊，玛丽·露易丝。"

"我已经答应了。"

"他差不多都能当你的父亲了。看在老天的分上，你得小心着点儿。"

玛丽·露易丝听从了姐姐的劝告。接下来的那一周里，她得了感冒，便让莱蒂带了一张字条到布料店去。按照事情发展的正常状况，一场感冒还不至于妨碍她去和埃尔默看电影，她也希望埃尔默·夸里能明白她的心意。她希望埃尔默能猜到她的感受，但这并不是说她对自己的感受就全然清楚。当她孤身一人，尤其是独自清醒着躺在床上时，她实在不想再和他一起走上电力电影院的楼梯。但在莱蒂又开始向她灌输自己的建议，而詹姆斯也会偶尔插一两句嘴的时候，她自然而然地倾向于反对他们。她父母除了问那是部什么电影以外，都没有发表意见。不过，她心里明白他们在想什么，这让她的情绪也有所缓和：又一次，她希望自己再也不要去体验和布料店继承人一起坐在电影院里时产生的那种感觉。莱蒂送出的字条没有得到任何答复，尽管玛丽·露易丝曾期待着能收到什么回音。她不明白，自己为什么会对他没能给她写上只言片语而感到失望。

那时候，在小镇和小镇周围的土地上，年轻人纷纷设法移民去英国或美国，他们往往必须伪造个人身份才能在落脚的城市里求得一小块立足之地。四面八方的每家每户都受到了这股移民潮的影响，新教徒人口的持续减少越发让局势看起来再也无法恢复正常。这个逐渐缩小的社区已经失去了生机，推动城镇发展的储备力量已荡然无存。小镇的生活也因时下不景气的经济状况而备受侵蚀。

达伦一家人在饭桌前聊天时，常常会突然提起这个话题。詹姆斯晚上去艾德瑞家玩纸牌，也会带回一些关于年轻人难以找到本地工作，然后被迫移民到异国他乡的故事。

达伦先生早前牵了头阉牛上集市去卖，却又一次无功而返，在和其他人聊天时，他听到了许多悲观惨淡的论调，现在他也拿出来讲给家人听。据说，鸡蛋包装厂给的工资依然很低，而传说中泥炭厂会扩建的消息后来也是不了了之。

达伦家的厨房是全家人聊天吃饭的地方，在这里，四面是刷成白色的墙壁，墙边是一个铁炉灶。屋内有一个餐具柜，表面漆成绿色，里面摆放着每天使用的茶杯、餐碟和盘子。擦得干干净净的松木餐桌周围，摆着四把绿色餐椅。通往后院的房门也被涂成绿色，就连望向后院的两扇窗户的木框也是绿色的。其中一个窗台上堆着一沓旧报纸，积攒得越来越多，因为它们可以用来包鸡蛋。另一个窗台上则摆放着收音机，他们家十年前用它换掉了那台用电池的老款。詹姆斯和莱蒂都还记得比利·林顿的父亲带着那台干电池无线收音机来农舍时的情景，他们先得在烟囱上架好天线，再将第二条电线和林顿先生在农舍窗外插进土地里的一根长钉连接起来。等收音机打开后,一个声音响起,宣报下面即将播放一段舞曲,这时林顿先生说:"那是亨利·霍尔①。"玛丽·露易丝却一点儿也不记得这件事了。

"世道就是这样子啊。"达伦先生习惯了在厨房里说这句话,这个放之四海而皆准的评价可以用在生活的任何一方面。战时,当英国广播公司播出令人沮丧的新闻时,他曾伴着一声叹息如此评论道。战后,媒体报道称欧洲陷入饥荒,这也引得他大发感慨。不过,尽管由观察得见的生活充满了悲观气氛,达伦先生却从未失去希望:他相信,事情最终都会好起来的,虽然起初可能会变得更糟。如果有人追问,他也许会勉强同意在人类的境况中有一种循环周期,尽管这种表述他不会主动用上。

对丈夫出于本能做出的评判,以及他对世态发展和时事变迁的格外关注,达伦太太都很重视。她只会在一些更琐碎的小事上和他争吵,然后又变得谨慎起来:在达伦先生穿着自己打扫牛棚的脏衣服去镇上时,她会坚持己见让他换上新装;她还坚持让丈夫每两个月就理一次头发;在卧室里谈私事时,她会和丈夫争论如何最妥当地处理詹姆斯的问题,因为詹姆斯一旦觉得自己被别人当作农场工看待,就很容易露出一副满脸憎恶的表情。詹姆斯会走的,

---

① 亨利·霍尔(1898—1989),英国乐队指挥,1920年代至1960年代在英国广播公司指挥奏乐。

达伦夫人预言道,就像其他年轻人一样远走高飞:如果他们对詹姆斯不够重视,没准哪一天,等他们早上睡醒起床后便会发现,儿子已经踪迹全无。要是在农田里把他压得太狠了,他就会做出一些荒唐可笑的决定,比如去投奔英国陆军当个小兵。

社区邻里的新教徒家庭——古德家,海斯家,柯克帕特里克家,菲茨杰拉德家,林顿家,恩莱特家,耶茨家,达伦家——每周日都在圣吉尔斯教堂里聚会,相互问候。在寻常聊天中,他们同样会突然说起这些话题。在一九五五年,他们都认识到,自己若想继续生存,就必须参与到时事中去,成为体系的一部分,而这个体系现在已经成熟健全。尽管他们仍然相信自己属于新教徒团体,但他们之间的联系已经比过去弱了许多。

"你得像约伯①一样耐心才行。"达伦先生在周日做完礼拜后,不止一次地吐露心声,提到他教儿子务农所付出的诸多努力。家里最重要的孩子就是詹姆斯。将来是他,而不是他的姐妹们,会继续靠这二十七英亩的薄田谋取生计,去农畜市场上买卖牲畜:三个孩子的生存全仰仗于他的成功。"上帝保佑,但愿他不会娶个长舌妇当老婆!"达伦太太曾向丈夫说出这份担忧,但不是在教堂的庭院里,而是在和丈夫独处的时候。詹姆斯就是詹姆斯,不管他

---

① 据《圣经·旧约·约伯记》,约伯是一个完全正直、敬畏神、远离恶事的人。

向谁求婚，自然都是愚蠢的选择，但要是你这么暗示，迟早有一天，他会神不知鬼不觉地跑去一个偏远教区，把婚事偷偷给办了。家里要是来了个唠叨鬼，可不得把卡林村搅得天翻地覆，莱蒂和玛丽·露易丝的生活也会毁于一旦——当然，除非玛丽·露易丝能同时发现嫁入布料店的好处。但是他们既不能朝这个方向引导女儿，也没法去给她施加压力。如今，达伦太太觉得，家里比以往任何时候都更需要相信上帝的恩典。

"你的感冒已经好了，"玛丽·露易丝去电力电影院约会大概两周后，达伦太太在厨房里和女儿一起做面包时看着她说，"我还以为我们都会染上流感呢。"

"是的，感冒好了。"

母亲注意到，玛丽·露易丝的声音听起来情绪低落，她想，这倒也不是个坏兆头。埃尔默·夸里没有对约会取消一事表现出些许失望，这挫伤了女儿的自尊心。出于母亲的本能，达伦太太猜测，玛丽·露易丝正在为自己的仓促举动而感到悔恨。

埃尔默走进台球室时，看门的教堂司事戴利正坐在两个玻璃门书橱中间那盆熊熊燃烧的炭火旁烤火。看到埃尔默进门，他立刻恭敬地站起身，拉出那张覆盖着人造革皮面的扶手椅，将埃尔默一直爱看的《伦敦新闻画报》摆在书桌上。他和埃尔默聊了聊持续不断的坏天气，接着补充说，待会儿他再回来锁门。临走前，他还指给埃尔默看，煤斗里还剩许多煤炭可以添在火上。

埃尔默不免感到有些困惑，因为除了他以外，平时几乎没有人会进台球室来，也没几个人会在火盆前和他聊天。他不明白，为什么其他人在这间台球室里竟找不到这些诱人之处：书桌上带灯罩的台灯射出明亮的灯光，煤炭燃烧时发出欢乐的嘶嘶声响，升腾的火苗变幻色彩，令红木书橱的表面也熠熠生辉。台球室里没有提供茶点，但在埃尔默看来，这实在无关紧要，因为你完全可以从自家餐室里带茶点过来，而如果你喜欢抽烟——埃尔默自己倒不爱抽——在这里就能无穷无尽地吸个够。这个腿有点瘸的小个子老头戴利，在埃尔默进门时总捧着一本杂志坐在那里，然后却又从不例外地站起身来离他而去。有时候埃尔默心想，看门人点燃炭火让它继续烧着，纯粹是为了自己的舒适和方便。

他拿起一根球杆，往撞头上擦好粉，然后按自己的喜好，在台球桌上摆好球。这天的生意很有赚头：玛蒂尔达将一卷在店里囤了十五年、只剩最后七码长的老油布卖给了圣心教会修道院的院长嬷嬷。一名农夫的妻子买了一件上衣，还给她丈夫买了件外套，很明显，她获得了一笔遗产，才有钱买两件衣服。来自菲茨帕特里克公司的那名旅行推销员向他展示了一种经过梳毛机梳理的新橡筋线，而给出的是他多年来见过的最具吸引力的价格。他预订了十二盒橡筋线，又订购了一百件菲茨帕特里克公司的夜用轻质睡衣。罗丝也卖出了十码长的雪纺绸，用来给凯特·格拉辛做婚纱。这样的好日子可不是每天都有。

为了瞄准，埃尔默闭上了一只眼睛。他稍顿片刻，然后顺畅地向前推出球杆。台球相撞，运动轨迹和他预想的完全一样。他围着球桌走动，心里一边寻思：他会继续等待下去，总有一天，或早或晚，她会再次走进店里，到那时，他会观察她脸上的表情，看出她内心的活动。罗丝和玛蒂尔达对事情最新的转折很满意，不过，事情照样可以回头。她那双被街灯照亮、穿着长筒丝袜的小腿肚在埃尔默的潜意识中一闪而过，就像他们看过的那场电影的某个片段。达伦一家人算不上相亲相爱：她会走进店里来的。

十二天后，玛丽·露易丝果然走进了店里，埃尔默赶紧从楼上的会计室走下来，关切地询问她的感冒怎么样了。他的两个姐姐中年纪更大的那位，正在向玛丽·露易丝展示一件开襟羊毛衫，埃尔默靠近她们的时候，她脸上露出了一副极不乐意的表情。

感冒已经好了，玛丽·露易丝说，先前还蛮严重，但现在已经没事了。她又说，这件羊毛衫不太合适。虽然在橱窗里看着很吸引人，但待她拿近仔细一看才发现，颜色不适合她。

"那部电影很棒，不是吗？"罗丝将羊毛衫拿回橱窗里时，埃尔默评价道。

"是的，很不错。"

"那天晚上也很愉快。"

"是的，很愉快。"

"很遗憾呐，那场感冒真叫人扫兴！公平起见，我想我还欠你一场电影。"

他微笑起来。她看见他的牙齿小小的，以前她可没有注意到这个事实。

"哦。"她开口道。

"星期五你有兴趣吗？或者是星期六？星期六是不是更好些？"

她选了星期五。那天晚上，他们看的是《春日紫丁香》①。

---

① 《春日紫丁香》(1954)，英国音乐喜剧电影。

三

有人在向她解释行程安排,她却充耳不闻。不过是一连串喋喋不休的胡言乱语,就像远处的狗儿呜呜哀嚎,或是风儿穿过林间发出的呼啸。圣女贞德曾像男人一样用犁耕田,她可不像戴着破眼镜的坡茜·鲁克那样是个拘谨害羞的尤物。玛拉芙小姐说过,贞德的神勇在世间无人能及,凡夫俗子难以理会。

"你能来很好。"福伊小姐又回来了。她口气严厉地打断了来访者沉闷单调的话音,那人还在说着如今的世道是怎么发展的。福伊小姐丰满的脸上浮现出一丝微笑。大家都知道,她已经四十二岁了。一名道路测量员正在追求她。

"我们会慢慢来,"男人压低声音说,"我们不想操之过急。"

他们朝她瞥了一眼,两个人都是。她故意将眼神放空,越过他们的头顶,朝上凝视着天花板。

"这样你也可以省钱。"福伊小姐沉吟道。

他摇摇头,暗示自己根本没这种考虑。"我只想把事情做对。这里会关门吧,福伊小姐?"

"我们有十四个人要安置在别处,这十四人都无处可回。等安置完了,这里就会停业。"

"你自己还好吗?"

"说实话,我反正也要离开这里了。"

福伊小姐显得有点忸怩作态。一个月前,一枚红宝石戒指出现在她的左手无名指上。福伊小姐即将成为道路测量员的妻子。"那老姑娘身上还剩几滴汁水儿呢,"多特·斯特恩在消息传开后这样说,"都这把年纪了,像她那样做不是挺冒失的吗?"

"下周五吧。"他说。福伊小姐点点头。定在下周五再好不过了。这给所有人都留出了时间,让她的同伴们先习惯即将到来的变化,这才公平合理。"你听见我们说的了吗,亲爱的?"她抬高声调问,"你明白他刚才告诉你的话吗?"

女人微微一笑,先是朝福伊小姐,然后对着她的访客。她摇摇脑袋。她什么也没听见,她说。

四

婚礼在一九五五年九月十日星期六举行。来参加的客人不算多,大家都很安静,但即便如此,玛丽·露易丝还是穿了一套传统的婚纱盛装,莱蒂也身着相应风格的伴娘装束。随后,众人在达伦家的农舍里聚餐庆祝。所有人都坐在平时很少使用的餐室里。达伦太太已经烤了三只鸡,还准备了香辣牛肉。就餐前,大家纷纷端起酒杯向新娘新郎祝酒,然后啜饮雪莉酒或威士忌。主持婚礼仪式的哈灵顿牧师也借此机会多讲了一次道。

如今已经年近七旬、干瘪瘦小、受关节炎折磨的玛拉芙小姐,在这场聚会中享有特殊的地位,因为她同时当过新娘和新郎的指导老师。玛丽·露易丝与布料商订婚的消息也让她吃了一惊,不过那只是因为两人之间的年龄差:现在的婚姻已经没有其他什么东西能让她感到意外了。许多其他的女孩子也曾在她的教室里上课,最终嫁给了年纪更大的男人。玛莉·耶茨在嫁给年近八旬的老翁贾南·摩尔时还不满三十岁,这件事一刹那间立即浮现在她的脑海里:在她的一生中,玛拉芙小姐从未见过有人像玛莉那样,在老牧师的葬礼上痛哭流涕。

不过,参加婚宴的宾客中,并非所有人都显得融洽欢乐。玛蒂尔达和罗丝始终郁郁寡欢,与之相应的,莱蒂也显得闷闷不乐,摆出一副拒人千里之外的冷漠态度,要是有人觉得今天的聚会很喜庆,她还会坚决反对。三月里,在玛丽·露易丝向大家透露埃尔默已经她求婚,而她也已欣然接受之后,莱蒂整整有三个星期没和她说话,待两人之间的沉默终于打破,莱蒂却好像彻底变了个人,这让玛丽·露易丝不禁心想,自己还能不能跟姐姐重修旧好,恢复往日的脉脉温情。

"我真的很幸运,"埃尔默在致辞时大声说,"方圆十英里以内,没人会否认这一点。"

这样就够了,他心想,于是他就没再多讲什么。昨晚,罗丝竟然跪在地上,声泪俱下地哀求他在最后一刻到来前重新考虑这门婚事。满脸阴云的玛蒂尔达则站在二楼楼梯平台上大声宣称,他整个余生都会为自己今天的愚蠢而懊恼悔恨。玛丽·露易丝·达伦是个没长脑子的傻丫头。她嫁给他只是图他的钱,因为众所周知,达伦家穷得连两枚能在一起搓响的铜板都没有。在她的眼中隐藏着一丝疯狂。她会无休无止地困扰他,不是以这种方式就是以那种手段。她会用他根本想不到的伎俩来榨干他。她会让他沮丧失望,心烦意乱。直到深夜两点半,他的姐姐们还没有上床休息,筋疲力尽的埃尔默即使在睡下后,依然能听见她俩愤怒叨咕的动静，还有罗丝的啜泣声。

同样在昨天夜里，莱蒂在家中也使出最后一把力气，试图劝她妹妹回头。两人同住的卧房里黑漆漆的，玛丽·露易丝透过温暖的空气倾听姐姐持续不停的喃喃低语，觉得她的口气时而饱含痛苦，时而充满厌恶。对于她在布料店顶上那座老宅里的未来生活，莱蒂进行了一番悲观的描绘：那两个姐姐会指责她的一举一动，她委身的男人却不会站在她这一边。她在那个家里顶多只是个女用人，在店里则只是个看管柜台的丫头。和体形壮硕的布商丈夫同居一室，会有任何一个女孩都难以忍受的体臭和隐秘举止，而她不乐意满足他的需求，会令一切覆水难收。夸里三姐弟在吃饭时会死死地盯住她。爱泉干涸的老处女永远是心眼儿最坏的家伙。

可是，到了九月十日中午，这对新人还是走到了一起。伴郎是埃尔默的一个侄子，他本来住在阿赛镇，现在被临时唤来这个教区参加婚礼仪式，玛丽·露易丝从没见过他。哈灵顿牧师——他长着肥嘟嘟的脸蛋，身材胖乎乎的，不久前也才刚刚结婚——向他们缓慢慎重地问出了那些必须提出的问题，他那故意拖长的声调，给这对新人的结合带来了一股格外神圣的气氛，或者从表面上看确实如此。圣堂内，新人在结婚证上签字的时候，达伦先生和达伦太太依然尴尬地站着，同样站着的罗丝、玛蒂尔达和莱蒂也面露阴郁之色。哈灵顿牧师察觉到了众人的不安，便开始闲聊起他主持过的其他婚礼,接着又回忆起了他自己婚礼的种种细节。

"哟嚯!"农舍的餐室里,玛丽·露易丝的哥哥对着他在艾德瑞家的一个表亲轻声呼了口气。他做这个举动不是因为妹妹的婚礼,而是由于第二杯威士忌酒的怡人效果。詹姆斯能感觉到,酒劲儿在他的胸中扩散,迸发出一种灼烧般的快感,令他甚感新鲜。

"今天我在一匹马上投了两先令,"艾德瑞家的大哥透露道,"'波利的甜心'。"

表亲这番话让詹姆斯刮目相看,以前他一直把挣的钱都花在了基尔马丁镇的赌马经纪人手上。他说,今天他还没有投过注。以前他听说过"波利的甜心"。

莱蒂换下了伴娘装束,帮着母亲在厨房里干活。烤鸡在举办婚礼时便已烤好,培根和香辣牛肉昨天也早已准备就绪,现在还是冷的。达伦太太的双颊因为那一小杯雪莉酒和铁炉散发的热气而泛出红晕。她在给土豆和豌豆焯水。莱蒂将它们盛放在加热过的餐碟上,然后端着餐碟走进餐室。趁着宾客们各自落座的工夫,达伦先生开始为大家切肉。

"好丰盛的宴席啊。"埃尔默评价道。他穿着一件泥褐色的西装,翻领上还别了一朵康乃馨,这件西装比他平时穿的衣服要新得多,他管它叫他的"周日礼服"。前天他理了发,理发师用发油让他的头发服服帖帖的,一直保持到现在。他的后脖颈上微微有些泛红。

"太棒了,"一个女人说,"所有这一切都太棒了,达伦太太。"

达伦太太正匆忙地端着两只船形肉汁酱碟摆上桌,所以无暇回应女人的评价。她对丈夫耳语了几句,达伦先生便停下了手上切肉的活计,向大家宣布:

"我太太让我告诉大家,请开始用餐吧,别让热乎乎的饭菜放凉了。"

玛拉芙小姐悄悄告诉牧师的妻子,她很喜欢参加前学生的婚礼。在现场感受到的激动情绪令人惊讶。看到玛拉芙小姐似乎很满意,哈灵顿太太不由松了口气,因为她心里清楚,自己的丈夫曾对这对的结合有过几次深思内省。她想,本来他还打算在众人用餐前念上一段谢恩祷告,不巧的是,他正好起了便意。

詹姆斯和艾德瑞兄弟倒出了更多的威士忌,他们是在窗台上的一盆羊齿盆栽后面发现酒瓶的。艾德瑞兄弟正在吸烟。他们告诉达伦太太,想在入座用餐前抽完它。他们还说,自己不着急去吃烤鸡和培根。

按照吩咐,莱蒂要端着蔬菜盘在餐桌四周走动,以免加菜时漏了人。她想起了加根,那个在爱尔兰银行上班的外汇交易员,后来他获得升迁,搬去了卡洛郡。他们约会了两年,一起看过电影,骑自行车出游,还参加过两次当地商会在霍根酒店举办的舞会。加根搬去卡洛郡后,很长时间都没有消息,这足以暗示出,他无意回来看她。这时,在收音机商店工作的比利·林顿找上来,提议他们哪天晚上一起去迪克西舞厅跳舞。她只和他到那里玩过一次,却发现和他相处并不愉快。端着菜盘四下走动时,她心想,这本来应该是她和两人中任何一个人的婚礼。在这个时刻,本来或许应该是她坐在餐桌最远端,顶着加根太太或林顿太太的名分。他俩都提出想要结婚,虽然那不算是正式求婚,但也只差一小步,至少他们都把这个想法说了出来。电影院里,他们的举止也十分相似:影片放到中途,他们都将手臂绕过她的座椅背面,几分钟后,再用手掌紧紧抓着她的肩头。不管和谁在一起,她都感觉到,对方用一只膝盖靠在她的膝盖上。他们都曾用手指轻轻爱抚她的脸颊。回家的路上,他们都曾向她献上晚安道别的亲吻。

"你穿那件衣服可真好看,莱蒂,"还是女学生的安吉拉·艾德瑞在往餐盘里舀豌豆时恭维她说,"跟奥黛丽·赫本简直一模一样。"

莱蒂清楚这不是真的。安吉拉·艾德瑞要么是把奥黛丽·赫本跟其他什么人弄混了,要么就只是单纯在撒谎而已。她长得一点儿也不像奥黛丽·赫本,她属于另一种完全不同的类型。

"那些衣服是你们自己做的吗?"安吉拉·艾德瑞继续说道,"天哪,我从来没见过像那样的衣裳。"

"我们在家自己做。"

她给伴郎端上一盘土豆时，他开口说，今天他俩做的是同一个行当，伴娘和伴郎。玛丽·露易丝说过，他还是个单身汉，在阿赛镇附近的一家乳品店里当经理。莱蒂心想，他这么直白地喊她名字，说话又这么自来熟，就好像他对她很了解似的。他比埃尔默·夸里个子略高一些，但也和后者一样大腹便便，秃顶也更厉害。

罗丝和玛蒂尔达坐在一起，两人都没吃多少东西。一拿到餐盘，罗丝便盯着盘中的食物，仿佛下判断似的说："哦，我可吃不了这么多呀。"玛蒂尔达则思忖着，几只烤鸡根本没让他们花半个子儿，它们本来就在农场里跑来跑去的。

哈灵顿牧师开口对达伦先生说了几句，达伦先生便再一次放下手中切肉的刀叉，向众人宣布，牧师本来想为大家念几段餐前谢恩祷告，可惜在最合适的时机，他不巧出去方便了一下，虽然现在已经有人开始用餐了，但如果大家不反对，他希望现在可以补上。哈灵顿牧师又急匆匆地补充说，这一点儿关系也没有。他又加了一句："为了我们即将获得的丰盛食物，上帝令我们真心充满感激。"

由于昨天夜里被莱蒂滔滔不绝地折腾了大半宿，玛丽·露易丝这会儿感觉昏昏欲睡。她在心里对自己说，她果断地采取了行动；她终于自己下定决心，走出了这一步；这是她自己的事情，她所做的一切，都是为了她自己的生活。她朝玛拉芙小姐露出一丝微笑，后者正斜靠在餐桌上向她说话。

"你还记得吗,"老教师问她,"你曾经想去道得药房工作?"

玛丽·露易丝当然记得。她曾想去药房上班,因为那里是全镇最好的店铺。店里弥散着最好闻的气味,所有的一切都干干净净的。在那里上班,还得披上一件白大褂。所有人都知道,那家药房是个特别的地方。

"现在也有可能是去夸里家的店了。"玛拉芙小姐继续说。玛丽·露易丝不由心想,这老教师莫不是老糊涂了吧,因为在场的人谁不知道,她这不已经嫁进了布料店。事实上,夸里家布料店的收银柜台一直都是她的第二选择。这件事她肯定没对玛拉芙小姐说出口,不然玛拉芙小姐应该会提出来,但她在家里倒是讲过。等她念完书从学校出来,最适合她的工作就是找家商店上班。她父亲以前也这么说过,当时她也没多在意,一心只想着去道得药房,或是夸里家的布料店,哪怕弗雷家的食品杂货和糕点糖果店也可以,那家店就在布里奇街上,跟夸里家的布料店只隔着两个门面。到了第二个赶集日,她可以上班的消息就已经传遍了小镇,但似乎没有店家需要店员。弗雷家的工作岗位是给弗雷家的姑娘预留的;雷纳翰五金店的柜台后面只有男员工,而且他们家有三个儿子,不用再从外面招人。达伦先生以前就规定过,不准他的姑娘去任何一家酒馆工作,可就连这种机会也从未出现。整整五年,玛丽·露易丝都只能耗在家里，帮忙干干杂活儿，等待工作机会出现。当埃尔默·夸里对她流露出兴趣时，她自然也得把布料店的工作放在心里掂量一番。在卡林村熬过的漫长迟缓的日子，成天在厨房、后院和禽舍里消磨时光，接连几个星期除了家人谁也见不着，直到上教堂做礼拜或在鸡蛋包装厂时才能碰上其他人——所有这一切，似乎都被莱蒂通通抛在了脑后。

"代数是埃尔默的绊脚石。他老搞不懂怎么加括号，"玛拉芙小姐对着眼前的食物连连点头，仿佛在专心回忆着往昔岁月，"大括号，中括号，小括号。他怎么都没法把顺序弄对。"

"它们实在是太有用啦。"埃尔默突然哈哈大笑，把玛丽·露易丝吓了一跳，她差点从椅子上蹦起来。她试图想起自己以前有没有听他这样哈哈大笑过，她还记得她哥哥说起，埃尔默从来不会大笑。一时间，他口中的那些小细牙全都暴露无遗。他脸上的肥肉也像一只只小口袋似的堆成几团。

"代数很糟糕，"玛拉芙小姐回忆道，"算术学得好。我记得以前这样写过。一九三一年还是什么时候来着。"

玛丽·露易丝想象着她的丈夫，在那个久远的年代，他还是个膝盖上肉嘟嘟的小矮胖墩儿。等他去韦克斯福德郡上寄宿学校的时候，应该都已经穿上长裤了。

"我在教室里看到了很多事情。"待达伦先生终于切好肉坐下后,玛拉芙小姐提醒他说。

"您在课堂上非常了不起,玛拉芙小姐。"

达伦先生伸手去取盐和胡椒粉。他还记得玛丽·露易丝诞生时的情形,当时她出来得晚了些,他虽然心里着急,嘴上却一句话也没说,因为那样只会让事情变得更糟。如果她是男孩,就会叫他们早已选好的名字威廉,或者可能会叫内维尔。他用自己母亲的名字露易丝给她起了名。他也记不清是从什么时候开始,他们同时用两个连缀的名字叫她玛丽·露易丝。他只隐约记得自己说过,同时叫出这两个名字,让他们感觉十分动听。

"以前她很会找乐子呢。"玛拉芙小姐这会儿又陷入了回忆——达伦先生猜想,她的意思是,孩提时代的玛丽·露易丝喜欢调皮捣蛋,偶尔会让自己陷入麻烦。有一次,她朝学校的后院里扔了一块石头,结果被罚了禁闭;她和泰莎·恩莱特一起把蠕虫放进坡茜·鲁克的书桌里,还给许多自行车放了气。"偶尔会精力过旺。"玛拉芙小姐曾在一篇评语中如此写道。

他觉得她是自己最宠爱的孩子,尽管他并不愿承认,哪怕只是对自己承认,他有所偏爱。但玛丽·露易丝在他们以为这个家庭已经完整无缺时的意外到来——或许,原因也不过如此——让她在他心中占据了特殊的位置。当他为她在学校里犯下的过错而大声训斥她时,她总是眼神严肃地听他讲话。在垛干草或是收割庄稼时,她总是黏在他的身边，向他讲述一只机械小鸡生的病。上好发条以后，这只小鸡就会低头不停地啄地板。她还管它叫"啄啄"。

"您为她高兴吗，达伦先生？"玛拉芙小姐喃喃问道。

他点点头。长大后，她总想待在镇子里，或是去其他镇上。她开始和埃尔默·夸里约会，如今这就是结局。这是一桩出于便利而缔结的婚姻：她心里清楚，他自己明白，埃尔默·夸里也对此心知肚明。他们都意识到了这一点，并接受了它。"你真的确定吗，玛丽·露易丝？"他曾这样追问她，结果她连一秒钟都没有迟疑，马上连声肯定。她的行为举止总带着一股天真的孩子气：这一直是她身上最主要的特质。年幼的她做出那些小小恶行，是因为她对后果懵懂无知，单纯的个性也让她永远说个不停。你可以立马让她闭嘴；你可以在瞬间夺走她的自信，继而又为此感到内疚自责。"你不会厌倦吗？"他也曾这样追问，"对镇子和所有的一切？"又一次，她热切地表示肯定，却没有说出心中的恐惧，而他很清楚她所害怕的东西：为了尽到家庭义务而永远留在农场，度过自己的余生。进入干净整洁的药房上班，和某个身穿燕尾服的年轻男子共舞，这些事情都没有发生，而她也已经认定，没有多少时间可以继续犹豫等待了。一周接一周，教区里的新教徒老姑娘们都会在圣吉尔斯教堂里的长椅上露面，圣诞节和复活节时，埃尔默·夸里的两个姐姐和其他人也会出现。

"他不是个爱惹麻烦的家伙，"玛拉芙小姐轻声评价道，仿佛她猜中了从达伦先生脑中掠过的念头,"姑娘家结婚的时候有麻烦找上门,这种事太常见了。"

埃尔默·夸里是个体面可靠的人,达伦先生回答,他的声音同样压得很低。玛丽·露易丝也许会嫁得更糟,他本想加上这句,瞬间又改变了心意,因为这听起来不太对劲。然而,玛拉芙小姐依然在连连点头,默默地同意着他的判断——他的女儿本来会嫁得更糟。

下午三点,基尔凯利修车厂的汽车开来了。玛丽·露易丝已经换好一身浅绿色的外衣和半身裙,戴上了一顶缀有面纱的小黑帽。昨天晚上她就把行李打包好了。

艾德瑞兄弟在汽车后保险杠上系了一只装杂酚油的旧铁皮罐,但基尔凯利修车厂的司机又把它解了下来。汽车开动后,詹姆斯骑着玛丽·露易丝的自行车追了一段路,艾德瑞兄弟也在后头呐喊助兴。所有人都在车后挥手,莱蒂和埃尔默的姐姐们却显得心不在焉。

"事情办得顺利吗?"司机是修车厂的技工头头,他匆匆赶来,还没顾得上换下工作服。

"啊,没错,"埃尔默回答,"就像天鹅绒一样顺溜。"

"哦,那太好了。"

汽车在布料店门前停住了。有扇窗户上贴着一纸通知,告诉大家,商店将在下周一重新营业。埃尔默进到屋里去拿行李。

"你们要出去玩两天吗?"趁玛丽·露易丝在车里等着,司机继续和她闲聊。她解释说,实际上,他们总共要外出八天,如果算上今天剩下的时间,那就是九天。埃尔默回来后,司机载着他们开往十二英里外的火车站。他们赶上了三点五十五分的那趟火车,后来又改乘公共汽车,继续前往他们事先挑好去度蜜月的海滨度假村。旅途中,两人心事难平,但谁也没向对方吐露各家亲人就这桩婚姻的反对意见,而是聊起了参加婚礼的宾客,还有农舍宴席上发生的事情。此时,离他们第一次去电力电影院约会已经过了好几个月,在这段时间中,两人对彼此并没有更亲密的了解,只是熟悉了对方身上的某些特质,进而萌生出了些许以前从未有过的轻松感。然而,不管在谁心里,对爱情的好奇和向往都没有出现。自从看完《春日紫丁香》,他们后来只去过电影院两次:埃尔默习惯了带玛丽·露易丝在周日下午外出散步,他对她的追求便主要是在这种活动中完成的。他会从布里奇街出来,她也会同时骑着自行车从卡林村赶到。两人在镇外的近郊相会,把自行车停在一扇大门后,继而沿着玛丽·露易丝骑来的原路往回走。走到一处十字路口,他们便会右转,进入一条蜿蜒的小巷,踱下山坡,穿过树林,再跨越一座拱起的小桥。就是在这样一道小径上,埃尔默向玛丽·露易丝求婚了,而她的答复是,她需要考虑一下。她花了一个月时间思索,最终当着埃尔默的面答应下来,埃尔默于是用舌头舔舔嘴唇,用手帕擦干，然后宣布要亲吻她，而他也的确这么做了。当时，他俩正好站在那座小拱桥上。他的嗓音有些沙哑；玛丽·露易丝觉得，他呼出的气息好像还带着一丝韭葱味。那一个月里，她在心底对自己争辩，自从加根和比利·林顿离开，莱蒂就再也无人问津了。他自己的姐姐们从前有没有被人垂青过呢？

埃尔默以前从没抱过姑娘。许多年前，他在韦克斯福德郡的学校里寄宿时，曾对那位矮胖结实的女宿舍管理员动过念头。他幻想着和她亲嘴会是什么滋味。梦中，他脱下了她的衣裳。

"天哪，你真是太棒了。"两人分开嘴唇后，他这样恭维玛丽·露易丝，可实际上，他的心里却萌生出一丝淡淡的失望。小拱桥上，他注意到，她的双颊泛出了层层红晕。她用手背擦了擦嘴，垂下了眼睛。

他们走回镇上，他把她的左臂挽在自己怀里。他问她，她母亲在听到这个消息后会怎么说。他说，他必须找她父亲谈谈，这是他必须要做的事。当他心里琢磨该怎样对两位姐姐说出口时，嘴上却说，她们会为此感到高兴。

"你会来卡林村吗？"玛丽·露易丝问。

"你的意思是，像现在这样散步出来？"

"你有自行车吗，埃尔默？"

"我从不需要。"

"那你下周日能走路来我家吗？在那之前，我一个字也不会说。"

"当然，我一定过来。"

"我只会说，你要来接我。"

他们在小路上停下脚步，又一次抱在了一起。这会儿，玛丽·露易丝触碰到了他的牙齿。他的一只手轻轻按在她的后腰上。她闭上了眼睛，因为她记得在电影里人们都这么做。他的眼睛却是睁着的。

蜜月旅行途中，在那个周日发生的往事，重新浮现在两人的心底。接下来的几星期，他们每个周日都拥吻相聚，在午后散步的路上，为婚礼做出所有必要的准备计划。"我们都很高兴。"玛丽·露易丝记得她母亲这样说。她父亲则与埃尔默握手言欢。

"那个地方叫海滨酒店。"他们在海滨小镇下了公交车后，埃尔默告诉她。"不好意思，"他向站在糖果店外的一名男子问道，"请问海滨酒店怎么走？"

男人说继续往前走。你们不会错过它，他说。等脚下的路面变成沙土路，差不多就快到了，再走五十码就是。最多花他们四分钟。

"谢谢您，先生。"

玛丽·露易丝从前就注意到了，埃尔默有个习惯，喜欢管别的男人叫"先生"。和她父亲见面时，他也用"先生"来称呼对方，而在哈灵顿牧师面前，他还是这样。她猜，这是在店里工作的缘故，对他来说，管别人叫"先生"

是一件自然而然的事情。

他们提着行李走在路上，经过一排矮小的店铺、两家酒吧和一座天主教教堂。脚下的路面开始混杂沙土，接着，他们绕过一个拐角，便看到海滨酒店就在前面，店名的几个大字用颜料涂在一块圆肚窗的表面上。

"我预约过住宿，"埃尔默在酒店走廊上说，"登记的名字是夸里。"

"啊，当然当然，夸里先生，"一个头上插着卷发夹、用头巾包住脑袋的女人上前招呼他们，"夸里先生，还有夸里太太。"她补上一句，两只炯炯发亮的眼睛朝玛丽·露易丝瞟了几下，流露出一股房东太太特有的浓厚兴趣。她的视线飞快地扫过那顶仍栖在玛丽·露易丝头上的小黑帽，继而从她的浅绿色外衣和半裙上滑下，最后停在她的结婚戒指上。"夸里先生，还有夸里太太。"她重复了一遍，仿佛是让客人们放心，现在审查已经完毕，一切都安排就绪了。她领着他们走上了一条狭窄的楼梯。

这里与其说是酒店，倒更像一家招待所。餐厅里六点会准时备好茶点，女人说，既然现在时间已经到了，他俩何不赶紧下楼品尝一下？她推开了两人卧室里的窗户，然后骄傲地靠后一站。你们能听见大海的涛声，她说，如果你们晚上醒来，就可以听见。

"太棒了。"埃尔默说，女人于是离开了房间。

玛丽·露易丝呆立在睡床前。自从她决定接受埃尔默·夸里的求婚以来,这是她头一次从心底产生如此沉重的疑虑感。从前,怀疑的卷须也曾时不时地侵袭她的内心,因为莱蒂说过的那些话犹在耳畔,她几乎没法逃避这些念头。即便如此,她以前从未觉得自己犯下了一个愚蠢可笑的错误。她也从未想过自己必须尽快从婚约的誓言中解放出来。在她拿来考虑的那一个月里,她已经反复琢磨过这件事了,而一旦做出决定,她便觉得,再鼓励其他念头生根发芽就失去了意义。可现在呢,人站在海滨酒店的客房里,看着窗户大开,蕾丝窗帘轻轻拍打着窗框两侧,玛丽·露易丝突然很想回到农舍里,在厨房饭桌上摆好盘碟刀叉,或者和莱蒂一起喂养家禽。不管怎样,再过一会儿,她就要换上睡衣,作为已经首肯的妻子,和眼前这个粗壮结实的男人上床共寝。不管怎样,她将不得不接受他那赤裸的双脚,还有他身体的其他部位,而那些部位都会隐藏在那件棕蓝相间的睡衣下面,他正从手提箱里把睡衣取出来。

"已经够舒服了,"他说,"要我说啊,这里还蛮舒坦,亲爱的。"

埃尔默的母亲以前有时会对他用这个爱称,在他看来,既然他们已经独处室内,在丈夫和妻子之间这样称呼也同样合适。罗丝和玛蒂尔达不会用这种表达,但他们的关系也不一样。他很高兴自己还记得这个。

"这地方还不错。"玛丽·露易丝说,她仍然立在床边。

他点头称是。关于海滨酒店的消息，他是听以前住在霍顿家、后来搬到泰森家住的那位旅行者讲的。据那人说，这家酒店可是首屈一指。刚才在火车上，他回想起自己对寄宿学校里那位胖女宿管做的春梦，以及后来他对镇上另外两位店主的太太——法伊太太和布莱迪太太的夜思，不禁盼望自己的妻子能在他们抵达宾馆后尽快宽衣解带。不管是和那位女宿管，还是和那两位店主太太比较，她的身材都相去甚远，绝对称得上是骨瘦如柴，跟她那位壮硕结实的姐姐完全两样。大约一年前，那位姐姐曾来过店里一次，当她从手提袋里掏出钱包时，他正好从楼上的会计室往下看。那时他心想，她的长相倒也不难看，后来，他把这事又寻思了一阵子，并暗自希望她能再来店里一趟，好让他能重新仔细观察一番。事实上，他为此还专门在周日上过一趟教堂。不过，那位姐姐虽然身体壮硕结实，但对她不利的麻烦是，好几年前，有人曾经见过她和银行里的加根在附近约会，后来她又和年轻的林顿搅在了一起。这些事实让埃尔默感到不安，令他紧张的是，她有过和男人约会的经验，这就意味着，在两人将来彼此了解的过程中，埃尔默和她并不处在同一条起跑线上。就算是这样，要不是那天他留意到玛丽·露易丝那位带着钱包的姐姐，他恐怕也永远不会将注意力转移到玛丽·露易丝的身上。世道就是如此奇妙，运气在冥冥中发挥着作用。

"我们下楼去吗?"他建议道。

"好。"

"你不想换换衣服啥的?"

"她说过要赶紧。我现在这身还凑合。"玛丽·露易丝摘下帽子,随手放在梳妆台上。带凹槽的梳妆镜从中间开裂,一道锐利的黑色线条呈对角线状贯穿镜面,将镜中的帽子划为两半。梳妆台的桌面上遗留着烟头灼烧过的焦黑疤痕。

"要我说啊,我们会过得蛮舒坦。"他又说了一遍。

餐厅里,其他人即将结束饭局,正把果酱涂在切好的面包片上。戴头巾的女人将这对初来乍到的新婚夫妇领到一张餐桌前,那里已经坐了三个男人。其他餐桌前都是一家老小。

"请稍等,我给你们倒茶去,"女人说,"现在茶还热乎吗,穆赫兰先生?"

穆赫兰先生留八字胡,个子比埃尔默·夸里更小,也更老,他碰了碰茶壶的金属表面,回答说还热乎着呢。餐桌前的另外两个男人也是中等年纪,其中一人已发须斑白,另一人则是秃顶。

"谢谢您,先生。"穆赫兰先生把牛奶和糖递过来时,埃尔默说。

"万事如意。"秃顶男子回了一句。

一盘油炸食品摆在了玛丽·露易丝眼前,她丈夫面前也是。家里这会儿肯定静悄悄的,她想。参加婚礼的客人们肯定已经走了,所有清理工作都已结束。她的父亲肯定已经换回了平常的装束,詹姆斯和她母亲也是一样。莱蒂可能正在将饭菜摆上餐桌。

穆赫兰先生曾是多种系列文具的旅行推销员。那个灰白头发男子在爱尔兰电力供应局上班,现在依然独身,每天他都会来海滨酒店喝茶。那个秃顶男人就住在海滨酒店,也是光棍一条。

这些事情都是从众人口中一点一滴吐露出来的。玛丽·露易丝注意到,丈夫和这三个男人处得十分投缘,而且他似乎对他们自愿提供的信息很感兴趣。他向他们说起了布料店的事情。那朵康乃馨仍然插在他胸前翻领的扣眼里,因此,甚至在他提及之前,他们便已知晓了他的婚事。

"好吧,我猜就是这样,"穆赫兰先生说,"你们俩刚进门我就对自己说,他们在度蜜月。"

玛丽·露易丝感觉自己羞得满面桃花。男人们都审视着她,她能猜出他们在想什么。从他们的眼睛里就能看出,他们都注意到,她比埃尔默要年轻许多,之前在列车乘警和房东太太的眼里也流露出了同样的想法。

"是时候去喝一盅了吧?"秃顶男人提议道,"咱们仨今晚上麦克伯尼酒馆喝去。"

"从汽车站过来的路上,你们肯定已经看到过麦克伯尼酒馆了。"穆赫兰先生说。

"我想我见过,先生,"埃尔默表示同意,"等我们在海边散完步，也许会去看看那儿怎么样。"

"我们会一直待在麦克伯尼酒馆，直到那里关门。"灰白头发男子说。

男人们不久便离开了，留下埃尔默和玛丽·露易丝独自坐在桌前。其他几家人也开始走出餐厅，经过玛丽·露易丝时，孩子们纷纷朝她张望。

"他们都是正派人，不是吗？"埃尔默评价道，"很友好，是不是？"

"是的，很友好。"

她没觉得饿。丈夫把醋栗酱抹在一片白面包上，又往茶里拌了点糖，而玛丽·露易丝只想去海滩上独自转转。她只去过海边一次，那已经是十一年前的事了，当时，玛拉芙小姐带着全校学生坐公共汽车，早上八点就出发了。除了玛丽·露易丝那位娇弱的表弟和玛拉芙小姐以外，他们都在海水里泡了个痛快，而玛拉芙小姐只是脱下了长袜，在浅水滩里蹚了蹚。玛拉芙小姐禁止他们跑到海水漫过腰身的地方，但玻蒂·费吉丝没有听话，后来她受了惩罚，没有果酱蛋糕卷吃。

"多吃点啊，亲爱的。"埃尔默说。

"我觉得已经吃饱了。"

"你母亲为我们做了一顿丰盛的大餐。"

"是的，没错。"

"所有人都很满意。"

她微笑起来。某个男人留下的烟头没有彻底熄灭。它在烟灰缸里闷燃着，一小缕青烟散发出辛辣的气味。玛丽·露易丝想把它完全摁灭，却又不想用自己的手指去碰它。

"你想散会儿步吗，亲爱的？"埃尔默说。他本想补上一句，海边的新鲜空气可是他们花钱买的，但不知怎的，这话说出口感觉似乎不大合适。于是，他转而说起，自己在许多年前也认识一个叫穆赫兰的男人，是煤气厂里的一名职工。他现在吃的这个果酱比罗丝做的要好吃。首先就是更加浓稠。他喜欢吃浓稠的果酱。

"我也想出去透口气。"她说。

于是，在他喝完杯中茶水，又吃下另一块果酱面包后，两人出门走上了海滩。已经退潮。潮湿的沙滩在他们脚下，坚实而顺滑，黑乎乎的，沙滩表面四处隆起了一圈一圈的小沙丘。是沙虫爬的，埃尔默说。她很好奇沙虫是什么，却始终没有开口问。

遥远的海滩边缘，有一条狗在追逐海鸥，朝着海面吠叫。两个小孩正往桶里收集着什么。她想起玛拉芙小姐带他们去海边的那一天，泡完海水浴后，孩子们冻得瑟瑟发抖，玛拉芙小姐便教他们在沙滩上跑来跑去，让自己热乎起来。"不行，把你的鞋子袜子脱掉，玻蒂。"玛拉芙小姐冲玻蒂·费吉丝发火的吼叫声，重新在她的脑海中回响。

"是贝壳。"埃尔默说，他指的是孩子们正往桶里装的东西。

他们继续缓缓前行,一如平时散步时那样。埃尔默走起路来总是从容不迫,他喜欢按着自己的步调来做事,而玛丽·露易丝现在也已经习惯了。夕阳正在下落,海面上洒满了一道道古铜色的金光。

"玛拉芙小姐带我们来过海边。"她把那天出游的事情告诉了他。他说,他当年上学的时候,学校里还没有这样的活动。"永远都在学代数。"他开了个玩笑。

沙滩走到了尽头。他们俩在小圆石和岩块上吃力地攀爬,但不一会儿,他便说这样走不舒服,于是两人便折返回去。轻轻地,他们依然能听见那条狗在朝海鸥吠叫。

"你想去吗,亲爱的?"他问,"上小酒馆跟那些人喝一杯?"

平心而论,埃尔默自己呢,并不是个爱喝酒的人。他倒不反对喝酒,只是觉得这种消遣既贵得没必要,又很浪费时间。可当那人建议大家去麦克伯尼酒馆喝一盅时,他突然想起了今天早些时候那杯威士忌的美味,心里不由腾起了一股想要续杯的欲望,只是迫于场合的压力,他强行克制了这股不同寻常的冲动。昨天晚上他醒了两次,姐姐们的辱骂声依然在他的意识里回响,而在教堂举行婚礼的途中,他也一直惴惴不安,生怕哪个姐姐又突然悲叹号哭起来,让她自己出尽洋相。婚宴中,他也小心翼翼,以免有人说出不合时宜的坏话。他很高兴能坐上基尔凯利修车厂的汽车溜之大吉，但在火车上，另一种紧张不安的情绪又开始折磨起他来。他想不明白，这份紧张的感觉究竟因何而起，又从何而来，但无论怎样，它就在那儿，仿佛无比细小的别针和缝衣针般刺痛着他，令他的内心波澜起伏。

"如果你想去的话。"她说。

她很惊讶他会提议去喝酒。别人发出邀请后，他说他们可能也会去酒馆坐坐，而她以为他只是随口说说的。她以为他只是出于礼貌应付一下罢了。

"好咧，好咧。"他说。

回去的路上，他们几乎一句话也没讲。两人经过酒店，最后来到麦克伯尼酒馆门前，那是一幢偏僻荒凉的建筑，外墙通通被刷成黄色。两只铁啤酒桶摆在酒馆门外的人行道上，旁边靠着几辆自行车。酒馆内，那三个男人正在喝烈性黑啤。

"樱桃白兰地。"秃头男子问她想喝什么酒时，玛丽·露易丝回答。两年前，有个女人在布里奇街上倒车时，磕伤了她家的希尔曼轿车，作为赔偿，那女人送了达伦先生一瓶樱桃白兰地。过去两年来，全家人都会在圣诞节那天喝上一小杯。

"威士忌，"埃尔默请求道，"一小杯威士忌，先生。"

众人开始聊起脚手架。在利特里姆郡有个砌砖匠，是秃头男子认识的人，他从一幢房屋外的脚手架上跌下来摔死了，因为脚手架没有装足够多的旋转扣。灰白头发男子说，他更喜欢从前那种老式的脚手架，用木头桩子和厚木板搭成，拿绳索绑牢扎紧。这样做让人觉得心里很踏实。

"遗憾的是，"秃头男子指出，"拿绳子扎脚手架过时了。"

樱桃白兰地香甜醇美，令人愉悦。玛丽·露易丝很高兴自己会想到要这种酒喝。浅斟几口后，她觉得自己比在沙滩上、餐厅里和客房中时更开心。几个和她年纪相仿的小伙子正坐在酒吧的角落里一边喝酒，一边放声大笑。两个年长的男人坐在桌前，缄默无语。玛丽·露易丝是酒馆中唯一的姑娘。

"我以前也结过婚，"趁着其他人还在继续讨论不同种类的脚手架，穆赫兰先生向她吐露说，"那是一九四一年，就在俾斯麦号被击沉的当天①。"

她颔首微笑了一下。她想，要是早点让埃尔默把那朵康乃馨从翻领上取下来就好了，这样人们就不会知道，他们才刚结婚没几个小时。她看见角落里的小伙子们朝那朵花瞥过好几眼。

"不是所有老办法都能改进，先生。"她听到埃尔默说。接着，灰白头发男人说，这轮酒该他请了。他问她是否还喝那个酒，她同意。

"请稍等一下，夸里太太，"秃顶男人说，"我得去找个

---

① 即下文提到的 5 月 27 日。

人问一条狗的事情。①"

这是头一回有人直接尊称她为夸里太太。刚才房东太太对她用这个称谓时,意味和现在并不太一样。玛丽·露易丝·夸里,她在心里对自己说。

"喝哪种威士忌,帕迪还是苏格兰?"灰白头发男子问埃尔默。不知为什么,埃尔默要了苏格兰。她会先脱掉那件绿色小夹克衫,他猜想,接着,他寻思着她会先脱掉短衫还是先脱掉裙子。他凝视着她。散完步后,她的头发有点凌乱不整,脸上因为喝酒而泛出一丝红晕。那位姐姐可没有这么漂亮,这一点毫无疑问。

"五月二十七日,"穆赫兰先生说,"在格拉斯内文镇,那天下起了大雨。"

玛丽·露易丝跟丢了他们的对话。她一时感到困惑不解,随即又明白过来,穆赫兰先生还在讲他自己的婚事。灰白头发男人将一杯新斟满的樱桃白兰地送到她手上,顺便拿走了空酒杯。

"我妻子就是格拉斯内文镇人。"穆赫兰先生说。

"那是在都柏林吗?"

"我们在那儿一直住到今天。圣帕特里克大道二十一号。"

关于脚手架的谈话还在继续,秃头男人已经回来了。

---

① "找个人问一条狗的事情"是隐晦俗语,指因上厕所或为酒水埋单而借故离开。

玛丽·露易丝听到丈夫开始聊起自己的店铺，过了一会儿，她又听到他说"我们是新教徒"，灰白头发男子接腔说，他早就猜到了。

"她全家都住在那幢房子里，和她结婚以后，我也搬了进去。"穆赫兰先生说。

"我明白了。"

"我们在那儿拉扯大了七个孩子。父亲去世后，她继承了那栋房产，不过她母亲也有权住在楼上的一个房间里。他们俩相处得不好，她的父母。"

"我对都柏林不太熟悉。"

"随时欢迎你到格拉斯内文镇来，基蒂。"

"非常感谢。"

穆赫兰先生压低了声音。他妻子正在经历人生中的变故，他说。"你明白吗，基蒂？对她来说，那是一段令人心烦意乱的日子。"

"其实，我的名字不叫基蒂。"

"我还以为他叫你基蒂呢。"

"我叫玛丽·露易丝。"

"欢迎来到婚姻的世界，玛丽·露易丝。"

玛丽·露易丝大笑起来。穆赫兰先生很有意思，就像莱蒂的前男友加根那样风趣。加根模仿过中国人说话，他讲过许多英国人、爱尔兰人和苏格兰人的故事。他还模仿过查理·卓别林。

"从前有一次,在我家店铺对面,"埃尔默正在说,"有个家伙在拆脚手架。他从顶上往下扔金属零件,结果有个零件直接砸穿了一辆面包车的车顶!"

"有些家伙就是这么危险。"灰白头发男子同意道。

"那是几年前的事儿了,"埃尔默说,"是乔·克拉迪手下的一个工人。"

玛丽·露易丝又呷了口酒,她心里暗自为他们来酒吧而高兴。埃尔默变得比前几天健谈了。现在她觉得,自己刚才想叫他把康乃馨从扣眼里摘掉的想法挺愚蠢的。如果她开口要求,他很可能会说,那会浪费一朵好花,他当然是对的。埃尔默想起的那个脚手架零件砸穿面包车车顶的故事启发了她,她也向穆赫兰先生说起,从前有个女人在倒车时撞坏了她家的希尔曼轿车,后来赔了她家一瓶樱桃白兰地。

"所以我喜欢喝这种酒。"她说。

"我妻子喜欢喝中度的雪莉酒。"穆赫兰先生说。

秃头男人想起有一次,在他开车沿米切尔斯敦镇外的柯克路行驶时,一架梯子从前面的卡车上掉了下来,砸坏了他车上的散热器和一盏大灯。他还把汽车的损伤描述了一番。

"告诉他们你家希尔曼的事儿。"穆赫兰先生催促玛丽·露易丝说,等她讲完后,埃尔默说他从未听过这个故事。

"打那以后啊,她就爱上樱桃白兰地啦。"穆赫兰先生打趣道。

众人哄笑起来。穆赫兰先生伸手揽住玛丽·露易丝的腰身,轻轻地挤了一下。她以前从没来过酒馆,经常想象里面会是什么光景。她对酒馆的了解全部来自莱蒂的描述,因为莱蒂以前经常和加根去麦克德莫特酒吧,或是去霍根酒店的休闲室消遣。夜里回到家后,莱蒂走进卧室时会带着一股烟味,有时还一身酒气。不过,莱蒂自己从不在农舍里抽烟,那纯粹是社交性活动。

"请稍等一下。"秃头男人说,然后他再次离去,口里重复说他要去找个人问一条狗的事情。

玛丽·露易丝对穆赫兰先生讲了农场的事,也回答了他向她提出的问题。她听到埃尔默在说,布料店要与时俱进是很困难的,自助服务并不总是那么合适。

"哦,那肯定了。"灰白头发男子同意道。

玛丽·露易丝发觉,自己在向穆赫兰先生讲述小时候跟莱蒂和詹姆斯一起从卡林村骑车上学的事情。她描述了玛拉芙小姐的教室,墙壁上挂着一张标有山川河流的爱尔兰地图,还有一张世界地图,各个国家被涂成不同的颜色。寒冷的天气里,他们所有人都围在火炉旁蹲着,因为玛拉芙小姐允许他们离开自己的座位。教室里总共有十二名还是十三名学生,有的时候多些,有的时候少些,视情况而定。

"你想来点什么？"

秃头男人回到了他们中间。他说，他长着一副胡禾夫式的膀胱①，穆赫兰先生听后立即责骂了他几句。穆赫兰先生再一次伸出手，搂住玛丽·露易丝的腰肢，仿佛要保护她不受这些对话的困扰。她说，她还想来一杯樱桃白兰地。

角落里的一名小伙开始歌唱，一边用手指在桌面上轻轻地打着拍子。玛丽·露易丝能感觉到，穆赫兰先生正在用手掌轻轻抚摩她的胯骨，但她心里明白，他没有恶意。她想起自己和埃尔默头一回去电力电影院约会时随身带的那枚别针，不禁笑了起来。现在想想，那举动实在荒唐，莱蒂提出那种建议真是太可笑了。

"抱歉刚才我打了那样的比方。"秃头男人道了歉，递给她一杯新的樱桃白兰地。他们会喜欢上自己住的地方，他预言。那是一家家族经营的酒店。二十二年来，他没投诉过一次。

"那里看着挺不错。"玛丽·露易丝同意道。

穆赫兰先生刚才已经抽出手掌，这会儿正对埃尔默讲着自己在旅行途中推销的各种不同文具：收据簿、会计簿、用于各种场合的卡片、弥撒卡、印刷券、印刷发票，还有各式各样的信封。和丈夫分享那张大床，也许并没有她想象中的那么糟，莱蒂说的那些事傻乎乎的。埃尔默已经不

---

① 意思是膀胱不好，容易多尿。胡禾夫是英国超市品牌，其商品往往廉价劣质不耐用。

再管那些男人叫先生了，他一边听穆赫兰先生讲话，一边不住地点头摇头。"埃尔默·夸里总是对你彬彬有礼。"那个周日的傍晚，她父亲在埃尔默告诉他求婚的消息后，如此评价。开店当老板的就得这样，莱蒂冷冰冰地插话道。礼貌待人才能让店老板把钱赚进自己的口袋。

"我把书留在特拉诺的店里了。"秃头男子说。他没有透露特拉诺开的是什么店，但从接下来的话里，玛丽·露易丝得到的印象是，它和动物饲料有关系。

"我明白了。"她说。

埃尔默一边听穆赫兰先生说话，一边暗自思忖，他从来没有在一天内喝这么多威士忌。他家里没有藏酒，从来没有过，但有时候，在某位顾客的葬礼上，他感觉自己应该接受人家向他递上的酒水，而到了圣诞夜，隔壁五金店的雷纳翰总是会在下午四点半左右过来，邀请他沿着大街，走到霍根酒店的休闲室里消遣。他会点一杯苏打水，而雷纳翰则会点一杯掺了热水的金酒。雷纳翰常和霍根酒店里的其他男人混在一起，埃尔默便随他们去了。算上婚礼仪式后喝的那杯威士忌，他这天已经喝了三杯酒，他寻思着，罗丝和玛蒂尔达如果看见他站在酒吧里，陪着年轻妻子跟三个陌生人喝酒，会说出些什么话来。很有可能，她俩会惊得目瞪口呆。

"我明白您的意思。"穆赫兰先生向大家透露任何行业都需要印制清晰、质量上乘的文具时，埃尔默表示赞同。

不一会儿,他就会给众人买一轮酒,接着灰白头发男人会再买一轮,然后酒会就到此为止了。人在外出度假时自然需要放松地畅饮一番,自然不会还像在家里一样行事。在海滨酒店住宿的花销可是有六十六英镑呢。

埃尔默折回吧台去点酒。他想起有一次,趁法伊家的双开大门敞着,他钻进了法伊家的后院,结果看到法伊太太的衣服跟她丈夫的衣服一起晾在绳子上。他停住脚步,注视着那些衣物。他当时大概十四岁或十五岁。后来,他时常会琢磨玩味这段记忆,并想象着法伊太太脱下它们后再叠起来的样子,那些衣物中,有些还呈现出鲑鱼般的鲜肉色。如今再回想起来,埃尔默不由兴奋异常,感到腹中一阵抽搐,仿佛清风从中穿过。他转过身,将视线朝下投向玛丽·露易丝的双腿,但在室内昏暗的光线中,他很难看清它们。有时候,他会从楼上会计室的窗户里朝外望出去,俯瞰摆放着吊袜带和紧身褡的柜台,看着有些女人用手摩挲布料或松紧带,决定是否购买。

"您可真有一套呀,能把这位给弄到手,"埃尔默将酒递给秃头男人时,对方喃喃说,"是个可爱的姑娘咧,夸里先生。"

埃尔默没有应声。他觉得对方的话令人尴尬,尽管他不太确定究竟是为什么。穆赫兰先生举起酒杯,提议大家向这对快乐的新婚夫妇敬酒。

"我刚才太轻率了吗?"秃头男人那番鬼鬼祟祟的喃喃

自语仍在继续,"我想我是有点儿忘乎所以了。"

埃尔默这才意识到,秃头男人刚才那番话其实是在恭维他。于是,他赶紧摇了摇头,表示自己没有受到冒犯。

"传战报,传战报,哦我勇敢的好男儿,"坐在角落餐桌前的小伙子们开始齐声欢唱,"你们挎着长枪从海上来……"①

玛丽·露易丝听着男人们详细聊起在特拉诺店里存书的惯例,她突然想到,丈夫可能将所有的酒水账单都推给那些男人去付了。詹姆斯曾经说过,埃尔默吝啬得就像一只老螃蟹。可是,即使他以前犯过这样的错,那也很可能是因为他不懂如何在酒馆里正确行事,因为她自己一点也没察觉到他是个吝啬鬼。而且不管怎样,他就在酒馆里,像其他人一样给大家分发酒杯。

"谢谢你,埃尔默。"他递酒杯给她时,她朝他微笑道。

他心想,不知她在那身分体式的两件套衣服下面穿着什么。他只晓得,那是她在店里从罗丝或玛蒂尔达手上买来的。正是他的姐姐们告诉他,如今得把这种款式叫"两件套",而不像母亲从前那样,只管它叫"套装"。他在柜台后服务顾客的第一天里,有位妇女进来要看看长袜,纤度三十旦②的那种。她还用手伸进一只长袜里面试了试。

---

① 出自爱尔兰民谣《来自基兰镇的凯利小子》,歌曲背景是 1798 年爱尔兰抗英大起义。
② 原文为 denier,是量度连裤袜编织厚度的单位,中文译为旦尼尔,简称旦。

打那以后，他便很喜欢看着女人试各种东西。

"我没想冒犯您的丈夫。"秃头男子向玛丽·露易丝透露。她皱起眉头，感到很困惑。

"我刚才对他说，您是一位可爱的姑娘。但新郎听到这样的评价，可能会有点误会吧。"

玛丽·露易丝乐得哈哈大笑，过了一小会儿，他们所有人都离开了酒吧。穆赫兰先生和灰白头发男子朝同一方向走了；埃尔默、玛丽·露易丝和秃头男人则回到了海滨酒店。房东太太已经摘掉了头巾和卷发夹，那一头红褐色的秀发，透露出她早年也曾颇受男人青睐。秃头男子在大厅里与埃尔默和玛丽·露易丝握手道别。他说，自己晚上会喝点可可茶，然后便跟在房东太太身后，走进了酒店深处。

埃尔默刚才在走出酒吧、吸入一口新鲜空气时，发觉自己脑子里晕乎乎的，人仿佛飘浮在空气中。街对面的房屋，一座是粉红色，另一座是蓝色，在愈发深沉的暮色中显得格外清晰。走在路上，人行道一直朝两边歪个不停，忽而向左，继而向右。进了海滨酒店，他得紧紧抓住扶手才能爬上楼梯。

玛丽·露易丝去找浴室和厕所了。同样，她也感到有点神志恍惚，整个人晕晕乎乎，但并不觉得难受。回到卧室后，她看到丈夫坐在床沿上，夹克衫已经脱掉，领带也已解开。他的眼睛始终没有睁开。

玛丽·露易丝脱掉衬裙外面的晚礼服，接着褪下了衬裙和其他贴身衣物，还脱掉了长筒袜。平时，哪怕只有莱蒂一个人在房间里，她也不喜欢当着别人的面脱衣服，除非灯已经关了，或者是莱蒂移开了视线。莱蒂很会把握这种场合。她们彼此心有灵犀，从不会谈论这种事情。

埃尔默尝试睁眼去看，但这番努力令他产生了一种从未体验过的视觉混乱感。另一个她从原来的她身上浮现出来，他的新娘变成了一副重叠的影像，在外形上一模一样。她的双手和脑袋，白色的晚礼服从床上被拿起，美丽的躯体弯曲，继而离他而去，一阵摸索的窸窣声，长筒袜握在她手里。他想对她说她真是太美了，可待他尝试开口，舌头却没法好好动弹。刚才在大厅里，那个男人开始说起可可茶的时候，他本想恭维房东太太一番，夸夸她做的果酱，但和现在一样的情况也发生了。他本想说自己很喜欢浓稠的果酱，可结果就是说不出口。

"要我帮你吗？"她在说话，于是他拼命睁大眼睛，想好好看看她。"要我关灯吗？"她又问，过了一会儿，她便关了灯。他向后倾身一倒，在床上翻了个身，给自己脑袋下面找了个枕头垫上。在泰特学校，他曾窥见过那位女宿舍管理员换内衣，她的影子倒映在朝外打开的窗玻璃上。他不该就这样睡着啊，埃尔默心想，但无论如何，他还是就这样呼呼睡去，沉入了梦乡。

五

"你的阿华田来了,亲爱的。"

福伊小姐将一只放着奶罐的托盘摆在床头柜上。夜里用的托盘也总是这同一只——用锡铁制成,圆形,带着边沿,绿色的背景上绘有蓝花图案。有一次,她问起那是什么花,福伊小姐说,她觉得那些是绣球花,一束美丽的绣球花。

"现在做个好姑娘,别把它放凉了。"

"今天是怎么回事啊,福伊小姐?"

宿舍里的其他女人都在听话地啜饮着手上的阿华田。福伊小姐总是会等待所有人都喝完,然后才将牛奶缸收进托盘里,再把灯关上。这间宿舍房内共有七个女人,都是她口中"福伊小姐最好的姑娘",因为她们能在一起安心睡觉,不去打扰彼此。每天晚上,最后一个拿到阿华田的人也会获得那只托盘。在这家疗养院里,公平是很重要的。

"你知道啊,亲爱的,你知道今天都是怎么一回事。我看见你在听他说话。"

"我不明白。"

"把它喝完，亲爱的。请你现在就喝掉它。福伊小姐已经累了。"

"我不想离开这儿。"

"这种事不是我们说了算的。他们更清楚。"

"谁更清楚？"

"医生们，亲爱的。"

"他们才不清楚呢，他们不知道我想待在哪儿。"

"喝掉你的饮料，亲爱的。请你现在就喝。"

福伊小姐走开了。她从其他人的床头柜上收走了空奶罐，每张床边都有一只柜子。她向女人们道晚安，所有人也向她回晚安。她管她们叫"福伊小姐最好的姑娘"。

"我还记得我来这儿的日子，"今晚给她惹麻烦的女人说，"一个星期四的下午。"

"现在当个好姑娘。把饮料喝完。你当然记得那一天。"

"你当时说过，'在这里你会更开心'。"

"在以前那些日子里当然会那么说了。别哭啊，亲爱的。福伊小姐已经累了。"

但女人仍在哭泣。她喝完饮料，将奶罐递了回去。福伊小姐关灯后，她把头埋在被单下，继续小声啜泣，这样其他人就听不见她在哭了。

六

在罗丝和玛蒂尔达的指导下,玛丽·露易丝开始在布料店里工作了。她们向她展示所有物品摆放的位置,教她如何制作账单,还有怎样把布料卷起和展开。她听到她们俩在悄悄地嘀咕她,罗丝嫌她收拾东西手脚太慢。

她们给她指派了一些厨房里的活计,具体就是,在每次开饭前将餐厅里的饭桌摆好,待食物准备就绪,再将它们盛在碟盘里端上来,饭后洗净餐具,好让玛蒂尔达擦干。罗丝喜欢用真空吸尘器清扫楼梯、餐厅、客厅、卧房和楼梯平台。玛蒂尔达给家里除尘,冬天还会照料客厅里的炉火。所有的烹饪工作都是由罗丝来做。玛丽·露易丝整理她和丈夫的双人床,而玛蒂尔达和罗丝则各自整理好自己的睡床。

嫁入夸里家没几个月,玛丽·露易丝便在顶层楼梯平台上的一扇房门后发现了一段狭窄的楼梯。她爬到楼梯顶上一瞧,原来那里通向两间隐蔽的阁楼。埃尔默和他姐姐们早年的玩具,都整齐地摆放在橱柜纵深的架子里,还有一些玩具,似乎属于夸里家族更早的一代人。有许多装着照片的相框摞在墙边，几堆图书紧挨着叠在一起。样式老旧的人体模特如雕像一般立着，有几具身上披着罩单。一台老式缝纫机也留在阁楼上，玛蒂尔达买了一台新的替换了它，就放在餐厅里。需要重装弹簧的旧沙发和需要更换坐垫的旧椅子也搁在那里，还有一匹旧儿童木马也保留了下来。一只茶叶箱里装着用泛黄报纸包住的不明物体——可能是瓷器吧，玛丽·露易丝猜想。两间阁楼里都有一扇小窗户，头上便是呈人字形的倾斜屋顶。阁楼上静谧无声，空气因缺乏流通而弥漫着一股陈腐味儿。关上她身后楼梯口底部的房门后，玛丽·露易丝觉得，这里才是她被给予的真正隐秘的私人空间。偶尔，她在弄清其他人的位置后，喜欢悄悄爬上那些未铺地毯的陡峭台阶来到阁楼里，她事先脱掉了鞋子，以防自己上楼的脚步声响彻全家。她坐进一张扶手椅中，让自己深深陷入椅子里，然后闭上眼睛，想着各种事情，想着她多么思念卡林村娘家的农舍和田野，还有骑自行车沿着熟悉的道路飞驰而过的美好时光。她喜欢在店里服务工作，她也很清楚，罗丝说她手脚慢实在大错特错。在摸清顾客的需求方面，她比两姐妹的动作都要快。不管顾客买了什么货物要她包装，她都已经能精准地拿捏好需要用多少牛皮纸了，而且她的包装比她们俩打得更干净，包装上还留出一个绳环，方便顾客们拎着。有顾客向她讨折扣时，她不用先请示埃尔默，自己就能报出一个更合适的优惠价来，而她清楚，迟早有一天，她就能估摸出他心里的小九九,把报价误差范围压到最后半便士以内。作为镇上仅次于道得药房的商铺,在这家布料店里工作还是蛮有意思的。真正令人郁闷的时光,在店铺关门以后才会来临。

以前,当玛丽·露易丝自己只是一名普通顾客的时候,玛蒂尔达和罗丝始终显得平易近人。她还记得,在玛拉芙小姐的教室里上课的那些年里,自己曾在夸里布料店买过衣钩、衣环和其他必需品,还从弗雷家的店铺买过食品杂货。她记得有一次和母亲去夸里布料店,自己站在店中,只能刚好看到柜台表面,母亲便将她抱起来,放在一张圆形座椅上,那张椅子至今仍在店里。玛蒂尔达曾亲切地问她现在几岁了。罗丝还跑进后屋,给她拿来一块香甜可口的燕麦饼吃。如今,她们和从前简直是判若两人。

有一次,在她回卡林村探望家人时,她向母亲吐露了这桩心事,母亲却告诉她,也许这对她俩也不容易,毕竟她是家里新来的人,给她们家长久以来建立的日常生活规律带来了改变。可这对她也不容易啊,玛丽·露易丝刚开口回答,她母亲却只是摇了摇头。"你看着气色还不错。"随之而来的一阵沉默中,她母亲如此说道,暗示着这一点也同样重要。

还有其他一些事,玛丽·露易丝既没和母亲讨论,也未对任何人讲。她倒是想跟泰莎·恩莱特说说,但泰莎·恩莱特已经前往都柏林,去接受理疗医师培训,只有在圣诞节才会回到镇上。两个姑娘再也没有任何联络,但玛丽·露易丝找过朋友的地址,还给她写信,邀请她参加自己的婚礼。她没能过来。

还有其他一些姑娘仍然留在社区里,在学校时,她们都和玛丽·露易丝处得不错,但无人能像泰莎·恩莱特那般亲密,因此,理所当然地,这些姑娘中没有一个人能被她视为吐露秘密的挚友。玛丽·露易丝觉得,她也不可能跟母亲分享自己的心事,和莱蒂说也是不可能的,这么一想,她的思绪又回到了泰莎·恩莱特身上:就算她没离开小镇,而她俩的友谊也持续发展,像这种特殊的话题,恐怕还是要向已经结婚的女人说起,才会更轻松一点吧。

就这样,玛丽·露易丝把与丈夫同床共寝时发生的尴尬房事默默藏在心底。然而,去岁迎新,翌年春夏交替降临,她愈发频繁地察觉到,进店里来的客人更多是对她感兴趣。女人们在说出自己需要的货物后,立即瞥向她的下身,视线在她的小腹停留片刻,然后飞快撤回。她很清楚她们心里都在想些什么。到了星期天,她从母亲那里也察觉到了这种心思,还有莱蒂也是。"你看起来气色不错。"她母亲不断重复的这句话,如今几乎变成了质疑,带上一丝尖锐的锋芒,隐藏着某种特殊的含义。在卧室里,他俩同样未曾谈论此事:埃尔默什么也不说,也从不会问起。他看着她坐在梳妆台的化妆镜前,梳理自己的秀发,她从镜子里也能看见他的身影,他已经换好了睡衣,眼中流露出一股以前从未有过的暧昧神色。起初她还会朝镜子里的他露出微笑，但后来就再也不笑了，因为他似乎根本就没有注意到。

"没必要把门摔那么响，玛丽·露易丝。"一天早上，罗丝在她关餐厅房门时呵斥道。其实，那不是她的错。当时有一股穿堂风，而她手上正端着一只大托盘，上面盛着四碟稀粥，所以她只好用肩膀推开房门，结果穿堂风立即把门重重地带上，发出砰的一声巨响。"进屋后要随时把门关好，玛丽·露易丝。"一周前，罗丝是这样命令她的。

"对不起。"她口中道着歉，一边把粥碟摆上餐桌。坐在桌前的三姐弟本来谁都可以站起身，过来帮忙把门关好，因为很明显，她自己关门有困难。"对不起。"上次她也道了歉，但同样没有说出心里的想法。

她不喜欢罗丝做的食物，肥厚的排骨，因为煎得太久而吃起来硬邦邦的牛排，还有瑞典芜菁和煮得水汪汪的大白菜。罗丝只喜欢烤蛋糕和烘焙甜品，她做起这些来也更拿手。每天傍晚六点，当他们坐下用餐时，桌上总是摆着一块蛋糕，不过，那些烤黑面包和苏打面包又厚又重，玛丽·露易丝觉得它们没有完全烤透。她偶尔会买上一条长面包，烤成面包片给大家当早餐，结果却惹恼了罗丝。"她还真是个贵夫人咧。"有次她听到罗丝这么对妹妹说，她突然意识到，每次当她俩中的一个说些明显不想让她听到的话时，说话人恰恰总是在她耳朵刚好能刮到只言片语的地方。

一九五六年秋天,这段婚姻持续了不过一年,有一天大清早,玛丽·露易丝从黎明前的黑暗中醒来,发现脸颊上流淌泪水。她昨晚并没有做梦,但不知为什么,泪水就是止不住地从眼眶里滑落,无声无息,而她连一丝呜咽也未曾发出。结婚前她所想象的生活没有成真。那时她幻想着,小镇上的人们会对她礼遇有加,她手上有充足的金钱去购买想要的衣裳,可以让她在一家家店铺里欢乐地逛来逛去,丝毫不必像她母亲那样,为顾虑开销而踟蹰犹豫:所有这一切,都没有取代在卡林村里那些漫长难熬的日子,厨房收拾干净后,她无事可做,只好去洗鸡蛋。她曾迷迷糊糊地幻想,等她成了埃尔默的妻子,整个房子都将归她所有,她在商店里也会受人爱慕。星期天早上,因为埃尔默不会陪她上教堂,她便与家人坐在一起,仿佛那段婚姻根本就没有发生过,可随后她再也不去教堂了。星期天下午,她依然会骑车去农舍探亲——这项每星期一次的常规活动,已经取代了从前她和埃尔默习以为常的周日散步。直到她发现自己有多么渴望这些拜访时,她才意识到,无论是家中的农舍还是家人之间的亲密感情,都比自己所相信的更加令她思念。

那是头一回,从此以后,她便发现自己经常在凌晨醒来,内心抑郁苦闷。躺在熟睡的丈夫身旁,她一遍遍地反思着她的愚蠢,她的头脑单纯(直到现在她才明白这一点），还有那股拒绝接受明显现实的顽固劲儿。结婚前，哈灵顿牧师曾邀请她去拜访他的住所。在社区里的新教徒中间，流传着这样一个笑话：每当哈灵顿牧师想表现得很严肃时，他总会递给教区居民一杯掺热水的树莓汁。那回他不仅真的这样做了，还给了她饼干吃。"你爱埃尔默吗？"在她结婚前一个月，他开门见山地问她，"在我面前，请你不必害羞，玛丽·露易丝。"她没有害羞，从来没有人会在哈灵顿牧师面前害羞。她很轻松地就对他撒了谎，很轻松地就向他露出笑脸，说自己真的爱埃尔默·夸里，因为她不想再展开一段像和莱蒂吵架时那样的对话。她十四岁时，曾自以为爱上了那位娇弱的表弟，后来又是詹姆斯·史都华[①]。但现在，她回首往事，才觉得这一切都傻乎乎的。她和埃尔默·夸里一起散步，他将她的手臂揽入怀里，这些事才更加真实。冬日傍晚，华灯初上，暖气烘得室内无比温暖，而她就在店中，身为头顶大房子里的女主人——这些想象中的场景也显得更加真实。有着大理石壁炉和灰色印花壁纸的宽敞客厅里会有牌场，会演奏音乐，甚至会跳舞，餐桌上会摆满佳肴，隔在两个卧室中间的房门将会敞开。"我很高兴我们能有这次谈话。"哈灵顿牧师曾这样说。

所有那些记忆和想象中的场景，如今在玛丽·露易丝辗转难眠之际，重新浮现在她的心底。她曾经从莱蒂的

[①] 詹姆斯·史都华（1908—1997），美国著名演员。

《影迷》杂志上剪下詹姆斯·史都华的照片，还裱在画框里。她自以为爱上的那个表弟身体不好，后来无法每天来教室上课。虽然他现在已经长大成人，却依然瘦削虚弱，忍受着某种无法治愈的疾病的折磨。婚礼那天，他也来了教堂，但后来却没有出席婚宴。当玛丽·露易丝清早醒来躺在床上时，她又想起了哈灵顿牧师那副温和慈祥的面容，他递给她的那杯粉红色树莓汁，还有天天牌饼干。为什么没有一个人告诉她，她当时正在犯下一个巨大的错误？只有莱蒂提醒过她，但当时莱蒂气冲冲的，像个疯女人一样大发雷霆，所以她才不会听姐姐的话呢。她母亲什么话也没说，她父亲只问过她是否确定。玛拉芙小姐则以最大的热情再三向她道贺。还有泰莎·恩莱特，那个不会轻易上当的泰莎，她会反对吗？可要是她想这么做，又为什么不写封信过来？她为什么没有发封电报，或是坐上公交车一路过来，就像任何一位知心朋友那样做呢？牧师只是问了一句你爱不爱他，再也没说别的，这又有什么用？既然他的姐姐们这样不喜欢她，她们为什么不过来找她，把话说清楚？既然她们如此居心不良，为什么不事先警告她呢？为什么当他再次告诉自己，布料店无法随着时代而发展时，她自己就没有注意到这话有多么单调乏味？他们在周日一起散步时，他曾经解释过，如今在超市里已经有缝纫用品类商品了，以后这种情况只会越来越多。为什么她当时如此愚蠢地只是听，却没有马上掉头走开呢？

在两人散步时,她听他说起过布料店里的往事。有一次,奥吉福太太买的四件外套被一条小狗咬坏了皮毛,他们只好换了四件新大衣给她送去。她还听说了以前的坏账,从陌生顾客手里接收支票时要注意的规矩,还有位老太太每年八月都会从山上下来,在店里为一个儿子购买全套衣服,他在一九四一年去了英国,再也没有回来。她还听未婚夫说起,基督教青年会的台球室变得门可罗雀,这令他大感惊讶。当时她虽然听得仔细,心里却显然完全没有意识到,这些不断重复的对话主题,终有一天会刺激她的神经,令她烦躁不已。莱蒂从未警告过她这件事,要是莱蒂能明白,别人根本不在乎她苦口婆心反复唠叨的事,那该有多好啊。

"这盘子上有啥东西干掉了,"一天傍晚,罗丝在餐室里突然抱怨起来,"看着像卷心菜。"

罗丝刚吃完盘子里的香肠和培根。她正想拿一小块面包抹掉盘子上剩下的美味油脂吃下肚,却突然注意到,有一小片卷心菜依然粘在盘子上,那是上次吃饭时留下的。

"准是菜叶子没错。"罗丝说。她将盘子递给妹妹看。玛蒂尔达接过盘子审视了一番,最后说,这绝对就是吃剩的菜叶。

埃尔默完全没有留意。他吃饭时常常还在沉思从会计室里带出来的数字问题。

"你看看这个。"玛蒂尔达说完,把盘子递给了玛丽·露易丝，只见罗丝正准备吃掉的撒满了胡椒粉的油脂，现在已经开始在盘面上凝结成块。那一小片惹眼闹心的卷心菜叶紧紧粘在盘子边缘，由于盘子在炉上热过而变得更难以去除。很可能是菜叶子，玛丽·露易丝表示同意，因为他们中午吃的蔬菜就是卷心菜。

"我洗盘子一向是拿洗碗刷刷干净的，"玛蒂尔达说，"洗完以后我总是拿起来，看看有没有什么类似的东西剩下。"

"我差点儿就吃掉它了。"罗丝说。

"你刚才要是拿面包擦，它肯定会掉，"她妹妹赞同地说，"那样一来，你肯定就会吃掉它。"

"别人没吃完的剩菜呀。"

玛丽·露易丝从桌前站起身，开始收拾桌上的餐碟。盘子里留下了一点点脏东西，谁都有可能碰上这种事情。那又不是毒药，有什么好大惊小怪的。

"我想，你烘盘子的时候也没看见吧。"她对玛蒂尔达说。

"都要烘了，我自然以为盘子全洗干净了嘛。谁能想得到呢。"

"以后得用洗碗刷。"罗丝用一副蛮横专断的口吻说，这让玛蒂尔达不由瞥了埃尔默一眼，心想不知他听到没有。从玛蒂尔达脸上露出的兴奋表情明显可以看出，她觉得罗丝这样直接发号施令，像对待一个孩子或用人，实在是有点太大胆了。

玛丽·露易丝没有回话,她默默地离开了餐厅,但几分钟后,当她端着托盘从厨房返回,正要打开房门时,她听到了抬高的嗓门声。

"脏得就像猪圈一样咧。"罗丝正在说话。

埃尔默咕哝了几句。玛蒂尔达开口了:

"那个不要脸的小贱人,还说什么烘盘子的时候能看见呢。"

"院子里到处都是大粪,一脚踩下去能没到膝盖!大家可都是去参加婚礼的啊!"

埃尔默又嘀咕了句什么,却被罗丝突然发出的尖叫声打断了。

"她姐姐跑去和加根鬼混的事情,镇上的人都在传啊。你没娶个浪女然后再跟她过一辈子,可真算是个奇迹啦。"

"看你都在胡说些什么啊。"埃尔默抗议起来,玛丽·露易丝听到了他往后推开椅子的声响。他的嗓门也大了起来。

"哪儿也甭看,"罗丝厉声尖叫,"她就在咱们脚底下到处走来走去的,从白天到晚上,不管啥时候都是。"

"你的亲姐姐差点就把盘子上的脏东西吃掉了,"玛蒂尔达提醒他,"我们光是坐在这儿就有可能被害死啊。"

"啊哈,别说这么荒唐的话啦,"埃尔默气得大喊,"一小片菜叶子而已,能害死谁呀?"

"在肥皂水里泡过，当然能害死人啦，"玛蒂尔达还是不依不饶，"天晓得下次你在盘子里还能找到什么东西。"

"她哥哥就是个蠢货。"罗丝说。

埃尔默没有应声。玛蒂尔达又说，盛米布丁的盘子也可能会沾上贴墙纸的浆糊，要是盘子不洗干净，就会把浆糊吃进嘴里。她还让埃尔默去好好问问，要是吃了贴墙纸的浆糊，会不会害死人。

"她总是对客人巴结得不得了，"罗丝说，"一直跟他们聊个不停。你想来块蛋糕吗，埃尔默？"

一阵将茶杯摆上茶碟的动静响了起来，从屋内传出了倒茶声。

"是樱桃味的吗？"埃尔默问。

"是的。"

"那我来一块儿吧。"

接下来是一片寂静：这段小插曲结束了。玛丽·露易丝没有走进餐厅，而是重新回到了厨房。十分钟后，当两姐妹端着更多的晚餐盘碟走过来时，她依然站在水槽边。她俩对她的态度也算相当和善，谁也不再提起卷心菜叶的事。罗丝还主动请她吃块樱桃蛋糕，但玛丽·露易丝摇头谢绝了，她没有从水槽前转过身，因为她不想让她们看到自己哭过的模样。

那天夜里，埃尔默出门去了基督教青年会的台球室，等他回到家时，玛丽·露易丝已经关好灯躺在床上，装作自己睡着的样子。她们知道那一刻她正走回到餐厅。她们知道她会在门外驻足,听见从屋里传出的争吵声。她的泪水从眼角泌出,顺着头发缓缓滑落,浸湿了她的双耳和脖颈。最让她伤心的是,她们居然管她哥哥叫蠢货。

翌日午后,趁着罗丝和玛蒂尔达在店里忙活,而埃尔默也待在会计室时,玛丽·露易丝沿着光秃秃的楼梯爬到了阁楼顶上。只有在那里,她才能让自己啜泣呜咽,放声痛哭,气喘吁吁地发泄一通。她将双手死死地攥成拳头,狠命地捶打着自己的双腿,惩罚自己的愚蠢糊涂。

七

她梦见自己和泰莎·恩莱特待在一起，两人又回到了八岁时的光景。"每个月都会来一次，"泰莎·恩莱特说，她们俩正走在卡林村附近的路上，被派出去寻找一头失踪的母羊，"你得用破布条止住它。"

它是女孩子一生的灾祸，莱蒂说。厨房里，她母亲说，挑选结婚的好日子，要格外慎重。在她抵达福伊小姐那家疗养院的当天，它来了。"别丢下我，求求你啊。"那一天她苦苦哀求，可他却说，他必须这样做。

她们找到了那头羊，它已经死在了一块石头旁边。她独自走出一片树林，福伊小姐的房子就在眼前。"你在那里会过得很好。"他说。她则用双臂环绕住他的脖颈，因为他说得对。他从来没有对她不好过。

八

一九五六年的圣诞夜，埃尔默陪着隔壁五金店的老板雷纳翰去了霍根酒店。当时是下午四点半，他们一向都选这个时间，在圣诞夜沿着布里奇街散步过去。一名街头音乐家正在演奏手风琴，每年只有到这个时候，他才会出现在镇子上。来自小镇贫困地区的人挤满了人行道，他们一直等到离圣诞夜只剩几个小时，才出来抢购物品，希望能拣到便宜货。一个醉汉在街头徘徊，向任何听他说话的人倾诉。

"年成不好啊。"两人拐进通往酒店吧台的侧门时，雷纳翰评价道。今年圣诞，他们谈得最多的就是这件事：过去十二个月里的生意波动起伏，即使他们经营的行业不同，在供货商那里却同样遇到了困难，利润也减少了。雷纳翰更年长，他身材瘦削，衣着整洁，蓄着一抹细心呵护的小胡子，还有爱慕虚荣的名声。

"糟透了。"埃尔默同意道。

酒吧里人头攒动，就像门外的大街上一样，充盈着欢乐的节日气氛。许多人都和埃尔默一样，平时不光顾这里，现在他们也围成几小群站着,大声聊着天。用纸做成的装饰品沿着天花板的对角线串在一起。

"你想按老样子喝点儿玉液琼浆吗,埃尔默?"大家都知道,雷纳翰喜欢拿华丽考究的辞藻讲话,但他现在用的字眼未免有失精准。在从商生涯中,雷纳翰养成了一种好开玩笑的态度,他相信,这样做能够吸引客人。

"事实上,"埃尔默道,"我要来一小杯。"

雷纳翰打量着自己的同伴,露出被逗乐的表情。过去所有这些年,当他们在这里聚会时,布商从未要求来杯威士忌,就连他患感冒的那年,当他本来应该待在床上好好休息的时候也没过。雷纳翰装模作样地挑起了眉毛,以前他看过一部电影,有个演员从头到尾就是这样的。

"你可算是过上婚姻生活啦!"说完,他用胳膊肘轻轻撞了一下埃尔默的胸脯。

埃尔默没吭声,跟雷纳翰在一起,用不着有话必回。他独自留在酒吧后部,五金店老板则推开人群穿了过去。自从蜜月新婚之夜以来,他再也没有尝过一口威士忌,去年圣诞节,他也只像平常一样点了杯矿泉水。他站在那里,心中自忖,或许,这的确就是所谓婚姻生活吧。或许,雷纳翰其实比他自以为的更滑稽、更有趣。

其他男人开始注意到埃尔默,纷纷越过吧台跟他打招呼,这些人大多是镇上其他店铺的老板,另外还有两个银行职员以及韩伦律师。他暗暗寻思,不知他们在想些什么,也不知他们到底有没有在想。他已经结婚十五个月了。

"欢庆佳节!"雷纳翰举杯高喊,埃尔默也轻轻举起了酒杯。对那个周六夜晚,他记得的最后一件事情是,酒吧老板坚持要关门打烊。走回海滨酒店的路程,大厅与楼梯,说过的那些道别的话——所有这些记忆都已化为虚无。在酒吧老板说他自己得回家之后,他能想起的下一件事便是从睡梦中醒来,衣服仍然穿在身上。

雷纳翰递给他一根香烟,仿佛是估摸着,既然埃尔默在喝威士忌,那么他肯定也想抽上一口。但埃尔默摇了摇头,说他这辈子可从未抽过烟,以后也不想破戒。

"那再好不过了。"雷纳翰擦燃了火柴,给自己点上,火光照亮了他那几根细瘦的棕色手指。他深吸了一口气,然后吐出一个烟圈。他提起,今年有个农民想要赊账,被他拒绝了。

"我自己也碰到过。"埃尔默说。

住在海滨酒店的余下几天,他们再也没有重访麦克伯尼酒馆,因为他觉得,一开始去那里就是个错误。最后那天夜里,和他们在餐厅里共坐一桌的男人中,有个人坚持邀请他们再去一次,玛丽·露易丝也明显想回酒馆一趟,她好像还确实已经答应了两人会去。可他依然不为所动。一个原因便是,那天发生的事情让他花了一大笔钱。

雷纳翰聊起了其他客人和未来几个月里可能出现的坏账。他提起有哪些农民需要特别注意,有哪些农民的财富正在缩水。除了在店里帮忙的三个儿子,他还有一个女儿在料理账面上的事情。在霍根酒店的酒吧里,他俩多次达成一致意见:不必雇用其他人干活,这给店里的业务带来了显著的差异。

"要喝金酒吗?"埃尔默问。

"再兑一丁点儿热水。"

他朝吧台走去。酒店女经理正帮着酒保招待圣诞节的客人们。她与埃尔默年纪相仿,没有结婚,身材也属于丰满壮硕的那种,眉毛仔细修过,暗红色的头发让埃尔默不禁想起海滨酒店的房东太太。当时他曾说起过两人的相似之处,但玛丽·露易丝说,她好像从没见过霍根酒店的女经理。她的名字叫布丽奇特。

"您想来点儿啥,夸里先生?"她冲他微微一笑,伸出双手去拿酒杯。她穿着一袭黑色连衣裙,在裙领旁裸露出来的肌肤上,一条项链闪闪发亮。她的一颗牙齿上还留下了涂抹口红的残余痕迹。"哦,天哪,真对不起!我还没跟您说圣诞快乐,夸里先生。"

"圣诞快乐,布丽奇特。我自己来一小杯威士忌。给雷纳翰先生来杯金酒,兑点儿热水。"

许多年前,他曾经考虑过要不要娶一个天主教徒。如果没有其他合适的人选,等他必须娶妻的日子来临,他也许就不得不那样做。有一天,他从会计室里往下看时,正好瞧见了酒店女经理——当时她还只是经理助理——正举着一条夏裙贴在身上比试。后两周里，他一直寻思着要不要主动上门追求她，但最后决定不必那么着急。现在他心想，如果自己当年做了另一个不同的决定，如今的一切会不会截然不同呢？宗教背景混杂的婚姻，在当下已经变得十分普遍了。

"您一切都好吗，夸里先生？"布丽奇特从他手里接过钱，一边飞快地找零给他，一边问。

"都还好吧，布丽奇特，都还好。"

"是吗，那挺不错呀。"她一边说着话，一边转身去接待其他客人。他不清楚她为什么还没有嫁人。

"祝好运。"雷纳翰再次举杯致敬。

以前的年月里，埃尔默总会飞快灌下第二杯柠檬水，然后将杯子搁在附近的桌面上。他一般会在四点五十分回到店里。今天，他却慢慢啜饮着威士忌，仔细回味口中那股浓烈辛辣的味道。他发现，自己待在酒吧里感觉更开心，比待在空荡无人的基督教青年会台球室里要开心多了。

"布丽奇特竟然一直没结婚，"他开口说，"你不觉得这事儿很不寻常吗？"

于是，雷纳翰给他讲了一个漫长的故事：青春年少的布丽奇特，曾爱上过一位同样年轻的助理牧师，那是她生命中最激情洋溢的美好年华。

"是科廷牧师。那个留络腮胡的傲慢小子。"

"那人我记得很清楚。"

"教区牧师一听到风声,马上就把他调走了。"

"啊,他们还是可以在一起啊。"

"当时有传言说,科廷牧师打算离开教会。不管怎样,他没有那么做,可怜的布丽奇特就这么被甩了,再也无人问津。"

"唉,我从没听说过这一段。"

"这件事被遮得密不透风。到现在镇上已经没几个人知道了。"

"只有布丽奇特。"

"是啊,布丽奇特,当然。"

两人又回忆起从前小镇上传出的其他丑闻,他俩都知道的那些。雷纳翰又买了两杯酒,埃尔默也照做了。

"我最好回去了。"埃尔默说,他意识到,现在已经快六点了。雷纳翰走开去找其他人聊天。埃尔默回到了店里。

在那个圣诞夜,有什么事情开始发生了,虽然埃尔默当时对此毫无察觉。一月过半,他发觉自己没有前往基督教青年会的台球室,而是又转进了通往霍根酒店吧台的侧门。这一次,酒吧里空旷了许多,但就算这样,仍有两名酒吧常客在此饮酒。埃尔默认出了他们,便朝着两人的方向点点头,然后自己要了杯威士忌,给他递酒的是酒保盖利,这人同时也是酒店的搬运工。他在吧台前的高脚凳上坐下,开始和盖利聊起天气。

几周后,他又去了一趟。离开店铺顶上的祖宅时,埃尔默本来满心希望去独自打场台球，玩上一两个小时，结果他发现，自己再次转进了那扇侧门。这两次他后来回家时，都没有提起自己中途变更计划的事情。威士忌浇灭了一种压迫着他的痛苦。它减轻了在他灵魂上承受的重压，哪怕效果只能持续一个小时左右。喝得太多，就会像他的新婚之夜那样，带来一片黑暗的浓雾。但在会计室里，看着他的姐姐们和他妻子在楼下的商店里，这片黑暗对他却仿佛是一剂抚慰心灵的香膏。

到了这年春季，埃尔默去台球室的次数变得更少了，但由于以前在白昼拉长的日子里他去得也少，所以这种变化没引起看门人戴利的注意。但后来有所不同的是，随着秋日降临，埃尔默依然没有继续造访。春秋之间的那几个月，埃尔默没有借口可以在傍晚离家外出，因为只要他提出——他只这样做过一两次——自己想出去散会儿步，玛丽·露易丝便也会整理妆容陪他出门。于是，他便不再傍晚出门，而改成下午去霍根酒店小坐片刻。待九月来临，他很高兴自己能借着玩台球的名义，去酒吧里待上更长时间。到了年底，镇上的居民们已经开始留意到，这段日子以来，埃尔默·夸里经常泡在霍根酒店。

什么也逃不过罗丝和玛蒂尔达的眼睛，从来没有事情能逃过。她们就像小孩子一样耳聪目明，单身独居的岁月更是让她们变得愈加敏锐警觉。在玛蒂尔达的人生中——

就像莱蒂和酒店女经理布丽奇特一样——一度，她也有过一段浪漫的情史。玛蒂尔达的未婚夫在战争爆发之际加入英国皇家空军，最后却在一九四五年战争结束的前几个月死于非命。他不是在作战行动中被击落的（因为到那时，空战已经基本平息），而是死于莱塞斯特郡某座机场内的一起事故：有个不要命的飞行员，试图驾机径直穿过一座空机库，结果导致了一场悲剧性的灾难。罗丝则从未被人求过婚。这两姐妹的单身生活，就像同一株根茎上生出的两根杂草，不断成长并延续至今。这株根茎便是她们的家族——夸里家一代又一代的成员，由于不参与大众群体的生活，变成了小镇上特殊的新教徒。玛蒂尔达和罗丝所笃信不疑的，不是她们的信念或信仰，而是别的东西：她们相信，自己要比其他人稍微高出一等。

姐妹二人对此无法自持，很久以前，她们就已迷失其中，相信自己无法改变：到现在，她们都不愿意尝试改变了。她们何苦这样做呢？她们何苦因为一个身无分文的小贱人而让自己受到哪怕半点儿委屈？要是他们都生活在一百年前，没准她还是被她们的弟弟从集市上买回家的。他娶她只是为了延续香火。他娶了她，只是因为他那颗多愁善感的糊涂脑瓜觉得，店铺顶上的家族大屋里应该有新的血脉和后代延续。就连这股冲动，也属于另一个时代——在那时候还算合情合理，两姐妹谁也不能否认这点，但如今，它只不过是明日黄花罢了。

圣诞夜那天，当埃尔默带着一股酒气回到家时，她们马上就注意到了。但她们没有互相谈论这个事实。她们知道，弟弟总会在圣诞夜跟雷纳翰一起去霍根酒店，只是她们以前从未想到，他还得在那里喝酒应酬。他回家后呼出的淡淡酒气，当时显得无足轻重，倒像是从酒吧回来的人应该有的，完全合乎意料。然而，在一月的某天傍晚，那股泄露秘密的酒气又出现了。她们谁也没有问他是不是没去基督教青年会，他自己也绝口不提。后来——才过了短短的一段时间——她们再次从他身上闻到了酒气。这回，她们依然没有谈论此事。

在涉及婚姻的问题上，两姐妹心里很清楚，事情已经无可挽回。在他犯下那个错误之前，她们早已向他指出了这一点。她们已经尽了最大的努力，就像从前在孩提时代，她们作为姐姐有时必须劝诫弟弟一样。如今，他们所有人都不得不承受这个错误带来的痛苦。

"他在偷偷喝酒。"罗丝终于说出了口。

"没错。"

一天夜里，她们在二楼楼梯平台上等他回家。两人都注意到，他的眼神迷离恍惚，双唇止不住地开开合合，一点儿不像他平常的样子；她们对他身上的每一个习惯、癖好和古怪动作都了如指掌。在楼梯平台上，她们谁也没有说话，而他也一言未发。他走过她们身边，径直上了楼。客厅里，他的妻子，那位贵夫人，打开了收音机。几分钟后，她们听见她也跟着上楼去了。

有一位兽医开始约莱蒂出门。他到农场来给一条生病的小牛做检查，工作结束后，他在厨房里留下喝茶，结果一坐就是好长时间。两周后，他再次登门拜访，还邀请莱蒂去了电力电影院。他一头红发，仪表堂堂，只比莱蒂年长几岁，是一名天主教徒。他的名字叫作丹纳希。"世道就是这样子啊。"达伦先生在卧室里私下告诉妻子。他们俩都希望这段关系最终会不了了之。

在教堂隔壁的那间课堂学校里，玛拉芙小姐从一九〇六年开始教书，一直教到一九五〇年，在她退休后，那里便关门停业了。在相关部门的安排下，小镇和社区里的新教徒孩子们，要么由校车送往十五英里外的另一所学校，要么进了修道院或天主教兄弟会的学校。玛拉芙小姐早就预见了这一天的到来，她甚至为自己是镇上最后一个曾经开办学校的新教徒而感到些许自豪：要是有人——某个来自爱尔兰教会培训学院的轻佻教师——接任她的职务，她也许会更心烦。

"你已经安稳下来了吗？"有一天，玛拉芙小姐在西南大街上遇见玛丽·露易丝时，趁着时间充裕，便问了她这个问题。从前，她也经常向那些已经结婚的学生问些同样的话。安稳下来是很有必要的，这也就是为什么在很久以前，她便挑选了"安稳"这个特殊的字眼。不管年纪多大，没有哪个女子——而面对新婚生活，也没有哪个男人——可以指望在结婚头一年左右便摆脱个人适应的困扰。幸福的婚姻需要依靠理性的智慧，但人们并不总会预先考虑到这一点。

"哦，是的。"玛丽·露易丝回答，但她话音中的某种特质，让玛拉芙小姐不由心生疑虑。在后来和玛丽·露易丝的几次交谈中，她证实了自己的想法，进而无比失望地意识到，她当年在婚礼上抱有的那份乐观，放错了地方。

九

有时候，记忆是那么完美无瑕，如一束光线般鲜明清晰。她醒来后做的头一件事，便是沉溺在对自己人生中最喜爱的那一年的回忆里。在那一年，苏联人将一条狗送上了太空，比尔·哈利[1]享誉世界，德瓦莱拉[2]宣布爱尔兰进入全国紧急状态。圣心会修道院有一位修女，人们本以为她会长命百岁，她却在那一年以九十九岁的高龄离开了人世。康伦街的一条下水道出了问题，人们不得不用空气钻凿开大街，更换新管道，再重新铺好路面。燃气公司经理饲养的一只褐色公猫袭击了邻居家的鸟笼，让笼子从挂钩上掉了下来，这引发了邻居要打官司的威胁。提利尔家的蔬菜店关门了。亨弗莱·鲍嘉，莱蒂最喜爱的美国男演员——在卡林村的家里，整间卧室的墙上都贴满了他的相片——去世了。那一年是一九五七年。

"玛丽·露易丝，"在经历了访客带来的失望后，她在拂晓的晨光中喃声细语，"玛丽·露易丝·达伦。就是夸里太太。"现在他已经上了年纪，两姐妹则老得更厉害。他还能再活上十二年，甚至十四年或者十五年，两姐妹的余生则无穷无尽。他向福伊小姐的疗养院支付收留照顾她的费用，一直以来都是如此。许多年前，那对姐妹企图逼她父亲出钱，但在卡林村的家里，自然没有余力来承担这笔费用。"你丈夫是好人。"福伊小姐经常这么说，因为在这里并不是每个人都会付钱。更大的宿舍里空荡无物，没付钱的人只能用搪瓷水杯和餐盘。他是一个体面的男人，被逼得沾上了酒瘾。他们要关掉这些疗养院，这不是他的错。他们要把那些个吵闹鬼通通带走，给她们另外找地方安置。她自己从不大吵大闹。

一个身影，在昏暗的晨光中浮现，坐在她的床边，身上披着毛毯：是来自约尔镇的莱维太太，过来诉说她的梦境。

她静静听完，然后讲起了自己的梦。

---

① 比尔·哈利（1925—1981），美国著名摇滚音乐家。
② 德瓦莱拉（1882—1975），爱尔兰政治家，1957—1959 年任爱尔兰总理。

十

每周日，玛丽·露易丝在卡林村娘家与家人喝完茶、聊完天后，一般会在五点差一刻左右骑车返回镇上，她的情绪随着路途行进而逐渐消沉。然而，在一九五七年三月的一天下午，她转下了通往小镇的公路，在周围漫无目的地骑行，去探索一片完全陌生的村落。接下来的那个周日，她选择了另一个不同的方向骑行，终于，待她对所有的路径了如指掌后，她便开始重新按照自己最喜爱的一条路线去走。讽刺的是，她想起了以前约会时和埃尔默在星期天散步的往事，当时她把自行车停放在一扇大门后面，和埃尔默在十字路口向右转，穿过眼前的那片小树林，然后走上那座小拱桥。那些时光，仿佛已像隔世那般遥不可及，都沉淀在往昔记忆的最深处，一如她在玛拉芙小姐的教室里上课的第一天。每次当她骑过那座小拱桥，她便会感受到更深切的痛苦，觉得本来应该有人提前警告她。为什么只有莱蒂警告过她？而且，为什么莱蒂的警告听上去像是在嫉妒她？

有一个星期天，她比以往骑得更远，结果发现自己骑到了一条杂草丛生的大路前。绵延起伏的围栏上一扇扇锈迹斑斑的铁门因为年代久远，早已褪去所有颜料的痕迹，仿佛是从另一个时代被人抛回来的，保留在这里只是为了撑起一座荆棘的丛林，而象牙色的树枝足有手臂那么粗。从大路上远眺，玛丽·露易丝能望见大路尽头那座纯白色的房子，那是艾米琳姨妈的简陋住宅。从前，她只来过这里一次，当时她和莱蒂受托去送份礼物——妈妈亲手制作的一磅黄油。后来，她家定期给艾米琳姨妈送黄油，但自打那次以后，送黄油的任务便交给了詹姆斯，因为他的妹妹们满口抱怨，说她们得推着自行车上坡，爬一英里远的山路。现在，遥望大路尽头，玛丽·露易丝发觉自己回想起来，艾米琳姨妈的独子，她的那位表弟——在学校读书时，她有段时间曾想象着自己爱上了他——尽管身体不好，却还是过来参加了结婚仪式。如果他的病情恶化，她应该早就听到风声了。他的名字叫罗伯特。

玛丽·露易丝调过头，踩下脚踏板朝原路返回，可还没骑出几码远，只见一辆覆满尘土的汽车转过了她正要靠近的大路拐角。喇叭声响起，艾米琳姨妈向她挥着手，接着汽车便开近前来。玛丽·露易丝跳下自行车，她觉得自己傻乎乎的，竟被撞了个正着，心下不由气恼，因为她本该避开这个村落。她知道自己面红耳赤，便暗自希望姨妈会以为她只是累得喘不上气罢了。

"老天在上！"姨妈惊呼一声，一边摇下了车窗，"你是来看我们的吗，玛丽·露易丝？"

她摇摇头。她想找出一个借口，却怎么也找不出来。全世界都找不出一个理由让她在星期天的傍晚跑到这儿来。于是，她便把跳入脑中的第一个想法说了出来。

"我想知道罗伯特怎么样了。"

"你是来看他的？"

"不，不。我只是想——"

"罗伯特这些日子过得一点儿也不差。来吧，亲爱的。他会很高兴看到你。"

那颗脑袋——头发浓密蓬乱，前额的皮肤因饱受风吹日晒而发红，还有两侧面颊也是——缩了回去。汽车继续向前开了一段，稍微停了一下，然后猛地转进了大路入口，沿着大路加速行驶。玛丽·露易丝骑车跟在后面。

罗伯特——那个身材瘦长、带着恶作剧眼神的孩子，现在变成了一个肤色苍白的年轻小伙儿，而他眼中的那份淘气劲儿已经变成了类似幽默逗趣的神情。他戴上了眼镜，这个以前可没有。然而，他那副瘦骨嶙峋的单薄身体，还是让玛丽·露易丝回想起了从前的那个孩子。一绺黑发从他的前额上不时滑落，一丝成年人的微笑在他的唇边若隐若现。

"老天在上！"他惊呼起来，动作和他母亲一模一样，"玛丽·露易丝！"

他坐在一个凌乱的大房间里的炉火旁。书桌和扶手椅上覆满了冬季树的绘画,用绿色墨水胡乱涂写的纸张,还有书。在一扇飘窗下,成排成排的玩具小兵,正在参加一场战役。钓鱼丝线和渔网纠结缠绕着搁在一个角落里。两扇玻璃门后便是温室,一株蔓藤正在室内生长。

玛丽·露易丝和莱蒂那次骑车去送黄油的时候,只进了姨妈家的厨房,没进屋里转转。现在她所看到的一切,对她来说都是陌生的景象。不过,以前她经常听父母说起姨妈家的事,多数和艾米琳姨妈的丈夫有关,他在露易丝出生前便已经去世了。据说,姨妈是为了钱才嫁过去的,在这句声明后,总会跟着金钱无法持久的提醒,因为姨妈委身的那个男人是条赌棍。"魅力非凡啊。"达伦先生曾这样说,而且——不像那些钱财——那股魅力一直持续到了最后一刻。玛丽·露易丝对她姨父的死因一无所知,有时她会猜想,罗伯特得的是不是同一种病。

"我是出来找报春花的。"凌乱的房间里,她向表弟撒谎道,以前她在大路边看见过几株。她又补充说,自己每个周日都会回卡林村探亲,但今天,她骑车在附近转了转,心里想着要采几朵报春花带回家。

她表弟仔细听着,听得越久,他嘴角上的那抹笑意就变得越深,显出一条歪斜的纹路。他似乎对她来这里的理由不感兴趣。

"后来我遇见了艾米琳姨妈。"她固执地补上了一句。

"婚姻生活还适应吗,玛丽·露易丝?"

她回答说自己现在已经适应了。这些话听起来有些仓促：她刚才没想着像这样回答那个问题，现在她意识到，他心里清楚，她在有意避开这个话题。

"嗯，我本来就猜到你会适应的。好蠢的问题！"

他摘下眼镜，用手帕擦拭起来。他穿着棕色的灯芯绒长裤和斜纹软呢夹克衫，脚上是一双棕色布洛克皮鞋。一条表链挂在衣服左边翻领的扣眼上，然后消失在扣眼下的口袋里。家里流传说，那只怀表是一个好心肠的当铺老板还回来的，因为他听说罗伯特的父亲去世后没给家里的孤儿寡母留下多少遗产。

"你在那家店里会干活吗？"

"白天有时候会。"

"我经常在想这件事。"

艾米琳姨妈端来了茶水。她把托盘放在一张已经清空书本和纸张的小桌子上，然后将桌子拉近火炉。一只狗儿跟在她后面，是一条凯利蓝梗犬。

"咱们家里平时没啥客人。"姨妈说，玛丽·露易丝看得出来她很高兴，甚至有些欣喜。姨妈靠着贩卖自己种的苹果、葡萄和蔬菜勉强养家度日。玛丽·露易丝曾听父亲说过，要不是还有那些苹果葡萄，那娘儿俩根本活不下来。

"还记得吗，你和泰莎·恩莱特曾经把虫子放进一个女生的课桌里？"罗伯特问，"那姑娘是谁来着？"

"是坡茜·鲁克。"

"她叫得好大声，就像被虫子咬了似的。"

"可怜的坡茜！她最怕虫子了。"

两人聊起了以前的校园时光，姨妈也向玛丽·露易丝问起了家里的情况。她已经听说了莱蒂和那位兽医约会的事情。她认识那个人，说他挺讨人喜欢的。

"詹姆斯过得怎么样？"罗伯特问。

"詹姆斯挺好的。"

这句话听上去似乎不假。她哥哥不再像过去那样经常抱怨了，以前他没那么容易转过弯来。在他的人生中，他似乎头一次明白过来，他是农场的继承人，他所做的一切工作都是为了自己好。这种转变是从玛丽·露易丝结婚后发生的，而在莱蒂开始和兽医约会后，这种态度就变得更加明显了。

"那夸里一家人怎么样？"她姨妈又问。

他们嘛，嗯，也都挺好的，玛丽·露易丝回答。

"嗯，那就好。"

"可惜我不能在这里久留。"

"哦，别急着走呀，亲爱的。我们平常很少见到你呢。"

罗伯特大笑起来："我们平时根本就见不到她吧。"

她告诉他们，许多年前，那次骑自行车的经历，还有那段漫长的山路，让她和莱蒂都吃不消，令她们望而却步，所以后来他们家才派詹姆斯每星期过来送黄油。她觉得自己最好把这件事说出来，免得姨妈家感觉因此受过冒犯。

"所以我们才跟詹姆斯更熟络。"姨妈说。

"他以前常和我一起玩巴格代拉桌球,"罗伯特说,"他很喜欢打桌球。"

"现在他喜欢找艾德瑞一家玩纸牌。"

众人欢笑起来。但玛丽·露易丝心里还是犯了嘀咕,不知自己该不该提起纸牌的事,因为据说正是因为姨父好赌才让姨妈和表弟家贫如洗。她再次感到面颊上一阵发烫,不由暗自希望对方没有察觉。

"多待一会儿吧,跟罗伯特聊聊。"姨妈恳求道,话音中除了隐约带有的请求,还夹杂着一丝焦虑。说话间,姨妈站起身,去给他们再倒一杯茶水。接着,她便离开了房间,那条凯利蓝梗犬睡眼惺忪地慢慢跟在后面。

"她觉得我和人接触得太少,"姨妈关好房门后,罗伯特说,"当然,这一点儿也不假。"

"你白天都做些什么,罗伯特?"

"我会下楼待在这个房间里。我很喜欢这间屋子。天气冷的时候我就点上火炉。我们在厨房里一起吃早饭。余下的时间怎么打发,则取决于各种各样的事情。"

她想起来了,以前当其他人都走路或骑车上学校的时候,他却是让妈妈开车送过来的。她总把他和他母亲——那张从方向盘后露出来的饱经风霜的面庞联想到一起。如今这些日子,她从未在小镇上见到过姨妈的踪影,这让她不由感到好奇,姨妈是在哪里买东西的呢。来这里的路上,在大约两英里开外的地方,她曾路过一家百货商店和一座加油站。应该就是在那里吧,她暗自猜想。

"平淡如水的生活。"她表弟说。

"是啊。"

斜挂在他脸上的那丝微笑绽得更开,笑意也更浓了。他凝视着她:她能感觉到,他说话的时候一直在凝视她。

"恐怕我不擅长任何嘈杂的工作。"

她回以微笑,却一时不知该不该否认这句话,最后她决定不去反驳。他接着说:"在玛拉芙小姐那里的时候,我曾想过,长大了要当个拍卖师。我幻想着自己大声喊出标价。你能相信吗?我当时真的想过。"

"我看不出你能当上拍卖师,罗伯特。"

"就算去了也是没用的。"

"我以前想去道得药房上班。那里就像天堂。"

"你得到了第二好的工作。"

"我也想过夸里家的店。"

"那儿也像天堂吗,玛丽·露易丝?"

"哦,那都只是孩子气的想象罢了。"

他大笑起来,一边仍然凝视着她。他的眼睛是棕色的,但色泽很深,在无神的时候近乎纯黑。他戴的眼镜镶着玳瑁边儿,完美浑圆,挺适合他。

"跟我来,看看另一样孩子气的东西。"他说。

他用力把自己撑出扶手椅,领着她来到窗边的桌子前,桌面上摆着许多玩具小兵。这是在法国埃纳河与香槟大区爆发的第二次埃纳河战役,他说。

"尼韦勒将军①的计划是突破德军部署在埃纳河畔瓦伊和兰斯之间的防线。这支德国集团军是由德国皇储亲自指挥的。"

他指出了德军部署的防线,在旺德雷斯和拉维尔奥布瓦之间。其他阵地上,这道防线已经被进攻的部队大大推后了。玛丽·露易丝心想,不知这场战役是在哪次战争中发生,又是出于什么目的而打的。

"德国军队集结后发起了精彩的反击,但即便如此,法国军队还是突破了贵妇小径,继续向前推进。"

许多印着精致名字的小箭头,清晰地显示出了所有动态。有些玩具兵躺倒在地。这些是战死的士兵,他解释说。

她鼓起勇气问:"这是在哪次战争里发生的?"

"上上次战争。这场战役爆发于一九一七年春季。"

她跟着他走回炉火边。她正要重新开口说,自己必须得走了,但这时他已经开始解释,要不是俄国人当时正忙着闹革命,这场战役便会迎来另外一种结局了。她心里很想告诉他,在玛拉芙小姐的历史课上,圣女贞德的故事曾深深吸引过她。但羞涩让她再次把话咽进了肚里。

"到最后,是德国人在这场埃纳河和香槟大区的阵地战

---

① 罗贝尔·尼韦勒(1856—1924),第一次世界大战期间担任西线法军总司令,于1917年4月发动"尼韦勒攻势"。

中赢得了胜利。对不起,这太无趣了。"

"不。没有,没有的事。"

"我刚才是在解释自己怎么打发一天的时间,因为你问起了这个。我会摆弄玩具兵做游戏。我还会看书。看很多很多书。"

玛丽·露易丝自己倒不是个热爱读书的人。除了《影迷》杂志,莱蒂还买过《模范家务》杂志,许多年前,她们还看过《女生之友》,那时她和莱蒂都还小。在她们家的农舍里,楼梯平台上摆着一个书架。玛丽·露易丝以前读过《安拉的花园》[①]和《绿荫街》[②];在学校里,她们还读过《洛纳·杜恩》[③]。在夸里家的阁楼上,她甚至从未对那些藏书的名字瞟过一眼。

"除了冬天,"她表弟说,"其他季节我都会在菜园里干活儿。有时我会去小溪边散步。那儿有只苍鹭。"

"我还从没见过苍鹭呢。"

"你在这里就能见到,玛丽·露易丝。"

他又笑了起来,忽然间,她很想让他知道,以前她曾觉得自己爱上了他。她不明白自己为什么会有那股冲动,当然了,这也不可能弄清楚。但她心想,如果他明白,即使顽疾缠身、体弱多病,他也绝没有因此成为可怜之人,

---

① 《安拉的花园》,英国作家罗伯特·希钦斯出版于1904年的小说。
② 《绿荫街》,英国作家丹尼斯·麦凯尔出版于1925年的小说。
③ 《洛纳·杜恩》,英国作家理查德·布莱克摩尔出版于1869年的小说。

这应该是件好事。继而她又想到，他很可能早就明白了这一点：对于他有限的生活，他似乎感到非常快乐。

"很高兴能再次见到你。"她这样说道，在她离开房间之前，她保证以后还会再来看他。

"你可真好，"他母亲在厨房里说，"你不知道你来拜访让他有多开心。"

玛丽·露易丝想把这件事作为秘密。她不想让卡林村的家人知道，自己花了一个小时和她那位体弱多病的表弟待在一起，当然在夸里家她也绝不会提。她几乎开口央求姨妈，能不能把今天下午的这次来访当成三人之间的秘密，但她没法找到合适的话语。接着，她又想起来，如今她母亲和姨妈已经很少联系，有时候一整年彼此都毫无音讯。还有，既然她姨妈已经不在小镇上购物，那么聊天时从姨妈嘴里漏出风声的可能性也就微乎其微了。

她骑着自行车轻快地疾驰在绿草如茵的大路上，一边试图回想起当年自以为爱上表弟的那种感觉。那份情愫，莫非真的就和她看到詹姆斯·史都华的银幕形象时所产生的那种感情一样，甚至会更显无力吗？从她十二岁算起，已经快有十二年了，她对那个无法自己来学校上课、只能让妈妈开车接送的男孩，顶多不过投入了一丝普通的、转瞬即逝的思念。他真不幸啊，她以前是这样想他的，然后就把他抛在了脑后。

那个周日傍晚，玛丽·露易丝像往常一样坐在丈夫和玛蒂尔达中间,她感觉心情比以前轻松了一些。埃尔默正给自己舀罗丝做的鸡蛋沙拉,他问了玛丽·露易丝一些关于农场的问题,然后对她的回答含含糊糊地应了一番。

"我听说你姐姐跟丹纳希好上了。"玛蒂尔达说。

"我想是这样。"

"真可笑,简直了。"

以往伴随玛蒂尔达这句口头禅而来的沉默,如今再次降临。埃尔默终于开口问:"是从艾尼斯坦因镇的十字路口来的那个兽医吗?"

罗丝说就是他。她又补了一句,丹纳希的父亲是艾尼斯坦因镇上的酒馆老板。

"你母亲在不在乎这个?"玛蒂尔达问。

"在乎?"

"像丹纳希那样的人。"

"她没说在不在乎。"

"他肯定是罗马天主教徒吧?"埃尔默总会非常细心地把生菜和西红柿切好,然后捣碎一颗水煮蛋。现在完成这些工序后,他便伸手去取沙拉酱。

"哦,没错。"罗丝回答。

"他们倒也算家境殷实,丹纳希一家,"玛蒂尔达点了好几下头,以示这件事的重要性,"也许这就是原因。"

说这话时,玛蒂尔达轻声细语,仿佛是想除去其中的暗示意味,或者她想表明,如果听者仔细琢磨这些话便不难发现，即便她曾点头强调，但其实她根本没有做出任何暗示。小心翼翼地，她将黄油抹在一片苏打面包上。干净利落地，她将这片面包切作两半，然后又切成了四块。

"就算这样，"罗丝接过了话头，"我本来还以为达伦太太会在乎这件事呢。"

玛丽·露易丝移开了视线。她微合双目，恍惚中又看见了那些摆在桌上的玩具小兵，那些印有名字的精致小箭头，还有玩具大炮摆出的战线。她表弟解释过，那些玩具兵身上的制服和现实中一模一样，每个细节都准确无误。她不由好奇它们是从哪里来的。在一个贫困潦倒的家里，如此丰富的色彩似乎与环境相当格格不入。

"粗俗。"罗丝说，这个字眼仿佛被她随口抛出，里面不含半点意味。

玛蒂尔达又点点头，随即沉默再次降临。埃尔默递过茶杯讨要更多茶水。罗丝往他杯中倒满。玛蒂尔达在茶里掺入牛奶。

下周日她还会再去拜访姨妈家。她在卡林村不会待过十分钟，然后就飞快地赶过去。这一次，她会找回勇气，问姨妈能不能保守秘密。她会给出一个理由，她会在接下来的一个星期里想出什么理由来。

"我们需要订一些绒丝花边，"埃尔默说起来，"还有条纹棉布。"

他在星期天会清点库存。在他们结婚前的一次散步途中，他告诉过玛丽·露易丝，自己颇有一套办法。每周日上午，他都会沿着一条不同的路线，检查仓库里的存货数量：这一周是男性服饰用品，下一周便是天鹅绒和棉绒，接着是印花棉布、缎子和丝绸，然后是帽子和女服，最后是大衣、西服套装、所有男装、袜子和背带。到了周日晚上，他会仔细核对账簿中的账目，细心周密地和上星期的入账进行比对。这样做没什么必要，就像他把某些送给顾客试穿却屡屡被退回的特殊衣物记录在册一样，其实没有太大的必要。但所有类似的事情都让他兴致勃发。所有这些工作都是生意的一部分。

"我敢拿一先令打赌，他这星期肯定会来，"玛蒂尔达说，她指的是那个旅行推销员，他们就是从他手上订购绒丝花边和条纹棉布的，"打二月他就没来过，现在也该来了。"

玛丽·露易丝心想，不知下次去的时候，那张桌子上会不会摆出另一场战役。作战双方会不会发生变化，会不会穿上不同的制服，而小箭头上标注出的名字会不会也变成了另一种语言？她想象着表弟待在供养他母亲和他自己的菜园里的情景。在想象中，她看见他弯腰俯视着阳光下的一块菜圃，在一列列生菜之间播撒种子。他这种孤独的生活一定很奇怪吧！更奇怪的是，她姨妈竟然嫁给了那笔不存在的财产！她们俩对莱蒂的暗示是真的吗？她姐姐是不是像她自己当年和埃尔默·夸里约会时一样，按着同样的套路跟那位兽医出门呢？莱蒂要是嫁给了他，也会有时候在晚上伸出双臂去拥抱他，寻求他肉体上的温暖吗？或者，对莱蒂来说，一切都将完全是另外一副样子？

"那些旅行推销员里，有一两个人开始偷懒了。"埃尔默说。

她和表弟没有半点共同之处；从他说起发生在法国的那场战役开始，这想法便在她心头滋生，一直盘踞在她脑海中的某个角落里挥之不去。他热爱读书，有时他说的一些话令她无法理解。要是她星期天总往姨妈家跑，他肯定会感到厌烦。看得出来，虽然他妈妈是那么说的，但他还是更喜欢独处。

"真叫人吃惊啊，你母亲竟能接受丹纳希的粗俗做派，"罗丝说，"真叫人吃惊，简直了。"

十一

随着时间流逝,所有明白事理的人都认识到,如今事情的安排已和从前大不一样了。定期探访疗养院的三位医生,轮流找那些据信在他们所说的"社区"里会过上更好生活的人谈话。对于那些没有家属或者家属不愿意配合的人,院方将为她们找到合适的庇护居所。

"他们是说社区合唱团吗?"蓓儿·D问,"他们是这意思吗?"她的名字叫蓓儿·迪莫克,但出于自身的某些原因,她抛弃了自己的姓氏,同时却又坚持让别人不要单独叫她名字,还要加上姓氏的首字母。

"社区就是你以前来的地方。"西班牙太太回答。她的姓氏同样也曾给大家带来困扰,倒不是因为她讨厌自己的姓,而是因为没人能念出来。事实上,她自己并不来自西班牙,而是因为嫁给了一个后来把她遗弃在直布罗陀的西班牙人,才得到了这个绰号。

"你以前听说过这样的事情吗?"另一个女人问,她形容憔悴,平时只有在话题勾起她的想象时才会开口。

"是那些药片的作用,"莱维太太解释说,"药物治疗能创造奇迹。"

她们全都在说这件事。她们说了一遍又一遍：在二十世纪八十年代生产的新药可能会创造奇迹。照料蓓儿·D的医生说过，她可以轻松地重新在地毯工厂里干活。漂亮的布莉德·比米什——虽然她的人生历经波折，但这不是她自己的过错——将再次披上华美的婚礼盛装，没任何理由不让她这样做。为了实现所有这一切，就必须保证服用药物，每天都照处方规定按时吃药。她们还必须得到家属的协助，院方坚持要求这份保障。"这难道不是你们能享受的最好的告别吗？"那个留着小胡子的医生欢快地评价道，一边冲那些毫无笑意的面庞露出微笑。马利牧师坐在每一位即将离别的病友身旁，念诵着圣母马利亚和她的慈悲。

"玛丽·露易丝！快到这儿来，玛丽·露易丝！"小个子莎蒂向她招手。待她顺从地过去后，莎蒂问："你还会去墓地吗，玛丽·露易丝？你还会玩你的那些把戏不？"小个子女人的喉咙里迸发出一阵尖锐的大笑声。在疗养院里，因为她发出的那种噪声，大家经常把她比作一只爱乱叫的母鸡。

"什么把戏，莎蒂？"

莎蒂却只是摇着脑袋。夜里她被关起来单独睡觉。有一次，她还把一个园丁的胳膊打断了。她待在疗养院里，是因为许多次她都相信，自己必须打碎东西，撕坏墙纸。一个星期前，她得知自己还会在疗养院里多待一阵子，继续受到照顾。

"莎蒂是幸运儿!"她用同样尖锐的嗓音大叫,"可怜的老傻瓜们,这对你们有什么好?神圣使徒教会对你们有什么好?困在陷阱里的狗又有什么好?狗咬狗两嘴毛。跟兔肉一起做成罐头吧。"

"哦,闭上你那该死的臭嘴。"一个女人厉声喝道。

十二

他带上了望远镜,如果那只苍鹭在附近,就用得着它。那些玩具兵是他父亲的,他说。只有她之前看到的那些,法国兵和德国兵:他能够重现的战役场景很有限。

"你听说过这只怀表的事吗?"他把表从夹克口袋里掏出来。他们正站在他提起的那条小溪的浅滩上。如果玛丽·露易丝盯着溪流一直看,就能看到细小的鳟鱼从水里游过。

"这块表真好看。"头一次看他把怀表打开时,她一言未发,心里却暗自羡慕不已。做工精细,通体金黄,外壳上雕刻着美丽的纹饰,表链也比一般的更精致。

"我父亲,你知道的。"他笑了起来,"你也听说过,对吧?"

"人们会讲故事。"

"是真的。要是他想起来家里还有那些玩具兵,肯定也会打算卖掉。我倒希望我以前认识他。"

他解释说,当年他辍学,不是因为自己的身体每况愈下,而是因为母亲没法继续开车一天两趟在学校和家之间往返。他们赖以维生的那座菜园需要人手打理:每个小时都无比宝贵。

"她在夜里教我念书。这倒不是说我懂得很多。"

"可你看起来就是懂得很多的样子。"

"有些科目我们完全懒得搭理。比如,我基本上就不会算数。"他从脖颈上举起那架望远镜,递给她看。她定好焦距,用它远远搜索着溪流下方的树丛,又沿着溪流上下寻找。他从她手里拿过望远镜,然后摇了摇头。

"今天我们不太走运。"

不过,至少他们看到了鳟鱼从水里游过,每次都有一两条。他说,你可以用网逮住它们。

"可怜的小家伙们。我不想那样做。"

他大笑起来。他把前额上的那绺头发拨到脑后,这是他身上最常见的动作。鳟鱼越小,他说,吃起来就越鲜嫩美味。接着,他问:

"你丈夫的两个姐姐,她们俩很烦人,不是吗?"

"有点儿吧,我想。"

"你和她们住在同一幢房子里?"

"哦,是的。在店铺上面。"

"我觉得自己可能不会很适应这样。"

他们沿着来时的原路往回走。他说:

"在你的婚礼上,我和母亲坐在第二排。当时我一直在想,你看起来会是什么样子。你和你父亲走过教堂过道,我却只看见了你的背影。"

"等我转身的时候,一切都结束了。"

"你成了夸里太太。"

"是的,没错。"

"在那之前,我已经很久没见过你了,"他顿了一下,"事实上,你那天很美。如果你想知道的话,这就是我当时的想法。"

她感到脸上一阵发烫。她移开了目光。

"实话告诉你吧,我一直觉得你是个大美人。"

"美人!哦,得了吧你,罗伯特!"

"我一直这样觉得。"他平静地重复道。

他没有在看她,没有像上周日那样说话时一直看着她。他停下脚步,弯腰摘下一朵蒲公英。

"但我根本就不是——"

"你是,玛丽·露易丝。"

她很想让他继续说下去,把刚才的话再说一遍,仔仔细细地说清楚。可是,他正要开口,却又犹豫起来,随即陷入了沉默。

"我一点儿都不美。"

"埃尔默·夸里不觉得你美吗?"

"我不知道。"

"去问问他吧,他会告诉你的。他肯定也觉得你很美。"

他们已经不在回家的方向上了。刚才他走下大路时拐到了左边，穿过了一片农田的斜坡。

"你以前读没读过俄国小说？"他突然问，话题的转移让她感到些许失望。

她摇摇头。

"我有一位最喜欢的俄国小说家。"他说。

他们一边走，一边继续聊这个话题。他说起了许多人，都带着难念的俄国姓名。他描述着一个瘦面尖鼻、鼻端扁平的男人。

"我们现在去哪儿？"

"那边有一座墓园，是一个非常独特的地方。"

他讲起了一个故事的情节梗概，他对男女主人公的描述是那么详实精细，以至于他们的音容笑貌都真切地浮现在她的脑海中，就像在电力电影院的银幕上一样，起初还蒙着一层阴影，但后来就变得明朗清晰起来。

"我以前想过，"他坦白道，"也许我可以尝试写出这样的东西。"

"那你试过吗？"

"我一点儿都写不好。"

"哦，我敢肯定——"

"不，我真的一点儿都写不好。"

他们走到了墓园，墓园坐落在一条小径旁边，看起来已经荒废了很久。那扇小铁门已经打不开了，他说，但爬过围墙还不算难。他拉住她的手，帮她爬过墙头。

"我希望死后能葬在这儿,"他说,"墓地还没满,但现在已经没人会来了。"

墓石间热气逼人。坟冢间高高的草丛,宛如等待收割的干草,尽管现在还只是春天。

"一个秘密地点。"他说。

"是的,没错。"

石墙内低矮的荆棘丛包围着墓园。哪怕这里以前有小径出入,现在也已经无从辨别。有些墓碑歪斜在一边,而那些还竖立在坟冢上的墓碑,大部分也已塌陷。

"我喜欢待在这儿。"他说。

他们在高高的草丛中坐下,倚着一块墓碑,碑石上刻写着阿特里奇家族的一位亡者。其他家族成员的坟墓也围绕在身旁,他们属于家族的其他分支和其他世代。詹姆斯·阿特里奇,生于一七四二年,逝于一八〇三年,在天堂安息。珀西瓦尔·阿特里奇,一七六九年至一八二八年。夏洛特·简·阿特里奇,逝于一八四〇年,年仅一岁。苏珊·艾米丽,查尔斯之妻。在天堂安息。宁静,永恒的宁静。

"好奇怪,这里没有教堂。"玛丽·露易丝说。

"它离这儿有半英里远。现在已经荒废了。"

"葬在这里的人,他们都是新教徒,对吗?"

"对,他们都是新教徒。"

"教堂很可惜。"

"那里开满了玫瑰花。窗里窗外都是。六月去看那座小教堂最合适。"

"我想去看看。"

"以后我会带你去。还有,你知道吗,真有只苍鹭在那儿。我没编故事。"

"我从没想过那只苍鹭是你编的。何必去编呢?"

"为了让你再来。"

她很想告诉他,她曾以为,自己对他喜欢的事物懵懂无知,会令他心生厌烦,但她就是找不到勇气。她用一根食指的指尖,摩挲着浅绿色短裙上的一块图案。她的双腿收拢在身下。背后的墓石感觉无比温暖。

"不管怎样,我都会再来。"

"妈妈没时间开车送我,我只好离开了玛拉芙小姐的学校,当时我想尝试骑车上学。有一天我还真的试了,但没成功。"他微笑起来。和上周一样,他穿着那条灯芯绒长裤,还有那件斜纹软呢夹克衫。他的领带也是斜纹软呢材质,色彩鲜艳,夹着绿色与红色。"我尝试搭乘运牛奶的卡车上学,但还是行不通,因为运奶车走的是一条环线,我过去就回不了家了。"

"现在已经有校车接送乡下的孩子们了。"

"你知道我为什么总想着回学校吗?"

"不,我不知道。"

"如果我告诉你,你会介意吗?"

"我干吗要介意呢?"

"可能会让你难堪。"

"泰莎·恩莱特以前说过,任何事情都会让我难堪。她以前还管我叫'难堪小姐'。"

"因为我喜欢你,玛丽·露易丝。"

她合上了眼睛。她感觉身体一阵发烫,一片如火焰花般靓丽的潮红泛起,顺着脖子爬上脸颊,扩展至整个额头,甚至朝下蔓延到肩膀上。这股激情如此强烈,竟令她感到皮肤紧绷。她从未体验过这样强烈的冲动,她心想。

"我真的让你难堪了,"说完,他飞快地补充道,"那都是过去的事了。和现在没有半点关系。当时的感觉真糟糕啊,再也不能转过头去看你,就好像我身上的一部分被切掉了。我没法告诉你这种感觉。再说,现在提起这个又有什么好呢?"

"你还那么小就——"

"哦,我知道,我知道。"

她感到潮红从面庞和脖颈上逐渐褪去。一滴汗珠刺得她的下巴直发痒,但她没有抬手去擦,她不想引起他的注意,不想让他分神。

"我一直很想告诉你。"他说。

她不知道这时应该如何去回复他,于是只好点点头。她也许会说,她也曾以为自己爱上了他:这才是自然而然的事吧,但她就是开不了口。她知不知道,在玛拉芙小姐的教室里他经常投来目光,自己却没有理解其中的意味?当时他们有着怎样的联系?在两人之间,孕育着某种东西,某种真真切切的东西——哪怕后来她只过了一两个星期就移情别恋,将感情转到了詹姆斯·史都华身上。但是,一两个星期就已经足够去确定了:现在看来似乎就是这样。

"你还会来吗,玛丽·露易丝?毕竟,我们是表姐弟啊。而且不管怎样,你现在已经嫁人了。"

"我当然还会来。"

"人们应该知道自己受人爱慕。我觉得是这样。"

"你真好,谢谢你告诉我,罗伯特。"

谈话到此结束。不久,他们便走回了家里,罗伯特将望远镜挂在厨房外走廊里的一个挂钩上。接着,炉火旁摆好了茶水,一切就和上周日一样。"让我给你念念这个吧。"他一边说,一边从身旁的书堆里抽出一本书。

现在已经到了她该走的时间,但她却继续看着他打开那本书,露出一丝微笑,翻过一两页,然后抬起眉毛,嘴里咕哝着序言篇幅挺长什么的,接着便开始读起来:

"一位年纪不过四十出头的绅士,穿着一条方格纹裤子和一件带尘土的外衣,从客栈里走出来,站在低台阶上……"

她相信,自己从未听过如此美妙的声音。他轻轻吐出的每一个字都浸润着喜悦,话语中透出的温柔或力量,都和那些词句相得益彰。哪怕他读的是一份时间表,她也会欣喜若狂。

"那一天是一八五九年五月二十日……"①

待玛丽·露易丝告辞离开，时间已经比上星期晚了两个多小时。骑到小镇郊外，她跳下自行车，拧开了后轮胎的气阀。当她回到餐厅时，她解释说，今天回来晚是因为自行车爆胎了。晚餐早就结束，而且已经有段时候了。

兽医丹纳希是个细心殷勤之人。他带莱蒂去看了《热情如火》（这部电影是第二次在电力电影院上映）、《无冕霸王》，还有《无毒不丈夫》。丹纳希喜欢跳舞，他邀请莱蒂去迪克西舞厅时，莱蒂没像以前那样反对。去过两次以后，她甚至同意丹纳希的看法，觉得跳舞这主意其实没那么坏。

丹纳希总是开车来接她出门。抵达农舍后，他会把车开进院子里，摁两下喇叭，然后一边等一边抽根香烟。如果达伦先生从院子里经过，丹纳希便会钻出车子，和他聊天打发时间，话题往往都与牲畜价格有关。有时，丹纳希还带着莱蒂去彩虹咖啡馆喝咖啡，那家店开在十九英里外的另一座小镇上。还有些时候，碰上迪克西舞厅夜里关门，或是电力电影院上映的影片已经看过，他们便会去麦克德莫特酒吧消遣夜晚的时光。不管他们去哪里玩，在回家的路上，丹纳希都会绕上一段弯路，把汽车开进一座无人居

---

① 罗伯特念的这两段文字出自屠格涅夫小说《父与子》开篇。

住的农场,在院子里停下。车头大灯扫过前方,一一照亮挂在农舍窗户上的破烂窗帘和褪色水泥房舍正面的前厅大门。"有个老家伙死在那儿了,"丹纳希透露说,"买下这里可以谈个好价钱。"院子里,他关掉大灯,伸手搂住莱蒂拥抱起来。过去她可没有允许加根或比利·林顿像他现在这样对她上下其手。不久,她便仰头躺倒在汽车座椅上,将身体交给了这个男人。

玛拉芙小姐听说了埃尔默·夸里酗酒的事。她回想起从前那个笨重结实、体形方正的小男孩,带着一脸庄重的表情,用笔写结论时慢吞吞的——他喜欢把事情做得妥妥帖帖——脑子却转得飞快,除了代数以外。在她那座有各种年纪的学生定期拜访的小平房里,她思忖着,夸里家族从没犯过酗酒的毛病,在他结婚前也未曾听说。是他俩相处不来吗?他们吵过架吗?还是因为有那两姐妹和他们住在一起,让人受不了?曾经,罗丝和玛蒂尔达也是新教徒社区中的两个美人,外表甜美、楚楚动人,吸引了方圆多少里的人慕名开车前来相见啊。

有一次,在好几年前,玛拉芙小姐的一名女学生恳请老师和她丈夫"谈谈心",因为酗酒正在威胁他们的婚姻。那个对老师从未失去尊重和喜爱的男人,骑着摩托车来到她的平房门外。他既尴尬又生气地坐在老师面前,防撞头盔搁在脚边的地板上。他坚称,不是因为喝酒对婚姻造成了破坏。"问题出在，"他说，"我不喜欢她。"

每个星期四下午，煤砖厂的会计谭农都会驱车四十英里，去另一座城镇和某个银行经理的妻子幽会。这段私情已经持续了二十六年，谭农也因此一直没有结婚。在战争爆发后的紧急时期，因为私家摩托车主无法购买汽油，谭农便搞一辆煤砖厂的卡车，将自行车顺带藏在卡车后面，这样他就可以骑车回来。听流言说，开到目的地后，他便将汽车停在一条侧街上，穿过院子里那道双层大门中的一扇小门，进入银行大楼。玛拉芙小姐经常会寻思，那位银行经理的妻子长什么模样，年纪多大，有没有孩子。浮现在她脑海中的，是一个嘴唇丰满、面庞松弛的女人，脸上涂满脂粉，浑身洒满香水，一身富贵的穿着打扮。她想象谭农悄悄钻进银行大楼的后部，一边躲开那些办公室的窗户。她想象在那对偷腥的情郎情妇身下，所有的银行业务都在照常进行，职员在办理贷款，出纳在支付现金，那名银行经理正在和总部办公室通电话。谭农曾是一个骨瘦如柴的小男孩，长着一对兔牙，骨头突出的纤瘦膝盖上穿着条很短的裤子。

小镇上还有一些类似有违传统的关系，也被人们当作饭后谈资。据说，有一对上了年纪的夫妇，自从因为女儿和信仰异教的男人结婚而大吵一架后，从此就像招呼家里的宠物狗一样招呼对方。有一名邮局职员，在柜台后服务时显得十分温良，从邮票簿里撕邮票的动作极其柔和，可据说他回家后就变得凶野狂暴。有个少妇每周都会出现在迪克西舞厅里,她那位在电厂值夜班的丈夫却对此毫不知情。镇上送面包的快递员中,有个人曾和一个补锅匠家的姑娘私奔,后来又跑了回来,说这一切都是错的。这些人里,没有一个人曾在玛拉芙小姐那儿上过课,但她全都认识,至少在他们还是孩子时都见过。

埃尔默·夸里染上了酗酒的毛病,这个消息实在令人沮丧。

"他常去的是霍根酒店。"罗丝汇报说。她刚才在布里奇街上跟踪了自己的弟弟,这会儿正站在楼梯中间,压低声音讲着话。玛蒂尔达在二楼的楼梯平台上等着她。

"我猜就是霍根。他总跟雷纳翰一起去霍根。"

"现在和雷纳翰那会儿不一样。"

"我又没说跟那会儿一样。"

罗丝爬上剩下几级台阶。玛蒂尔达带头走进餐厅。罗丝在身后关好门。

"我可没想到他会上酒吧去喝酒。"玛蒂尔达说,"在酒店的酒吧里喝酒是另一回事儿。"

"我也吃不太准他到底在想什么。你可真该看看他当时的样子,简直就是撒腿跑在大街上。就像被地狱里的蝙蝠追着似的。"

"我不知道说什么好。"

"让我来替你说吧,玛蒂尔达。是她把他逼得去喝酒的。"

两姐妹继续谈论这件事。她们从自认为的事情的起点——弟弟头一次对玛丽·露易丝显出兴趣——开始说起。她们把后面几个月发生的事也仔细梳理了一遍,还对自己当时的抗议回味不已。她们还质疑詹姆斯·达伦的精神是否稳定,进而联系到他妹妹身上。她们开始考虑要不要采取下一步措施:安排基尔凯利修车厂的出租车带她们去达伦家的农舍,请达伦夫妇把女儿带回家,以免造成进一步的伤害。她们对此没有达成一致决定。终于,她们听见了埃尔默上楼的脚步声,听见他走进了客厅,那位贵夫人正在客厅里听收音机。她们听见他快活地扬起嗓门,呼唤她亲爱的。

达伦夫妇,如今在为莱蒂和丹纳希的关系进展感到欣慰,为儿子显出成熟迹象而感到高兴后,开始为他们的小女儿担忧发愁。她星期天来拜访时,只待很短的时间就拔腿走人,现在甚至来都不来了。随着时光流逝——温暖的春天过去,宜人的夏日来临——他们越来越觉得奇怪,自己为什么还没当上外祖父母。他们彼此间没怎么聊起这件事,但随着一个月又一个月过去,起初那份转瞬即逝的疑惑越发长久地驻留在他们心中。当然,像这样的延误时有发生:他们必须牢记这一点并保持耐心。从小女儿的言行举止中流露出的一些东西，周日短暂拜访后匆匆离去的那股不耐烦劲儿，以及她再也不回农舍看望他们后却丝毫没有给出任何解释，这些事情都让他们愈加烦恼。她的态度变得令人琢磨不透。问她店里的事情，她却总是避重就轻泛泛而答，大多数时候还不肯回应。镇上的流言蜚语再也没有传到农舍的厨房里。以前她告诉他们，自己在店里会给顾客提建议，劝他们用哪些色彩比较般配，或是穿某件衣服该怎么搭，或是怎么戴帽子更合适，这些最初从工作中诞生的欢乐，如今却似乎消失得无影无踪了。那些来布料店的旅行推销员的精明智慧也再未被提起。

"我们不能干涉她的生活。"一天晚上，达伦夫人在睡觉前说。

"不过，她看着也不像是不满意。"

"是啊，她看着也不像是不满意。"

等她有了自己的孩子，她就会重新振作起来，夫妻俩心照不宣地想。她会给他们带来一些新的消息，然后她就会回到从前的样子了。

寂静的墓园中，他为她徐徐朗读。她仰面朝天躺倒，凝望着小朵白云从天穹的弧顶缓缓飘过。那些难记的俄国名字一开始不容易跟上，但后来，随着不断重复，它们渐渐变得熟悉起来。"你睡着了吗？"有时他会停下来问她，但她从来没有睡着。她用自己心灵的眼睛看见了巴威尔·彼得罗维奇的书房，那层深绿色的天鹅绒和那些胡桃木的家具，还有那条鲜艳的波斯挂毯。她表弟的声音简短地发布着阿尔卡狄的命令，饱含痛苦地向她讲述着米奇亚痉挛发作时的情景。"夫人再过半小时就会见您。"一名管家说。一个肩膀上打着补丁的农民骑着白马，从暮色的阴影中跑过。灯笼花的枝条装点着一名黑衣女子的秀发。①

待一丝凉意在墓园里悄悄升起，他便放下手中的书本，每周都是如此。"我们又待太久了。"他总是这么说，而这句最不合时宜的评价，把两人都给逗乐了。

因为实在无话可说，玛丽·露易丝便向丈夫指出，这个夏天里，他没有像以前那样去玩桌球。

"不管夏天还是冬天，亲爱的，读杂志才是叫人放松的消遣。"

"我以前不知道他们那儿还有酒。"

"什么酒，亲爱的？"

"我以前不知道，在基督教青年会还有酒可以喝。"

"事实上，那里什么酒都没有。"

他脱掉了裤子站在卧室里，心里明白她的意思，却佯装不知。他们的这番对话真是荒唐可笑。很久以前，甚至早在他们结婚前，他就清楚地告诉过她，自己一向懒得在

---

① 出自《父与子》。

夏天去基督教青年会的台球室消遣，因为那里真正吸引他的是冬天蜷在炉火旁的惬意舒适，还有那些拉下的窗帘。他曾经描述过那些窗帘，全用厚重的棕色锦缎制成，而那些锦缎是在他父亲的时代从夸里家族布料店卖出去的。

"你有时候身上带着股酒味。"她说。

他晃了晃脑袋。这是他在感到困惑时的表现，而这反应可能包含任何意味。他无声地吹起了口哨。

玛丽·露易丝叹了口气。没什么要紧的，她压根儿就不在乎。她对他在台球室或其他地方消磨时间没有任何兴趣。不过，他们偶尔也得聊上几句，否则两人就只能沉默以对了。酒精的气味就像其他任何东西的气味一样。她所做的只是评价一番而已。

他一边打着呵欠，一边穿上睡衣。在他身上也有好的品质，她回想起来，和她刚嫁给他时相比，甚至有更多的优良品质显露了出来。在某些方面他有点小气，但在其他方面却不是这样。她见过他为了节约而从火炉里取出一大块煤炭，但另一方面，她可以得到自己在店里想要的任何东西，而且他还会给她购买其他必需品所需要的钱——每个月的头一天，他都会给她一小沓钞票和一小把硬币，从来不曾忘记。要是她跟他抱怨起他姐姐们的粗鲁刻薄，也许他还会去找她们谈一谈。

"晚安，亲爱的。"他说，她便伸手去关灯，就像每天晚上那样，因为开关离她更近些。

"晚安,埃尔默。"

他几乎立刻就睡着了。他的呼吸起初还挺柔和,随即变得更加深沉,最后竟鼾声如雷。她挪动四肢贴近丈夫,将双手轻轻搁在他那具熟睡的身体上。

十三

女人们聊起了不同的时代。在彼此熟悉的这些年里,她们从各自的谈话中划分出了自己最钟爱的几个时期。就像玛丽·露易丝声称自己最喜欢一九五七年那样,来自约尔镇的莱维太太经常回忆起她在一九二一年至一九二二年的婴儿时期,多特·斯特恩最爱一九八四年,蓓儿·D爱追溯披头士乐队走红初期的美好时光,西班牙太太则对身在直布罗陀时的那段穷困潦倒的日子念念不忘,那是在一九八六年。其他人也还记得一些更准确的日期、时间或场合,悲剧降临的一刻,或是暴力发生的瞬间。

记忆中的人物也被一一唤醒,特殊的,羁绊着的,都是疗养院里诸位室友各自心头的包袱。在一段不知被重述了多少遍的对话中,玛丽·露易丝贡献出了卡林村和小镇上的人们,她的表弟和姨妈,她的丈夫和他的姐姐们。反过来,她也听说了许多陌生人的故事。每天,疗养院里都围满了听众,有时人多得连挤都挤不进去。

"天晓得,这都不是啥新鲜事儿。"在一次比较清静的谈话中,那位向来沉默寡言的老妇人断言。这都不是新鲜事儿,她的记忆透露出,以前疯女人是要被放逐到爱尔兰的大街小巷四处流浪的。很久以前,她们就这样做过,那是在遥远的过去,在巨大的砖房疯人院建造好以前,在每座城镇都有一座隐藏精神病人的房舍以前。

"她在说什么啊?"涂着口红的布莉德·比米什问。

"她说的是那些满大街乱跑的疯子。"多特·斯特恩已经褪下了长筒袜,她希望福伊小姐能注意到这点,不把她送回从前来的地方。

"哦,那是当然,"莱维太太同意道,"我们都知道砖房疯人院的事。我和艾尔茜以前还经常翻过墙头往里看呢。"

"我说的是疯人院出现以前的事儿,"老妇人纠正她说,"我是在说很久以前的事儿。"

"满大街乱跑的疯子。"蓓儿·D重复道。

"精神病,"有个给牧师当过管家的女人补了一句,"脑子不正常。"

"现在的情况不一样了,"莱维太太提醒大家,"疯老婆子的时代已经结束了。我们再也不用那些个叫法了,在当下这个时代,那护士跟我说的。"

"把药乖乖吃掉,"小个子莎蒂发出一阵尖厉的笑声,"不吃药的话,你就真是个大傻瓜。"

"如果不是因为有了那些药,有些人一辈子也不会进这种地方。一小瓶药就能把她们管得服服帖帖。"莱维太太率先讲了出来。对这些很快就要各奔东西的室友,她已经把自己当作了她们的领袖。她在讲述她们的故事。她以身作则，向大家保证吃药管用，这是她从福伊小姐和一名医生那儿听来的，那个医生是个秃顶，不是长着小胡子的那位。

"玛丽·露易丝永远不该踏出这里半步，"小个子莎蒂厉声回斥，"该死的异教徒臭婊子！"

话刚出口，她便立即大哭起来，用双臂抱住玛丽·露易丝，说她非常抱歉。

十四

玛丽·露易丝的表弟变成了她的知心密友,这似乎是一件自然而然的事情。一九五七年九月,在她结婚两年后,玛丽·露易丝向表弟讲述了自己约会过程的全部细节,埃尔默在小拱桥上的求婚,自己要求更多时间考虑,两人订婚,在婚礼当天坐火车和汽车旅行,以及到达海滨酒店的情形。

六月里,他们在那座荒废的小教堂欣赏了盛开的玫瑰。他们也一次次重返小溪边,去寻找那只苍鹭。但玛丽·露易丝向表弟吐露心声的地点是在墓园,在阿特里奇家族的墓碑中间。

"那你当时在想什么?"听得入迷的罗伯特,有时会突然插嘴打断她,让她重新回到某个特别吸引他的时间点。当她第一次坐在埃尔默·夸里身边观看《欲焰春潮》的时候,她在想什么?或者,当她站在圣坛前面的时候呢?又或者,在红光满面的哈灵顿牧师宣布他俩结为夫妻的那一刻呢?

她和他分享了自己抵达海滨酒店后最初几段时间的内

心情感，当她丈夫说那地方似乎很舒服时，自己心中油然而生的那份从未有过的疑虑。她描述着当时的情形：餐厅里，房东太太指引他们去和三个已经开始用餐的男人坐在同一张桌前。她带着他踏上了去海边散步的回忆之旅，孩子们在海滩上拾捡贝壳，一只狗儿在追逐海鸥。她向他说起了麦克伯尼酒馆，说起了自己喝的樱桃白兰地，穆赫兰先生叫她基蒂，还有那个秃顶男人说自己长着一副胡禾夫式的膀胱。

最后她喝醉了，她坦白说，而埃尔默醉得连衣服都没脱就睡着了。第二天早上起床时，两人都觉得很难受。后来他们又去海滩散步，途中埃尔默说，他们之所以觉得不来劲，是因为还没习惯喝酒。她回顾了蜜月旅行中余下的那些日子，他们在餐厅里说着同样的话，和结婚当晚在麦克伯尼酒馆里一模一样。穆赫兰先生在周日早上向他们告别，并宣称亲吻新娘子是他应得的酬谢。每天吃完早饭后，埃尔默总是坐在酒店门外，从头到尾地读完一份《爱尔兰时报》，与此同时，她和海滩上的一家人交了朋友，陪他们一起走回去，他们也住在酒店。她和孩子们一同嬉戏，帮他们修筑沙堡。她买了一件浴衣，在酒店里洗了澡。周三，那个秃头男人带他们去他工作的饲料店转了转。周四，他们观赏了那些正在建造的船形秋千。到了周五，他们便返回了镇上。

"你为什么要结婚，玛丽·露易丝？"

"这种事情没人会明白吧。"

他摇摇头。他说,回首往事的时候,人们就会明白。

"我以为一切都会好起来。我以为再也没有别人会娶我。我想留在镇上。"

"我的天哪!"

他抓起她的手,久久地握在掌中。他把她的手贴在了脸颊上。她不该告诉他,她心想,但同时她也明白这无关紧要。身在此间此地,任他抓着自己的手,这些都无所谓了。有什么要紧的?

"把你心里想说的话都告诉我吧。"他催促道,然后静静聆听,一边仍然握着她的手。

从她口中,他听闻了一段未曾圆房的婚姻,夫妻二人在海滨酒店里受到的冲击,还有他们从那以后的生活状态。她喃喃低语,音调平平,说话时毫无生气。从前她的朋友曾叫她"尴尬小姐",因为她很容易脸红,现在袒露秘密时,她的脸上却毫无血色。是因为自己是个废人,她才告诉他的吗?罗伯特心想。是因为他啥也算不上,因为在她眼里,自己已经不再属于正常人类的范畴,就像她丈夫那样虚弱无能,她才对他坦诚相待的吗?

"他已经开始酗酒了,"她说,"结婚才两年,我就欺骗了他,每个星期天都到这儿来。"

"可我是你表弟啊,玛丽·露易丝。他不知道你来这里的事吗?"

"没有人知道。"

他想象着她在大屋里备受煎熬的日子,那对恶毒的老姐妹嫌弃她的存在,甚至对她满心憎恨,埃尔默·夸里在吃饭时费力地爬上楼梯,用酒精赶走自己的羞愧感。她把阁楼的事告诉了他,夸里一家人在孩提时代玩过的玩具,都细心地保存在橱柜里。接着,她开口说:

"我曾以为自己爱上了你,罗伯特。"

"爱上我?"

"也许就是在你爱上我的那段日子。我们本来有可能彼此相爱。"

他想起了那份因无法上学而生出的痛苦,他对母亲的愤怒,还有拒绝理解的态度。他母亲说过,如果情况继续这样下去,他们娘儿俩会一块儿饿死。不管她每天起得有多早,白天的时间总是不够,尤其是在冬季。她也无法理解为什么他那么想去学校,但他没办法告诉她。

"后来,詹姆斯每个星期来我家送黄油,我曾让他帮忙代我给你传话。我经常想写张字条交给詹姆斯。"

"我想,那时候我已经移情别恋到史都华身上了。"

笑声缓解了压抑的气氛。接着,他说:

"说实话,我现在依然爱着你。每个星期天等你时,那种感觉就和以前一模一样。"

反过来,对罗伯特而言,现在说出这些也已经不要紧了。讲出再多真相都已经无所谓了,因为她以后反正也不会再回来。经过这次亲密接触,与她一起分享心事,她下周日肯定会觉得自己很难再骑车出门,下下个周日也会如此,就仿佛这一切都从未发生过。她现在还不知道会这样,但将来必然会如此。

"我当时没办法面对你的婚礼宴会。"他说。

"我还以为你们会来不了呢。"

"不是的。我们本就打算去。我们想去参加。'我就在车里等吧。'我说。但妈妈不让我那样做。"

"你不能爱上我,罗伯特。"

"爱不爱一个人是没法儿选的。"

他暗自心想,她是不是在说,她不能爱上他?甚至在她结婚前,他们之间也不可能有爱情萌芽,因为他不是一个健全的人,她是这个意思吗?另外,毫无疑问的是,她的话还包含着一层意味:孩子们眼中的爱情是不一样的,他们对爱情往往疏于留意。

可这些想法刚冒出头,玛丽·露易丝随即说出的话便立即和它们相矛盾。她说,她不配得到任何人的爱。她出于私心嫁给了一个年长的男人。她急着结婚是因为觉得生活无趣,很不耐烦地想早日摆脱当时的生活,但如今,生活却连本带利地找她清算了这笔账。她在婚前工于心计地打起了小算盘,冷漠自私地仔细考虑了这桩婚姻的好处和坏处。

罗伯特哈哈大笑。他重新握住她的手,她也再次允许他这么做。任何人都会像她那样做的,他说。

"要是我们的情谊延续至今,我也不会那么急着就结婚了。"

"那样的话,我就会变成那个内疚自责的人,永远无法释怀。"

他感到她用手指轻轻捏紧自己的掌心。这是不是一个信号,一种声明,表示她别无他法,只能做出这样的选择?从他们一起进入玛拉芙小姐的教室开始,当他们偶尔碰巧在同一天上学时,他在镇上曾匆匆瞥见过几次她的身影,但机会不多。每年秋天,他母亲都会带上葡萄和苹果,开车去拜访达伦家的农舍。他或许和母亲一起去过,但那从来不是出于他自己的心意,因为他害怕那份痛苦的感情被再次唤醒。但她的婚礼却是无法回避的,完全无法回避。

"很抱歉,罗伯特,我把心里话都说了出来。"

"对我来说,这意味着一切。"

在他那边,也有一些事实本想补充说出来:婚礼过后,在开车回家的路上,他妈妈一直在车里喋喋不休,他心中也觉得抑郁难耐。他感到痛苦,因为自己自私地剥夺了她在婚礼上本该享受的欢乐,而在他想象从新娘身上焕发的幸福感时,那份痛苦的感觉便愈加沉重。玛丽·露易丝在麦克伯尼酒馆畅饮樱桃白兰地时,他脑海中依然浮现着她身穿婚礼盛装时的美貌,就像最后一次看见她时那样。当玛丽·露易丝在已经不省人事的丈夫面前宽衣解带,晕乎乎地爬上她的婚床时，他的内心在饱受煎熬。而当她维持着处女之身，在孤独寂寞中昏沉睡去时，他已经堕入了最苦涩的抑郁深渊。

"真是莫大的讽刺啊！"最后，他在墓园中只轻轻地吐出了这句话。

"这世上能让我把心事说出口的人只有你。"

他温柔地吻了她，他们的嘴唇只是轻轻地触在一起。接着，他站起身，伸出手拉住了她。两人朝家的方向往回走去，途中一句话也没有多说。一股暖流裹住了他们全身，令他们心生喜悦，那些秘密终于在两人之间得到了分享，而其他人却依旧浑然不觉，这份隐秘的真相带来了亲近的情感。

当他们穿过田野上的斜坡，远眺着下方的农舍和菜园时，罗伯特突然说：

"看！它在那儿。"

那天，他们没有带上望远镜。但是，玛丽·露易丝依然能望见那只苍鹭尖瘦僵硬的灰色身影，就立在他们以前常常驻足观看小鱼游过的地方，他们期盼了这么久，惟愿可以匆匆瞥它一眼。它伸出脖颈，将细长的喙扎入水中，无疑正在觅食鳟鱼，尽管距离隔得太远，他们没法望见这些努力取得多少成果。它用那双笨拙的腿脚站在水中，贴得离水面更近一点，然后转过头，继而伸展羽翅，飞走了。

"好聪明的家伙。"罗伯特叹道。

回到屋里,他为玛丽·露易丝读了一段参考书中的文字。他们刚才见到的是一只普通苍鹭,不是大白鹭或草鹭,它的拉丁文学名是 *Ardea cinerea*。普通苍鹭并不罕见,但也不容易碰上。众所周知,乡下的垂钓者会对它们痛下杀手。

他把这本书拿开,又去寻找其他书籍。他最心仪的俄国小说家写过许多故事,他说,但他手上只有三本。他为她把这几本书翻开,每一本都在标题页敞着,仿佛让她看见它们是非常重要的事。

"你为什么要这样做,罗伯特?"

"我怕你以后再也不来了。"

"我当然还会再来。"

"没有人能保证。"

那三本书就像他刚才翻开时那样摆着,摆在摞着许多书的一张桌子上。他想,就算没有这些被吐露的秘密,还有他们今天发生的接触,这足以让她不再来了。

"你对我真好,罗伯特。我没法告诉你,能和你说出这些事情,对我意味着什么。"

"我能在这个房间里亲你吗,玛丽·露易丝?就一次?"

"好的,你可以亲我。"她飞快地说,没有半点犹豫。

这一次,他张开双臂拥抱住她,将嘴唇贴得更近了一点,两人分开后,他继续握着她的手,握了好长一段时间。她很美,他把这话又讲了一遍。

"可我一点儿都不美啊。"她开口说,就像上次那样。

"事实上,你很美。"他重复道。

他们在厨房间里喝了茶,待玛丽·露易丝离开后,罗伯特端起一只茶杯走出房间,去找他的母亲,她正在采树莓。这样就够了吗?他思忖着,他们像这样谈心就够了吗?他们分享的一切心事,会不会让她永远不想再回来?帮忙摘水果的工夫,一个念头钻入罗伯特的脑海:表姐在他生命中的突然造访,从最开始就是他们今天对话过程的一部分,让两人都说出了心中隐藏的真相。就好像,在双方的意愿之外,他们彼此吐露的恋爱真情是命中注定要发生的。他自己的爱历久弥坚,而她的爱也只是在某些情况下略有减弱。至少,他们已向过去的那段感情致以了敬意。但他能做到吗?他心想,他能用一个下午的短暂记忆,去支撑自己度过余生吗?

玛丽·露易丝在空旷的道路上骑着自行车,她最开始的感觉是,自己仿佛正驶离一个美好的幻梦。罗伯特握住她的手,她向他尽情倾诉,他们两次吻在一起,这一切完全不像是真的。但它们又已经实实在在地发生过了。这种事离通奸只差一步,她已经是一个有罪的妻子了。

但她既未觉得遗憾,也没有感到愧疚的阴影笼罩心头。一整个下午,她犯下的罪过所焕发出的光辉都占据着她,现在她不想让这份激情消逝。她希望能永远感受到他的嘴唇在她心里刻下的印记,还有他的手掌在她手上留下的那份凉爽的触感。她希望能再次听到他把话说出口,清清楚楚地,说她美丽动人,说他爱她。

树篱丛中,夏日的峨参花已然凋谢,只剩下纤细脆弱的茎秆立在地上。黑刺李和山楂在荆棘丛中已长大成形。在她骑行道路旁边的某处,她掠过一只惊鸟器,随着她继续骑车前进,那只惊鸟器变成了一个越来越淡的小点。一个女人在屋外修剪紫红色树篱,她向玛丽·露易丝挥手致意,说今天的天气真好。

"哦,天气真好,"玛丽·露易丝朝对方回喊过去,她不禁回想起了那个黑衣女人头上的一抹紫红,"真好啊。"

那天晚上,在午夜降临的前几分钟,罗伯特梦见,是他陪表姐在海滨度蜜月。她描述的那三个男人站在一条大路上,而在宽阔无尽的海滩上,一大群海鸥正猛扑下来冲向海边。玛拉芙小姐不准他去海里游泳,甚至连划船都不行。"你这个不听话的坏孩子!"玛拉芙小姐大声训斥着玻蒂·费吉斯。那些海鸥触到沙地的时候,他才发现,它们其实全是苍鹭。

他用手臂环住表姐的腰肢,两人在沙滩上散步,一边走一边聊着他父亲。就在那一刻,罗伯特离开了人世。

十五

她在花园中漫游。自从来到疗养院,她最喜欢的事就是待在花园里,一向如此。她知道每一种花的名字,她还拥有一块属于自己的花圃。

谁也不知道这里将来会变成什么样子,而且,可能这也无关紧要。或许一处场所变更用途,或许一栋房子化作废墟,都不可能成为重要的事,就像一把沙子倾倒在沙滩上,仅此而已。但就算这样,她的花圃可能会变得野草丛生,这也让人觉得伤心。

她从不吃药,也从不打算去吃,一次都没有想过。"你很淘气,知道吗?"福伊小姐有次这样说。但就算她抱有疑心,她也从未提起过吃药的事情。福伊小姐很喜欢那些付费入住的病人,支票到手的感觉让她很开心。福伊小姐的意思是,她只是大体上有些淘气,有点那样的趋势。护士们都看见她把药吞下去了,但福伊小姐心里明白,她吞咽时耍了障眼法,是在糊弄大家。在这样的事情上,福伊小姐就像狐狸一样狡猾。

十六

詹姆斯·达伦正在院子里给拖拉机轮胎打气,这时有个陌生男人从一辆蓝色面包车里钻出来,问他这里是不是达伦家。那男人说起了去詹姆斯姨妈家收购树莓和最后一茬豌豆的事,但詹姆斯还是没弄明白他到底在说什么。接着,男人说他带来了一条消息。他的脸上没有一丝笑意。他看起来似乎很不开心。詹姆斯把他领进了厨房。

那天上午晚些时候,达伦太太开车过去安慰她的妹妹。白天大部分时间,她们都一起坐在厨房里。到了下午,达伦太太泡好茶,烤好吐司,又给每人煮了一颗鸡蛋。她还想陪妹妹过夜,但妹妹不答应。她们聊起了两人都还是姑娘家、尚未谈婚论嫁时的日子,聊起了她们要委身的未来夫君第一次走进她们生活时的情形,还有两人因此而过上的不同生活。她们还聊起了各家孩子出生时的情况,罗伯特当时差一点就不幸夭折。她们聊起了他以前的生活。

玛丽·露易丝最近总在周日拜访的事,并未在这场对话中自然出现,她姨妈只是提了一句:"玛丽·露易丝对他很好。"达伦太太却误以为这是在说过去当他俩还是孩子，一起在玛拉芙小姐的教室里上课时的日子。这个小小的误会其实也无关紧要。

在外甥生前度过大部分时光的房间里，妹妹向她展示了他的书，还有摆在飘窗上的玩具小兵。"带些葡萄回家吧。"长日将尽，妹妹最后恳求道，因为她现在已逐渐接受了这个一直以来她都了然于心的事实：死亡，就像现在这样，会突然降临在人们头上。

"哦，不用了，亲爱的。"达伦太太反对道，但不管怎样，妹妹还是摘下一些葡萄让她带走了。

哈灵顿牧师前来家中吊唁，不久，在许多年前曾为罗伯特的父亲入殓的那位葬仪师也赶来了。罗伯特对那座早已荒废的破败墓园情有独钟的事情，这些人都不知道，因为他始终保守着这个秘密，去世前只和表姐分享过一次。人们在乡村教堂的墓园里罗伯特父亲的坟墓旁为他挖了一块墓地，教堂的人平时会定期打扫料理，哈灵顿牧师每个月也会过去主持一场圣餐召领仪式，每周日傍晚六点半还会举办一场晚祷活动。

罗伯特的一生过得很幸福，牧师在厨房里安慰道。罗伯特从各种各样的事物中感受到了乐趣，他的生活充满了欢笑与喜悦。这一切都比在痛苦和牢骚中度过更漫长的生命——六十岁或七十岁——要好。现在已是孑然一身的母亲感觉自己很难从这番话里得到慰藉，但她强忍着没流露出来。

"您要带几串葡萄走吗，哈灵顿先生？"于是，哈灵顿牧师也拿了一些葡萄，开车回去了。

达伦太太奇怪的是，她的小女儿在得知表弟去世的消息后竟然晕倒了，可是除了多年前在学校见过，他俩几乎就不认识对方。他毫无痛苦，静静地走了，在睡梦中安然长眠，达伦太太来到店里告诉女儿这个消息，还有葬礼的细节。玛丽·露易丝的脸色变得像纸一样惨白。下一刻，她的两条腿便支撑不住，整个人晕倒在柜台后瘫成一团。

埃尔默慌忙从楼上会计室跑下来，与众人从隔壁匆匆找来的雷纳翰先生一起，合力将玛丽·露易丝抬上楼去。抬到二楼楼梯平台时，她苏醒过来，然后挣扎着勉强站了起来。她开始当着所有人的面失声痛哭，随即转过头背对大家，匆匆跑上了三楼的楼梯。达伦太太想去陪她，在征询了埃尔默和他姐姐们的意见后，她也登上楼梯，爬上了三楼。可是，他们口中的那间属于玛丽·露易丝和埃尔默的卧室，房门敞开着，玛丽·露易丝却不在屋子里。达伦太太以为自己刚才在忙乱中误会了听到的话，便试着把其他房门都打开了，却依然只看见一个个的空房间，还有一段没铺地毯的狭窄楼梯。

与此同时，夸里家已经备好了茶水，还派人去请柯米肯医生。玛丽·露易丝的两位姑姐请达伦太太在宽敞的客厅里坐下，埃尔默回到店里料理生意，一边密切注意医生的到来，雷纳翰先生则为达伦太太家的丧亲之痛向她表示同情。她还在向两姊妹解释，她的外甥向来身体羸弱，事实上一直过着不正常的生活，这时玛丽·露易丝的脚步声在楼上响了起来。

"她刚才在厕所吗？"罗丝问，玛蒂尔达则说了几句关于月事的话。

可是，达伦太太心想，她打开通往阁楼楼梯的房门时，仿佛听到头上隐约传来了遥远的哭声，但又没办法确认。女儿刚才肯定不在厕所里，因为厕所门她也打开过。玛丽·露易丝刚才那么戏剧性地突然晕倒在地，现在又明显是跑到阁楼上去了，这令她感到困惑不解。那会儿她觉得自己不该爬上那条阴沉昏暗的阁楼楼梯，但现在她却希望自己当时那样做了。

"她不知道我在这儿，"当楼梯平台上响起下楼的脚步声时，达伦太太说，"玛丽·露易丝！"她从客厅里匆忙跑出来，大声呼唤，"玛丽·露易丝！"

玛丽·露易丝已经走到了门廊里。她抬起头，苍白的脸上依然挂着泪痕。在她那件蓝色碎花裙上已经罩了一件羊毛衫。

"我没事，"她说，"别担心我。"

"医生马上就来。"

"我不用看医生。"

她扭头走开了。从门廊后方的某处传来"砰"的一响。不一会儿,罗丝在客厅里喊了起来,说玛丽·露易丝已经骑着自行车离开了家。趁她还在用两根手指撩起窗帘一角,达伦太太便靠近窗户亲自去看。可是玛丽·露易丝这时已经消失不见了。

天气没有任何改变。早秋的晴空万里无云,就像两天前,他们一起散步穿过田野时那样,透出淡淡的浅蓝。阳光丝毫没有失去八月里那份炽热的活力,夜晚凝结的露珠到了早上,才一小会儿工夫就消失不见了。

峨参花纤细脆弱的茎秆依然立在原地,那只惊鸟器仍在玉米田中鸣响。那个修剪紫红色树篱的女人这会儿不在屋外,但那些剪下的枯枝败叶还散落在路面上。那条狗儿,一条毛色斑驳、长着一双明亮活泼的小眼睛的梗犬,追在玛丽·露易丝的自行车后面。公路上那些需要避开的坑坑洼洼,也都还在老地方。

但现在一切都变了。她经过的所有事物都失去了活力,令生命变得索然无趣。田野的斜坡上,他俩发现了四颗蘑菇,回到厨房后,他在木质滴水板上将它们排成一列:到现在她还能清晰地看见它们。

她去了墓园,像他们过去那样坐下来,坐在阿特里奇家族亡者的墓碑中间。这是上天对他们犯下的罪过的惩罚吗？如果是，这似乎不公平，因为和他的离世比起来，她所过的生活更令她备受煎熬。她再也不想骑车离开，一心希望自己也随他而去，长眠在这块只属于他们二人的小小世界里。

"我爱你，罗伯特。"她喃喃道。直到现在她才明白自己在他生命中最后几个小时里仍然懵懂无知的那份情愫。"我爱你。"她重复说。

她的眼泪再次涌了上来，新鲜的泪水，比刚才流淌得更自由、更猛烈。待她最后将眼泪擦干，她心想：这里面会不会出了什么岔子？她是不是愚蠢地将母亲说的话听错了？也许他只是病了？会不会是她的艾米琳姨妈去世了？如果真是她搞错了，那她要是现在赶紧骑车冲下杂草丛生的大路到他家里，发现他正在厨房里哀悼自己的母亲，她发誓将永远不会离开他的身边。她会留在房子里，和他住在一起，悉心照料他，比世界上任何人都照料得仔细。她会把一切都弥补回来，所有的付出都不算是牺牲，因为她全心全意只想和他在一起，他们俩彼此都是对方无法割舍的一部分了。

但罗伯特已经死了。母亲刚才已经很明确地告诉了自己这件事。通知死讯的时候，你是不可能弄混的，她也没有听错。罗伯特已经死了，他在平静中毫无痛苦地去了。罗伯特已经像冰块一样冷，身体僵硬而无用，他脸上那副幽默逗趣的神情，已经永远地消失了。

夜色降临，玛丽·露易丝依然留在墓园里。她浑身颤抖，在随后笼罩四野的黑暗中，继续待在那儿，一心希望自己也能死去。她觉得她可能永远不会离开这座墓园了，直到翌日的曙光升起，她才改变了心意。

十七

她的花圃从来也是他的。这座房子里的人允许她这么做，没人会提出质疑。她挑选的植物都在花圃里慢慢地生长，为了培育它们，她做过很多实验，犯了不少错误，直至那些花蕾露出鲜艳的色彩，盛开绽放。

"哦，我估计它会消失吧。"当她问起这块花圃的命运时，园丁粗暴地回答。他不是那个被莎蒂挥起镐头打断胳膊的男人。那个园丁很年轻，怎么都不适应这里的环境，后来很快就离开了。眼前的这个人上了岁数，她待在这儿的年月里，他也一直都在，难怪他会感到愤愤不平。他说，这座疗养院会变成一家酒店。

"我的花圃是为了怀念故人。我希望他们能把花园留下。"

"我听说他们要把花园拆掉，建停车场。"

她在四周漫步，想象汽车成排停在这里，颜色各异。泰莎·恩莱特来看过她一次，当时她已嫁给一个牡蛎商，成了泰莎·霍斯佩尔，是四个孩子的母亲。一个炎热的下午，正是在这些花园小径上，她们一起散着步，突然，她的朋友说:"我恋爱了。"她从未把这件事告诉给第二个人,以后也永远不会。"除了你没别人。"她抽出一条带花边的淡紫色手帕,掩面哭了起来。她说,玛丽·露易丝在这里关了十六年,直到现在自己才来看她,这让她深感羞愧。她爱上了一个英国人,当时她跟丈夫还有孩子们一起去法国海边度假,这时遇见了他。她丈夫很富有,孩子们还有一个保姆。那个英国人说,他离开了她就没办法活下去。"想象一下吧!那么快就说出这种话来!他根本不了解我。"泰莎·恩莱特没有任何变化。她还是像保险丝一样纤瘦,颧骨高耸,头发就像被太阳晒过后褪了色的绸缎。她的眼中永远流露出一副受到惊吓般的神情,嘴唇也还是慵懒地噘着。要不是她极度渴望找个人倾吐自己的心事,她永远也不会到这里来:在这个世上,只有在这里,她的秘密才是安全的。

十五年后,当她独自在花园中流连,玛丽·露易丝依然能清晰地回想起那块手帕的浅紫色调,比女主人身上的全套服装——扣到脖颈的衬衫,极短的半裙,时髦的小鞋子——更显得淡雅。她想起泰莎说过,那个牡蛎商是她在一次聚会上认识的。那个英国人专门跟船打交道,他负责将客人从一座码头运送到另一座码头上,还给其他人做代理。玛丽·露易丝想象着这个男人,就像她以前想象圣女贞德,然后是她表弟的父亲,接着是表弟读过的那些小说中的人物。她在脑海中看见了她朋友养育的儿女们,那些受到一个沉着冷静的保姆控制的孩子。她也看见了那位丈夫。她把这家人安置在一座酒店的餐厅里,周围的侍者们忙忙碌碌,用法语互相呼喊,娴熟地为客人们斟酒。那个英国人走近,他穿着一条法兰绒长裤,上身是一件带标记的运动衫,像坚果一样的褐色,脸上流露出一丝慵懒的笑意。后来,当他们独处时,她的朋友伸出双臂环抱住他,将双手探入那件带标记的运动衫,用手指轻轻抚摸他后背上饱满的肌肉。

玛丽·露易丝俯身拾起一片落在地上的玫瑰花瓣。无论什么情况下,谁也不许在花园里采花。有一次,布莉德·比米什坏了规矩,被罚七个月不准进花园一步,因为她偷走的花正好有七朵。花瓣已经失去了香气,但在玛丽·露易丝的掌心中,它就像她以前触碰过的任何事物一样美丽,在深红色里夹杂着白色条纹。她在花圃里种下的大多是玫瑰,在花圃边缘则种着铃兰花。她很庆幸嫁给那个牡蛎商并生下四个孩子的人不是她。她很庆幸自己从不需要去找一个被安全地关在远郊乡下、说的话无论如何都没有人相信的童年伴侣,吐露自己内心的秘密。

十八

秋日的薄雾翩然而至,依附在布里奇街上的房屋周围,让商店的窗户玻璃上模糊一片,挂满了凝露和细小的水流。小镇上四处飘扬着泥炭的烟味,令潮湿的空气闻起来辛辣刺激。在换季的日子里,白天变得越来越短,到了十一月,冬天便正式到来。

到十一月中旬,对玛丽·露易丝来说,葬礼似乎已经过去了很长时间。当时她和家人一起站在小教堂里,站在前排的长椅边,姨妈则孤零零地坐在对面的走道前。小教堂里挤满了各路人——主要是邻居们、一些镇上的居民、玛拉芙小姐、艾德瑞一家,还有来自家族另一支旁系的远亲,达伦家的人以前从未见过他们。木棺葬进了教堂的墓地里,哈灵顿牧师朗声念诵悼词,送葬的人们各自拾起一把泥土,抛在刷着一层亮漆的棺盖上。完事后,所有人都感到无所适从:这个场合令人哀伤,人们觉得,逝者的一生如此短暂,举办一场葬礼也真叫人难过。不过最后,还是有几个哀悼者去了姨妈家。

表弟去世后,玛丽·露易丝每天早上醒来的第一个念头就是，死亡变成了一桩事实。罗伯特，那个坐在教室里的瘦弱男孩，已经永远地离开了。罗伯特，那个在他深爱的凌乱房间里露出微笑的年轻人，如今变成了她记忆中一个虚拟的幻象。一个影子伸手指向那只苍鹭，然后俯身拾起那些蘑菇。一个影子亲吻了她两次。逐渐模糊消失的记忆残影是没法像照片那样清晰可靠的，但她手上连一张表弟的照片都没有。

正因为这件事，玛丽·露易丝在十一月中旬的某个星期天下午，再次骑车去了姨妈家。到达时她还不太清楚自己到底要说些什么，也不晓得自己会找到些什么。她不知道姨妈现在还会不会特别欢迎她。

事实上，她的确受到了特别欢迎。姨妈正在花园里，连根拔起她那些已经成熟的红花菜豆。她穿着橡胶皮靴和一件老旧的麦金托什防水外套。在她劳作的田地附近，一堆篝火正缓缓燃烧。

"玛丽·露易丝！"

"我没打扰您吧？"

"没有，没有，没打扰到。我已经拔到最后一排了。"

她拔出最后剩下的那排菜豆，将根茎扔入火中。她讨厌这活计，她边说边带路朝房子后走去。

"我在想——"到了厨房，玛丽·露易丝开口了。

"哦，我现在过得还凑合。"

玛丽·露易丝在厨房里开始烧水泡茶。姨妈脱掉皮靴，将防水外套挂在艾斯壁炉上烘干。

"你能来看我可真好，玛丽·露易丝。"

"我一直没能上门来吊慰，"她顿了顿，随即将烧开的茶水倒入茶壶，"我自己也需要安慰。"

"最后那几个月，你和罗伯特又成了好朋友，天底下再没有比这更宽慰人的事了。"

"我很爱罗伯特，艾米琳姨妈。"

姨妈已经走到洗手池前，清洗自己的双手。她打开水龙头，拿一把刷子仔细刷洗手心和十指。玛丽·露易丝倒了两杯热茶。

"罗伯特也很爱你，玛丽·露易丝。"

姨妈的话就是这些。玛丽·露易丝和表弟之间的关系有多么亲密，姨妈很显然没有猜到。这段情谊在她儿子去世前从未让她担心。她看不出有任何理由去阻止一段毫无害处的感情羁绊，对她儿子那已经被现实剥夺的情感生活插手干涉。

"那儿有块蛋糕，是你妈妈送来的。你妈妈对我一直很好。"

一块还没切开的水果蛋糕摆在盘子上。玛丽·露易丝曾希望她能向姨妈吐露内心的情感，希望姨妈会理解和倾听。但姨妈紧接着却转过身去，将蛋糕切成小块，这让玛丽·露易丝意识到，自己不该继续聊这个话题。她和罗伯特彼此相爱是一回事，一段不忠于婚姻的禁忌恋情却完全是另一回事。

"以后只要你想来,"姨妈说,"就过来看看我吧。"

这份邀请让姨妈刚才那种看似冷硬的态度有所缓和,但重新待在这座房子里,让玛丽·露易丝还是觉得难受,她心里也清楚,自己再也不会轻易来这里了。那座废弃的墓园,还有那座盛夏里开满玫瑰的教堂废墟,是她更方便前往的去处。在那儿,没有任何令人分神的干扰,也没有任何不属于那儿的杂音。在那儿,她不用装出一副礼貌的样子。

"我能带一幅罗伯特的画走吗?"

"哦,当然可以了。我们过去看看吧。"

那三本书翻开着摊在桌上,一如之前他摆放的原样。法军与德军正展开一场激战,他肯定是在她上次离开后重新布置过了。房间里变得稍微整洁了一些,但也没有太大的变化。

"我已经开始收拾这里了,"姨妈说,但她的音调却泄露出,她无心进行这项工作,"平时我很少进这里来。"

玛丽·露易丝不想改变任何东西的位置,连一本书、一页涂鸦或一张画都不愿意。她绝对不会将他的座椅从炉火边挪开半寸。到了冬天,她会重新点燃炉火,让它每日每夜烧个不停。

"你想留张画也挺好的,"当她选出一张冬日树林的写生时,姨妈说,"想拿其他什么东西就拿吧。"

玛丽·露易丝环顾四周，不愿挪动任何东西的冲动又回来了。

"也许还有这些。"她犹豫地说，朝那三本书指了指。

"当然，你可以带上它们。"

她们离开房间，回到了厨房里，又一起喝了杯茶。有那么一会儿，两人谁也没有说话。接着，姨妈开口了：

"你妈妈说，我可以搬到卡林村去住。你觉得怎么样，玛丽·露易丝？"

玛丽·露易丝想到的是，她以前每周日来这里拜访的事会被家人知道：在每天的接触中，这个秘密肯定会泄露出来。不过，在他生前她曾那么在乎的事，如今已经无关紧要了。即使她今天流露的心事将来会让姨妈萌生疑虑，她也无所谓了。她只希望自己早已明白，在最后那个星期天，她怀着如此强烈的激情深爱着她的表弟，死亡令这份感情清晰可见。

"您在这里太孤独了，艾米琳姨妈。"

"嗯，他们也这么觉着。是啊，是这样。我现在是很孤独，不过也许我能适应这种日子。"

"这主意也很合理。"

"对，很合理。如果莱蒂嫁给丹纳希，那间卧室就会空出来了。"

这座房子的大部分产权都归爱尔兰银行所有，她补充道。卖掉这里能让她的心里少一些负担。西面的天花板已经漏水，排水檐沟需要更换，屋顶上的铅皮也破了好几个洞。

"我喜欢詹姆斯，"她说，"能重新在身边看到年轻人，感觉真好啊。"

玛丽·露易丝猜得出姨妈的心思，还有父母的想法。在玛丽·露易丝出嫁后，她父母都觉得，莱蒂和詹姆斯会一起留在家中直至老去，农舍里的一家人几乎都把这个前景当作事实接受了，但如今，这个前景似乎已经化为泡影。现在看来，莱蒂很可能会嫁给那个兽医，而詹姆斯有朝一日也会娶个姑娘。空出一间卧室后，在这种情况下，让一位孤身生活的姨妈住进来，是自然而然的事情。

"但我还不确定，玛丽·露易丝。我不确定我会不会打扰你们。"

玛丽·露易丝摇摇头。她再次保证说，姨妈绝对不会打扰他们。全家人肯定商量好了，这才把这个想法告诉她。她父亲肯定已经答应了，詹姆斯也是。莱蒂肯定已经打定主意要嫁给丹纳希了。

"私下跟你说啊，我相信她已经决定出嫁了。"

"我不知道。"

"像这种宗教信仰混合的婚姻消息，总是会压上一阵子的。丹纳希的神父以后会尝试让莱蒂改宗。"

"莱蒂才不会改宗呢。"

"但神父肯定想让孩子们改。"

玛丽·露易丝觉得,她对这一切都不在乎。过去,莱蒂一有什么事情总会很早就全部告诉她。她们总是醒着躺在卧室里聊天,但如今,那间卧室很快就要变得空荡荡了。莱蒂会把她罗曼史的一举一动,求婚时的自然景观与环境,还有教区牧师的疏导劝诫,通通对她说上一遍。当年加根与莱蒂约会的日子里,她晚上回家后总会带来各种各样的信息,往往她还需要把玛丽·露易丝从睡梦中摇醒:加根为了追到她又尝试了什么手段,他对她吐露了哪些青春期的欲念狂想,还有一些银行顾客的私人内幕——哪些人没有欠款,哪些人已经负债累累。现在,很显然,她的姐姐将要嫁给一个和玛丽·露易丝只聊过一两次的男人,而莱蒂在她面前对这个男人只字不提。等莱蒂结了婚,家里的一切都会变样子——艾米琳姨妈会住进本属于她们的那间卧室,詹姆斯也许会娶艾德瑞家的丫头,或是某个像她那样的姑娘。所有这一切都将不再属于玛丽·露易丝的世界了。她的整个世界就是那家布料店,还有布店楼上的大房子,她的姑姐们,她的丈夫,那些阁楼顶上的房间,还有对她表弟的爱的记忆。她曾经如此向往着生活在其中的小镇,现在已经是她的了,充斥着泥炭煤烟的臭味,而人们只对她那不孕不育的状况感兴趣。

"神父们总想尝试让孩子们改变信仰,"姨妈说,"好吧,可以理解,我敢说。"

"我必须回去了,"她犹豫了一下,"我在想,您这里有没有罗伯特的照片,能送我一张吗?"

姨妈头一次露出了惊诧的表情。她马上走开了,回来时抱着一本相册,里面松散地夹着十来张照片。"罗伯特的照片对我来说很宝贵,"她说,"这里没有他长大后的样子。"

玛丽·露易丝一张接一张地看下去:婴儿时期的罗伯特,三四岁的罗伯特,穿着大衣、戴着帽子的罗伯特,一如记忆中他在童年时的样子。她把照片还了回去。

"我们很少去照相馆。"姨妈说。

还有另外一些照片,姨妈也给她看了——有她不熟悉的房子和人,有小时候的姨妈,还有罗伯特的父亲,他留着一抹小胡子。

"谢谢您给我看这些,艾米琳姨妈。"

在她骑车转出大路后不久,她听见表弟的声音在耳边回响:

"一八五三年夏天一个酷热的日子里,在离昆采沃不远的莫斯科河畔,一株高大的菩提树的树荫下,有两位青年人躺在草地上……"①

玛丽·露易丝想得没错,镇上的居民对她无子无女颇感兴趣。另外,人们还觉得她变得越来越古怪,并往往把

---

① 出自《前夜》第一章第一段。

两者联系在一起。走进店里的女人们都不约而同地注意到了异样之处，然后在众人之间口口相传。她们在其他商店里也是议论纷纷——在隔壁雷纳翰家的店里，在弗雷家的店里，还有其他许多地方。她们说起这些话来时而像闲聊，时而像打听，时而像预言，取决于具体是谁说出口的。她们说，那个年轻的妻子心不在焉，你和她打招呼，她却经常充耳不闻。你找她要充丝薄棉布，她却转身弯腰给你找出一些丝绸样品。① 她也不像以前那么亲切友善了，有时她对你几乎没有什么笑脸，接着回过神后又笑得过分热情。

一天，莱蒂来店里告诉妹妹自己和丹纳希订婚的消息。她立刻被后来她对母亲描述的"玛丽·露易丝的古怪举止"惊到了。她问妹妹能不能到楼上去坐几分钟，玛丽·露易丝便带她去了楼上的大客厅，这个房间莱蒂以前从未进去过。她们在空空的壁炉前相对而坐。丹纳希已经买下了那栋农舍和外面附带的院子，以前他们经常开车过去，寻找私密空间。莱蒂试着回忆起那些房间，在脑海中丈量它们的尺寸，估摸有没有哪间像眼前这间屋子这么大。她滔滔不绝地夸起了自己未婚夫的美德，他的忠贞虔诚，还把他们对未来的种种规划全讲了出来。她扭过头把视线移向别处，开口说自己像发疯似的爱上了他，从他带她出去约会的一开始就是这样。她还说，他很想更多地了解玛丽·露

---

① 充丝薄棉布原文为 silko（silkolene 的简称），与 silk（丝绸）读音很接近。

易丝。

"她一个字都没讲,"莱蒂后来汇报说,"她坐在那儿,表情几乎一点儿都没变。"

这番话多少带点儿夸大其词,但无论如何也包含了对事实的准确回忆,莱蒂自己的震惊情绪也混杂其间。

"她生病了吗?"达伦太太问。

莱蒂摇摇头。她妹妹没有生病。这和生病完全不一样。

"哦,我也发觉有啥不对劲。"达伦太太说,她想起了自己在外甥离世后去拜访夸里家时发生的情形。后来,她在回忆时得出的结论是,玛丽·露易丝的怪异举止和她至今尚未怀孕有关。在达伦太太看来,小女儿过去几个月里的情绪变化——从沉闷沮丧转为兴高采烈,然后又陷入阴郁悲伤——都是因此导致的后果,这种想法越来越强烈。她和丈夫谁都没觉得有必要讨论,甚至连提都没有提起过,因为夸里家的男人世世代代都把结婚这一步当作人生中的必需品,而不是自己的欲求,这个事实已经众所周知。玛丽·露易丝自己想待在镇上,她自己选择了和埃尔默·夸里约会。在詹姆斯出门找人玩纸牌,莱蒂跟丹纳希约会的时候,达伦夫妇私下在卧室或厨房里,却从未公开讨论过那些事实,从未去多想一步,去探究玛丽·露易丝婚后的生活有多幸福。在小女儿婚前,他们就没有对彼此提过"幸福"这个字眼,在她结婚后更是如此。"幸福"这个词在他们的人生字典中从未自然而然地出现。要是埃尔默·夸里更年轻些，或者女儿嫁的是另一个人，另一个更适合当她伴侣的人，也许他们会感到更宽慰。不过，当时还有其他的因素需要他们考虑。女儿至今没有身孕，这纯粹是命运弄人。

"她也没说自己是高兴还是什么的，"莱蒂继续说，"光一个劲儿点头了。我告诉她房子的事，她甚至都没问我房子到底在哪儿。"

"也许是因为你没请她当伴娘，她觉得很失望？"

"结了婚的女人是不能当伴娘的。这个我跟她说了，但后来我怀疑她压根儿就没听进去。"

"她应该去看柯米肯医生。现在可以做很多检查。"

"我觉得原因不是这个。"

"那还有什么？"

"他在喝酒。"

"谁？"

"埃尔默。"

"别瞎说了，莱蒂。那男人滴酒不沾。夸里家的人从不喝酒。"

"他已经喝上瘾了。镇上都传遍了。"

要是莱蒂知道的话，她也许还会加上一句，在镇上的人看来，埃尔默·夸里出人意料地在威士忌中寻求慰藉，也跟他无儿无女的婚姻有关。他的姐姐们如今已经公开地向人们暗示，他将这段婚姻视为一个错误。

"霍根酒店，"莱蒂说，"我在那儿亲眼看见他了。"

"我的天啊！"

"她坐在那儿啥也不说，简直叫人想把她揪起来狠狠晃一晃。但马上你又会觉得她很可怜。"

事后，达伦太太将整个谈话一五一十地告诉了丈夫，一个字也没落下。达伦先生对埃尔默泡在霍根酒店的事实也一无所知。在牲畜集市上，从没有人对他提起过这件事，但达伦太太指出，大家很可能也不想说出来，毕竟这个话题很敏感。

"只要她有了孩子，问题就会全部解决的。"达伦先生说。

"上帝保佑，但愿如此啊。"

然而，达伦太太那天夜里无法入眠。她躺在床上，回想着玛丽·露易丝出生时的点滴细节，那孩子来到世上的时间多晚啊，随之而来的日子比以前带大莱蒂和詹姆斯时要轻松许多。长大后，玛丽·露易丝变成了一个大眼睛的小姑娘，脾气既不像莱蒂那样尖刻，也不像詹姆斯那样急躁。有时她梦游似的样子叫人心烦，有时她会忘记做一些事情，让人以为她是故意忘掉的，但其实从不是那样。有一天，她跌进了外屋的活板门下面，在干草堆上躺了好久好久，直到牧羊犬在外面狂吠，这才引起他们的注意。还有一次，玛拉芙小姐在她的期末评语上写道，她终于开始对学习上心了。柯米肯医生曾以为她得了阑尾炎，让他们对医院要收的费用担心了好一阵子，结果她什么病也没有。穿上婚纱的那天，她比以往任何时刻都要显得神采飞扬，头上还戴着那顶从艾米琳姨妈手里借来的利默里克蕾丝面纱。

直到临近黎明时分，达伦太太才昏昏睡去。她做了个梦，但醒来后却什么都不记得了，只模模糊糊地意识到，玛丽·露易丝从一个婴儿、一个孩子，直到一个新娘，从她逐渐清醒的意识里匆匆走过，化为一个纷乱的幻梦。

圣诞节那天，玛丽·露易丝跟她丈夫和两位姑姐去了教堂。后来，在晚餐席间开始切圣诞火鸡之前，他们彼此交换了礼物，因为按夸里家的传统，这项活动始终都是在那个特定的时间点上进行的。严寒的天气在一月降临，玛丽·露易丝想象着那条游着鳟鱼的小溪冻结成冰的样子，不禁好奇那些苍鹭在冬天会不会迁徙。

罗丝和妹妹继续向一些顾客灌输她们的信念——她们的弟媳妇脑子不太正常。她们说，那家人本来就有些古怪，詹姆斯·达伦远非一个理智的人，而那个表弟据说也是死于疑难绝症。新的一年里，两姐妹仔细观察弟媳的一举一动，想法也日益受此影响，在她们看来，正是她让弟弟变得颓废消沉，令家庭不合。不过，在和某些顾客的闲聊中，她俩丝毫不提后一个话题，因为她们觉得，这件事已让家族蒙羞。

"这能有什么坏处?"二月初,姐妹俩重新讨论了去达伦家拜访并表达忧虑的想法,但这回,她们讨论得更加认真。下一个星期里,她们继续谈论着此事。二月二十日这天,她们终于打定主意,请修车厂的基尔凯利次日开车送她们去卡林村。

玛丽·露易丝去阁楼时再也不偷偷摸摸,而是旁若无人地爬上楼梯,她甚至把阁楼底部的那扇小门敞开着。家里人自然会有意见。埃尔默问过她是不是去楼上找东西,罗丝也在餐厅里吃饭时聊起过这件事,但玛丽·露易丝回答,她去阁楼只是为了找一点私人空间。她还习惯把自己喜欢待的那个阁楼房间的门反锁上。有一回,玛蒂尔达上楼来拧了一阵门把手,她却对门外的声音不理不睬。"你在里边没事儿吧,玛丽·露易丝?"她的姑姐大喊着问道,她却置若罔闻。她把房间里的所有物品都搬进了另外一个阁楼房间里,除了她自己坐的那张扶手椅。这样一来,当她们说要找什么东西的时候,她就可以告诉她们,东西都在隔壁。

阁楼上经常寒气逼人,但她从来不曾介意。她坐在扶手椅中,将双腿蜷缩在身下,一心思念着坟墓中的表弟,想象着他脸上的肌肉已经腐烂,露出了森森白骨。她为表弟的死而责备上帝,在她的阁楼中,她发誓与上帝为敌,因为她所留下的关于表弟的全部记忆只剩下他的声音——

他念出某些词语时的发音方式，他音调的质地，还有他在话语中所传达的形象。

"我梦见自己愁绪满怀，有时还伤心落泪。但透过泪水和愁绪——有时由音乐般悦耳的诗句，有时由黄昏时分的良辰美景所勾起的愁绪——愉悦之情却似春草一般，永远油然而生……"①

一次又一次，他的声音为她反复阅读。而今，她的声音也加入进来。因为他以前说过，那是他们必须铭记于心的话语。

---

① 引自屠格涅夫小说《初恋》第一节第四段。

十九

她收拾着自己的物品,心里空落落的。三十一年来,有多少女人进了这儿,又相继离开?其中一些人已经去世,另外一些人则被迫转移去了别处。三十一年来,这里的食物不仅寡淡无味,往往还很难吃。冬天,由于经费紧张,疗养院只好节省燃料,她们在屋里经常感到冰冷刺骨。

"你会没事的,"福伊小姐又安慰她,"你在外面会好好的。"

"我以为自己会死在这儿。"

"唉,好啦,好啦。"

福伊小姐对此一笑带过。她想起来了,这个女人待在院里的时间比其他人都长。要是她动了情,或许也会说出这种话,但她最后还是决定闭口不谈。这样的想法肯定会叫人难受。

二十

"正常情况下,"罗丝说,"我们是不会来的。"

"我们并不想来。"玛蒂尔达强调。

"是啊,我们压根儿就不想来。我们忍了有多久,玛蒂尔达?该有一年了吧?"

"整整一年啊。"

姐妹俩的这段开场白,让达伦太太心惊肉跳,恐慌久久不肯散去。那名基尔凯利修车厂的司机在院子里将汽车掉头,然后停在原地等待,与此同时,姐妹俩走进了屋里。甚至在进屋前,她们就把不请自来的原因解释了一遍,用不同的方式重复了莱蒂汇报过的事情:玛丽·露易丝有些不对劲儿了。

"她最近一直不太舒服,这是肯定的。"妻子的焦虑也传染给了达伦先生,他那张瘦削发灰的脸上显出一丝紧张的神色。

"好吧,严格说来,我们自然不清楚她舒服时是啥样儿,"罗丝说,"达伦先生,我的意思是,我们只知道埃尔默当初娶她进门时她是啥样儿。不瞒您说,从一开始她就是怪里怪气的。"

"不过当然了,达伦先生,那时候她还没像现在这样反常呢。当然差远了。"

达伦太太心烦意乱地给众人倒好自己煮的茶水,甚至还问起在门外车里等候的司机是否也要喝一杯。姐妹俩都说不必叨扰,但达伦先生觉得,他们也应该给那个男人送点儿什么,于是他便端了一杯茶走出屋外。路上,他回想起来,玛丽·露易丝确实变得越发沉默寡言。昨天晚上,莱蒂又提起了这件事,她说,嫁进夸里家的人,不管是谁,都会变得话越来越少。不过,她又补充道,嫁过去那么久了,每次她见到玛丽·露易丝,妹妹说的话只会更少。他回到厨房时,正好听见罗丝在说:

"有天晚上,我们坐在客厅里。那儿有广播可以听。基督教青年会处理旧杂志的时候,埃尔默会买回家看,反正也花不了几个钱。那些杂志也放在客厅里,她想看的话随时都能看。"

达伦先生注意到,他妻子流露出一种异样的神情。她的眼睛瞪得老大,竟朝外凸了出来。在他的记忆中,这么多年来,他还从未见过她像现在这样。她转身对他说:

"玛丽·露易丝一直把自己锁在阁楼上。我告诉过你,那天我去看她的时候,她就在上面。很显然她是把自己锁在里边儿了。"

"除了这个,还有许多其他事儿呢,达伦先生。"罗丝用一副轻快刻薄的语调确认道,"就像我们刚才一直说的那样。"

"人家问她问题,达伦先生,她却怎么都不肯回答。"

"她为什么要上阁楼呢?"

"我们也问过她呀,达伦先生,埃尔默也问过她好多次。她可是一点儿都不肯屈尊回个话咧。"

"还有,我们都是要干些家务活的,我有,玛蒂尔达当然也有,玛丽·露易丝也有点小活儿要做。我们以前都说好的,但实话告诉你们吧,要是让她来料理所有事情,整个房子就会变成一座垃圾堆了。"

"垃圾堆?"

"简直脏得要死咧,"罗丝解释道,"她闹起脾气来,可是连一根手指头都不肯动弹。上次用过的盘子,她全都摆在桌面上,洗都不肯洗。盘子上净是些污垢和恶心的脏东西,她看见了却连眼睛都不眨一下。"

"还有,在店里也是,达伦先生。有人要买油布,她却说我们根本不存这玩意儿。实际上,我们店里有三种不同质地的油布,花样有十几种呢。"

"说实话,我们卖不掉它们。"罗丝自作主张地跑了点儿题,但即使在说话,她也把嘴唇紧绷着,"如今也没多少人会买油布了,但埃尔默说别扔掉,所以我们还是把它们留在店里。"

"比方说吧,就在昨天,我们听见她跟一个客人讲,也许在隔壁雷纳翰家能找到油布。"

"玛丽·露易丝可能是没看见——"

"店里所有的货,没有哪样是我们没指给她看过的。"

"她总把自己一个人锁在阁楼上,达伦先生。她还把好多东西从一个房间搬去了另一个房间。那些东西都不是她该碰的,说实话,不过也没办法。过去敲门问她是不是生病了吧,她却一个字儿都不说。"

"真是一个字儿都不说啊。"玛蒂尔达确认道。

"我们自己也想过了,"达伦太太勉强开口说,"也许玛丽·露易丝是觉得失望吧,因为她到现在都还没怀上孩子。"

"这可真是天意,您说呢,达伦太太?"

"我再给您举个例子吧,"玛蒂尔达主动说道,"大约一个星期以前,当时我正准备打烊,我跟她说,等一下,玛丽·露易丝,我想试试今天早上送来的几条裙子。我的用意很简单,就是想让她给我提提意见——有时候让别人看看,会比自己更有把握。好嘛,她就杵在办公室楼下的台阶上,雕像似的一动不动,就像在学校里被老师逼进了墙角似的。'怎么样啊?'我穿上第一条裙子,一条蓝色和淡紫色相间的格纹布裙子。您知道她是怎么回我的吗?"

达伦先生和达伦太太齐声表示不知道。

"她说,我穿着那条裙子,看起来真可笑。然后她就走开了。我可笑。她可倒一点儿都没说清是为啥咧。"

"还有一件事。"罗丝继续数落起玛丽·露易丝的不是,"我们的母亲生前有一只陶瓷小蛋杯。现在,除了我没人会用那只蛋杯。'罗丝可以拿走我的蛋杯。'我母亲在去世前一周说过。有一天,我走进厨房,正好撞见她在里面,从那只蛋杯里拿出一个鸡蛋来吃。"

"现在,她有时会把自己的食物带进厨房去吃,"玛蒂尔达解释,"她要是犯起脾气,可是一步也不肯踏进餐厅呢。"

"'那是一只特殊的蛋杯,玛丽·露易丝。'我对她说,口气很轻很轻的,一点儿也不粗鲁。我以前就告诉过她,现在还得再说一遍。'我希望你不要用它,玛丽·露易丝。'我说。"

达伦太太想说,谁都有可能不小心忘了这份叮嘱,或是把这只蛋杯跟另一只蛋杯弄混。她才刚开口,还没说出几个字呢,罗丝却摇起脑袋,打断了她的话。

"过了一星期,我发现那只蛋杯的边上缺了个口子。现在再也没法把它拿上台面了。"

"我更担心她老待在阁楼上这件事,"达伦太太坦承道,"还有她在厨房里一个人吃饭。她为什么要那样做?"

"这就是我们碰上的难题了。"玛蒂尔达说,"不管她做什么,都叫人摸不着头脑。所以我们才会坐在这儿。"

达伦先生问起了埃尔默的感受。

"埃尔默被折磨惨了,"罗丝回答,"你只消看一眼那可怜人的样儿就能明白。"

在这里,就像她们在镇上一样,她们丝毫不想提起弟弟被逼得借酒消愁这件事。姐妹俩一点也不怀疑,等那丫头从屋里消失,埃尔默很快就能恢复常态。就像他在陷进这段不幸的羁绊之前一样,他再也不会每次回家都带着一身酒气。对这段不愉快的时光,她们要给它披上一层面纱。

"那玛丽·露易丝到底出了什么事,你们觉得呢?"达伦太太焦急地喊出了声,"她有什么烦恼吗?"

"这也是我们坐在这儿的原因,达伦太太,"玛蒂尔达重复道,"我们想得到你们的帮助。我们在想,她这会不会是精神上的问题?"

"精神?"

"您只消在屋里和她待上十分钟,脑子里马上就会想到这个词。要是哪个人把每天四分之三的时间都耗在阁楼上,这还算正常吗?"

"我还以为只有晚上这样呢。"

"主要是晚上,但有时候,在店里找了半天都见不着她的人影。嗯,您自己也亲眼见过嘛。"

"还有星期天呢,"玛蒂尔达插嘴道,"一整个星期天上午都不在。好多个星期天都是。"

"还有,她在星期天吃完晚饭后会自己骑车出门,简直叫人担心她会不会掉进沼泽里或是别的什么地方。不到晚上九十点钟她都不回来。"

"她有时星期天会来这里，但她从来没留到那么晚。"

"九点或者十点，是不是呀，玛蒂尔达？"

"哦，常有的事啦。夜长的时候，她会在外面待到很晚才回家。"

"有天晚上，她可压根儿就没回家。"

"什么？"那一瞬间，达伦太太的声音听起来歇斯底里。她丈夫抬起一只手，仿佛是想安抚她，让她冷静下来。"什么？"她又说了一遍，这次的声音很轻很轻。

"就是你来的那天，她出门后一直没回家，直到第二天早上六点才回。"

"可她到底上哪儿去了呀？"

"我和玛蒂尔达急得都快叫警察了。埃尔默说：'她肯定是去了卡林村。'"

"那天她不在这儿。"

"好吧，这么说你们也不清楚咯。说实话，达伦太太，我们一直都担惊受怕的。按她这样子，她骑那辆车上哪儿都有可能。这年头经常能听说一些可怕的事儿。"

"这些事情我们完全不晓得。"达伦先生缓缓摇起了头，出于担心，他的脸上挤满了皱纹。

"她总是骑车在乡下到处疯跑，天晓得她都去了哪儿。还有一次，我们不得不让埃尔默出门去找她。"

这一回，玛蒂尔达没有多嘴插上半句话。其实，在那天，她们亲眼看见埃尔默直接钻进了霍根酒店，一直待到次日上午十点钟，在玛丽·露易丝自己回到家一个小时后，他才姗姗来迟。姐妹俩谁也没向达伦夫妇透露，埃尔默还跟她们吵了一架，说他妻子想不想骑车出门，想在外面待多久，都应该让她自己做主。罗丝说：

"'我不会收您钱，'上星期，她在店里就这样对莱尔顿太太说话，'宽翻领不适合您。'当时莱尔顿太太都把钱数好放在柜台上了。像这样子简直都没法做生意了呀。要是埃尔默知道这件事，他肯定会吓一大跳。"

就在这时，玛蒂尔达提起了她们从前听说的一个地方，一家专门收容精神失常女人的疗养院。她们还没上门问过情况。那是一个熟人以前透露给她们的，而这件事本身就暗含着某种意味。

"里面的人都被照料得很好，"罗丝说，"还有一个花园。伙食好得哪儿都比不上。"

"我的天哪！"达伦太太瞠目结舌，死死地瞪着眼前的这两位访客。这个建议实在太可怕了，光一想到这个，她就觉得胃里直犯恶心。无论玛丽·露易丝的举止有多古怪，凭什么她就该被关进疯人院里？

"玛丽·露易丝不是疯子，"达伦先生也抗议起来，"这种事情想都不要想。"

"又不是我想送她去那种地方的，"罗丝提醒他说，"是另外有人想帮忙罢了。"

"她必须去看柯米肯医生,"达伦先生转向妻子,"我们马上开车过去,找柯米肯谈一谈。"

听到这一决定,姐妹俩感觉对方这是下了逐客令,于是立即起身告辞。不过,在离开前,罗丝又说:

"当然了,要是那可怜的丫头能被自己人照料好的话,任谁也不想把她关起来。临走前我们想把这话撂明白了。"

"自己人?"

"我们指的是她的家人,"罗丝环顾了厨房一圈,"毕竟这里的一切她都很熟悉。"

除了临走前讲的一些客套话,他们再也没说起别的。基尔凯利修车厂的汽车载着姐妹俩回到了镇上。达伦夫妇准备了一下,随即动身去拜访柯米肯医生。

布丽奇特,霍根酒店的女经理,比大多数人都了解镇子上发生的所有事情。过去十八个月,她饶有兴趣地注意到,埃尔默·夸里不断陷入酒精的诱惑无法自拔。一个夸里家族的人,竟会以这种方式犯下错误,这件稀罕事实在叫人好奇,也相当令人吃惊,因为这个家族一向以审慎持重的悠久传统而闻名。布丽奇特还感到震惊的是,埃尔默·夸里养成了一个与此相关的习惯,那就是,离开酒吧的时候,他会走向通往酒店大堂的房门,然后停在那里几分钟。她注意到,他会透过前台的玻璃隔板窥视她,装作是在欣赏酒店楼梯下挂在墙上的那对鹿角，或是装作在阅览《爱尔兰赛马报》的重大事件年历。如果她显出好奇的神色，他便会和她聊聊天气并问候一番，然后道声晚安，悠悠离去。

不管男人们是鬼鬼祟祟还是光明正大地将目光投向她，布丽奇特都是应付这些关注的老手，她对此早就习以为常了，所以她很清楚，自己对这一切的揣测绝没弄错。要离开酒吧去门外大街上，应该走另一扇门：不管哪个酒客要离开，都没理由朝酒店里面走。另外，从埃尔默·夸里微醺的迷离眼神中流露出的一丝暧昧，也让她不再怀疑自己的判断：每次他喝醉时，他都想瞅她几眼。布丽奇特倒不在乎这个——如果介意这种事情的话，那还不如去干别的行当。可是，她想起了埃尔默·夸里要娶回家的那个姑娘，在她的记忆中，对方在不久前还只是个背着书包走在大街上的小丫头。她听说，那姑娘过得也挺不容易，被两个老毒妇骑在头上任意摆布，更糟的是，如今埃尔默·夸里染上了酒瘾，还毫不忌讳地放眼看起女人来。

"你觉得夸里这人咋样？"一天夜里，趁着帮酒吧老板打烊的工夫，她抛出了这个问题。通常她会在这时候喝上一杯甜度适中的雪莉酒，盖利则会把一杯啜了整晚的烈性黑啤喝完。

"他呀，两杯酒下肚就更可爱了。"盖利笃定地说，他对这种事很有把握。

"不过他咋就突然上瘾了呢。没多久以前,他还只喝矿泉水。"

"那些年纪更大的光棍也这样。"盖利顿了一下。他又往嘴里灌了一大口黑啤,然后慢慢抹掉上唇沾到的泡沫。"夸里家的人结婚都是图孩子。"他说。

"这我知道。"

"她自己跨出那步以前,心里就明白会有什么。她没法给那男人生个孩子,这不也是半斤八两的事儿吗?"

"要是能待在那座大房子里,就算变成苍蝇趴在墙上我也乐意。"

"我这么跟你说吧。不出一年,他就会变成彻头彻尾的酒鬼。"

那天夜晚,当布丽奇特在酒店顶层的小房间里宽衣时,她仍然在想着埃尔默·夸里和嫁给他的那个姑娘。她倒是特别想变成一只叮在他们卧室墙壁上的苍蝇。她很想变成埃尔默·夸里脑袋里的一只苍蝇,待他躺在年轻妻子身边时,能摸清他都在想些什么,还有他为啥要在酒店大堂里徘徊。但是,等她躺到床上,她便把夸里夫妇抛在了脑后,一心回想着她自己还是姑娘时爱上的那位助理牧师,后来他被调去了其他教区。"我会为了你退出教会。"在马奎尔教士进门前,他轻声说。

"我们只是觉得,应该来看看你怎么样了,"达伦太太在店里说，"反正无论如何，我们都要开车过来。"

"我们已经好一阵子没见你了。"玛丽·露易丝的父亲补充说。

他们的女儿站在柜台后，接受了他们的解释。她问他们要不要上楼去坐一坐，然后便走在前面带路。姐妹俩点点头表示同意，算是打过招呼了。

"这房子里面还蛮大的嘛。"达伦太太坐在宽敞的客厅里说。

玛丽·露易丝备好茶水，给他们端了过来。她母亲说："我们最近有些担心你，玛丽·露易丝。"

"担心？为啥要担心？"

父母二人没有答话，他们谁也不知该从何说起。柯米肯医生解释过了，除非玛丽·露易丝自己抱怨生病了过来找他，否则他也无能为力。至于她为何会把自己锁在房间里那么长时间，他说，原因可能有一打之多。有些人的怪癖比这还要厉害呢。"你们干吗不自己过去找她聊聊？"他提议道。

"你现在还好吗，玛丽·露易丝？"达伦先生开口问，"一切都还顺心吗？"

"为啥不呢？"

"听着，玛丽·露易丝，"她妈妈刚要开口，却又顿了一下，"我们的意思是，也许你在这里太寂寞了。也许你是在想念家里和农场。"

"我结婚已经两年半了。"

"就算是这样,宝贝。"

"是有人说了什么吗?"

"有人注意到你看起来很寂寞。"

"星期天你不回家来看我们了。我们都很想念你,玛丽·露易丝。"

"詹姆斯也想念你。莱蒂那天也说过同样的话。"

"莱蒂自己都快结婚了。"

"是啊,她快了。"

"要是有什么事在让你烦心,玛丽·露易丝——"

"什么事也没有。"

他们聊起了其他事情,关于莱蒂的婚礼,关于艾米琳姨妈搬到卡林村和他们一起生活,还有詹姆斯最近在家里指挥他们做事的方式,他们为儿子继续表现出积极生活的态度而感到高兴。告别女儿后,在开车返回农场的路上,达伦先生一直沉默不语。这次拜访改变了他的心情。他觉得自己很愚蠢。他早该预见到,男女双方年龄差距如此悬殊的婚姻决不会一帆风顺,他本该反对这门婚事。可是,他当时没有那样做,这才导致了今天的局面。之前,他浪费了太多时间去听夸里姐妹俩的话,然后又等着柯米肯医生准备好会见他们,而现在,他又花了大半个上午赶来,只为了中午陪女儿坐下喝杯茶。在他心里,他最讨厌的事情,就是浪费时间。

"她们太爱生事儿了,那两个女人。"他说。

达伦太太点头同意,说她也这么觉得。但在她讲话时,她一点儿也没有意识到,自己是在重复夸里姐妹俩的观点——玛丽·露易丝为了贪图方便而缔结的这桩婚姻,到头来变成了一个严重的错误。从此以后,达伦太太再也没有改变过她对这件事的看法。

玛丽·露易丝没有改变她的行事方式。她已经习惯了埃尔默和他的姐姐们,再也不怕姐妹俩的毒舌与怒火,而且很久以前,她就不再奢望能取悦丈夫。如今,她每天都把卧室窗户开得更大一些,因为他在上半夜呼出的威士忌酒气实在太重,有那么一两次,竟让她光吸几口气就觉得头晕脑涨。

尽管母亲已经向她暗示,镇上开始传播流言,但玛丽·露易丝仍然对那个流言一无所知。她也不知道母亲经常担心她的状况,痛苦地想象着一个锁在房间里的孤独身影,而她父亲也为自己首肯了这门男女年龄差距悬殊的婚事而懊恼生气。吃饭时间里,她越来越多地跑到厨房单独用餐,全然不顾埃尔默的抗议,说她这样做让他的姐姐们感到沮丧。她为什么不该这么做呢?她想。反正她也不喜欢她们。

"别尔森涅夫搭一辆四轮敞篷马车返回了莫斯科,去寻找英沙罗夫。但他花了好长一段时间才找到那个保加利亚人，因为英沙罗夫已经搬到了新的住处……"①

他寻找的经过让夸里家餐厅中的装饰黯然失色——简陋的食品架，餐具柜，带蕾丝花边的印花棉布双层窗帘。玛丽·露易丝讨厌那间餐厅。她讨厌餐厅里铺的土耳其地毯，讨厌地毯上的棕色图案，讨厌餐具柜左抽屉里的盐和胡椒粉，也讨厌餐厅里那股陈腐食物的臭味。但现在，当她独自在厨房里一边用餐一边聆听时，她经常能听到别尔森涅夫坐的那辆敞篷四轮马车发出的辚辚声响。她不必合上眼睛，就能看见英沙罗夫寄身的那座房屋的砖墙正面。

叶琳娜·尼古拉耶芙娜爱上了英沙罗夫，自己却还没意识到。叶琳娜是一个身材高挑的姑娘，有着橄榄色的皮肤和灰色的眼睛，以及复杂的内在天性。她最初喜爱自己的父亲，后来又疏远了他，转而依恋自己的母亲。到最后，她对父母俩都变得冷淡疏远了。玛丽·露易丝试着想象这一切。她自己的童年可完全不像这样。她最早留下的记忆是和莱蒂在一起，她们都在收割后的田地里，她坐在莱蒂的玩偶旁边，莱蒂对她说，她必须保持一动不动，因为她的玩偶们也一直是这样。莱蒂假装喂给她东西吃，就像她假装喂东西给玩偶吃那样。温暖的阳光照在她的脸上和头顶上，不远处，一只小鸟正在麦茬中翻啄，莱蒂试图把它引诱到玛丽·露易丝和玩偶身边，这样她就能一起喂

---

① 出自《前夜》第七章第一段。

他们仨,但那只小鸟却飞走了。她头一次去玛拉芙小姐的教室里上课时,坐的是一辆轻便双轮马车,詹姆斯和莱蒂轮流把着缰绳驾车。到达后,他们把拉车的小马拴在霍根酒店的院子里,然后她的哥哥和姐姐分别拉住玛丽·露易丝的两只手。"字母 A 表示苹果(Apple),"玛拉芙小姐说,她用教鞭指着字母表上的那颗红苹果,然后继续往下念,"字母 B 表示靴子(Boot)。"玛拉芙小姐让她去抄写字母。"玛丽·露易丝。"她说,然后指出每一个字母,说她的名字就是这样写的。那次后,他们再也没有坐马车去过学校。玛丽·露易丝总是搭詹姆斯的自行车上学,她坐在横杠上,而詹姆斯也备受叮嘱,确保不会骑得太快。后来,玛丽·露易丝学会了骑莱蒂的自行车,莱蒂也继承了母亲的自行车。每个星期五,玛拉芙小姐总是布置比平时多得多的课后作业,詹姆斯和莱蒂也在回家的途中一路抱怨。两节诗,十个拼写,三道算术题,一篇作文,还有历史或地理作业,背诵乘法口诀表。到星期一,玛拉芙小姐总会显出生气的模样,把一篇写得很糟的作文用挖苦的语气大声读出来,还用教鞭不停敲打着指节。"放学后你得留下,詹姆斯,"星期一,玛拉芙小姐几乎总会大声训斥他,"直到你把这些诗歌背熟,否则今天一天都不准你离开这间屋子。"玛丽·露易丝头一次听到圣女贞德的故事时,她在脑海里想象着那个农家女孩跪在犁过的土地上,听到了来自上天的神圣话语。她想象着贞德被绑在火刑柱上等待受死,眼睁睁看着那股即将吞噬她的火焰从小到大越烧越旺。有时候，当达伦家的三个孩子骑车经过基督教兄弟会的学校时，里面的男生们会冲他们大喊大叫，骂他们是异端，将来会在地狱里被烈火焚烧。詹姆斯总是回骂过去，莱蒂却满不在乎。"我们为什么会在地狱里被火烧啊？"玛丽·露易丝问，莱蒂回答说他们根本就不会。

因为艾米琳姨妈拜访农舍时从不带上罗伯特，所以玛丽·露易丝直到入学后才得知他的存在。"我是你的表弟。"有一天，在学校的院子里，他对她说，这就是她对他的第一份记忆。从那以后，她注意到，在所有人中，他总是最快做完抄写作业，拼写单词和背乘法口诀表也是全班第一。妈妈向她解释了表弟是什么意思。"艾米琳姨妈的独生子。"妈妈说。那年她十二岁，她爱上了他。

无论是坐在房门紧锁的阁楼里，还是坐在阿特里奇家族的墓园中，玛丽·露易丝都从她和表弟的这份亲密恋情中获得了愉悦和快慰，死神无法触及这份恋情，就像它无法触及叶琳娜和英沙罗夫的爱情故事一样。罗伯特从他父亲的一位远亲手里继承了一笔遗产：他再也不是个穷小子了。在埃尔默头一回约她去电力电影院的那一天，罗伯特来到了农舍。"不。"埃尔默再次邀请她一起出门的时候，她斩钉截铁地拒绝了他，然后转而陪着她表弟去寻找那只苍鹭。他们婚后去了意大利和法国旅行。他们坐在海边的一座咖啡馆外，看着络绎不绝的人群经过，罗伯特穿一身浅色套装，戴着一顶相配的帽子。他倾身越过桌子亲吻她，就像他在墓园里初次亲吻她时那样温柔。他的吻像蝴蝶般轻盈，在她的胳膊上飞舞，从指间飞到肩头。咖啡馆里的乐队开始演奏乐曲。他们喝了白葡萄酒。

玛丽·露易丝不用合上眼睛，便能看见煤气灯那摇曳的微弱火焰和缓缓驶近、覆满积雪的四轮马车。身材高大的俄国人在地板锃亮的房间里热烈交谈，墙壁上挂满了镜子，椭圆形的小茶几上铺着镶金边的天鹅绒台布。从她表弟的声音，还有她自己重复着那些难念的俄国名字的声音里，仿佛升起了一道朦胧的雾气，他们在其间往来穿越，就像两个淡淡的影子。

二十一

布莉德·比米什是头一个离开的人。布莉德·比米什收到了 U2 乐队的消息。她得知 U2 乐队有麻烦了。她一直在跟爱尔兰和平卫队联络，说爱尔兰共和军盯上了他们。戴夫·李·崔佛斯①亲自和她说过话，还通过自己的广播电台向她传送信息。当她父亲说，他再也不想在家里听到戴夫·李·崔佛斯这个名字后，她点燃了一根香烟，把它扔进了父亲那辆福特科迪纳轿车的油箱里。她跑去了林肯郡，去追寻咖啡馆的生活，然后失踪了整整一个月。后来她说，自己那段日子里一直在"玩游戏"②，这个说法曾让她的家人困惑不已，直到有一天，酒吧里的某个路人告诉了她父亲那是什么意思。医生诊断她患上了精神分裂症，还有轻度的钟情妄想症。

布莉德·比米什向聚集的女人们挥手道别。自从她毁了父亲的福特科迪纳轿车后，她父亲不得不重新买了辆车，这会儿，她正站在那辆新车敞开的后车门旁边。她一定会康复的，只要她不再沉迷于药物：他们的意思是，她会表现得体，而看着眼前的她，女人们不得不承认，她现在已经表现得比刚来那天得体多了,没有理由不相信,将来她也会走上婚礼红毯。"再见啦,亲爱的!"西班牙太太高声喊道,而年迈的汉娜嬷嬷此时已是泪流满面,她经常向布莉德·比米什吐露自己的心事,所以对这个姑娘特别有好感。

车门"砰"的一声关上了,轮胎碾过车道上的砾石,发出刺耳的声响。

"接着当婊子去吧。"小个子莎蒂用尖厉的嗓门预言道。

---

① 戴夫·李·崔佛斯,英国著名唱片骑师和电台、电视主持人。
② "玩游戏"(on the game),英式俗语,暗指卖淫。

二十二

莱蒂的婚礼宴会和玛丽·露易丝的大不相同。婚宴在一家酒馆里举行,当初罗丝在布店楼上的餐厅里最早聊起莱蒂和丹纳希约会的消息时,提到的就是那家酒馆。按罗丝的说法,她提到的那家酒馆坐落在十字路口附近,是一栋长条形的单层建筑,大门外用蓝色和黄色的字母霓虹灯打着广告招牌——丹纳希酒馆。这栋镶嵌有鹅卵石的灰色建筑远离两条街道的交叉口,门前有一块宽敞的停车场。丹纳希酒馆在方圆几英里范围内家喻户晓,常客们全都是些乡下人。竖琴牌拉格啤酒公司赞助了那块霓虹灯招牌。作为回报,丹纳希酒馆也给这款啤酒做了不少宣传。

婚礼结束后,按照安排,玛丽·露易丝、埃尔默和牲畜配种站的布利辛搭便车赶往晚宴地点。布利辛是一个很爱打听的男人,他与埃尔默年纪相仿,至今仍在寻找一个合适的妻子。汽车里的谈话让玛丽·露易丝回想起了自己的婚礼之夜,在海滨酒店里吃饭时遇到的那三个男人。她坐在汽车后排的座位上,没有插嘴搭话。

"啊,你们能过来真是太好了。"他们走进酒馆后,莱蒂朝他们打招呼。她还穿着婚纱,手里夹着一根点燃的香烟。

"一点儿也不麻烦。"埃尔默说。

几个星期来,夸里家中始终洋溢着一股不愉快的气氛,因为罗丝和玛蒂尔达没有收到参加婚礼的邀请函。她们愤愤不平,还向弟弟指出,既然两家已结为姻亲,像这样目中无人实在是有伤感情。埃尔默去问玛丽·露易丝有没有跟姐姐谈过,她却只是对他摇头,什么话也不说。

"您要来一杯吗,夸里先生?"吧台后面,新郎的父亲主动问,"您想让我给您倒点儿啥?"

埃尔默回答说,他想来点儿威士忌。"意义重大的人生场合呢,先生,"他愉悦地补充道,"我们这样叫它应该没错吧?"

"哦,没错,夸里先生。他可真是个走运的家伙。"

"他当然是啦。"

两人交换意见的谈话到此为止。埃尔默回到了玛丽·露易丝身边,和她父母先后握了手。他把刚才关于场合重要性的话又说了一遍。

"一生仅此一次,埃尔默。"达伦先生说。

"千真万确,先生。"

丹纳希太太走上前提醒他们,今天所有人的酒水都由他们家买单。埃尔默注意到,她涂了一层厚厚的口红,对她这个年纪的人来说,似乎太多了点儿。她的指甲也涂成了鲜红色。她是一个大块头的女人,嗓音尖锐刺耳。

"你们想让我上啥酒啊?"丹纳希太太耸起眉毛,目光殷勤地在一张张面孔上扫来扫去。有人定下来想喝什么酒时,她便转身去取酒。埃尔默想看看她的背影,但随即觉得自己最好别这么做。他说:

"我们按成本价把那些衣料卖给了莱蒂,真是大好事一件,不是吗,达伦先生?"

"你们很好心,埃尔默。"

"无论啥时候,只要我们能为您效劳,先生,尽管来店里找我们。"

罗丝之前说过,最起码他可以提一提亲家对待他们的态度。当时他正在会计室里忙活,罗丝跑上楼,又拿这件事吵了一通。她想知道玛丽·露易丝在他问起这事的时候说了什么,他只好随便编个借口糊弄过去。"他们家真是太无礼了,跟大街上的破烂补锅匠没什么两样。"姐姐最后冲他大喊大叫,"跟他们打交道对你有啥好处?"

好处就是,他们家的店铺和屋子里多了一双干活的手。他用这种方式回答,因为只有这么说她才能听懂。他们应该高兴能多出一双干活的手来,他说,但罗丝完全没把这话当回事儿。她还提到了喝酒的事。她说,现在全镇上的人都在议论这个。

如今他动不动就跑出去喝酒。他出去是想找人陪陪,就像任何男人一样。在餐厅里一天三次听她们厉声吵闹和恶语相向，哪还有什么陪伴可言？那他大可以去基督教青年会的台球室，花上两个小时玩台球，除了跟一个老掉牙的看门人打声招呼，他根本就没必要张嘴讲话。"现在你简直喝上瘾了。"罗丝说。

丹纳希太太端着一只盛酒杯的托盘回来，给玛丽·露易丝和她父母亲分别上了酒。她给自己也留了一杯，却什么也没给埃尔默。

"为新人干杯……"丹纳希太太正要带领大家举杯敬酒，这时埃尔默打断了她的话。他晃了晃自己手上的空酒杯，说他没办法加入众人一起干杯。他向吧台走去，但丹纳希太太却说，在一个盛大的私人聚会上，她不想听到这样的话。她抓过埃尔默的酒杯，将自己的递给了他。

"大家都停下，等过一分钟再敬！"她大声地发号施令道，"谁也不准在夸里先生续杯前沾上半点儿酒星！"

他完全想不起她以前是否进过店里。涂着那么浓艳的口红和指甲，他肯定早就注意到她了。他突然回忆起，自己还不到十五岁时，有一次走进客厅，发现一位身材相似的高个儿女人正在试穿几件衬裙。

"来点儿硬货！"丹纳希太太将酒杯递给他，他注意到，那可是满满的一大杯。所有人都向新人敬酒，只有玛丽·露易丝没动弹，当着她父母和丹纳希太太的面，她默默地转身走开了，这让埃尔默颇觉难堪。

"我们很为这桩亲事高兴，丹纳希太太。"达伦先生说，埃尔默却怀疑这是不是真心话:这户新教徒家庭多年来一直过着困顿穷苦的生活,他们怎么可能会高兴看着自己的孙辈们被抚养成罗马天主教徒呢?

"我自己也非常高兴。非常高兴!"丹纳希太太喊道。和她身体的其他部位相比,她那口牙齿显得很不搭配。和别人说话时,她总是把嘴张得很大,或许这也是她嗓门大的原因之一。别人能一路看到她的牙床后面。

"在我们婚礼那天,您准备了一顿丰盛的宴席。"埃尔默悄悄对他岳母说,她看上去有点不太适应这里的环境,"那一天您创造了奇迹,达伦太太。"

他听着达伦太太告诉他,这场婚礼本来也应该在卡林村的家里操办,不过,丹纳希太太一个月前来家里拜访,对她说,因为预计要来参加婚礼的宾客人数太多,丹纳希家的地方又很宽敞,自己也是专门做这行的,所以这回最好能把惯常的程序倒过来,在丹纳希家操办婚礼宴会。莱蒂也赞成这个主意,于是,达伦太太最后勉强答应了。

"啊,您当然得答应了。而且这样一来,您家里不也省了点儿钱吗?"

一股熟悉的快感开始在埃尔默体内缓缓流动。他已经习惯了在会计室墙上的保险柜里藏一小瓶约翰·詹姆森牌威士忌,因为不管是谁,都会想在某些时候来上一口。有一次,玛蒂尔达用了一个说法来形容他:她说他就像一只被困住的松鼠。她这是想起了从前他们小时候的事情,有一天，一个男人带着三只关在笼子里的小松鼠走进店里，企图用某种笨拙的手段卖给他们，他一个劲地兜售说，这些松鼠长着柔软漂亮的皮毛。他们的父亲将埃尔默和姑娘们唤到楼下，让他们能仔细观察一下这些动物，然后叫那男人关上笼子，打发他走掉了。在埃尔默看来，用"被困住"这个说法来形容他自己的处境，倒也不算荒谬，不过，他一点儿也不想让玛蒂尔达知道自己和她想法相同，从而让她获得满足感。太可笑了，在姐姐做出那番评价后，他这样说。还有一件事情是，一两杯酒下肚后，这种身处困境的焦虑感觉便会轻上几分——自然而然，他也不会把这种事告诉玛蒂尔达。

"阉牛最近的售价很不错啊，"他对岳父说，"我听说现在一百英担①是多少钱来着？"

"上星期是三十五镑。"

"这么好的价钱您可不想错过吧，先生。"

达伦太太眼见着埃尔默干掉了手上的第一杯酒，速度比其他人都要快。这会儿，他已经把第二杯酒喝了四分之三，脖子和额头上开始冒出油光。她越过吧台瞥去，只望见新郎正和莱蒂站在一起，身边还有几个她不认识的人。丹纳希似乎正在喝某种果汁，这让她不由得松了口气。

---

① 100 英担相当于 5080 公斤。

"我没有阉牛可卖。"达伦太太听见她丈夫说,"很遗憾。"

达伦太太又把注意力转回了小女儿的丈夫身上。他说的话令人摸不着头脑。他侃侃而谈,继续喋喋不休聊着十年前在一座集市上买到的阉牛还是别的什么畜生。丹纳希太太站在他旁边时,他就一直盯着人家嘴里看。有一刹那,他还往后退了一小步,好看清丹纳希太太全身的模样。

"那是当年镇上出过的最高价。"这会儿,他正在说。

丹纳希揽着莱蒂的腰肢,心里想着,在她身上还是有点儿风度的。在家庭场合下,她可以保持镇定自若,一点儿也不慌乱。那条婚纱很适合她,把她衬托得美若天仙——通体鲜绿,缀满了闪闪发亮的小饰片和细丝线,当她转身时,它们在光线下熠熠生辉。在婚纱礼服下面,她戴上了他送给她的幸运胸针,就夹在胸罩上。那枚翡翠订婚戒指依然戴在她的手上,翡翠周围还包着一圈金箍。

"你好。"他听到有人在他身体侧后方说话,只好扭头看去。他放下了揽在莱蒂腰上的手臂,对玛丽·露易丝露出微笑。"她现在脑子有点乱。"莱蒂先前对他说过,还恳求他对她妹妹友善一些。

"你好,玛丽·露易丝,一切都还好吗?"

"我还好。你自己也还好吧?"

"好得不能再好了。你杯子里还有酒吗?"

"哦,有的,谢谢。"

他听到莱蒂在说,蜜月旅行的目的地还是个秘密。当初,他们还没定下来要去哪儿的时候,她曾提到过几个他以前从未听说的地方。他自己提出想去特拉莫尔①,于是两人约好了,就去特拉莫尔度蜜月。

"这场婚礼怎么样?但愿你还觉得满意吧,玛丽·露易丝?"

她点点头,动作轻得几乎看不见,脸上的表情也很严肃。看样子,她是在心里仔细掂量这事,仿佛她真的在考虑自己对这场婚礼是否满意。丹纳希感到如释重负,但就算这样,他还是希望未来的小姨子能更加友善开朗一点。莱蒂说过,她嫁给埃尔默·夸里是一个疯狂的举动,如今站在她面前,丹纳希不禁觉得,这话说得没错。不管她是不是新教徒,比起那个年纪几乎大她一倍的布料商,她本来肯定应该能找到一个更好的人选吧?

"你听说了吗,我在拉斯崔姆镇买了一栋房子?"他说。

"莱蒂告诉我了。"

"我们已经找建筑工进去装修了。"

"既然如此,那房子肯定会变成她想要的模样。"

"哦,那儿一点也不差。"他抿了几口凤梨汁。果汁里掺了点儿金酒,口感有些刺激。"他们只剩一点儿小活要做。

---

① 特拉莫尔是爱尔兰南部沃特福德郡的滨海城市。

我们不在的时候,他们会把事情办好。"

"我敢肯定,他们会为你们把那栋房子收拾好。"

"要是他们不收拾好,哪怕隔着一两英里,他们都能听到我的训斥。"

酒吧里挤满了人。达伦太太边上跟着她的妹妹艾米琳,她说,除了艾德瑞家和玛拉芙小姐,其他人她都不认识。达伦太太说,莱蒂也邀请了她认识的人来,不过他们还没到场。显然,他们是乘一辆车过来的。"你觉不觉得埃尔默有点不对劲儿?"她低声问,于是姐妹俩仔细打量了埃尔默一番。他还在那里大讲特讲牲畜价钱的事。她们靠上前去,继续听他讲话。

"你的姐姐们身体都还好吗?"待埃尔默又讲了一阵子后,达伦太太插话道。之前,她已经私下向妹妹抱怨过,她们不来参加莱蒂的婚礼,真是太叫人失望了。她们就是那种典型的傲慢无礼。

埃尔默说他的姐姐们一切都好。那两个姑娘一辈子都没生过一天病,他说。她们俩小时候也许得过麻疹,他也记不清是麻疹还是水痘了,但她们从不感冒。她们可以一整天都待在生着炉子的店铺里干活,进进出出的客人会带来病菌,但她俩从没感冒过。还有,像消化不良那样的病她们根本就没得过。他自己都难说从没得过病。

达伦太太瞥了妹妹一眼,又瞥了一眼丈夫。她以前从没听过埃尔默·夸里这样说话，不管是在店里还是在外面。自从他结婚以后，他一直就是举止得体的典范。

"要我再给你们倒点酒吗？"他提议道，一边伸手去取他们仨的酒杯。达伦太太赶紧用手挡在自己的酒杯上方。虽然她喝的是不太烈的"冬日传说"雪莉酒，但一杯也已经够了。

"好吧，谢谢你，埃尔默，"达伦先生说，"你想让他给你也倒点儿什么吗，艾米琳？"

"哦，不，不，我不用了。"

"他脚都站不稳了。"埃尔默走开后，达伦太太说。

"他肯定喝了不少。"她妹妹同意道。

达伦先生刚才丝毫没有察觉出任何异样，但听到这句话，他猛然意识到，布料商变得比平时更随和不羁了。当初莱蒂说她妹夫在酗酒时，他还有点半信半疑。

"真是醉了。"达伦太太郑重地断言道。

等待酒保倒酒的工夫，埃尔默思忖，自己没理由不把姐姐们很生气的事实说出来，因为人家已经聊起了罗丝和玛蒂尔达，这场谈话必须继续下去。人家已经问起他姐姐们的情况，那么他就没理由不间接暗示他们一下。他可以在把酒递给他们的时候轻轻提一句，最好能就此打住，最好不要再节外生枝。

"谁没收到邀请？"达伦太太问。

"我们刚才不是在聊我姐姐吗?"

"你姐姐我们都请过了呀,埃尔默。是我亲手写的请柬。"

埃尔默摇摇头。他的两位姐姐对这件事非常生气,他说。

"你自己也没有收到请柬,埃尔默。我们都想着你和玛丽·露易丝肯定会来。但我们这边的所有其他人我都写了请柬。"

"这事儿她们也听说了,只是我们家里从没收到邀请。"

她把请柬交给玛丽·露易丝了。三月的一个星期天,从去年圣诞以后就一直没有回过娘家的玛丽·露易丝,终于像过去那样来拜访他们。当时达伦太太正好在写请柬,就顺便把写给玛蒂尔达和罗丝的请柬给了她。玛丽·露易丝说,她们肯定不会参加一场天主教徒的婚礼。不过,她还是收下了那个信封,并保证会转交到她们手上。

"抱歉啊,埃尔默。请你告诉你姐姐们,我非常抱歉。那张请柬……"达伦太太顿了一下,然后接上那句没说完的话,"那张请柬肯定不知怎么被弄丢了。真是太让人心烦了。"

"要不是她们特别在意这件事,我也不会提。"

听完这些话,达伦先生想了起来,当时罗丝曾建议说,应该让玛丽·露易丝回卡林村的娘家,让家人在农场里照看她。突然间,他真希望这件事能成为现实,真希望他们可以将她从埃尔默的姐姐们的魔掌中解救出来。显然,她实在没办法亲自将请柬带给她们。老天才知道,她在那里到底过的是怎样的日子。

"您不会介意我说起这事儿吧?"埃尔默巨大的身躯稍微晃了一晃,上半身似乎在不停地向前鞠躬,"只是啊,在这件事情上,她们都快把我逼疯啦。"

在长长的酒吧间的另一头,巴尼·内利根正在回忆一首歌的歌词,丹纳希也正在尽其所能阻止他唱出声来。莱蒂特别嘱咐过他,晚宴上不能有任何人唱歌。她说,这会让她父母觉得讨厌。

"你结婚了吗?"他听到有人问玛丽·露易丝。

"是的,其实我结过了。"

"你眼瞎了吧,杰尔!"又有人大喊大叫,"这女人手上戴着戒指呢。"

人们纷纷向玛丽·露易丝道歉,然后一哄而散。丹纳希不停地向婚宴宾客介绍玛丽·露易丝,但她看起来似乎并不太想和别人说话。他从眼角的余光中看到,她又独自陷入了沉思,但让他感到一阵轻松的是,她哥哥和艾德瑞家的小伙子们走到了她的身边。

"硬汉咧!"先前主持婚礼仪式的马尼翁神父,在他肩头用力地拍了一把。巴尼·内利根开始放声高歌。

"英沙罗夫先生年轻吗?"卓娅问。

"他已经一百四十四岁啦。"舒宾厉声斥道。①

"你在哈哈笑啥呀,玛丽·露易丝?"詹姆斯问她,她回答说,自己只是在微笑。

"你现在过得怎么样,玛丽·露易丝?"艾德瑞家的一个小伙子问她。

她哥哥正和艾德瑞家的小伙子们一起抽烟。他们用品脱杯喝酒,还漫不经心地将酒杯拿在手上,仿佛已经很习惯用这种大号酒杯了。

"我还好。"她说。

"老天爷,我永远不会忘记那件事。"艾德瑞家的一个小伙子回忆起,在玛丽·露易丝的婚礼当天,他和哥哥把一只装杂酚油的空铁皮罐系在了基尔凯利修车厂那辆汽车的后保险杠上。

他们仨大笑起来。艾德瑞家的小儿子问她,喜不喜欢镇上的生活。他说,他自己没法忍受待在镇上的日子,他会觉得自己被困住了。

"你觉得自己被困住了吗?"艾德瑞家的大哥又问。

"习惯就好了。"

"丁恩·拉弗蒂从伯明翰回来了。"

玛丽·露易丝说,她觉得自己不会喜欢伯明翰。

---

① 引自《前夜》第十二章。

"拉弗蒂一点儿也不喜欢那里。"

她和埃尔默结束蜜月旅行回家后,他的姐姐们站在二楼楼梯平台上欢迎他们。罗丝说,她这就去泡茶,因为他们肯定已经口渴难耐。但是,埃尔默首先带她去了曾属于他父母的那间卧室,现在这间卧室已经归他们了。房间里充斥着一股陈腐的霉味,窗户关得死死的,宽大的双人床也没有收拾好。"她们会告诉你床单在哪儿。"他说。后来在餐厅里,他又提醒姐姐们,他会搬出以前住的旧房间,以后可能会拿它当储物室用。

"你认识丁恩·拉弗蒂吗?"艾德瑞家的大哥问她。她说,自己以前只见过他几面。

"他就是个蠢货。"詹姆斯说。

她走开了。

"过来看看你的老伙计吗?"父亲微笑着问她。她母亲和姨妈已经被丹纳希太太带上楼去欣赏结婚贺礼了。埃尔默还和布利辛待在酒吧里。

"艾米琳姨妈已经搬进家里了吗?"她问父亲。

"她随时会搬来。"

"罗伯特死后,她很孤独。"

"啊,那栋老房子对她来说太讨厌了。净是些悲伤的陈年记忆。"

"她嫁的那个男人,是什么样的人?"

"没用的废物。"

"哪方面没用？"玛丽·露易丝问。

"他让那个可怜女人吃了不少苦。他情愿看着她饿死，也不肯离开赌马场半步。"

她提醒父亲，以前他曾说过，他们现在讲到的那个男人魅力非凡。然而，对于这件事，她没有听到父亲给出任何直接的回答。

"我觉得他对你不重要，玛丽·露易丝。他是个讨厌的邋遢鬼。"

"如果没有他的话，也就不会有罗伯特了。"

"嗯，是的，这倒没错，我想。"

从父亲的话音里流露出少许讶异之情，一时间，玛丽·露易丝几乎要告诉他，她和罗伯特深爱着对方，起初是在童年时代，后来是在她身为人妻之时。父亲会为她保守秘密，他不想让家里人担心：这就是他的处世之道。她也许还会告诉他，埃尔默每天喝得醉醺醺的才回家上床睡觉。她也许还会告诉他，为什么她和埃尔默结婚这么长时间还是没有孩子。父亲一定不会把这些秘密透露给其他人。再说，就算他知道了这一切，就算事实真相被众人知晓，那又有什么关系？也许这一切根本就无关紧要，但与此同时，这会让他饱受困扰。

"我是马尼翁神父，"一个声音响起，只见一名神父走了过来，伸出手和她父亲握了握，"您好吗，达伦先生？"

这位神父正在微笑，他虽已年过不惑，却生着孩童般的粉色脸蛋，脖颈和前额上的皮肤也白里透红。他又把手伸向玛丽·露易丝，她将双手放在他的掌心里。"您好吗，夸里太太？"他问。

她讨厌别人这么叫她。自从参加表弟的葬礼，她就讨厌这个称呼。神父和她父亲用公事公办的口气聊着天，父亲时不时点点头，神父则时不时伸出手拍拍父亲的手臂，说些什么她一点儿也没听进去。她定睛凝视着马尼翁神父的黑色衣袖，不由回想起嫁入夸里家的头一晚，她亲手在婚床上展开铺平的那条床单。她绕着大床四周走动，将床单角掖进床缝里，然后铺上第二条床单，将每条褶皱展平。她回想起，当他们后来一起睡在他父母的床上，他躺在左边而她躺在右边时，那两条床单摸上去感觉是多么冷啊。

"季娜伊达成天只知道喝加冰块的水。"[1] 表弟念道。玛丽·露易丝扭头去，对空气露出微笑。那位老公爵夫人抱怨说，喝那么多冰水，对像她那样肺弱的女孩子家没有好处。至于她自己嘛，她牙疼……

"没出嫁的姑娘才能当伴娘嘛，"莱蒂说，"我跟你说过的，是不是，玛丽·露易丝？"

"是的，你说过。"

"是这件事情让你不开心吗？"

玛丽·露易丝说，她根本没把这件事放在心上。因为

---

[1] 引自《初恋》第十章第十六段。

艾德瑞家和达伦家是远亲，安吉拉·艾德瑞当了莱蒂的伴娘，还穿着和新娘礼服同样色泽的绿色礼服。

"我没有不开心。"玛丽·露易丝又一次宽慰姐姐。

"你变得和以前不一样了。"

"等你们在那栋房子里安顿好了，我会出来看你们。"

"好的，一定要来啊，"莱蒂急切地说，她将一只手按在玛丽·露易丝的胳膊上，"你随时都可以来。"

这会儿，巴尼·内利根的歌声中混进了其他嗓音。有人在弹钢琴，两个女孩开始跳舞。男人们挤在酒吧里大声说笑。一个身穿制服、连骑自行车时用的裤腿夹都没解开的警察，在人群中搜寻着丹纳希先生，想和他握手。两个流浪儿企图混进酒吧，结果立刻被轰了出去。一些莱蒂不认识的男人纷纷用胳膊揽住她的腰，声称这是他们应得的福利。丹纳希太太在宾客间应酬，宣布餐厅里已经摆好了桌子，就在女厕所隔壁的走廊尽头。

"我现在都还记得他在基督教兄弟会时的样子，"马尼翁神父告诉达伦先生，他指的是新郎，"以前我曾给他们布过道。您的女婿坐在最后一排。"达伦先生说，那真有趣，马尼翁神父接着补充道，那些都是过去的好日子了。"我最好再去转几圈，"他说，"我自己也要找些人握握手。"

楼上卧室里，达伦太太和她妹妹仔细检查着结婚贺礼，它们堆放在一张大床的灯芯纱盘花床罩上、房间里的梳妆台上和一张更大的桌子上。有餐盘、床单、桌布、烟灰缸、花瓶、几只茶杯和一个茶壶、一个电水壶、一只电熨斗、餐垫、更多的餐盘、刀具、一套盐瓶和胡椒瓶、一根样式特别的擀面杖、一只拔塞钻、各种厨房用具、几口炖锅、一块门毯、洗脸盆、饭碗、罐子、烘焙用的碟子,还有一幅圣母马利亚的装框画像,上面带着耶稣圣心的图案。最后这件让达伦太太深感冒犯。送这礼物的人,要么是不清楚莱蒂的宗教信仰,要么是觉得这张复制画像对这个正在建立起来的家庭来说必不可少。莱蒂肯定不会把这幅画挂起来的,她肯定会把它藏到什么东西后面去。

"啊,对啊,"丹纳希太太注意到达伦太太被这幅画吸引,便赶紧出来打圆场说,"那个肯定很难办。"

"这里有些东西挺可爱的。"达伦太太决意掩饰住自己心头的不悦。肯定会有一些叫人尴尬的地方。在任何一桩混合婚姻中,都会有些事情必须妥善处理,假装没看见是不会有好处的。

"嗯,大家都好大方啊,是不是,达伦太太?关键时刻,他们都还是蛮大方的。"

其他女人也走进了卧室,达伦太太和她妹妹便离开了。在楼梯平台角落的搁架上放着一尊天主教圣徒的塑像,楼下还有一幅画像,和楼上莱蒂收到的那幅十分相似,画的下方有一道红光隐约在闪烁。突然间,达伦太太发觉自己正在寻思,詹姆斯会娶哪个姑娘。

"莱蒂穿那身绿衣裳可真好看,对吧?"安吉拉·艾德瑞走近玛丽·露易丝身边,道出心中的羡慕之情。她表达仰慕时自有一套办法,会用毕恭毕敬的口吻轻声说话,一口密密麻麻、朝外凸出的小白牙,距离听者的脸庞只有几英寸远。她的呼吸温润如玉。

"我穿的这身好看吗,玛丽·露易丝?莱蒂穿着很好看,但我也想知道,我穿着咋样?"

"玛丽·露易丝,"又一个声音传了过来,那是在训斥她,"你没有把那张请柬交给罗丝和玛蒂尔达。为什么没给,宝贝儿?"

她尽力做了解释。母亲说,如果有任何事情让她觉得不开心,她都应该回卡林村和家人聊聊。家就是躲避风雨的港湾。

"当然是了,宝贝儿。"母亲再次催促,尽管玛丽·露易丝并没有打算否认这点。就在刚才,她从人群中瞥见了玛拉芙小姐那张布满皱纹的脸。年迈的老师是她可以倾诉的对象,老师不会像自己的父亲那样,在得知真相后会心烦意乱。

"我很久没看见你了,玛丽·露易丝。"姨妈那张饱经风霜的面容也出现在眼前。不管她刚才喝的是什么酒,它都让她的面色变得更红润了。"这些日子你过得都好吗?"

"是的,我很好。您把房子卖掉以后,那些玩具兵怎么办?还有那些书和东西呢?"

一阵沉默。接着，姨妈开口了：

"家里会搞一场拍卖。你父亲觉得，最好把那些东西卖掉。"

玛丽·露易丝心里还想着罗伯特穿过的那些衣裳。逝者生前留下的衣物有时会捐赠出去，除非主人因为急需钱而把它们卖掉。拍卖会上是不会卖衣服的。她从未听说以前有这种事发生。

"他的怀表怎么办？"

"我会留着他那块表，亲爱的。"

姨妈一边微笑，一边对玛丽·露易丝说话。什么时候拍卖？玛丽·露易丝问，姨妈说是在五月二日，如果一切顺利的话。

"他的衣服您会送人吗？"

这个问题似乎让姨妈有些错愕。她母亲让玛丽·露易丝再说一遍，于是她重新问了一遍。

"有户穷人家需要衣服，"她姨妈终于开口了，"因为当家的丢了工作。"

玛丽·露易丝继续追问在哪里，姨妈补充说：

"在克朗梅尔路上，那儿有一间刷成蓝色的小棚屋。"

在丹纳希太太的邀请下，一些宾客刚才去餐厅里转了转，现在他们回到了酒吧，坐在餐桌前，从纸碟子上取东西吃。玛拉芙小姐也拿了一点儿牛舌和沙拉，这时她看见玛丽·露易丝独自一人,从房间那头向她挥手。就在刚才,她还在想,小镇上关于埃尔默·夸里的流言是真的。今天下午,她亲眼见到,埃尔默的眼睛涣散地无神,眼皮几乎快合拢了。斜斜歪歪地靠在酒吧柜台上,就像一只装满东西的大麻袋,她心想。

"你好,玛丽·露易丝。"

每次遇见她,这个姑娘看上去都变得更缄默寡言。如今,能从她嘴巴里得到一声回应,就算是弥足珍贵了。"牛舌的味道很不错。"玛拉芙小姐推荐说,但这句话没有得到任何评价。接着,当玛拉芙小姐礼貌地问候起她丈夫的健康时,玛丽·露易丝仿佛听到了她的心声,突然变得活泼起来,滔滔不绝地回着话。埃尔默是个好人,她说,一点儿坏心眼也没有。他一辈子从没有打过人,他从不发火,也从不大吼大叫,不管怎么样,他从来都没有打扰过她。

"您还记得吗,玛拉芙小姐,我表弟总是第一个做完抄写作业?他常在便笺簿的内页上涂涂画画。您还记得我的表弟罗伯特吗?"

玛拉芙小姐大吃一惊,她一点儿也想不起这些事情了。

"您知道吗,我们相爱了,我和我表弟罗伯特。就在您的教室里,我们相爱了。直到他去世的时候,我们依然深爱着对方。我们的心永远属于彼此。"

埃尔默和布利辛在酒吧里的闲聊被打断了。玛丽·露易丝觉得，他们应该回家了。

"心在哪儿，家就在哪儿。"埃尔默说，他突然想起了这句习语，以前他母亲经常这么说。他压低了声音。他已经把整件事情解释清楚了，他说，达伦家给他姐姐们寄出了请柬，但卡片最后却未能送到家里。回去后，他会将她母亲的歉意捎给罗丝和玛蒂尔达。

"现在我们能走了吗，埃尔默？"

"那样的话，我们再为即将踏上的归途干一杯吧，很快的。"布利辛一边说，一边扬起空酒杯招呼酒保。

"再给我们五分钟，亲爱的，"埃尔默插嘴道，"让布利辛先生把电池充满电。"

埃尔默说这句话并非出于幽默，但不管怎样，它还是把配种员逗得哈哈大笑。"咱们仨都要给电池充充电，"他大声说，"你想喝点什么，亲爱的？"

"不，我不用了，布利辛先生。"

丹纳希太太出现在她身旁，提醒她去看楼上摆出来的结婚贺礼。"你妈妈已经上去看过了，还有你姨妈。你咋不上去瞧瞧？"

"上去看看找找乐子吧，亲爱的。"埃尔默催促道，可是，玛丽·露易丝却说，他们最好赶紧回家。下次见到妈妈时，她会请妈妈好好描述一下那些结婚贺礼。

"呃，你姐姐能收到那么多的礼物，真是棒极了，对吧？"后来，布利辛在汽车里说，"一个子儿也没花。"

坐在前排副驾驶座的埃尔默连连称是。仪表盘上的时钟显示，时间已是下午五点过五分了。一听到钥匙开锁的动静，她们俩就会立即钻出房间，等在楼梯平台上，一直以来都是那样。她们会马上开始抱怨说屋子里闻起来就像酿酒厂，仿佛任何出门参加宴会的正常人都不会带着半点儿喜庆的迹象回家。玛丽·露易丝会径直绕过她们俩，态度和平时相同，不再在她们面前露怯。而他呢，他会在客厅原地消磨几分钟，然后上楼走进会计室，差不多十分钟后，他便会从楼上悄悄溜下来，去霍根酒店。

"还好吧你，嗯，亲爱的？"他半扭过头问妻子，可她似乎没听见他的话。

二十三

福伊小姐亲吻了她。他提着她的两只手提箱。夸里家的人都很体面正派,她听到莱维太太说,他们有这个好名声。当她在大厅里等待时,莱维太太又讲了更多从前在疯人院里发生的故事,还有她和朋友艾尔茜越过那堵砖墙亲眼看见的可怕情景。

女人们朝她挥手,就像之前对布莉德·比米什挥手一样。疯人院当初是作为慈善机构建造的,这在当时是一股展现仁慈的时尚风气,就像现在的神药。她向女人们挥手回礼,然后摇下车窗,再次朝她们挥手。

她离开过这座房子,前后两次:第一次是去参加父亲的葬礼;一年半后,她又去参加了母亲的葬礼。每次葬礼都提醒着她,让她回想起表弟的死,这倒不是说那些提醒很有必要,但葬礼上道别的话语都是一样的,重复的举动让她想到,当人们背负着逝者的残念继续生活,死去的人便化为了虚无。人们在逝者中挑选自己思念的人,而活在世上的是强加于你的。

"她们还活着吗?"她突然打破沉默,让心中的疑问自然而然地说出口来。

"谁还活着?"

"你的姐姐们。"

他大吃一惊,汽车也跟着一阵晃动。他停下车,调整好自己的状态,然后把车开进一片田地的入口。他扭过头注视着她。

"我的姐姐们为什么不该活着?"

"我们所有人都会死。"

"她们当然还没死。"

"我怎么知道呢。"

"我会来告诉你呀,亲爱的。"

她没有说出口的是,就算他告诉了她,她可能也不感兴趣。她一言未发,只是听着他的警告,提醒她会发现许多变化,镇子上的,还有他日常生活中的。

"你还记得我跟你讲过店铺的事儿吧?"

她细细想了一会儿,然后承认,她不记得了。

"我在九年前把店卖给雷纳翰家了。他们把两家店面连在了一起。"

"是的,我记得那件事。"

汉娜嬷嬷曾经说过,电视机会告诉你这个世界的模样,还有那些已经发生的变化。如果你肯费点儿神去留意,电视机会告诉你所有你想知道的事情。

"店铺楼上还是老样子。"他说。

"是的，我敢肯定。"

汉娜嬷嬷才是智者。一个人的生命不是循规有序的，汉娜嬷嬷坚称，生命在所有地方流动运行，在时间中进进出出。当下几乎无形，未来也不存在。只有爱情，在一个人生命的点点滴滴之中，才是至关重要的。

二十四

姨妈家办拍卖会的当天,玛丽·露易丝一早八点不到就骑车出了镇子。大街上很安静。雷纳翰太太已经牵着她的小可卡犬出门散步了。从圣母教堂传出的钟声正在空气中鸣响。一辆满载着木桶的卡车在小镇尽头做准备,等待运输货物,卡车司机和他的同伴正坐在驾驶室里读报纸。面包店和书报亭已经开门营业。弗雷家店铺的橱窗里,那个老伙计正在摆出一排排的熏肉。两个修女正匆匆赶往克朗梅尔路上修道院新开的教室。

玛丽·露易丝心想,不知他是否能看见这一切。如果你相信天堂的存在,那就没有理由怀疑这一点。在她的想象中,他挂着那丝若隐若现的微笑从天上俯瞰着她,对她的去向和打算一清二楚。在她七八岁时,母亲曾带着她和莱蒂参加过老上校埃斯代尔的遗物拍卖会,他在妻子去世三周后也溘然长逝。她还记得,在花园里有一尊白色大理石雕像,那是一个披着皱褶衣裳的女人。"全爱尔兰都找不出第二件啦,"拍卖师高喊,"细致入微、栩栩如生啊,连脚指甲都没落下。"他说得没错:连那些脚指甲也精致细腻地雕刻了出来，她和莱蒂一起查看过了。达伦太太希望能拍下一套日常生活用品，包括一条晾衣绳、几个硬毛刷和一只水桶，但遗憾的是，由于时间不够，拍卖师将这套用品和另外两组家居物品放在了一起，结果竞拍价超出了她的预算。

那天早上，天气温和晴朗，阳光明媚。道路两旁的月见草依然盛开。树篱笆上缀满了花苞，新一季的柔荑花在树枝上绽放。峨参花和接骨木还透着淡淡的新绿，等待着盛开时节的到来。

林荫道上，在玛丽·露易丝前方，有一辆汽车正在缓缓行驶，司机似乎是对不熟悉的路面保持着警惕。她看着它从眼前开走，最后在抵达那栋房子前，拐上了旁边的草地。她只能望见，几个身影从车上下来。骑近后，她看见一块纸板上写着"停车处"。

"拍卖下午两点才开始，小姐。"一个男人在厨房里说。他和另一个男人以及一个男孩都坐在桌前。桌上摆着一只蓝色的瑟默斯牌扁酒瓶，还有三只不带茶碟的茶杯。男孩正在吃一个甜甜圈，那是他从酒瓶旁边一只撕开的纸袋里拿出来的。

"我只想在周围随便看看。"玛丽·露易丝说。

两个男人面露疑色，男孩倒是一脸无动于衷。先前讲话的那个男人又说，参观也要等到十点。广告上写的是十点钟，他补了一句。

"我是这户人家的亲戚。"玛丽·露易丝解释道,两个男人这才放松下来。

"既然是这样,那您就去看吧。"第二个男人开口了,于是玛丽·露易丝穿过厨房。

姨妈曾郑重声明,自己不会参加这场拍卖,因为这对她来说太痛苦了。而玛丽·露易丝猜测,在这种情况下,母亲也不会开车赶来。她认识的其他人有些可能会来,但这不打紧,只要他们不好管闲事地烦扰她就行。她登上楼梯,打开了走进的第一个房间的房门。这明显是她姨妈的卧室。床垫已经卷起搁在床上,用绳索捆着。每件家具上都贴着一张带编号的纸片。

在她表弟的房间里贴着更多编号,全是写在蓝色小方块纸上的黑色数字。正对着床的墙壁上,一幅画装在金色剥落殆尽的画框里,编号是九十一,画中,一群穿着旧式服装的农场工人围在一辆干草车前,车上的一只辁辘因不堪重负已经压坏,附近还有一条狗在追逐麦茬地里的耗子。这张床上的床垫也已卷起捆好。一只陶瓷水罐,连同下面的支座,共同编号为九十七。盥洗台的编号是九十六。屋子里还有一只被阳光晒褪色的衣柜,一个少了镜子的梳妆台,以及铺在地板上的褐色油地毡。从屋里唯一的一扇窗户望出去,可以眺见远方那条小溪,这让玛丽·露易丝想起,表弟曾告诉过她,自己就是从这间屋子里头一次望见那只苍鹭的。壁炉台上搁着他的望远镜,仿佛是他亲手把它留在了那里。在两堵墙壁的夹角处，立着一个柜橱，里面空无一物。那个衣柜也是如此。梳妆台上有一只单层小抽屉，里面垫着旧报纸，除了一枚领扣和一瓶史蒂芬牌绿墨水，其他什么也没有。她把这两样东西带走了。

楼下，在他生前最喜爱的房间里，那些散布四周的凌乱纸页已清理干净。书籍被扎成了一捆捆。那些法国和德国小兵，依然像他生前那样在作战，它们的编号是三十九。她把抽屉一一打开，仔细查看了摆在房门两侧的两只桃花心木橱柜，但她表弟的那些纸页，他的绘画和所有的文字涂鸦，都不见了。她曾经希望，有人会把它们像那些书一样打包捆好，自己可以找到——它们算不上拍卖品，只是为了清理干净罢了。最后她决定，也许是艾米琳姨妈自己把它们保存了起来，她可能把它们装进行李中，带去了卡林村。总有一天，要是姨妈不想再留着它们，她就会问问，自己能不能接手保管。

为了打发时间，玛丽·露易丝走出房子，下坡来到了那条小溪前，但今天，小溪里一条鱼也看不见。汽车开始出现在大路上，起初只有一两辆，后来每次都会同时开来好几辆。她独坐在青草萋萋的河岸边，注视着它们在停车标志牌处拐弯，然后人们从车上钻出来。车门被重重关上的声响，以及话音，远远地飘入她的耳中。她开始沿着原路朝房子走回去。

从前，在她刚嫁入布料店楼上大房子里的头几周，有一次,埃尔默心血来潮,手把手地教她怎么打开会计室墙上的那只保险柜,好逗她开心。他开场就解释说,这只保险柜不用钥匙,而要用一串数字组合来打开。要转动保险柜上的旋钮,选择单个数字,一个接一个,组成一个特定的号码,然后转动一根操纵杆,再转动第二根操纵杆,保险柜门就打开了。"你来试试吧。"埃尔默邀请道,那样子就好像他们是两个正在玩耍的孩童。那串数字组合一直存留在她的记忆中,时不时就会在脑海里浮现,仿佛她下意识地知道,自己总有一天会用上它。

昨天晚上,趁着埃尔默还待在霍根酒店,而她的姑姐们也已上床睡觉,她上楼打开了保险柜,发现里面装着过去整整一周的收入,而在保险柜后部的一只小保险箱里,藏着一瓶詹姆森牌威士忌和一只玻璃杯,还有一捆用橡皮筋扎好、面值五镑的钞票。除了硬币没要,她取走了里面所有的钱:事后她数了数,一共是四百零三镑。所有没用掉的钱,她都打算放回来。

"玩具小兵咧!"拍卖师的声音听起来很不耐烦,几乎带着一丝轻蔑,"一整套彩色小兵咧!谁愿意出价一镑给我?"

没人出价。玛丽·露易丝最后只花了十先令就买下了这些玩具小兵。

埃尔默在打开保险柜的那一瞬间,几乎不敢相信自己的眼睛。当天早些时候，他已经吃过一惊了——罗丝告诉他，他妻子早餐啥也没吃就骑车出了门。等他下午一点走进餐厅，姐姐们立即告诉他，她还没有回来。而现在，看这情形，他又被人狠狠打劫了一笔。

他坐在书桌前，任由保险柜的门敞开着，绞尽脑汁想把这件事琢磨清楚。他把钱放到别的地方去了吗？他是不是挪动过小保险箱里的钞票，把它们取了出来，后来忘了还回去？有时候，他在出发去霍根酒店前，需要打开保险柜，从里面抽出几镑钞票，好给自己买酒喝。有时候，在日间，他也会打开保险柜门，因为他感到身体疲乏，需要来点提神的刺激物。会不会是他在仓促中忘记了锁上保险柜？莫非有人设法闯进了会计室，发现柜门大开，于是就顺手牵羊，事后又把柜门关紧了？可是，屋里没有半点儿闯入的迹象，除非是有人翻过窗户，从屋子外头爬进来，然后又设法下了楼，但前提是周围得有什么东西垫脚才行。

有时，如果他从霍根酒店回来后感到疲倦，就会坐在桌前睡上一小觉。十分钟后待他醒来，他常常会觉得迷迷糊糊，就像任何人在打盹后醒来的反应一样。接着他便会去上床睡觉。但今天早上走进会计室后，他注意到有些东西移动了位置，仿佛他先前拿起它们后，由于头脑昏沉，忘记把它们放回原来该放的地方了。他把酒瓶和酒杯藏在保险柜里是出于隐私考虑。那只酒杯是从雷纳翰家买来的，他很清楚，要是自己从厨房里带只杯子出来，难免会让姐姐们发觉，又要犯上好一阵嘀咕。

昨晚回家后，他没准在这里又喝了一小杯。在他打盹前，他没准是打开了保险柜，却忘了重新锁上。他甚至有可能还把现金取出来清点了一遍，以前他时不时也这样做过。他有可能在离开会计室时把所有的钱都摊在了桌面上。

可是，酒瓶和酒杯都在保险箱后面，一如既往。埃尔默感觉自己需要喝上一杯，便顺手将它们取了出来。他的双手在微微颤抖。如果办公室里有面镜子，他就会注意到，自己的脸庞蒙上了一层死灰，没有半点血色。

他把办公室找了个遍。他在各个文件柜里仔细搜索，连柜子背面也没有放过。他匆匆朝店里瞥了一眼，确认姐姐们都在楼下忙活，这才离开办公室，一边还用眼角的余光盯牢她们。他悄无声息地穿过商店后面的储藏室，然后登上通往住宅的楼梯。他仔细检查了二楼的窗户，却怎么也找不出有人闯入宅子的迹象。在他与妻子的卧室里，他将衣柜的各个抽屉都翻找过了，甚至连床下面也瞅了一圈，以防他先前是因头昏脑涨而犯了错误，把钱藏在了床底下。连每件西服的口袋他也翻了一遍。

他又想到，可能是商店大门的锁年久失灵，便仔细检查了前门，看看有没有蛛丝马迹。他还在储藏室里把所有能想到的地方都找了一遍——布料下面，架子背后，装针头线脑的篮筐里。有时他在会计室里喝完酒后，会把酒杯随手一搁，过后却又记不清到底放在什么地方了。有时候，他会去楼下的储藏室里裁一块布样，以便重新订货，结果也是出现同样的问题。到头来，他只好把大灯打开，才能找到那块布料。

埃尔默回到办公室，在书桌前重新坐下。他努力尝试回忆自己昨晚做了什么。他试图想起自己回家后到底有没有给自己来上一小杯。没有人能翻过储藏室的窗户闯进来，因为窗户都是上了插销的。从屋子里回来的路上，他已经查看过客厅大门了：没有任何外人闯入的迹象。

"你们动过保险柜吗？"三刻钟后，他走进店里问。他是等一名女客人买好针织羊毛离开以后才开口的。在这之前，他又把两杯酒灌下了肚。"是你们把保险柜打开的吗？"

他心里清楚，这几乎不太可能。她们总是把当天的营业收入都放在桌上。甚至连她们知不知道密码，他也记不清了。

"什么？"罗丝质问道，她的嗓音已经变得尖锐起来。

"保险柜里的钱不见了。"

玛丽·露易丝和两个开卡车的男人攀谈，在她买下一些家具后，他们主动提出愿意帮她运送。她把刚才买下物品的编号给了他们——只有那些玩具士兵和一些卧室家具。他们向她保证，会在第二天把这些东西运过来。

她骑车走远了，心里为自己成功拍下了想要的东西而感到高兴：拍卖本来让她感到很紧张，但没有别人想要那些玩具小兵,那些家具也比她原先预想的要便宜。骑到小镇郊外时,她在那个粉刷成蓝色的小棚屋前下了车,姨妈以前在莱蒂的婚礼宴会上提过这里。她向一个怀里抱着个孩子、面色憔悴的女人介绍了自己。

"我想,我姨妈给你们送过衣服。"

"老天保佑她,是送过。"

"你愿不愿意拿它们换钱?"

"钱?什么钱?"

"我想从你手上买些衣服回去,我会把它们当新衣服来买。"

听了这话,女人顿时警觉起来,回头去喊她丈夫。他是一个大块头的男人,得垂下头才能通过低矮的门槛。在他弄清楚玛丽·露易丝的来意前,妻子的疑心病就已经传染了他。

"这些衣服是送给我们的。"他说。

"我知道。我想说的是,我愿意买些回去。任何你们不想要的衣服都行。"

"那是给男娃们长大了穿的。"女人听上去依然满头雾水,这让她显得很愚蠢。孩子开始哭闹起来,她便把孩子换到另一只胳膊上抱着。

"我只是觉得,钱可能对你们更有用。那些衣服是我表弟的,他刚刚去世了。我只想留一些他的衣服作纪念。"

男人缓缓点头。这件事可以商量,他说。他挪到一旁站着，一边小声地对妻子嘟哝着什么。玛丽·露易丝走进小屋，挑了几件衣服出来，女人便用报纸给她包好。捆包裹的绳线就是当初送来时用的那根。小屋里四处透出穷酸贫苦的味道。大一点儿的孩子们从角落里和椅背后瞪着玛丽·露易丝。她留下的钱比刚才说好的数目要多。

"像那样你就甭想骑上车。"说完，女人取来了更多绳线。原来的包裹被一分为二，男人把它们分别系在自行车的车架上。这样就安稳了，他说，只要她小心骑，不让更多重量影响她的平衡就行。

"你疯了吗？"罗丝嗓音沙哑，掩饰了话语中的兴奋。

他无言以对。当她们开始连珠炮似的厉声质问时，简直凶得能把你的牙从嘴里挖出来。要不是他太沮丧难过了，他才不会告诉她们，在自己刚结婚没几周的某一天，为了取悦自己的新娘，他曾教过她怎么打开墙上那只设计精巧的保险柜。

"她可算回来了。"玛蒂尔达说。

现在是六点四十分，店铺在六点钟就早早关了门。发生这种事是理所当然的，罗丝和玛蒂尔达声称，这话她们以前说过不止一次，而是好多次了。现在她已经跑远，以后再也不会回来了，一个刚说完，另一个也应声附和。她们赶紧跑上楼，查看她有没有打包行李，结果挺失望地回来报告说，显然她什么也没有带走。可就算这样，她们仍然一口咬定，这一回，弟弟那个贪得无厌的妻子已经溜之大吉了。

他们都站在会计室里，罗丝和玛蒂尔达立在书桌两旁，埃尔默则僵在敞开的保险柜前。当他们听到屋里响起动静后，三个人立即明白过来，玛丽·露易丝已经把自行车停在院子里，从后门进屋了。他们能听出那是她的脚步声。罗丝叫住了她。

"这些钱我还回来。"玛丽·露易丝走进会计室说。她掏出了之前存放在小保险箱里的大部分钞票。其余的钱她已经用掉了，她解释说。

"用掉了？"罗丝连声质问，"用掉了？"

埃尔默开口时，声音很沙哑。他问妻子，这一整天去了哪儿。他们都特别担心，他说。

"我去了我姨妈的拍卖会。我买了几样东西。"

埃尔默伸出手，拿起她刚才放在桌上的那沓钞票。捆钱的橡皮筋还在上面。钞票只少了两张。

"你从保险柜里偷了钱。"罗丝说。

埃尔默抗议起来，但他的话变成了一堆胡言乱语，前后混杂，叫人摸不着头脑。玛丽·露易丝说：

"我可不会管这叫偷，罗丝。"

"你就是从保险柜里偷了钱，好去参加拍卖会。"

"你怎么不来问我呢？"埃尔默的话近乎耳语，在会计室里轻得几乎听不见。

"我问过，只是你当时喝醉了。"

"我的天啊！"罗丝尖叫起来，"我的天啊，听听这都是什么混账话啊！"

"你这么说可真不要脸，"玛蒂尔达也插嘴道，"我一点儿也不信你问过他。"

"实际上，我问过他两遍。我前晚问过他，昨晚又问了一遍。"

"你是故意挑时候问他的，你知道——也许他当时已经睡着了。"

"我不是傻瓜，玛蒂尔达。我不会随便在别人睡觉的时候跑去找他们说话。"

"你还嫌你随便干的好事儿不够多啊。你想方设法让人家吃掉脏盘子上的残羹剩菜。你到处锁门，还随便乱动不属于你的东西。"

"如果我是你的话，"罗丝对弟弟说，"我就会让警察来管这事儿。偷东西就是偷东西。"

"我买的家具明天就会送来，"玛丽·露易丝说，"不会挡任何人的道。"

说完这话，她便离开了会计室。他们听见她的脚步声在楼梯上响了一阵，然后她走进了厨房，那里有一部分正好在会计室楼上。

"听好了，埃尔默，"罗丝一字一顿，故意缓缓地强调说，"那丫头比她哥哥还要糟糕。她的脑子根本就不正常，埃尔默。"

"她已经把这个家里搞得鸡飞狗跳了,"玛蒂尔达也插嘴道,"罗丝说得一点儿也没错,埃尔默。"

他没有开口。她找他问过借钱这事也许是真的。她也许真的说过这话,但由于夜里他喝得迷迷糊糊,他可能没听见她在说什么。他把保险柜密码给她,已经是好久好久以前的事了。既然他没办法听见她的话,她可能就自己用了密码。天晓得当年他为什么要把那玩意儿给她。

"把整个家里都弄得鸡飞狗跳了,"玛蒂尔达又强调说,"没有一天安生日子好过啊。"

"瞧瞧她都把你逼到啥份儿上了,"罗丝说,"你在保险柜里还藏了酒和杯子,这种事情以前可从没发生过吧。她把你逼得连脑子都不好使了。"

"她要家具干什么?我们自己的家具她还看不上吗?"

"她不肯跟我们一起吃饭呢,埃尔默。她不肯和我们坐在楼上一间屋子里。她会跟你睡一张床,简直是奇迹。"

罗丝说完这话后,屋里陷入一片死寂。就这样过了一分钟,然后又是一分钟。沉默就这样一直延续着。

"你们想让我怎么办?"终于,埃尔默开口问。

第二天上午,罗丝望见那辆装着家具的卡车爬上了山坡,那两个男人一进店门,她就厉声呵斥起来。没人要过这些家具,她说。"把它们从哪儿来带回哪儿去。"她命令道。

但这时,玛丽·露易丝从柜台后走了出来,带他们走向房子的后门。他们没有理会罗丝的连声抗议,也未理睬玛蒂尔达的抱怨:和他们讲好运费的人,是玛丽·露易丝。

"恐怕得麻烦你们搬到楼顶上了。"她抱歉地说。

男人们很好说话。不管是搬到楼上还是楼下,都算在这一整天的工作里了。"刚才她们在店里是怎么回事?"一个男人问。

玛丽·露易丝解释说,那只是一个误会。她的姑姐们不知道这些家具已经买好了。她的姑姐们一向脾气火爆。

"再也受不了了,"罗丝说,她气得面红耳赤,在会计室里直瞪眼珠,"她在咱们家阁楼上塞满了垃圾。"

"我昨晚和她谈过了,罗丝。我说了你很不高兴。"

"那又有什么用呢?跟她说那些废话有什么用?我们告诉过你该怎么做了。"

"那么疯狂的事情我干不了,罗丝。"

"从基尔凯利租辆车开过去只要一小时。那里有花园可以散步。她会跟她的同类待在一起。"

经过这么多年,埃尔默已经习惯了两个姐姐身上在他看来粗鲁无礼的一面。滋生这种特质的是那副锱珠必较的冷酷态度,姐妹俩在家庭中形影不离互相支持也助长了她们的傲气。几年前,当罗丝斩钉截铁地声称,他们不该付全款给建筑工人希基，因为他磨蹭了四个月才开工，结果导致成本大增时，玛蒂尔达立即坚定不移地完全支持她。而当玛蒂尔达坚持说，在技校上班的欧洛克小姐应该买下那件被她的香烟烫坏的羊毛衫时，罗丝也毫不犹豫地支持她，尽管那件羊毛衫的颜色根本不适合欧洛克小姐，而且只是出于很偶然的意外，那件羊毛衫才碰上了欧洛克小姐暂时搁在柜台上的香烟。还有许多类似的情况发生，所有人都认识到了这样一个事实，当埃尔默的姐姐们觉得自己正确无误时，她们会毫不犹豫地索要更多赔偿，根本不会难为情。在她们身上没有半点儿耐心，毫无谦逊讲理或妥协退让的美德。她们骨子里就没有那种谨慎行事的天性。

"有个男的抱着满满一箱子玩具咧。"玛蒂尔达兴奋地丢下店里不管，跑上来汇报。

"你瞧瞧，埃尔默。你妻子还越长越小了。"

"是一个很大的纸箱，"玛蒂尔达接着说，"里面装得满满的，都快冒出来了。"

店门上的摇铃响了起来，姐妹俩赶紧跑回去照看生意。过去这二十四小时里，占据她们心头的兴奋感又达到了一个新的高潮。从她们首先意识到弟弟的妻子定时往阁楼房间里跑开始，这股兴奋感便油然而生；当她们发现，她把一个阁楼房间里的大部分家具搬到另一个房间，她们也随之变得更加兴奋；等到她后来的一系列举动越发偏离姐妹俩认作正常的行为规范，这种兴奋又进一步强烈了。玛丽·露易丝前日一整天踪影全无,这已经足以叫她们乐开了花:她们怎么也不会料到,她竟然还偷钱去拍卖会上买玩具,这实在令她们欣喜若狂。有那么一瞬间,玛蒂尔达心想,会不会有可能是她的弟媳偷偷生了个孩子,却出于某些特别理由,选择把孩子藏在阁楼房间里,所以现在才买那些东西。除了那一箱色彩鲜艳的玩具兵外,玛蒂尔达还看到一张拆开的床和一张床垫,连同其他卧室里使用的物品从卡车上搬下来。可是,如果真是那样,他们应该能听见婴儿的哭声,尤其是夜里,而且那丫头也不可能藏得住自己的肚子:这个推测几乎刚一诞生,便被她立即抛在脑后。真是的,玛蒂尔达心想,都已经二十五岁的人了,居然还买玩具给自己玩,真是疯得越来越离谱了。

埃尔默踩在阁楼楼梯上的脚步很重。他的指节轻快地在房门的嵌板上叩击着。他尝试拧了拧门把。他呼唤了几声她的名字。然后他就转身走开了,步履沉重地下了楼。

她可以把烟囱清扫工叫上来收拾一番,这样她就能在小壁炉里生火了。她不介意要自己搬柴火和炭上楼,也不介意要清扫灰烬。一炉火可以驱散空气中的寒意。

她把捆在床垫上的绳索解开,将它铺展在已经支好的床架上。在他整整二十四年的生命中,他就躺在这张床上。在他整整二十四年的生命中,每天一醒来,他就会看见那幅油画,上面是那辆干草车,还有在麦茬地里追耗子的狗。

每天他都曾打开和关闭那只衣橱上已经褪色的门。

她把他的领扣放在梳妆台上,这样她随时都能看见它。她将玩具小兵们排列在地板上,尽可能按自己记得的样子将它们摆好。她挂起了他的衣裳。

二十五

她在小镇上漫步。三十一年后,她成了这里的陌生人,小镇也变了样子,一如她丈夫警告的那样。气氛更加喧闹嘈杂,街上有更多汽车在跑,人们愈发步履匆匆。店铺橱窗里的商品看着更加有趣,有以前从来见不到的法国奶酪和红酒,以及各种各样的新式糖果。张贴海报的雇工也换了人,原来的电力电影院已经不见了。

人们朝她的方向投来匆匆一瞥,有的则凝视一阵。现在已经没有熟人能和她打招呼了,只有少数几个人还记得她是谁,流言蜚语跟随她一路到了镇上。无论如何,她不在乎这个,只关心那个被她抛在身后的地方。最后一些来接人的汽车现在应该已经抵达,那些获准离开的人应该已经走了。据说,那些难管的人会被重新安置在马林加镇附近的一座房子里。她寻思着这件事:剩下的室友们是不是已经被带走了?所有的唠叨和争吵是不是都已销声匿迹?工人们的锤击声和口哨声是不是已经在那里响起?很快,那些没患上麻痹性痴呆、出现侵入性思想或抑郁症的人,将会在那些房间中入眠,男人们整天在户外打猎或钓鱼,女人们身穿薄绸睡衣躺在他们身旁,做着香甜的梦。一辆辆汽车将在停车场平滑的柏油路面上各自就位,而在他的花圃上,经常会有不同的汽车停在那里。

那就是她要回来的原因:她站在马修神父街上自顾自地点着头,提醒自己不要忘记。正是出于那个原因,她才没有大吵大闹,没有冒被带往马林加镇和那些难管的人住在一起的风险:明天,她将走路前往那座墓园。

"不是因为我去了那儿,"她告诉她们——汉娜嬷嬷、莱维太太、蓓尔·D和其他所有人,"不是因为我去了那儿,我才被迫离开镇子。还有另外一个原因,一个糟糕得多的原因。"

二十六

"老鼠?"雷纳翰先生说。

"我们家阁楼上有老鼠。"

"老鼠真是最讨厌不过了。您是打算用捕鼠夹吧?"

"或者可以用毒药。您这里有毒药吗,雷纳翰先生?"

"当然有了。灭鼠灵,或者是毒鼠强。像那样的玩意儿肯定会派上用场。"

配种员布利辛也在店里,正从雷纳翰家的一个儿子手上买钉子。他大咧咧地朝玛丽·露易丝笑了笑,她不由想起,在莱蒂婚宴的那天夜里,他开车送她和埃尔默回家,一路上,汽车不停地左右摇晃。他还问她最近过得怎么样,她回答说一切都好。以前她去电力电影院的时候,布利辛也经常会去那儿,在这寻觅良妻的过程中,他要么是孤身一人,要么身边陪着一名他仍在考察的寡妇。出于他自己的某些原因,他只肯把寡妇列入考虑的对象。

"再给我一个去苹果核的小玩意儿,"雷纳翰家的小伙子给他把钉子称好重后,他接着说,"我最喜欢吃炖苹果啦,"他告诉玛丽·露易丝,"再加一小勺博德牌蛋奶冻。"

她点点头。有一天,一个来布料店里买子母扣的女人告诉她,布利辛永远不会结婚。他会把全爱尔兰的寡妇都带去电影院,最终却依然保持老样子,按着他那谨小慎微的方式活下去。

"我本来有那小玩意儿的,"他说,"只不过我上次不小心,把它跟苹果皮一起扔掉了。"

玛丽·露易丝想象着他在家自己烧饭、按着男人的做法去削苹果和土豆的样子。他继续和她聊着家长里短,但她已经没在听了。"大伙都聚在客厅里。阿尔卡季拿起一本最近一期的杂志读起来。安娜·谢尔盖耶夫娜站起身,就在这时,他朝卡佳瞥了一眼……"①

如果布利辛不爱任何人,那他还是不要结婚的好。他对择妻挑三拣四是对的,即便那意味着他到死可能都是单身汉。突然,玛丽·露易丝好奇地心想,不知她的父母是否爱过对方。在自己的一生中,她从未想过这件事。一直以来,她父母似乎从未想过,应该把爱情也列入考虑。

"要我说啊,就买灭鼠灵吧,"雷纳翰建议道,"我们平时卖掉好多灭鼠灵呢。"

婚后不久,莱蒂便怀上了身孕。丹纳希给她买了一辆二手的莫里斯·迈诺汽车。她很喜欢他们现在住的这幢房

---

① 出自《父与子》第十八章第一段。

子。过去,她一直不得不看鸡,喂鸡,找它们下的蛋。她说,只要她活着,就再也不想动一根手指去喂鸡了,尽管她家的院子里现在也有几只母鸡在跑来跑去。她丈夫打算再养一两头奶牛,不过两人已经事先约好,他一个人去照顾那些家禽牲畜。莱蒂就待在家里,用父母送给她作嫁妆的那架缝纫机自己做窗帘和椅套。他们还买了地毯,家里最后的装潢也已全部完成。"你可以在那里边种点儿东西。"艾米琳姨妈指着前门两侧被人遗忘的一对白色大盆,建议说。一星期后,姨妈又来到这座房子前面,花了几分钟翻土施肥。在房子后面,她还找到了一小块杂草丛生的空地,以前那里曾种过蔬菜。她把这块地也同样开垦了出来。

在幸福喜悦的婚姻生活中,真正让莱蒂感到心绪不宁的只有她妹妹。思虑之情去了又来,每次当她听到从镇上新传来的流言蜚语,这份担心就会加重一些。自夸里家两姐妹造访卡林村后,她已经得知了整件事情的详细经过。她也知道父母找过柯米肯医生咨询,却无果而终,后来又和玛丽·露易丝谈过几次。她听说了妹妹去拍卖会买东西的事情,也听说现在玛丽·露易丝已经基本上不在店里服务客人了。这一切都让莱蒂感到困惑。当他们俩还是孩子时,作为姐姐,她和弟弟共同负担了照看玛丽·露易丝的任务。她依然记得妹妹那只黏糊糊的小手握在自己掌心里的感觉,还有她自己坚持要握住妹妹的手的那份固执劲儿。她曾在妹妹哭闹时安慰过妹妹，必要时也对妹妹发过火。在她的记忆中，更让她感到不快的是，她曾对玛丽·露易丝和埃尔默·夸里订婚一事坚决反对。当她听说埃尔默已邀请妹妹去电力电影院时，她感到一阵恶心。婚礼当晚——她毫不自知地生出了和表弟一样的念头，禁不住去想象玛丽·露易丝正在忍受怎样的煎熬。埃尔默·夸里的小牙齿和小眼睛令她联想到了一头猪。那天晚上，在她从前一直和玛丽·露易丝同住的那间卧室里，她孤身一人，哭得泣不成声。

装在莱蒂家里的电话机，对她丈夫的职业生活而言是必不可少的工具，对她来说却有点新鲜。卡林村没有电话，以前她也很少有机会能打电话。不过，现在它就在家里，摆在客厅后面的一个架子上，一支铅笔和一个笔记本悬挂在架子上方的钩子上，在架子下层还有一本通讯簿。一天上午，趁自己做女红做得无聊，莱蒂拨通了夸里布料店的电话，想提醒玛丽·露易丝，她还没有像以前承诺过的那样来看自己。

"您好。"罗丝说。

"您好，请问我能和玛丽·露易丝说话吗？"

"您是哪位？"

"我是她姐姐。"

莱蒂听见了罗丝的呼吸声，背景音中还隐隐听得到店门口摇铃的声响。

"我是莱蒂啊。"莱蒂又说。

"哦，对哦。"罗丝感到心里有点窝火，因为埃尔默不在，她不得不亲自爬上楼梯到会计室里接电话，结果却发现打电话来的是弟媳的姐姐。尤其让她觉得讨厌的是，来电话的偏偏是莱蒂，因为上次她们没收到结婚请柬的事情还如鲠在喉。

"玛丽·露易丝在吗？"

罗丝犹豫了。她觉得自己需要时间思考一下，所以没有急着透露玛丽·露易丝的去向。最后，她终于说：

"你妹妹不在家。"

"你是罗丝吗？还是玛蒂尔达？"

"我是罗丝·夸里。"

"你能让玛丽·露易丝打电话给我吗？号码是二四五。"

罗丝本想先答应下来，然后置之不理。但在一时冲动下，她改了主意。她开口说：

"这些日子，我们不怎么看着你妹妹了。"

"玛丽·露易丝还好吗？"

"要我说啊，她才不好咧。你可以跟你父母说一声，情况已经从很糟变成更糟了。看她现在那副样子，我们自己都担心得很呢。"

"样子？什么样子，罗丝？"

"我们不得不把所有的货物都锁好看牢。我们自己的手提包每时每刻都得拿钥匙锁上。她从会计室的保险柜里偷了钱。"

电话那头只有一阵死寂,这让罗丝感到非常痛快。莱蒂沉默了好长一段时间,最后才问:

"你在说什么啊,罗丝?"

"如果你不把这桩家丑张扬出去,我们会感激不尽,丹纳希夫人。"

说完,罗丝便将话筒放回了挂钩上。埃尔默曾经特别请求过,不要把他妻子从保险箱里拿钱的事情传到外面去,除非达伦那家人晓得那丫头执拗到了什么地步,否则他们才不会出面管这档子事儿呢。回到店里,罗丝把这番谈话告诉了玛蒂尔达,玛蒂尔达说她做得一点儿没错。

埃尔默摇着头。他家里根本没有什么老鼠。院子里总有只猫在四处转悠,它会把老鼠治得服服帖帖。就算有这麻烦,顶多也就是时不时有几只老鼠被他姐姐们设下的捕鼠夹逮住罢了。

"我卖了灭鼠灵给她,"雷纳翰说,"我相信她提到过阁楼。"

埃尔默含糊地点点头,用这个姿态暗示,自己忘了还有阁楼那块儿。私下里,他怀疑阁楼上面就像屋里其他地方一样,根本没什么老鼠。

雷纳翰喝完酒,便离开了霍根酒店。三刻钟后,当莱蒂和她丈夫走进酒吧时,埃尔默仍然独自坐在那里。吧台后，盖利正在读《先驱晚报》①。没有其他人在场。

"埃尔默。"莱蒂说。

"我在这儿有点儿事情办。"他开口道。

"我们想和你谈谈玛丽·露易丝。"

丹纳希说他去买酒。莱蒂带着埃尔默来到酒吧角落里的一张桌子前。"和夸里先生的一样。"埃尔默听到丹纳希在点酒。与此同时,他的妻姐说:

"我们想趁你一个人的时候找你谈谈,埃尔默。我给玛丽·露易丝留了口信,但她一直没回我电话。"

"我会告诉她——"

"罗丝说了跟保险柜有关的事。"

"实际上,那只是一点私事儿罢了。"

"罗丝到底在说什么,埃尔默?"

埃尔默解释说,事情是这样的:有一天,玛丽·露易丝急需用钱,就从会计室的保险柜里借了一点儿钱出去用。这不算什么大事,他说,只是一丁点儿家庭纠纷罢了。

"罗丝还说,她们得把自己的手提包都用钥匙锁好。"

正在这时,丹纳希端着酒水过来了,这让埃尔默松了口气。"祝好运!"丹纳希举起酒杯说,然后便点燃一支香烟抽了起来。

---

① 《先驱晚报》创刊于1891年,总部在都柏林。

"玛丽·露易丝到底发生什么事了,埃尔默?"

"啊,她挺好的。玛丽·露易丝就喜欢自己一个人待着,可惜我的姐姐们都不理解这一点。她喜欢自己骑车出去玩,也喜欢在屋里找块地方自己待着。就这么回事儿。没别的了。"

"你的姐姐们几个月前来过卡林村。她们对玛丽·露易丝提了一些意见。"

"什么意见?"

"她们说她精神出了问题。"

埃尔默大吃一惊。他一口气喝干杯中的酒,然后招手示意盖利给他和两位来客重新满上。莱蒂注意到他的手势后,摇了摇头。丹纳希则点点头。

"我不知道这件事。"埃尔默说。

"你不知道你姐姐去过卡林村?"

"跟你说实话,我真的不知道。"

"自从我们结婚以后,我就再没见过玛丽·露易丝了。那时候,她身上还没有发生什么事情。当然,除了她自己变得没有多少话好讲以外。"

"我们都注意到了,莱蒂。"

"以前她一直都很爱讲话的。"

阁楼上根本就没有什么老鼠。如果阁楼里真有老鼠,在楼下就能听到它们在你头顶上四处乱跑的动静。据他所知,她买老鼠药的事情已经在镇上传开了。

"我爸妈想让她去看柯米肯医生。"莱蒂说。

"这也没啥坏处。检查一下身体又伤不到任何人。"

"但她说她不想去。"

"让我和她谈一谈吧,莱蒂。"

"我每天都在家。告诉她,我在等她给我打电话。"

突然,莱蒂站了起来。她刚才只轻轻地抿了一两口酒。埃尔默注意到,在他们说话的整个过程中,她一个劲儿地皱着眉,额头上也因为焦虑而现出一小道皱纹。

"以后我们再见。"他故意大声说,免得盖利以为他们在闹别扭。

"有空上我们家做客吧。"丹纳希邀请道,他匆匆喝完了杯里的酒。莱蒂一言未发。

埃尔默重新回到酒吧里,又点了一杯双倍浓度的威士忌。

"老天啊,这也太吓人了吧?"盖利找给他零钱时这么说,一时间,埃尔默还以为他是指刚才酒吧里那番谈话中的某些事情。盖利仍然盯着那份《先驱晚报》,被上面那条伊拉克国王费萨尔被人谋杀的新闻吸引住了①。

虽然他对这起遥不可及的暴力事件兴趣寥寥,但无论如何,埃尔默仍为此事感到遗憾。他想,最让人受不了的,莫过于她俩的蛮横霸道。她们竟然偷偷去过达伦

---

① 指1958年在伊拉克爆发的"七月革命",末代国王费萨尔二世全家在军事政变中遇害。

家，说他妻子精神有问题，还把妻子从保险柜里借钱的事抖了出去，真是岂有此理。事情的真相就是，玛丽·露易丝已经按着她自己想要的方式在家里安顿了下来，而这正是他刚才一直努力在向妻姐解释的。如今，她一个人睡在阁楼上，如果这就是她想要的，那就没有理由不让她这么做。

扫烟囱的人点燃了壁炉里的第一把火，确保烟囱通风正常。玛丽·露易丝从地窖里把煤和柴火搬上了阁楼。由于客人很少，她已经没有必要在店里露面了，一直以来，她的服务都只是为了给夸里家装点门面，至少如今在她看来，事情就是这样。对丈夫也好，对姑姐们也罢，她现在一概不打招呼，这种日子已经过了好几天。独自睡在阁楼房间里，她再也不会像最开始那样，一早醒来还心怀羞愧。她仍然在厨房里清洗那家人盛过食物的餐碟。她继续做着以前安排给她的其他家务活计，但始终不会和其他人一起用餐。只要她自己乐意，她随时可以骑自行车离开镇子，多数时候是前往墓园，有些时候则是去姨妈旧宅附近的田野上散步。那栋房子如今已经空空荡荡，却依然没有卖掉。

她时常希望自己拥有比现在更多的私人空间。埃尔默和姑姐们的声音令人厌烦。楼梯上重重的脚步声也惹人生厌，还有餐碟碰撞的动静，店铺摇铃的声响。为了摆脱这些噪声，她想起了一个自己小时候玩过的游戏：闭上眼，在脑海中想象自己在各个房间中穿梭，从姑姐们的卧室进进出出，打开大客厅里的窗户，将餐厅布置成另一副样子。在二楼的楼梯平台上挂起一盏粉色与猩红相间的水晶吊灯。屋里弥漫着花香和新熨好的尼龙桌布的气味。厨房中，厨娘将炖锅坐在炉灶上，新鲜的生羊肉正摆在桌上等着下锅，旁边还高高地摞着几堆餐盘，在厨娘切卷心菜时震得格格直响。院子里有人在追小鸡，想掐住它们的脖子，把它们吓得叽叽乱叫。

外面，蓝色百叶窗栅遮住了店铺的橱窗，入口处的店门已经上锁，上了插销。在某个地方，在所有事物的至深处，她的表弟依然活着，一如翻新过的房间里的精美工艺品，精致细腻地存在着。一切都是那么脆弱：它太容易破碎，就像瓷器掉在石板上。轻轻地，她和表弟将指尖搭在唇上，欢笑起来。

人们再也不向埃尔默提起他的妻子了。小镇上，大家也越来越少像过去那样谈论她了，都接受了她是个怪人这个事实。经常有人看见她骑着自行车出门，浑身裹得严严实实，头上包着一条头巾。新年的一月——一九五九年——玛丽·露易丝上门看望了姐姐，她对厨房里的配置大加赞赏，还听莱蒂讲了怀孕是什么滋味。也是在一月，她的母亲再次造访布料店，罗丝却只告诉她，玛丽·露易丝已经再也不肯在店里干活。达伦太太摇响了房屋客厅门铃，却无人回应。她返回店里，要求和埃尔默说话，埃尔默赶紧从二楼会计室笨拙地跑下楼，在达伦太太眼里，他已经站都站不稳了。他把她带进客厅，请她在里面稍坐片刻，几分钟后，玛丽·露易丝走了进来，朝母亲露出微笑。她看着似乎一切正常，只是那份沉默依旧令人不安。"你现在都不来看我们了。"她母亲轻轻责怪道。玛丽·露易丝保证，她下周日就去看他们。可是，她那一天没有过去，后来的那个星期天，以及接下去的许多个星期天，她都没有在家里出现。

埃尔默还在担心那些买回家的老鼠药。他没把这件事告诉姐姐们，也没告诉其他人，只向玛丽·露易丝尽可能轻描淡写地问了一句，在她待了那么长时间的阁楼上还有没有老鼠。"我想我干掉它们了，"她回答说，"它们吃了我放的灭鼠灵。"他又问她，剩下的毒药怎么处理了，她说自己还留着它们，以防老鼠们卷土重来。埃尔默摇摇头：这可不是个好主意，他提议道，因为她可能会不小心把毒药沾到手上，或者可能会有其他不知情的人把毒药拿了去。既然她现在已经灭了老鼠，最好还是把毒药扔掉，要是老鼠真的又回来了，再去买就是了。玛丽·露易丝连连点头。她保证自己会把剩下的毒药包好，然后扔进垃圾箱里。

玛丽·露易丝来访之后，莱蒂的担忧依然没有减弱，但现在她已无可奈何地接受了妹妹身上发生的变化，因为她也无计可施。后来，她生下了孩子，整个身心和思绪便集中在了宝宝身上。她曾经希望玛丽·露易丝能骑车出来看看她的宝宝，但妹妹再也没有过来，这让她很不高兴。她的孩子取名叫凯文·阿洛伊修斯，阿洛伊修斯是丹纳希家族的姓氏。

罗丝和玛蒂尔达继续等待着时机来临。她们对玛丽·露易丝不在店里干活一事颇为满意，少了她以后，餐厅也几乎像从前一样了。只是，她那张曾被玛蒂尔达形容为"自鸣得意"的面孔，依然会让她们看着心烦，当你和她打招呼时，她立即会挂上一副愉悦的表情，但没过多久便会换成一张死鱼脸，仿佛懒得听你多说一分钟。在她们想用厕所或者浴室时，她的存在总会让人觉得不爽，还有她把自己封闭在阁楼上的愚蠢行径也叫人恶心。最讨厌的是，她依然在让她们的弟弟付出可怕的代价。有时在大清早，他的眼睛里布满了血丝，简直令人难以想象他还能看清东西。他已经变胖了，脸色显得很不健康，除此以外，他的双手开始经常发抖，就像每年秋天都会到小镇上来卖海棠果的老克洛那样。她们对酒瘾的症状一无所知，还满心相信，他错误迎娶的妻子要么会回娘家，要么会被送进一家合适的疯人院里关起来，到那时候，埃尔默自然就会恢复从前的正常状态。他会偶尔去基督教青年会的台球室打上几盘，再也不会整晚整晚地泡在霍根酒店的酒吧里消磨时光。他还会像从前那样在夏天外出散步。他对生意业务的兴趣，如今已经明显衰落，而在那以后，这种兴趣肯定也会复苏。再往后，这家店铺将见证现在这一代夸里家族消亡殆尽，店铺会转让给住在阿赛镇上的远房亲戚。不过，和那桩不幸的婚姻缔结前的日子相比，如今这件事情已经无关紧要了。唯一令她们感到遗憾的是，埃尔默到底还是没能明白，他们三姐弟在店里和家中都是天然的完美组合。

姐妹俩之所以继续等待时机来临，是因为她们确信，总有一天，像财物失窃这样的事情还会发生。到时候，那个小偷就不会轻轻松松逃脱了。姐妹俩都觉得，既然她已经制造了这么多的麻烦，那么总该有个头儿，让她们一劳永逸地解决掉她，这样才算公平。

在失去挚爱的最初几周甚至几个月里，玛丽·露易丝时不时会突然爆发出一阵啜泣，但如今她已经不会再这样崩溃了。她觉得自己的肉身与骨骼变得更加笨拙沉重，虽然真实存在，却毫无实际的价值。

"我当然没睡了，"当表弟在耳边轻轻问她睡没睡时，她再次回答，"当然没有，罗伯特。"

墓碑上那些长满青苔的文字写着："苏珊·艾米丽，查尔斯之妻。在天堂安息。宁静，永恒的宁静。"那些文字镌刻在如蛛网般交织的其他文字下面，只有嗡嗡作响的蜜蜂在看着它们。当她在墓园中合上双眼，许多塔楼和凉亭便浮现在脑海中那片绿色的公园里面。一块桌布在青柠老树下铺展开来。"同时，车夫跟男女家仆从车上拿下筐篮……"①

他的声音在继续，她拥抱着这声音，这就是他们爱的仪式。既然她已经疏远了两位姑姐和丈夫，那么，在这种仪式中便有了一种让玛丽·露易丝满心欢喜的纯真。现在她唯一希望的，就是把表弟的怀表挂在自己阁楼的墙壁上，挂在壁炉旁边那颗从前就有的钉子上。哪怕片刻的寂静降临到屋里也没关系，她会向他送出请柬——卡片镶着金边，上面写着她表弟的名字，给出了日期和时间，在左下角还写着"并盼赐复"的落款。

当詹姆斯冲进厨房，说他刚才从高地上望见玛丽·露易丝朝他们家的方向骑来时，达伦太太心里真是又惊又喜。她把水壶坐到炉上，然后让詹姆斯去告诉他父亲。带着失落和沮丧，她至少已经接受了夸里姐妹的一部分控诉。现在她什么多余的事都做不了，什么多余的话也说不出了，但她依然相信，如果女儿能生下一个孩子，那么一切就会和现在大不相同。也许有一天这件事会成真，但和过去相比，她已经感到更加悲观了。

"快坐下，我的好孩子。能看到你真是太高兴了。"

---

① 出自《前夜》第十五章第十一段。

玛丽·露易丝脱下了外套。面对母亲的一连串问题，她回答说她一切都好。达伦太太切了几片黑面包，把黄油和柠檬酱放到桌上。

"流浪的孩子终于回家了。"达伦先生一边脱下高筒靴放在门口，一边打趣道。

"莱蒂看到你也会很开心。"达伦太太略显紧张地说，她语速很快，仿佛生怕她丈夫的幽默态度会冒犯到女儿，所以想赶紧消除这种印象。在卧室里，她已经反复说出了自己的担心，生怕是从前他们让玛丽·露易丝感觉受了冒犯。当埃尔默·夸里向女儿求婚时，他们也许显得有些犹豫不决，还有莱蒂以前也过于心直口快。这些态度也许都给玛丽·露易丝的心灵留下了创伤，再加上那两个爱惹是生非的姑姐的恶劣态度，都导致了她现在的自我封闭。而在埃尔默开始酗酒后，这个可怜的姑娘更是觉得自己无人可依。任何一个姑娘都会为丈夫酗酒而感到羞愧。

"我听说那儿最近挺清静。"达伦先生说，他指的是镇上。他穿过厨房走到桌前，脚上只穿着长袜。他在桌前坐下，伸手拿起一片面包。

"那里没什么事可做。"玛丽·露易丝同意道。

达伦先生想起玛丽·露易丝十一二岁的时候，有一天在院子里，她站在他身旁，手里拿着一只老旧的铁皮糖果盒，盒子里盛着她刚摘下的几把黑莓。她说，等她进了药房工作，他们会给她发一件白大褂。他并不认同妻子觉得女儿以前受过冒犯的想法。在他看来——从他妻子的角度考虑——这是在寻找一种宽慰人心的借口,任何解释都比完全没有要强。不过,在争论中,他也没有否认这一点:要是它能带来某种宽慰,那又有什么坏处呢?

"这都是坏年成搞的鬼,"他断言道,"人们手里没钱可花。"

令他失望的是,玛丽·露易丝没有回他的话。那天在院子里,她站在他身旁,滔滔不绝地讲了大约一刻多钟,她告诉他,在药房的橱窗里陈列着各色货品,香水、香粉和口红,科蒂、旁氏、伊丽莎白·雅顿。他还记得,那是在一个温暖宜人的九月的傍晚。

"乔治·艾德瑞去了英国,"达伦太太说,"显然是挨家挨户地干推销去了。"

这一次,玛丽·露易丝总算有了回应,她轻轻地点头,一丝淡淡的微笑稍稍改变了她的容貌。她的父亲回想起来,从前,药房对她而言就代表着小镇的全部生活。自打她在玛拉芙小姐那里上学的第一天起,她就一直被小镇吸引。待在镇上总能让她高兴起来,哪怕当他们星期天开车穿过小镇,镇上的家家户户都房门紧闭,到处只有一片死气沉沉的景象时也是如此。

"艾米琳姨妈不在家吗?"她问。

"她上莱蒂家去了,"达伦太太说,"你的艾米琳姨妈正在帮莱蒂建一座花园。"

"我在想……"玛丽·露易丝刚要开口,却又突然顿住了。他们眼见着她改了主意,把剩下的话吞进了肚里,换成了另外一句话。"我只是想,"她改口说,"看看我的房间。"

讶异的神色从他们两人脸上一闪而过。达伦太太困惑的表情变成了眉头微皱,过了好一会儿才渐渐恢复。她丈夫正在把一片面包切成两半,听到女儿这话,他的动作突然顿了一下,然后又缓缓地继续切下去。

"就一分钟。"玛丽·露易丝一边说,一边打开了通往楼梯的门。他们听见了她插上了门后的插销。达伦先生将他的茶杯推向茶壶。达伦太太往他的茶杯里倒满茶水,动作显得呆板机械。玛丽·露易丝应该回卡林村的娘家吗?对这个问题,他们到底有没有仔细考虑过?她需要让人照顾吗?她自己有没有对姑姐们说过?莫非这就是她想再看看自己卧室的原因?

"如果她回来了,那要让艾米琳去哪儿啊?"

达伦先生不明白他妻子在说什么。他的思路还没有跟上她的节奏。直到这时,达伦先生才猛然意识到,玛丽·露易丝想看看那间从前由她和姐姐一起住的,现在已经让给她姨妈的卧室,确实非常奇怪。他想不出如何合理地解释这件事。

"有可能,"达伦太太继续说,"她是想离开他。"

"埃尔默?"

"因为他在酗酒。除了其他事情,还有那两个女人要忍受,你能为这件事去责怪她吗?"

"但如果真是那样,她应该会和我们说啊,不是吗?她又何必专门跑去艾米琳的房间里呢?"

"我猜她是想看看两个人能否住得下,就像她自己以前和莱蒂一起住那样。"

"我们不可以让艾米琳——"

"万不得已的话,我们可以。"

他们已经从艾米琳那里得知了玛丽·露易丝曾看望她表弟的事情,那是在一天夜里,他们都坐在炉边时说的。"你们不知道吗?她从没告诉过你们?"艾米琳惊讶地问,然后他们听她讲述了那些周日的来访。"善良的化身。"艾米琳坚定地说。达伦夫妇由此得到的印象是,不知为什么,他们的女儿——尽管他们自己对此一无所知——预见到罗伯特即将不久于人世,而她给予的关照是出于善意的举动。"当然了,她自己也很孤独。"达伦太太说,不过即便如此,她依然为自己的孩子能做出这样的善举而感到自豪。不管孤独不孤独,和一个病恹恹的年轻人做伴,肯定没有多少乐趣可言。

玛丽·露易丝回到厨房后,立即披上了自己的外套。她从外套的口袋里抽出一条带蓝色和红色方块图案的头巾,裹在头上。詹姆斯正好在这时进了屋,但她说自己必须马上就走。她说很抱歉不能留下来陪他多说点儿话。

阁楼里，她将那块怀表和表链挂在了壁炉旁的钉子上。她的表弟说过，这块表每天会走慢一分钟。在每天夜里上床睡觉前，她会很乐意将时间调准。

二十七

她听见她们在责骂他。谁给她做饭？谁跟在她屁股后头打扫卫生？她们才不想跟她一起吃饭呢。落在一个疯女人手上，她们俩谁也撑不过一星期。这么多年来，他花钱供着她，任由她去奢侈度日：难道这还不够？侮辱变本加厉起来。他这么做简直就是不要脸。她们才懒得动一根手指头，凭什么要她们照顾她？好吧，现在他把事情搞成这副鬼样，接下来打算怎么收场？

"她是我的妻子。"他说。

"而我们还要生活在她的压迫下。你的亲姐姐啊，都快入土的人啦，居然还要担惊受怕。"

"现在的世道就是这样。他们把那些地方都关掉了。"

"你就是故意想羞辱我们才这么做的。"

他如今变得憔悴邋遢了，衣服上布满香烟烫过的痕迹，衬衫衣领早已磨破，刮完胡子后，面颊上总会剩一小片忘记刮掉。是歉疚感迫使他把她接回了家，是歉疚感迫使他去看望她，并付上一小笔钱，好让她不必用搪瓷大杯喝水。要是他打过她，他会为自己感到羞愧难当。

"罗伯特埋错了地方。"一天,趁着时机似乎合适,她告诉了他,"你能帮我做这件事吗,埃尔默?"

他没有回答,她又告诉他,自己从未恨过他。她告诉他,在福伊小姐的疗养院里,在那段漫长的岁月中,她经常会想起他。"在你的祷告词里加上其他人。"他们曾这样催促,于是她把他也加了进去。

"很抱歉我给你添了麻烦,"她说,"很抱歉我把事情弄得更糟了。"

二十八

埃尔默有天半夜醒来，发觉自己梦见了睡在霍根酒店里的布丽奇特——就像他在少年时代幻想法伊太太和韦克斯福德郡学校里的女宿舍管理员在睡觉一样。酒店女经理的衣服搭在卧室房间的椅子上，她的长筒袜也随意搭在衣服上方。玛丽·露易丝决定自己一个人睡在阁楼上以后，埃尔默感觉轻松了不少，但他从未向姐姐们说起，也从未向妻子透露这种感觉。这下子他睡在床上就更宽敞了，天气冷的时候，自己可以随时抓起被褥全部裹在身上，不用再给别人留一截出来。总之，他更喜欢现在这样。

当他还是孩子时，埃尔默经常听人聊起韩伦律师的妻子，说她饱受外出恐惧症的折磨。平时，必须请牧师到宅子里来给她做弥撒，理发师也得请上门来。在修道院管理图书馆的修女每周两次去宅子里给她送书。"那个不幸的女人连走进自家花园半步都做不到，"埃尔默记得父亲曾在餐厅里这样说过，"看样子她会缩在楼梯底下等上一小时，照样没办法靠近前门。可怜的韩伦真叫人觉着难过。"

从前，埃尔默在经过韩伦家的宅邸时，经常看见律师妻子坐在楼下一个房间的凸肚窗前，朝外望着花坛里的知更鸟。一个瘦成皮包骨的女人，他父亲曾这样形容她，在他看来，这话说得没错。她是在婚后不久患上这种毛病的，而埃尔默心想，不知玛丽·露易丝是不是也有类似的苦恼，只是玛丽·露易丝并不怕出门，一点儿也不怕。

"任凭哪个医生都治不好那病。"他父亲在餐厅里说过，"要我说啊，那是一种神经疾病。"老夸里先生像埃尔默自己一样身材方正、体形壮硕，他喜欢在餐厅里就这种感兴趣的话题向家人发表意见。他曾经说过，人生一半的教育是在家里接受的。埃尔默心里清楚，如果他的父亲还在世，肯定会说玛丽·露易丝也是一个饱受神经疾病折磨的病人，而要是她父母或是她那个傲慢无礼的姐姐跑来交涉此事，他自己也会坚决准备好说出这一看法。和那位律师一样，同样不幸的命运已经降临在他的头上。他原本是出于善意才娶了那姑娘，给身无分文的她安了一个家。他大可以请柯米肯医生每天都上门看诊，只要这样能对她起作用。他想起父亲曾在餐厅里说，医生从未进过韩伦家的宅子。请医生看病无非是花钱打水漂罢了。

在海边度蜜月的那个星期，埃尔默感受到强烈的失望，直到他和玛丽·露易丝返回家里，这种感觉依然伴随着他。到最后，那份苦涩的痛感终于消失了。他后来发现，这种痛苦可以用酒精消除，虽然痛苦偶尔还会重新袭上心头，令他沮丧抑郁，但他只需打开会计室保险柜的柜门，伸手摸到小保险箱后面就行了。

"我的天哪,这是什么玩意儿?"一天傍晚,三姐弟正在餐厅里吃饭,率先叉起炸肉丸塞进嘴里的玛蒂尔达突然尖叫起来。她立即吐出了嘴里的肉丸。太难吃了,她大喊道。

亲手做出这些炸肉丸的罗丝开始愤怒地反驳。她坚持说,这些炸肉丸一点儿问题也没有。他们昨天晚饭也吃过,现在他们吃的这些就是昨天剩下的,只不过重新加热过罢了。她尝了尝自己餐叉上的那块肉丸,结果也马上吐了出来。

"它们已经变质了。"玛蒂尔达说。

"怎么可能会变质呢?这么冷的天气,怎么会呢?"

埃尔默推开了餐盘。如果炸肉丸已经坏了,他可不想再愚蠢地冒险吃上一口。有时候,罗丝第二遍或第三遍重新做过的肉,简直叫人难以下咽。

"昨天它们还好好的呢。"罗丝重复说。

埃尔默说,如果家里有奶酪的话,他想在面包上撒点奶酪吃。

"牛腰肉送来的时候是好的吧?"玛蒂尔达问,罗丝生气地回答,当然是好的。肉店每周五送来的牛腰肉都是一样的,还带着一块牛里脊,她每个周日都把牛肉烤好,周一吃牛肉冷盘,周二把牛肉剁碎做成炸肉丸。每周三的晚上,没吃完的炸肉丸都会在餐桌上重新出现。他们这辈子都是这样做的，夸里家的人这辈子都是在周三晚上吃炸肉丸，从来没有出过问题。

"这里面长蛆了吗？"玛蒂尔达用叉子把土豆泥和牛肉糊分开，"我觉得嘴里有东西在动。"

罗丝叫她少胡说八道。炸肉丸里没有长蛆。她就是按照以前的做法那么做的，把肉和土豆混在一起，加上半杯牛奶，再加打散的鸡蛋清，然后把每个肉丸子都裹上一层面包屑。

姐妹俩接着查看餐碟里的食物，她们用叉子戳戳捅捅，然后仔细查看切好的肉块、外面覆盖的脆鸡蛋表皮和面包屑。小心翼翼地，罗丝叉起一小块脆肉块，举到嘴边尝了尝。味道没问题，她说。

既然两个姐姐谁也没理睬埃尔默要奶酪的请求，埃尔默便起身，穿过餐厅走到餐具柜前。在正中央的大抽屉里，他找到了一小包加尔蒂牌奶酪，圆形包装袋内是能铺在面包上直接食用的三角形奶酪片。他拿了两片奶酪，回到餐桌前，然后撕掉了奶酪片的锡纸包装。

"快看，这块绿色的东西！"玛蒂尔达的声调又抬高起来，"老天在上，这是什么玩意儿啊，罗丝？"

她把盘子端出来给大家看。罗丝仔细检查自己盘子里的炸肉丸，然后她把埃尔默盘子里的两个肉丸也切开了。在每个肉丸中间，都有一圈暗藏凶险的绿色痕迹。

"这是食物霉变，"玛蒂尔达说，"你把土豆放了多长时间啊?"

罗丝没有回话。她从未听说过"食物霉变"这个说法,所以猜想这是不是玛蒂尔达故意编出来的。就算炸肉丸变质了,那也不该是她的错。那位"贵夫人"在厨房里还剩下两个炸肉丸,一直以来,她在每周三的晚上都会剩下两个。罗丝心想,不知道她有没有吃掉它们。她不像是那种能注意到食物变味或变色的人。

"食物霉变会让人中毒的。"玛蒂尔达说。

后来,在霍根酒店里,这些话不停地在埃尔默的脑海中回荡,令他很不舒服。当时,他正在听盖利侃侃而谈,说有一只赛犬跑赢了比赛。据称,它是自"麦克格雷斯大师"①以来跑得最快的动物。在他的心灵之眼中,他再次看见了餐厅里盘子上那些切成两半的炸肉丸。"我卖了灭鼠灵给她。"雷纳翰的声音也在他的耳边回响。

阁楼上要是有老鼠,你肯定就会发觉,这一点毫无疑问。她是受到神经疾病的影响才变得如此疯癫。也许她倒了一些灭鼠灵在茶杯里,却不小心放错了地方。罗丝在着急做事的时候,或是光线不好的情况下,可能把那杯毒药跟另外一杯水弄混了。她犯这种错儿倒也不是什么难事。埃尔默将酒杯推过柜台续酒。他要是开口讲出这件事,还不知道她们俩会惹出多大的风波呢。

---

① "麦克格雷斯大师"是爱尔兰一条著名猎犬。

"跟它在狗栏里的蹲法有关系,"盖利说,"它冲出来的时候,就像炮弹那么快。"

埃尔默还记得,父亲在餐厅里曾说起过另一个女人,名字他已经记不得了,只记得她住在山里的某个地方。她喜欢囤积引火物。出于某种不理智的目的,她在屋子里堆满了引火用的蜡球。他父亲说过,在那里,哪怕只是点根火柴,不出一分钟,房子就会烧得一干二净。

那天晚上,埃尔默没有在霍根酒店的酒吧里逗留,喝完两杯后便匆匆赶回了家。他在屋里静静地等候,直到听见姐姐们登上了通往楼上卧室的楼梯,他才蹑手蹑脚地溜进了厨房。他在橱柜里找了个遍,然后又搜了旁边的洗碗间、纱橱和冰箱。他把盖在饭碗和瓶罐上的盘子全部揭开查看,还检查了各个包装袋和所有未贴标签的纸袋。他在垃圾桶里找到了那些受污染的炸肉丸,但他无论如何都找不到预想中那些随便乱放的绿色物质。

埃尔默再次蹑手蹑脚地爬下楼梯进到店里,一路上小心翼翼,生怕惊扰到他的姐姐们,然后他登上狭窄的阶梯,进了会计室。他打开保险柜,给自己倒了一杯威士忌。稍坐片刻后,他又像刚才那样,小心翼翼地穿过房间,爬上了阁楼。

玛丽·露易丝还没睡,她听到门口响起一阵窸窣的动静。有人在扭门把手。"玛丽·露易丝。"外面传来丈夫轻轻的呼唤声。

这声响打断了她脑海中一段愉悦的记忆。一个身穿条纹罩衣的男孩站在雪地里，女房东和她的女儿在门阶上紧紧相拥。这是离别的时刻：一架雪橇立在那儿，等待乘客上车。

"玛丽·露易丝，"门外又传来了轻呼声，"玛丽·露易丝，你睡了吗？"

房门嵌板上响起了指节叩击的声音，不像埃尔默前一次上阁楼来时那么吵，而是鬼鬼祟祟的，仿佛他俩之间有着某种秘密。

玛丽·露易丝没有起身，依旧坐在壁炉余烬前的椅子里。终于，她听见他蹑手蹑脚地走开了。无论她怎么尝试，刚才萦绕在脑海中的记忆却再也不肯回来。当有人打扰到她时，当其他人闯进来时，这种情况便会发生。她在炉火前又坐了二十分钟，但她回想起的所有事情全是她跟莱蒂和詹姆斯上学时的往事，他们将课本拿出来摆在厨房桌上，背诵着老师指定的诗歌。

"听着，"五金店内，埃尔默把雷纳翰拉到一边儿，对他说，"别再卖灭鼠灵给玛丽·露易丝了。"埃尔默说，他妻子现在变得有点健忘，会把东西随便乱放。他担心，有人会不小心拿了灭鼠灵，却没留神阅读包装上的警告说明。

"我明白你的意思。"雷纳翰说。埃尔默来找他私下聊聊时，他正在给店铺里的餐碟贴价标。他的手里这会儿还拿着一只餐碟。

"你真是个大好人。"埃尔默说。

那天夜里，小镇上疯传着一个消息——埃尔默·夸里的妻子打算毒死自己。

在花了一晚上仔细琢磨炸肉丸变味儿的神秘事件后，罗丝和玛蒂尔达姐妹得出了相同的结论：有人对炸肉丸动过手脚。在她们之前，夸里家族的好几代人都采用同样的方法做炸肉丸，要是以前从来都没有问题，凭什么偏偏到了她们手上就出了岔子呢？那天夜里，她们俩不约而同地想起了一件往事，当时夸里家中还雇着一名女仆，她名叫基蒂，用她们母亲的话来讲，她是一个"笨手笨脚的蠢丫头"。有一次，她趁着自己布置餐桌，偷偷地舔了几口糖罐里的白糖，结果被抓了个正着。屋里只要放着糖果，她就会擅自享用。到最后，夸里太太决定出手制止，往几块太妃糖上涂了肥皂。从那以后，她再也没偷吃一块糖果，尽管大家对这件事只字未提。

"是那位贵夫人干的好事儿，"罗丝说，"除了每天净想着捣乱惹我们心烦，她还能做啥？"

这个观点印证了玛蒂尔达脑子里的想法：那个玛丽·露易丝整天无所事事，竟试图往他们的食物里添一些味道难吃的东西，让她的丈夫和姑姐们不得安生。在玛蒂尔达和罗丝的眼里,还有其他事情可以证明,她们的弟媳是在故意使绊子:本应挂在火炉上方晾绳上的茶巾却湿漉漉地挂在纱橱里,餐叉放在餐具抽屉的错误区间内,蓝色牛奶罐没挂起来,而是搁在一只架子上,做土豆泥的器具也没挂起来晾好,炭和柴火被她带到了阁楼上,她在她们头顶上走动,一洗澡就洗上好久好久,还有她骑自行车在镇上四处转悠,好让别人在背后嚼舌头。

"她给自己煎了荷包蛋,"罗丝回想起来,"她晓得不能碰那些炸肉丸。"

她们丢下店里的工作不管——这种事在玛丽·露易丝嫁到家里来之前从未发生过——径直跑上楼去,把这些结论讲给弟弟听。罗丝说,炸肉丸里绝对掺了什么东西,也许是某种泻药,总之就是能让她们尴尬难受的东西。玛蒂尔达还提醒埃尔默想一想从前家里那个偷吃糖果的女仆:当时他们不得不出手制止,而今天这事儿跟过去又有什么分别?那个女仆小偷小摸,必须制止她继续作恶。如今他们也应该果断采取措施。

"不用怀疑,一准儿没错。"罗丝道。

"炸肉丸都是盛在汤碟上放在冰箱里,用另一只盘子盖好的,埃尔默。是她把它们都切开了,再往里掺了啥东西。"

她们紧盯着他的脸。只见他的牙关松弛下来,舌尖舔着嘴唇,从一侧嘴角缓缓移到另一侧。他已经脱了夹克衫,就像以前在会计室里有时会做的那样。穿在夹克衫下的那件马甲上面所有的纽扣都紧扣着,最上层的一只口袋中,别着一支铅笔和一支圆珠笔。

"有些人活着就净想给别人找麻烦。"罗丝说。

她们提起了茶巾,餐具抽屉里放错位置的餐叉,做土豆泥的器具,还有蓝色的牛奶罐。埃尔默想插嘴,却没有成功。她们在外面连头都抬不起来了,玛蒂尔达说。每次她们走进镇上的其他商店,店里都会马上安静下来。

"我会找玛丽·露易丝谈谈。"埃尔默承诺道。

"这有什么好处呢?"玛蒂尔达的话音中饱含挖苦,透出一丝危险的气息,"你又不是只找她谈过一次,你不是已经跟她讲过一千遍了吗?"

埃尔默觉得自己背上的衬衣变得黏糊糊的。从她们一说起食物中被人故意掺了什么东西开始,他就浑身冒汗不止。他感到额头上冒出了汗珠,刚才他已经抬手擦过一次,一边希望她们不会注意到自己在做什么。他能感觉到,湿乎乎的热汗正从他的腿上和腋窝里渗出,汇聚在一起。自从拿钱那件事发生后,他已经修改了保险柜密码。他没有告诉姐姐们这个,免得她们又问起新密码是什么。那瓶詹姆森威士忌被他从小保险箱的后面挪到了保险柜里的一侧,这样就不会那么轻易地被人看见了,不过就算这样,最好还是不要让其他人也能打开保险柜。要是她们又提起那瓶詹姆森威士忌,他也想好了说辞,就说那瓶酒是他们父亲在世时存进保险柜里的,如果有人在店里晕倒了,它就可以派上用场。

"要我去叫她下楼到这儿来吗?"罗丝主动提出,"要我上楼去告诉她,你想见她吗?"

埃尔默开始动手解开马甲上的纽扣。他突然停住了,因为他能感到,自己的手指正在发抖,而他心里明白,她俩也会注意到。如果神经疾病能让一位律师的妻子害怕靠近前门,那么一个人幻想出不存在的老鼠弄脏一盘炸肉丸,也并非不可能的事情。只不过,他究竟该从何说起,向她们解释这件事呢?

"就让她安生待着吧。"他说。

"安生待着!"罗丝顿时瞪圆了双眼,"安生待着!"

"从你那天晚上带那丫头去电影院以后,埃尔默,这个家里就再没安生过了。"

"要我去告诉她,你想见她吗?"罗丝再次逼问。

"我自己上楼找她。"埃尔默说。

可是,当他随后吱嘎吱嘎地扭动阁楼房间的门把手,又用手指大声地叩门,再拿拳头狠狠捶门时,房内却没有任何反应。不回话可不是正常的事,她再也不能逃避现实了。但接下来,他朝院子望了一眼,这才发觉她的自行车不在里面。待回到店里,他把这件事告诉了姐姐们。他还请她们在听到她回家的时候跟他说一下。

浮在水上的贡多拉沉寂无声，建筑物上的石头潮湿滑溜，覆满了青苔。然后是沉闷乏味的蓝色海洋，潮起潮落，退潮后，沙滩上留下许多贝壳与海藻。回首远望，一座座教堂的浑圆穹顶尽收眼底，一尊尊雕像高高地立在半空……

她随意翻动那些书册，在纸页间流连。她喜欢这样做。在她的脑海中，她看见叶琳娜·尼古拉耶夫娜彻夜无眠，用手不停拍打自己的膝盖，然后将头枕在膝上。她看见叶琳娜·尼古拉耶夫娜穿过房间走到窗前，将隐隐作痛的额头搁在窗格上，让它凉下来。

"……大雨洪流般倾泻着，整个天宇完全暗淡。叶琳娜·尼古拉耶夫娜躲进了一座年久颓败的小教堂。一个讨饭的老妇人等在里面……"①

墓碑间，她梳好自己的头发，再给嘴唇抹上一点口红，从化妆镜里看自己时，她的脸上浮现出一丝微笑。

在卡林村，达伦一家人已经有段时间没去想那块失踪的怀表了。他们把家里所有的抽屉都找了个遍，还把家具都拉出来看了看，以防怀表掉进了某些家具后面的空隙里。所有人都相信，它迟早肯定会出现。

事实上，它始终没有出现。一天下午，达伦太太在水

---

① 出自《前夜》第十八章第一段。

池边洗鸡蛋，忽然想起了玛丽·露易丝说她想看看旧房间时自己心里的讶异。罗丝和玛蒂尔达说的那些话又回到了她的脑海中，令她惊骇不已。突然，手里握着鸡蛋的达伦太太感到一阵作呕。她的胃里泛起层层波澜，恶心欲吐。她觉得自己两腿发软，一时间，她站在那里，觉得自己可能会晕倒在地。

"我来看望玛丽·露易丝。"一小时后，她在夸里布料店里说。

罗丝的反应是顺着柜台朝玛蒂尔达的方向瞥了一眼，只见妹妹正在重新把一匹缎子卷起来。

"我已经拉过前门上的门铃了，"达伦太太说，"但没有任何回应。"

"您女儿可能已经骑车出去了，达伦太太。还有啊，我怀疑您女儿在阁楼上压根儿就听不见门铃响。"

透过会计室窗户上的嵌板，达伦太太看见女婿那颗方脑袋低伏在他工作的桌子上。现在她已经知道从店铺走进屋里的路了。

"那我上去看看她在不在家。"她说。

罗丝和玛蒂尔达谁也没有阻止她。两姐妹心里都在想，既然她要去看，那就随她去吧。就让她自己爬上楼梯，等敲门的时候吃个闭门羹好了。

但达伦太太得到了回应。她上楼后刚一开口，门锁里的钥匙便转动起来，房门自己打开了。玛丽·露易丝打扮得干净整齐,她身穿海军蓝的短裙和衬衫,颈前还佩着达伦太太从前送给她的一枚胸针。

"你好啊,玛丽·露易丝。"

"我们下楼说话吧。"

玛丽·露易丝从门锁上拔下钥匙,又从外面将房门反锁上了。客厅里,玛丽·露易丝问她母亲要不要喝杯茶。

"不,不用,亲爱的。啥也不用。"

"你们在卡林村都还好吗?"

"我们都好,玛丽·露易丝。我们一切都好。"

"那就好。"

达伦太太犹豫了起来。她觉得身下的扶手椅填充得太紧,硬邦邦的,坐在边缘上很不自在,而玛丽·露易丝身上那种从容不迫的态度,还有那种一切尽在自己掌握中的气场,也让她感到更不舒服了。

"你还记得你来卡林村的那天吗,玛丽·露易丝?就在不久以前?"

玛丽·露易丝点点头。

"你上楼去了你姨妈的房间。"

玛丽·露易丝皱起了眉。她摇了摇头。接着,就像刚才出现时那样迅速,她皱起的眉头马上就舒展开了。她用双手做了个手势,表示她不记得自己去过姨妈的房间。这件事没什么要紧的,那个手势也有这样的意味。

"也没什么啦,只是,我们正在到处找她的一块表。那块表以前是罗伯特的。"

玛丽·露易丝同情似的点点头。

"你那天没看见它吧,亲爱的?一块挂在链子上的表?"

"他会让我留着它。如果他早知道自己会死,他肯定会把它留给我。"

先前在洗鸡蛋时出现的那种恶心感,又袭上了达伦太太的心头。她全身上下都觉得像被针扎似的难受。她很庆幸自己坐在椅子上。

"是你拿了那块表吗,亲爱的?"

玛丽·露易丝说,她是专门过去找那块表的,最后,打开床头柜的一只抽屉后,她终于看见,那块表就在里面。

"那块表不是你的,玛丽·露易丝。它是艾米琳姨妈的。"

"事实上,它属于罗伯特的父亲。这是他留下的唯一一件有价值的东西。那些玩具兵可算不上什么遗产。"

达伦太太和她妹妹都没有参加那场拍卖会,所以她们完全不知道玛丽·露易丝去那里买了东西。听到玩具兵时,达伦太太露出困惑的表情,于是,玛丽·露易丝赶紧向母亲作了解释。她买了那些玩具兵,她说,还有表弟卧室里的家具。她没有提起,自己还从那个无业游民的妻子手里买了一些表弟生前留下的衣物,因为这件事似乎与拍卖会并不相关。

"哦,玛丽·露易丝!哦,我可怜的孩子啊!"

达伦太太从椅子里站起身，穿过房间朝玛丽·露易丝站着的地方，跟跟跄跄地走过去。在两扇窗户间，她张开双臂，抱住了自己的女儿。她摩挲着女儿的头发。她不得不强忍着才没有流下泪水，结果，她吃惊地发现——这会儿她已经往后退了几步，抽了几下鼻子——玛丽·露易丝依然镇静自若，事实上，她还露出了一丝微笑，仿佛是被母亲给逗乐了。

"你的身体不好啊，孩子。"

玛丽·露易丝否认了这一点。她反反复复地说，她表弟要是知道自己会在那天夜里死去，去世前肯定会把那块表留给她。他们以前经常说到他的父亲。他们经常想知道，他父亲到底是什么样子。

"哦，玛丽·露易丝！"

达伦太太重新坐了下来。我永远不会离开这间屋子，她想。我不能离开她。我不能扭头走开。针扎一般的难受感觉现在已经从她的肩膀上消失了。她的胃里也不再恶心，但她感觉到，自己全身上下都在发冷，仿佛她的血管里结满了冰。

"好可笑的名字，"玛丽·露易丝说，"莱蒂挑的名字真可笑啊。凯文·阿洛伊修斯。"

"我们现在不是在说这个，亲爱的。"

"好吧，你说得对。"

后来，达伦太太将玛丽·露易丝说的每一句话都告诉了妹妹和丈夫，还回忆起女儿说话时语调发生的变化，脸上露出的微笑，她始终站在大客厅里两扇窗户中间的样子，以及她似乎完全没察觉那番对话中彼此隔绝的疯狂意味。他们没有把这个坏消息说给詹姆斯听，因为他们觉得，考虑到他太年轻气盛，他们中间没有人能够以他年龄所需要的温和态度去说破这件事。那天晚上，达伦夫妇彻夜无眠。他们俩沉默地睡在卧室中，就是在这间屋子里，他们多年来一直讨论着家里所有的操心事。达伦太太依然能听见，当女儿自顾自地说话时从楼下大街上传来的汽车声，而女儿还一个劲儿地说着自己很好，然后对莱蒂给宝宝挑的名字指指点点。

"我很担心，达伦太太，"第二天下午，埃尔默坐基尔凯利修车厂的汽车来到卡林村，对达伦夫妇说，"发生了一件很可怕的事情。"

他指的是炸肉丸投毒事件。达伦夫妇开始以为，没有什么事能比偷表更严重，但不出一分钟，他们便意识到自己错了。为了不让他们更担心，莱蒂只字未提撬保险柜这个罪名。如今，他们听说了这件事，也得知了往家里运家具的事。

"她们可能会夸大其词，"埃尔默承认，"罗丝和玛蒂尔达会那样的。她们的话里可能会有夸张的成分。所以一开始不能相信她们，但接下来你就不能不信了。"

厨房里有了一种理解与共识，恍若梦魇。孤立的碎片连接在一起，就像一片片拼图彼此咬合，最终组成了一幅完整的画面。

"老天在上，怎么会这样？"达伦先生喃喃道。

对埃尔默来说，这个问题太复杂了，他无法回答。他本来想说，自己迎娶玛丽·露易丝是真诚的，他绝不是那种会四处打听、物色理想妻子的痴汉。然而，他什么话也没有说出口。

"可这是为啥呢，"达伦太太也小声说，"她干吗要拿老鼠药去做那种事情？"

"还有，她明知家里已经塞满了家具，为什么还要买，达伦太太？您也得问问这个。"

达伦夫妇没有提起怀表的事。他们觉得，那是达伦家的家事，还是不要让女婿知道为好。

"我的姐姐们不知道我刚才告诉你们的事情，"埃尔默说，"她们知道她从保险柜里拿了钱，但不知道另一件事。要是让她们知道，我想这个家她们是住不下去了。"

"你姐姐前阵子过来以后，我们找柯米肯医生谈了谈。"达伦先生说。

"我听说她们来过这里。"

"她们上门来，跟我们说了些事。"

埃尔默轻叹了口气。他说："接下来，我必须采取一些措施。"

"什么措施?"达伦太太喊叫起来,声音突然变得尖锐刺耳。

"她们已经猜到是玛丽·露易丝对那些炸肉丸动了手脚。她们只是不知道她在里面放了什么。照现在这样下去,家里已经不安全了。"

"你要采取什么措施?"达伦太太稍稍冷静了一点,再次发问。

埃尔默没有回答,转而问道:"达伦太太,上次您见到柯米肯医生时,他是怎么说的?"

"他说,如果玛丽·露易丝病了,就去请他过来。"

"那么,我接下来就要这样做。"

当基尔凯利修车厂的汽车开到小镇郊外时,埃尔默让司机停下。他付好车钱,然后走进了路上遇到的第一家酒馆,他以前从未来过这里。酒馆里昏暗压抑,显得冷冷清清,里面只有他一个客人,但这样倒正好应了他的心境。他不想跟任何人说话,也不想有人朝他打招呼。

在卡林村,当詹姆斯结束一天的工作走进厨房时,他发现父母和艾米琳姨妈都围坐在餐桌前。他们在这个特殊的时刻居然都在一起,没有忙活着平时各自的活计,这让他吃了一惊。他走进厨房时,他们正在非常安静地交谈,说话声轻得几乎听不见。看到他进来,他们立刻停住了。

"咋了?"詹姆斯一边问,一边打开水槽上的两只水龙头,往手上抹肥皂。

"玛丽·露易丝不太好,詹姆斯。"他父亲说。

"她得流感了吗?"

"玛丽·露易丝一直在做些奇怪的事情,孩子。我们很为她担心。"

"什么奇怪的事情?"詹姆斯从水槽前转过身,水龙头里的水哗哗流着,他手上的水滴落在青石地面上。直到这时,他才注意到,母亲刚才哭过,艾米琳姨妈看着好像也哭过。父亲的嘴角耷拉着。

"什么奇怪的事情?"

他们先让他坐下来,然后告诉了他。那天傍晚,达伦先生开车去了大女儿家,把事情也告诉了莱蒂。

玛拉芙小姐独自待在她的小平房里,发觉自己正在回忆玛丽·露易丝幼年时痴迷于圣女贞德的往事。现在,她反思自己过去没能从这件事情中察觉出更重大的意义,是不是犯了一个错误?当玛丽·露易丝在姐姐的婚宴上向玛拉芙小姐坦白,表弟去世之前,她和表弟彼此相爱时,玛拉芙小姐曾暗自心想,这份如此突兀的告白,是否同样属于幻想的产物。从那以后,她不止一次地琢磨,却始终不知所以,只能以困惑收场。她唯一能确定的是,这个年轻姑娘和布商之间缔结的便利婚姻,如今也会像小镇上其他那些不幸婚姻一样,成为人们茶余饭后的谈资——在其他那些不幸的婚姻中,一对夫妇彼此形同陌路,只能通过他们的宠物来沟通交流;一名妻子会偷偷去迪克西舞厅跳舞寻欢;还有那个送面包的,曾经失足跟一个补锅匠姑娘私奔。婚姻会出于各种各样的缘由而瓦解,但或许只有当你亲身介入其中后,才能真正明白到底是为什么。别人知不知晓原因倒也不打紧,玛拉芙小姐猜想,但即便如此,她依然忍不住为埃尔默·夸里和玛丽·露易丝的未来忧心忡忡。

"你做的事情很可怕,玛丽·露易丝。"
"可怕?"
"你在食物里下了老鼠药。"埃尔默说。

她笑了。在坡茜·鲁克的书桌里放蠕虫的风波过后,玛拉芙小姐罚她抄一百遍"我绝不再淘气"。向下写的笔画要沉重有力,带圈的字母要写得完美浑圆,否则所有罚抄的文字都要重新写过。泰莎·恩莱特还没有承认呢。

"你差点就把我们全害死了。"他说。
"是的。"

他已经下定了决心:从他的眼睛里,她能看出这一点。所有的一切都在他的眼中,甚至——有那么一小会儿——还有某种像是绝望的东西。

"是的,"她又说道,"是的。"她想过要问一下他,他们会不会让她带上自己的东西,但她终究没有开口。她敢肯定他们会同意的,至少,会让她带上那块怀表和那些衣服,还有那几本书和那枚领扣。

二十九

"我回来了。"

"你能回来是因为这段日子你好多了,亲爱的,因为有那些药。所有那些老旧的东西都没用了,全都处理掉了。"

"我回来是为了坟墓的事。"

"你不能去碰坟墓啊。你必须把坟墓的事放下。"

"只要你想,就可以改变。"

埃尔默的手已经搭在了门把上。他需要喝上一杯,这种欲念无比迫切,已经从愿望变成了必须满足的需求。他连站着的力气都快没了。他端着她的餐盘上楼后,只见她对他露出一丝微笑,然后说起了一座坟墓的事,这件事以前她就提过,现在她拖住了他。"如果她想要的话,就让她回阁楼上去吧。"福伊小姐曾建议道,于是,他适当地做出了安排,亲自给床铺好床单。

"现在我得走了。"他说。

"你可以挖开坟墓。你可以搬动遗骸。那个词——遗骸,难道不可笑吗,埃尔默?把一个人叫作遗骸?"

"当然,这又有什么意义呢,亲爱的?"

他第一次去疗养院看她的时候,她说某个人已经停止写日记了,那人的名字他没听清。日记本上最后只画了一条粗粗的黑线,就是这样。他问那人是不是就是她自己,生怕有什么日记落在什么地方了,但她没有回话。

"罗伯特和我彼此相爱。"她说。

"快把那盘饭趁热吃掉。还有,把你拿到的药也吃了。餐盘放在门外就好,我过会儿就来收拾。"

"我不需要再吃药了,埃尔默。"

"啊,当然,你必须得吃药。它们不是把你治好了吗?"

"我只想把他的遗骸迁往另一个墓地。我想和他葬在一起,埃尔默。"

她们坚称不会再踏上阁楼楼梯半步。就连为她把切片面包涂好黄油这点小事,她们也拒绝去做。她们说,要是她胆敢出现在餐柜或厨房十码远的地方,她们就会离家出走。"我来照料她的饮食。"他打断了她们。她回家以后,他一直就是这么做的,家里有什么剩饭就端上楼给她吃,如果有必要的话,他还会给她煎培根和鸡蛋。

"我在镇上还有事情要做,"他说,"我不能再耽搁了。"

"我只想和他葬在一起。"

"那个我会安排的。现在快把你的药吃掉。"

"你开车带我出去好吗?我会告诉你墓地在哪儿。"

"等我一有时间,我们就上那儿去。就你跟我两个。"

"那是阿特里奇家族安息的地方。整个阿特里奇家族。"

"这我知道。"

想要逃离这里的欲望,想冲进霍根酒店喝酒的欲望,已经化作无比酸楚的痛感遍布他的周身。头一次去看她的时候,他曾问:"好了,亲爱的,你感觉怎么样?"她却只是摇摇头,说起了某个第二次见到的讨饭妇人[①]。在后来的探视中,他给她讲起了镇上的消息:弗雷杂货店已经改成了自助式超市,里面配有铁丝购物篮;矮桥街上的萨斯菲尔德酒吧率先安装了电视机。

"我真的希望,"她乞求道,"我希望的只有这个了。"

"坟墓的事儿包在我身上,亲爱的。"

一旦她被关得远远的,她们就当她已经死掉了。她的到来给家庭带来了毁灭,现在她们幻想着姐弟三人能有一个崭新的开始。然而,不出十个月,基尔凯利修车厂的汽车推销员在车库里的那番话还是打动了他的心,他买了一辆车,却纯粹只是为了一年中能去看望她三四回。她们一次也没有坐进那辆车里,一次也没见过她去的那家疗养院,哪怕从远处望一下都没有。"一起坐车去看看她吧。"他曾经邀请道,但她们谁都懒得搭理他。

她们俩坐在宽大的客厅里,室内的灰色墙纸在她们的一生中从未换过,而她们的弟弟已有将近三十年没有走进

---

① 出自《前夜》第十八章第一段,与前文呼应。

这间屋子了。对于重新出现在家中的弟媳,她们竭尽所能克制自己的脾气。如今,她们已经太老,罗丝七十四岁,玛蒂尔达七十三岁,姐妹俩再也没有精神去理会这些情绪了。"你这个该死的傻瓜。"当他告诉她们,多亏那些神药,她现在已经完全康复时,罗丝冷冷地说。他重复着那些他已经习以为常的字眼——"关怀""承诺""社区"。这些话听起来真可笑啊,所有这些字眼都出自一个成年男人之口。很多年前他就已经完蛋了,亏得她们还花了那么多的精力去抗议,试图努力保住剩下的遗产。可如今,这又有什么要紧呢?店已经没了,随着店铺易主,她们也失去了在小镇上的立足之地。他现在经常不系领带就出门。她们还见过他穿着那双老旧的毛毡拖鞋走出前厅大门。他收拾残羹剩饭,用托盘送到阁楼上去,就像喂一条狗。有时候,他会煎蛋给她吃,却又随随便便地搅碎了蛋黄,也不在意蛋壳碎片掉进了油里。

"你这个该死的傻瓜。"罗丝再次说。她冷冷地陈述着这个事实,音调没有夹杂丝毫感情,而在许多年前,她一激动起来,声音就会变得尖锐刺耳。现在,她经常会说这句话。

"她还有哥哥姐姐呢,"玛蒂尔达也经常提醒他,"她不属于这里。谁说她非要待这儿啊?"

"她是我的妻子。"

这些交流,还有其他的许多对话,都在这间灰色的客厅里重现于她们的记忆,但她们没有继续谈论这些,没有再大声地回顾思忖。往昔的记忆占据了两个老妇人的头脑,让她们心中的痛苦变得更加浓重酸涩。回首往事,曾有那么一段如此轻松、那般自然的美好时光,仿佛可以持续到永远:他一直是她们生命中最重要的人,一切看起来似乎都很明显,没有其他人会等着来改变他们的生活。为他烤蛋糕,烤肉,织补衣物,修理什物,换床单,在圣诞节赠送和接收礼物,他坐在会计室里,她们在店中接待客人:曾几何时,在所有这些事中孕育着永恒,宛如一个美好的承诺。上帝知道,这种人生已经够朴实无华的了。没必要再去向生活索取更多。

卡林村的詹姆斯本想把农场传给儿子中的一个人,但他们谁也不想要。詹姆斯娶了安吉拉·艾德瑞,夫妻俩对这次家庭中的拒绝都感到失望,但他们谁也没有把这份情绪表露出来。每个儿子都说,在卡林村没有生活可言,这令詹姆斯困惑不解,因为以前这里的生活始终存在。"好吧,至少我们还会继续打理。"安吉拉提醒他,他们都认同这是一份值得感激的恩赐。

玛丽·露易丝回到镇上不久,安吉拉在卡林村家中的厨房里报告说,她在布里奇街上看到自己的小姑。碰上她时,安吉拉起先犹豫了一小会儿,然后才认出了她。要不是那一阵迟疑,她本来可以去打声招呼的。等她准备好时，小姑已经从她身边走远了。

"我想啊，她以后肯定还得上这儿来。"詹姆斯听上去比他自己感觉到的更加不情不愿，他在这句话中用的字眼过于随便了。

"她当然得来，詹姆斯！只要她愿意，想来多少次都没关系。"

这些年，安吉拉在卡林村的生活也有过起伏。她情绪低落的时候，常常会想起玛丽·露易丝，对比自己的生活：她为此而觉得庆幸感激。她和詹姆斯曾去看过他妹妹一次，但后来，他说他再也不想去了。妹妹的不幸一直让詹姆斯觉得难堪，而安吉拉也意识到，玛丽·露易丝很可能已经察觉了这一点。她不会来卡林村，安吉拉凭直觉猜测，她还觉得，她可以自信满满地让詹姆斯在这件事上放心，打消他的疑虑。但她最终还是没有这么做。

丹纳希继承艾尼斯坦因镇十字路口的家族产业后，便不再当兽医了。他和莱蒂卖掉了结婚时重建的那栋房子，全家搬进了酒馆。丹纳希已经厌倦了大半夜被叫起来照料害病的牲畜，他心满意足地过上了酒馆老板的生活，而莱蒂也很享受这份改变带来的更加丰厚的收入。

"她应该和我们住一起。"妹妹离开疗养院的消息传来后，她这样说。丹纳希没有反对。家里很宽敞，酒馆生意也很兴隆：不管她有多么古怪，这里多出一个女人，大家是不会注意的。

"她应该上这儿来。"玛丽·露易丝刚回镇上不久，莱蒂就一直说个不停。两天后，她动身去看望妹妹，并再次向她提出了这个主张。"我们家里永远有她一份儿。"早前，她去疗养院探视时就向福伊小姐保证过，对玛丽·露易丝也拍过胸脯。那家巨大嘈杂的酒馆，所有那些来来往往的客人，还有一大家子侄子侄女，肯定比埃尔默·夸里的陪伴更像样。许多年前，莱蒂就私下得出了一个结论，但她只跟丈夫分享过自己的观点：玛丽·露易丝是在床上被埃尔默·夸里的恶心模样逼疯了，他的欲求吓坏了她，逼到一定程度，最终影响了她的心智。莱蒂坚持说，她完全可以理解这一点：你只需想象一下埃尔默·夸里赤身裸体站在卧室房间里的光景就行了，那副恶心模样，肯定会让你只想永远闭上眼睛。玛丽·露易丝一直都太纯洁，太信任别人，太不谙世事了，怎么可能应付得了那种事？想想埃尔默·夸里的样子，浓黑粗硬的短毛从他的两只耳朵和一对鼻孔中探出来，凑近你的时候简直叫人作呕。他的脸颊总有一边会因出汗而变得湿漉漉的，那身臭汗还有可能会沾到你身上。他之所以开始酗酒，是因为到最后，玛丽·露易丝再也没办法掩饰她的厌恶之情了。

"哦，我属于这里，"玛丽·露易丝却坚持道，"我会经常去看你的。"

就像安吉拉一样，莱蒂心里明白，她不会那样做。

你怎能私自掘开一座坟墓？你怎能毫无正当理由就去惊扰亡灵的遗骨，穿越漫漫乡野将它们迁往五英里外一座废弃多年的墓地？在霍根酒店里，埃尔默问着自己这些问题，并回想这些问题的出处。她说起的那个表弟是个不幸之人，他生着一颗脆弱的心或是一副羸弱的肺，人们从未指望他能活得长久。一个星期前，她带着他吃力地穿过高高的草丛，找到了那座破败的墓园，她还用手指着园中一处角落说，那里可以作为她和表弟相伴长眠的归所。她始终相信，在他俩之间有着某种真挚的感情。

"重新满上吧，大好人。"埃尔默娴熟地将酒杯推过熟悉的酒吧柜台，盖利也同样娴熟地一把接住。现在他接酒杯的方式有点特别，关节炎让他的手指弯如鸡爪。

"我刚才跟你说的都是真的，夸里先生。咱们镇上听说要搞单行道系统了。"

"是真的吗？"

"哦，当然了，先生。他们把规划图纸都做好了。"

"这样对生意很不好啊。"

"肯定不会好啦。当然，你也没法去管他们。"

埃尔默点点头。小镇已经很拥挤了，这一点毫无疑问，但改成单行道系统，会带来更多的坏处而非好处。他又点了点头，以示强调。

"她安顿下来了吗，先生？"过了一会儿，酒吧老板犹豫地探问道。

"是的，盖利。她已经安顿好了。"

他端着托盘上楼后，她对他讲起了俄国人的故事。她对所有那些俄国人的名字了如指掌，却从未说过她从哪里听来的那些人名。掘出遗骨重迁墓地要花上一大笔钱，还要和许多方面的势力展开一场漫长的斗争。一旦开始，就无法得知事情最后的结局。为了做正派得体的事情，他已经上过一次当了：他们对他大讲特讲精神药物的神奇疗效，曾让他深信不疑，可是，要说一个净讲俄国人的故事和想要挖开坟墓的女人已经恢复正常，那才真是活见鬼了。事情的真相是，他们想把她们赶出那些地方，纯粹是出于经济上的考虑。他早该明白，在最后的分析报告中，导致这一切发生的根源，最终都不过是英镑、先令和便士。

"一周前我看见她出来散步了，"酒吧老板喋喋不休地继续说着，"她的气色看起来很好。"

"哦，好得很，盖利，好得很。"

埃尔默和达伦家彼此心照不宣，从未提起她买老鼠药背后的真相。在小镇上，人们普遍相信，埃尔默·夸里的妻子之所以被送进疯人院，是因为家里人再也管不住她了，这话倒也够真实。当时小镇上疯传的流言说，她一个人玩儿童玩具，还幻想有老鼠要来攻击她。好几次她都企图用老鼠药毒死自己。她住处楼下就有满满一店铺的衣服，她却跑出去从穷人手里买衣服。

"嗯,那可太好了,先生。"

"当然了,盖利。"

明天,他还会开车带她出去,在草丛中把自己的裤腿打湿。看到他带她出门,她们会感到生气,尤其是因为她们不知道他们俩开车要去哪里。有时候看到她们为此生气,也是一件叫人开心的事情。"你打听到哪里有卖单块墓碑的吗?"今天早上她问,他向她保证说,这件事已经包在他的身上。

埃尔默离开酒吧时,是从面朝大街的店门走出去的,他再也不像以前那样,特意穿过酒店大堂的门口了。布丽奇特几年前退了休,不过在那之前,埃尔默就已经懒得继续在大堂里逗留了。

三十

这次还是只有她,一个坐在长椅角落里的纤瘦身影。在她的外套上,两种色彩——黑色与褐色——搭配在一起,显得很新潮,毛皮衣领竖立起来以便保暖。她的绒面革软鞋也用这两种色彩搭配着。在她的眼睛和嘴角周围,开始现出了象征年长的纹路,但那份美丽,只有她表弟曾经提及的那份美丽,尚未离她远去。圣母的容颜,她表弟在去世当晚梦见她的时候,如此喃喃自语。

"阿门。"她轻声祈祷,细瘦的手指搭在前额上,双眼紧闭。

站在祭坛前的牧师是个还没结婚的高个子年轻人,不久前刚继承了五处偏远教区。每个星期天,从早晨八点到日暮时分,他都会前往各个教区,举行为数不多的礼拜活动,奔波数十英里去传播福音,听者却寥寥无几。如今,他眼前这位据称心智失常的老妪,往往是唯一一个坐在这些长椅上的人。

"主啊，求您以您的荣光，照亮我们的黑暗……"①他轻声祈求。从他身后的彩窗玻璃上透出绿与红、蓝与黄的沉闷色泽，显示着缠绕的经卷、篮筐和襁褓布。只有她一个人的时候，他不用吟唱赞美诗篇，也不用吟唱圣歌。他不会对她讲道，而是与她交谈。"这样，神所赐超过人能了解的平安……"②

她想起在童年时代，当她还是小姑娘时，教堂组织过一次户外郊游；她结婚后，他们还提供机会与她的家人见面。在她远离小镇的这些年月里，她开始喜欢上教堂了，纯粹只是喜欢他们的服务而已。

"刚才的晚祷真是太好了，"她向那位牧师称赞说，"仪式做得很不错。"

"您来得这么勤快，真是一位虔诚的信徒。"

"刚才我们念《感恩赞》的时候，我想起了玛拉芙小姐。我也不知道为什么。"

那位教师生活的时代离他十分久远，但在星期天的这些场合中，她的名字往往突然出现。在一间教室里，两个孩子带着好奇的眼神彼此匆匆张望，心中隐隐期盼有爱情萌芽：再一次，这幅画面从他的脑海中显现。

"让我一直感到惊讶的是，她居然没有猜到，她不知道我们属于彼此。"

---

① 出自《公祷书》中的晚祷词。
② 出自《圣约·新约·腓立比书》第四章第七节。

他点点头。这并非表示理解,只是做个姿态罢了,因为此刻她需要得到回应。

"罗伯特和我在能张嘴呼吸之前就属于彼此,当然,那时我们谁也不知道各自的存在。"

"你告诉过我了。"

"爱情就是像这样开始的吗,彼此相属,却又多半对此毫不知情?回想往事的时候,感觉似乎就是这样。"

他再次点头,表示同意她这份更深切的体悟。与此同时,在他的法衣下,他的肩头微微一耸,真诚地反映出他内心的迟疑。

"这是上帝恩准的,是这样吗,您觉得呢?"

"也许吧。"

"又或者,有人兴许会猜测,这是不被允许的事?"

"也许吧。"他将法衣拉过头顶。她就像孩子似的陪在他身边。把心中想到的话立刻说出口,这也许和她的监禁生活有关,是从其他同伴身上学到的习惯。他不了解她在那段漫长的监禁岁月之前的样子,所以他也不好轻易揣测。

"他买了一辆汽车,好过来看我。我请他去处理墓地的事,已经对他是很小的要求了。难道这还是太过分了吗?"

他将法衣披过左肩,用手抚平皱痕,然后看着它们又皱回去。她已经把自己在墓碑间阅读屠格涅夫小说的事告诉他了。她还告诉他,过去八年里,她一直把处方药偷偷扔进马桶冲掉,现在她已经不吃药了,因为没必要。她站在教堂长椅前，仰起的脸上现出一丝微笑，在这一刹那，她的人生简直就像不可抗力一般神秘莫测，还有她的那份纯真无邪，那股无穷无尽洋溢着的汹涌爱意，以及她最后那个注定会遭到拒绝的谦卑心愿。这些想法在他心头勾起的抑郁情感，转化成一种熟悉的忧虑：比起他管辖的所有那些空荡荡的教堂，对这个女人过去一生的沉思，肯定会更沉重地打击他的信仰。

"我可以领圣餐了吗？"

这样会害他迟到，但他没有出言反对。他重新换好法衣，取出一点面包和红酒，递给她。"你们也应当如此行，"他喃喃低语，"为的是记念我……"①

她想起表弟读过一段将死神比作渔夫的文字。她想起丈夫来探视时带着巧克力条，脆心巧克力和焦糖脆巧克力。她记得他说过，他已经把店铺前门的木质部分全部重新涂成了蓝色。最好还是继续用蓝色，他解释道，在蓝色面前，你能想得更明白一些。"我听说你姐姐又怀孕了。"他还说。他是在弗雷家的商店买到那些巧克力条的。

还有最后一段祷文，那轻轻的吟诵声，令她想起一阵柔弱的微风。死神好像是一名渔夫，只要他高兴，他便让捕到的鱼儿暂时留在水中，鱼儿仍在戏水，却有一张网罩着它。②

---

① 出自《圣经·新约·路加福音》第二十二章第十九节。
② 参见《前夜》第三十五章第二十四段，与原文有差异。

"现在我必须要走了。"牧师说,但他仍然听她讲述着屠格涅夫笔下关于渔夫的文字。邀请她进入一位小说家创造的世界,这就是她表弟向她示爱的方式,他最多只能做到这些,而这也是她所能接受的。然而,激情依旧洋溢而至,一如最后戛然而止。在过去的三十一年里,她紧紧地依附在一处避难所中,让她那段恋情得以继续铺陈展开,正是那个藏身之处,为她提供了一个安全的世界。过去的三十一年里,她被世人看作疯子,自己却获得了长久的安宁。

"我只为他梳妆打扮,"她说,"在我们的墓园里,我会化好妆。现在,我又能为他去打扮了,真好呀。"

他露出微笑,回想起她咯咯窃笑的样子,当时她告诉他,自己从未打开过那瓶灭鼠灵。她一边咯咯窃笑,一边说自己从前曾被老师罚抄,把"我绝不再淘气"这句话写了一百遍。她是故意从丈夫的朋友那儿买下那瓶灭鼠灵的。她用在表弟卧室里找到的那瓶史蒂芬牌绿墨水,把那些炸肉丸染成了绿色。"人们总会把你往最坏里想。"讲完上面那些话,她补充道,然后又说,你很难为此去责备他们。

"很抱歉,我耽误您的时间了,"动身离开前,她向牧师道歉,"我是个烦人的糟老太婆。"

他注视着她慢慢走远。富足,有那么一阵子,她给他留下了深刻的印象,她那双美丽的鞋子,身上那件黑褐相间的外套,一个纤弱的身影,在爱情上无比富足。她告诉过埃尔默·夸里,她只是为了表弟才梳妆打扮的吗?他是不是二话不问,就为她的衣服通通买单,因为他根本不愿去想这件事?像她这样的爱情,是不是让所有人都感到有点儿害怕?

"再见。"牧师在她身后呼喊,她转过身来朝他挥手,然后走远不见了。

他独自待在冷冰冰的教堂里,一时间,仿佛又看见了她的身影,那个坐在教室里的小姑娘,正越过课桌朝那个瘦弱的表弟匆匆张望。卧室里,她用芳唇轻轻亲吻那枚领扣,然后从梳妆台的抽屉里拿出那瓶史蒂芬牌墨水。她那在阳光下晒得暖洋洋的手指,循着一名阿特里奇家族成员墓碑上的字迹滑动摩挲。她将那些玩具士兵按照一场她无从理解的战役去布阵。她将那块表挂在壁炉边的钉子上。他们俩的声音合二为一,混杂交错,共同朗读着关于俄国人的故事。

她会比夸里一家人活得更长久,牧师沉思着,她在他心中的模样也发生了改变:年迈而孤独,在店铺头顶的大房子里,一个房间接着一个房间地来回走动。"我已经安排好了。"他自己的声音承诺着,最起码,这是他能保证做到的事情。

举行葬礼。然后,这对恋人躺在了一起。

翁布里亚之家

一

要介绍我自己可不太容易。葛萝莉雅·格蕾,珍妮·安·琼斯,科拉·拉莫尔:我可以随便挑个名字出来,再说,我还有其他好多名字呢。在我眼里,姓名几乎无关紧要。也许我可以说,艾米莉·德拉亨蒂是我最喜爱的化名。"德拉亨蒂太太。"人们总是这样尊称我,尽管从严格意义上说,我压根儿就没有结过婚。他们献给我这个尊称,只是为了向我这样一个老妇人的容颜和年纪表达敬意罢了。昆蒂这样称呼我的次数比谁都要多,有一回,当我拿这件事情问他时,他回答说:"叫您'德拉亨蒂小姐'不适合嘛。"

我一点儿也不喜欢他这个解释,我并不是一个精于世故的女人。我没有受过良好的教育,我所知道的一切都是通过自学得来的。从我十六岁起,流言与揣测——甚至是"彻头彻尾的谎话"——就已经充斥于我的心田。在任何人的生活中,世间万物的阴暗一面都是无可避免的,但我相信,我遭受的磨难比大多数人更甚,然后我才利用这个机会,将错误纠正了过来。首先,在我生活比较穷苦的日子里，我在"亨伯格"号邮轮的酒吧间当过一名小小的女招待，仅此而已。其次，在夹竹桃大道发生的丑闻中，有人说我收了钱财作为封口费，这纯粹是恶意中伤的无稽之谈。第三，在我遇见查布斯太太的丈夫前，她早就已经死了，的的确确是入土为安了。但另一方面，我不否认有些男人曾送过我礼物，很可能那些礼物我照单全收了。另外我也不否认，在我的记忆里，我在非洲度过的那些岁月带上了个人遗憾的印记。不幸孕育了迷惘与误会。在翁布布村，在玫瑰咖啡馆，我和幸福生活可谓相距甚远。

在我如今动笔回顾的那个夏天，我已年满五十六岁——但我仍然是一个精心呵护自己的女人，一对明眸蓝中带绿。当时，一如此刻，我的秀发如黄沙般浅亮，似海螺般顺滑，一身朴素淡雅的装扮映衬出我脸蛋的丰腴饱满。我的嘴是一朵绽放的玫瑰，我的鼻子流露出一种古典的美，而我的容颜也一直备受人们的欣赏和赞叹。自然，在那个夏天，我脸上已经浮出了几道法令纹，但我的皮肤，虽然再也不像姑娘时那般平整滑润，却依然保养得不错。我的嗓子那时也还没有变得低沉沙哑，女性声音的柔美气质尚未离我远去。在意大利，那些不认识我的陌生男人依然会回头再看我一眼，不过，当然了，在我以前生活过的那些地方，男人们看我的眼神带着更多的亢奋与激动。说实话，和以前相比，我已经胖了不止一点点，另外，尽管我应该在着装打扮时保留一点儿心眼，考虑一下后果，但一直以来，我从未强迫自己这样做：我无法抗拒那种念头，想让自己的服饰带上一丝戏剧性的挑逗意味——但衣服的色彩绝对不能鲜亮艳俗，那是我极为鄙夷厌恶的。"我一辈子都没见过打扮得像她这样漂亮的姑娘。"从前，一个坐在地毯商店柜台前的男人说，而我哪怕胖上一两磅，也照样不乏崇拜者赞美。据查布斯太太的丈夫讲，她是一个瘦到皮包骨的女人，正因如此——我以前也怀疑就是出于这个原因——他第一眼见到我便坠入了爱河。

读到这里，你也许会觉得惊讶，我竟然是一个会向上帝祈祷的女人。在我年幼时，我上过主日学校，在我的床头上方，曾挂着一幅圣主耶稣骑在驴背上的画像。在翁布布村的玫瑰咖啡馆，我还激起了穷小子亚伯拉罕对祈祷的兴趣，他是我在这方面产生过影响的唯一一个人。"那个臭小子，他脑袋瓜好笨哦。"昆蒂曾用他那开玩笑似的腔调如此说道，一点儿也不在乎那孩子会不会听见。昆蒂就是这样一个人，你们稍后便会发现。

我是一系列浪漫爱情小说的作者，它们都是我住进这座别墅后，在中年时期创作的。如今，我在那片领域已经不再活跃，而我以前也从未想过要让自己闯入文学的世界——不过，我要就真实性公平地说上一句，我必须用我那些朴实的作品去剖析许多纠结复杂的感情，而我的努力也收获了一些小小的成就。从那些心地够善良、愿意为我写下感激话语的读者寄来的书信中，我可以相信，这些作品的确给读者们带来了喜悦。它们帮上了忙，起到了打发时间的作用。我可以诚实地声明，我所希望的仅此而已，别无其他，而我也相信，你们以后会发现，我是一个心地诚实的女人。

不过，还是让我们从最初讲起吧。在英国的一个海滨度假胜地，我出生在一栋出租房的上层楼梯上。我父亲经营着一家"死亡之墙"①，我母亲跟着他在英国四处旅行，父亲驾驶摩托车沿摇摇晃晃的围墙内壁转圈时，母亲就笔直地站在摩托车后座上，给观众们娱乐助兴。我从没见过他们。我掌握的唯一一份资料——它是特莱斯太太从出租屋的管理员那儿拿给我的——显示当时我母亲正在去二楼卫生间的路上，突然就忙着生起孩子来了（但愿你们能原谅这种说话方式）。不出几分钟，楼梯上便响起了一个婴儿的啼哭声。"他们失手了。"特莱斯太太解释道，后来她又透露，在她看来，我父母曾指望让我母亲在摩托车后座上坚持表演以"达到目的"。她这话的意思是，我本应该一出生就是死婴，因为他们此前尝试流产的多次努力均告失败。正是因为我没有胎死腹中，他们才在同一座海滨小镇上，和住在艾伯特亲王大街二十一号的特莱斯夫妇达成了交易。

---

① 即特技表演"飞车走壁"。

特莱斯夫妇俩膝下无嗣,很早以前就放弃了当父母的念头:他们买下了这个无人想要的弃婴,条件是,亲生父母必须放弃对孩子的一切权利,从此再也不能拜访艾伯特亲王大街二十一号。对那些表演"死亡之墙"飞车特技的人,这样做也是迫不得已,没有人比我更理解这一点。但就算这样,直到今天,我依然害怕被人抛弃,出于本能,我也避免把它作为小说的主题。我笔下的那些女孩从未被恋人抛弃,她们从她们身上都得到了自己想要的东西。母亲们不会狠心抛弃年幼的子女。妻子们也不会可怜巴巴地向丈夫乞求,或是在痛苦中背叛自己的丈夫。我对事物的阴暗面不感兴趣,在我的作品中,幸福才是我永恒讨论的主题。

　　昆蒂很了解我的身世,因为什么事情都瞒不住他。在非洲的时候,他就知道我积攒了很多钱,很可能连具体数字他都一清二楚。一九七八年,我们在翁布布村刚认识没多久,他便主动向我建议,应该在翁布里亚购置产业,让他帮我打理,作为一家非正式酒店对外营业——要和玫瑰咖啡馆大不相同。他一次又一次地向我提议施压,用那道坚毅自信的凝视目光搞得我心烦意乱。钱已经挣够了,咱们俩谁都没必要继续耗在这里。这就是他从眼中向我发出的声明。在另外一种类型的别墅里,我们可以彼此心照不宣,用沉默来交换沉默。他这个人啊,一半像孩童般纯真无邪,一半像恶棍般世故狡猾。

大约四十二年前，昆蒂出生在爱尔兰的斯基伯林镇①。他身形瘦削，走起路来脚步有点不稳，五官容貌显得憔悴而枯槁。在他两只眼睛的外眼角，各有一道长长的皱纹，一直延伸到面颊上，如同两条细细的线。我在翁布布村刚认识他的时候，他神情诡诈，面色也显得不太健康。"这儿来了个病人。"穷小子亚伯拉罕尖叫起来，他兴奋异常，因为总算有个陌生人来咖啡馆了。我一直没弄明白，昆蒂是从非洲哪个角落里钻出来，又是出于什么原因来到这片大陆的。不过，我后来打听到——手段就和翁布布村这种居民点里的其他人一样——好几年前，他和一个来自意大利富人家庭的姑娘结了婚，当时那姑娘在伦敦做互惠生，他就是在那儿遇上了她，并把她骗到手的。后来她才发现，他根本不是他声称的那样，是一家肉汁加工厂的经理，连他身上的衣服都是从伦敦 D. H. 埃文斯百货公司里偷的，于是她立马离开了他。他跟着她一路追到了摩德纳②，不停地骚扰她、威胁她，直到有天晚上，她父亲和两个兄弟开车载着他往帕尔马③开了一阵，然后把他推下车，任由他摔倒在一片青草地旁，然后扬长而去。他没再尝试返回，但这就是他如何去了意大利并学会意大利语的经过。他头一回提到翁布里亚的时候，我都不晓得那是啥地方，怀疑自

---

① 斯基伯林镇，位于爱尔兰南部科克郡。
② 摩德纳，意大利北部城市。
③ 帕尔马，意大利中北部城市，位于米兰东南。

己压根儿就没听说过那里。"只要给我一点点钱就好了，"在翁布布村一个潮湿难受的午后，他向我乞求，"够我跑过去一趟，能在周围找找房子就行。"非洲对他而言已经发霉变味了，他说，这是一种巧妙的措辞。玫瑰咖啡馆里的常客好多年都没变过。换句话说，这地方已经让我们俩都感到厌倦了。

他对意大利高唱赞歌，我听他描述着翁布里亚的山城与风景，还有那带给他们各色美酒佳肴的四季时节。昆蒂有时挺能打动人的，而我也乐于同意，自己生命中的一段时期已经走到尽头。在那段日子里，大部分时间中他都发挥了一定的作用，我必须公平地说上这一句，而我也不得不为此相信他的话。当他提起意大利这个话题时，我做了最容易做的事：我把钱给了他，并相信自己再也不会见到他了。可是，两个星期过后，他又回来了，还给我拿出许多翁布里亚的风景照和可能达成交易的别墅照片。"谁都不想死在玫瑰咖啡馆。"他提出，而我对他这个意见只能表示同意。他对其中的一座别墅特别感兴趣。

想象一下吧，在一片貌似河床的地方，一栋黄色建筑坐落在一条小路的尽头。这条小路布满尘土，现出一片白色，只有在下雨时，路面才会变黑。小径长两百米，穿过一片橄榄树和柏树，蜿蜒向前伸展。到了夏天，金雀花和金链花在长满三叶草的山坡上恣意绽放，罂粟花和天竺葵点缀着青草地。在房子的后面，山峦继续缓缓抬升，山中还有一片向日葵田。辽阔壮丽的特拉西梅诺湖[①]就在门口；向南三十公里，在丘西镇[②]就有一个铁路交会点，交通还算方便；同一区域内，在基安奇安诺镇[③]，还有一座温泉疗养院。在昆蒂拍摄的照片中，那座别墅附带着几间外屋，还有几台已经生锈的机器，不过，自从我们去了以后，那里的一切事物都已经变了样子。

现在，回到那座别墅本身，所有的百叶窗都是浅绿色，入口处的大门白天一直敞开着，也涂成了绿色。几道包着金属装饰边框的玻璃房门，将外客厅和内客厅分隔开来，内外两座客厅、餐厅和休息室——昆蒂管它叫"会客室"——铺着瓷砖，显出淡淡的土红色。到了楼上，在两条阴凉的长走廊两侧，一间间卧室显得小巧而简朴，仿佛是修道院的小房间。所有卧室都刷成了米黄色，室内全装着百叶窗而不是窗帘，每个房间里都有一个梳妆台、一个壁橱和一张床铺，每个房间的盥洗台上方都挂着一幅《天使报喜》油画的复制品，画中场景各不相同。在我家别墅里，真正流露出奢侈味道的是楼下房间和内客厅中的古董家具：带刺绣的沙发，浅色的桌椅，嵌有内饰的写字桌，脚凳，装配玻璃拉门的书架，还有挂在餐厅里的那盏枝形

[①] 特拉西梅诺湖，意大利第四大湖，位于翁布里亚大区佩鲁贾省西部。
[②] 丘西镇，位于意大利中部托斯卡纳大区锡耶纳省。
[③] 基安奇安诺镇，位于意大利中部托斯卡纳大区锡耶纳省，在佛罗伦萨东南方。

吊灯。

游客们来到我的别墅时，会拉响拴在前门绳链上的铃铛，清脆的铃声便从屋内传出，在外客厅回荡。接着，身穿一件笔挺的白色夹克衫的昆蒂便会走出来应门。"您好？"他会先用英语问候，因为他的怪癖之一就是，他不会马上跟陌生人讲意大利语，"我能为您做点什么？"如果游客们的母语不是英语，他们便会开始结结巴巴地一同说起自己能讲的英语来。

一直以来，昆蒂每次最多只能迎到屈指可数的几位客人，他们都是在五公里外的那座小镇上的酒店全部客满以后，从那边辗转过来的。昆蒂雇了一名小个子中年妇女在家负责烧饭，她叫西尼奥拉·巴蒂妮，总是穿着一身全黑的衣裳。昆蒂还找了罗莎·克里维丽帮他在餐厅里干活，这名女仆是一个肤色黝黑的长腿姑娘。在向访客做介绍时，昆蒂总说，这里是一处私人住宅，完全不像那种商业化酒店。从最初营业开始，我的别墅在人们眼里就既不是酒店，也不是旅舍。"这样安排还合适吧？"他曾向我询问。

这笔生意有利可图，对昆蒂来说算是合适的安排，不过，出于其他一些原因，这份安排对我也同样适宜。从前，在另外一个地方，我曾在某座教堂里看到一幅全景壁画——身穿旧式服装的人们在向前行进，走在通往天堂或者地狱的路上，他们到底是要上天堂还是下地狱，我始终没弄明白。这么多年来，所有那些来我家里住宿过的游客，都像那幅壁画一样在我的记忆中流连。我看得见他们的面容，有时甚至还能听到他们的声音：高个子的荷兰人，衣着考究的法国人，随身带着罐装食品当早餐吃的德国人，像小孩子一样为单纯的事物而感到高兴的美国人，还有饱受消化烦恼困扰的英国夫妇。在我家别墅的露台上，他们翻阅书本，写过一些明信片，在傍晚时分一起打过桥牌，甚至还画过几幅画。我从未受到坏账债务的困扰，客人们也从未抱怨过住宿的房间和平时的饮食。昆蒂还给罗莎·克里维丽教过几节英语课，私下里还和她一起做过其他的事情，但我没有开口过问。相反，在住进这座别墅的头一个月里，我便自己学会了用打字机打字。

所有这些往事，离我如今动笔讲述的那个夏天，已经有九年了——在这九年里，我把过去抛在身后，写下了一部又一部的爱情小说：《情迷九月》《爱欲航班》《地久天长》《凝望我心！》，还有其他更多作品。当初，我用毕生积蓄买下了这座别墅，如今，我又靠写小说赚了一大笔钱——虽然一开始举步维艰。总有一天，醒来后发现自己一夜暴富的人会是昆蒂，虽然他以前不可能预见这里将要发生的事情：我会端坐在自己的私人房间里，创作出许多爱情小说。就昆蒂所知，在我过去的生活中，找不出任何能暗示如今成就的线索，因为我以前压根儿就不是那种能静下心来码字的女人。说实话，连我自己也难以猜到会有今天。身在一片如诗如画的田园风景中，坐拥一处别墅当个女房东，我只需要接待流水客就足以养活我们两个了，就像以前在非洲时那样，只不过，当时我干的是另一副营生。那就是昆蒂对未来的规划，当然了，到目前为止，他也一直都是对的。在涉及利润方面的事情上，他就像狐狸一样狡猾，而他的一生其实就是在追逐财富。

除了游客，来我们这儿的客人少得可怜：一位来自税务局的官员，几个找借口过来四下打探、可能想入室偷窃的人，一名带着化肥、意欲前往附近某座农场的旅行推销员。直到今天，我回想起来，依然觉得一九八七年的那个夏天，那个我和老将军、奥特玛跟那孩子一起度过的难忘夏日，在我生命中度过的所有季节里，给我留下了最鲜活的记忆，从那以后，一切都不同往昔了。翌年夏天，以及随后到来的好几个夏天，我们都没接待任何游客。不过，要是你出于其他的某些原因，在那个夏天来到这里，昆蒂便会带你走进外客厅，穿过内客厅进入会客室，让你在那里等着见我。此时，老将军很可能正在阴凉的树荫下读报纸，那孩子专注地画着画，奥特玛则用他那几根残存的手指在一处物体表面无声地敲打——这要取决于当天具体的时间。那年夏天，有好多次，我曾想象一个声音说"我来找奥特玛"，或者是"我听说您留宿了一位英国老人"，或者是"快收拾好那孩子的东西"。有好多次，我想象着开上山坡的汽车驶近别墅，车轮在路面上扬起了尘埃。我想象着一小群官员站在我家前门外，其中一个人点燃香烟打发时间，然后随手将烟头扔在沙砾上。但其实，后来发生的情况和这些想象完全不同。只有托马斯·里弗史密斯一个人来了。

那年夏天，那个孩子只有八岁，奥特玛二十七岁，将军则早已上了年纪。他们三人无依无靠，我亦如此。"心灵伴侣"是我在《日光恋人》中为了增添某些效果而采用过的一个说法，实际上，在那部作品的最后一段完成后，它依然在我的心中徘徊良久，或许，对我个人而言，这个事实很重要。我向来都会率先承认，在这个世界上，我们永远都是乞丐——但同样真实的是，发给乞丐的救济品不会永远被扣押下去。特莱斯夫妇照顾我长大的时候，我总是向往着，会有一名牛仔从老旧的欢乐电影院的大银幕上跳下来，一把抓起我放在他的马鞍上，带我远远离开艾伯特亲王大街二十一号。当我长成少女，在一家酒吧餐厅为店员服务时，我渴望有一个家境良好的年轻人在街上开车时停在我的身旁。等我变成了一个女人，我又期待着，会有一个不一样的陌生人在玫瑰咖啡馆现身。到了那年夏天，在翁布里亚，我早已放弃了希望。在我迈入五十六岁的那一年，我对像那样的事情已经淡然处之。我写下的故事帮了我不少忙，这一点倒是无需否认。

在那年夏天之前的冬春两季，我们的日子过得很清净。邮差时不时会送来一捆捆的读者来信，它们都是由我的英国出版商转寄过来的。经常有来信邀请我参加这样那样的读者见面会——我记得很清楚,有一回,某个铁幕国家还邀请我去参加一个"爱情小说文学节",那个名号令我印象深刻。我从来不喜欢参加那种活动,于是我礼貌地拒绝了。一个男人从新西兰写信过来说,他和我笔下的某个人物拥有相同的姓氏——那个姓氏可是非常少见的,他认为。事实上,这一点也不错:我还以为那个姓氏是我凭空臆造出来的呢。住在蒂斯河畔斯托克顿镇的一个女学生向我倾诉衷肠,就像在她这个年纪的所有女学生一样。还有一位老年读者为我无心犯下的某些历史错误或是别的什么问题严厉地批评过我,只是那些问题太微小了,实在没有多少意义。

一月,我家里有只宠物去世了。几年前的某一天,一只瘸腿的暹罗猫溜进了我的别墅,这只可怜的小动物,浑身上下瘦得只剩皮包骨头了。巴蒂妮太太收留了它,和它交上了朋友。她给它取名叫姐姐,还在它脖子系着的项链上挂了一只小铃铛,从那以后,柔和悦耳的叮铃声便经常在别墅中回响,这变成了我家的一大特色。我们眼见它恢复健康,毛皮重新变得柔顺光亮,怡然自得的神态也再次回到它的身上。不过,姐姐的年纪已经很大了,它从来没有活跃精神过:从一开始我们就明白,它能给予我们的顶多只是在猫生暮年的陪伴。它优雅地老去了,我觉得这也挺好的,对任何生命而言都是如此,不管是人类还是其他生灵。西尼奥拉·巴蒂妮在它的坟墓上立了一块小木板,这就是她的行事风格。

巴蒂妮是个寡妇，膝下没有子女。她的丈夫是个木匠，在一九七五年离世，她显然花了一段时间才适应孤独的生活。虽然她不说英语，但我相信，直到她来我家干活以后，她才重新变得快乐起来。如果不是昆蒂也在这里，她的生活也许可以称得上完美无瑕，打一开始，她就对昆蒂含蓄地表露出一丝反感。她对昆蒂和罗莎·克里维丽的关系明显不感兴趣，对昆蒂在家庭事务中表现出的抠门也并不在意。西尼奥拉·巴蒂妮不是一个会对任何事情大惊小怪的人，从来都不是。

好吧，在我要写的那年夏天一开始，情况就是这个样子。别墅中飘着一股淡淡的油漆味，因为不久前，屋子里有些地方重新装修过。"我们得弄个花园才好，"在那一年的冬春两季，我不停地说着这句话，主要是讲给自己听，"这么好的别墅居然没有花园，实在太荒唐了。"这个小小的想法，已经在我的脑子里盘旋了好几年。有一年春天，我在经过意大利境内的某座火车站时，注意到车站里摆放着许多盆杜鹃花。当时我还不知道那种花叫什么名字，但后来我向昆蒂描述了一番，他便帮我找到了答案。从那以后，我便格外渴望能拥有一座开满杜鹃花的花园，还有我在英国时念念不忘的草坪，再加上边缘涂成粉红色的小小花坛。

也许你会觉得我已经够幸运的了，只不过缺少一座花园和一个特别的知心朋友而已，好吧，你这样想当然没错。无论过去还是现在，我都非常幸运。在我们中间，并没多少人能拥有像这样的一处产业，去做出我所能做的选择，更不用提开销方面的问题了。很多人在一个冬天和春天里失去的并不仅仅只有一只暹罗猫，还有其他的死亡令人哀婉悲伤。在来到这里的游客们眼中，我是一位富裕舒适的英国太太，被手下的仆从照料得无微不至。昆蒂无疑给他们留下了古怪的印象，哪怕也许还没到疯疯癫癫的地步。首先，他喜欢随便跟别人聊自己特别着迷的话题，这样他就可以滔滔不绝地说个没完没了。他从百科全书和报纸上就许多话题获取了大量用于交谈的信息——王室家族，铁器时代，污水排放系统，陆地行驶速度纪录，针对亚马孙河的蒙昧部落采取的启蒙行动。有好多次我都听见，他在向某个倒霉的游客大讲特讲日本铁路的历史，或是胡狼的本性。"朱塞佩·加里波第给一种饼干取了他自己的名字，"他曾在我的客厅里透露，"还有一种饼干是以巴斯市命名的。最早出现的饼干就叫'干粮'，得拿锤子才能砸开。"那年夏天，他经常斜靠在会客室里的一根柱子上，表现得十分活跃，扬扬自得地对老将军讲个不停，一个劲儿地聊着体育方面的事。里弗史密斯先生过来的时候，他正对圣女抱有极大的兴趣，但再明显不过的是，里弗史密斯先生唯一感兴趣的话题只有蚂蚁。

在其他方面，昆蒂却有些不大靠谱，这让他在别人眼里显得难以信任。那年四月里的某一天，罗莎·克里维丽在我面前放肆了一把，她冲我轻蔑地耷拉下了她美丽的下嘴唇，用意大利语喃喃地吐出了几个字眼。昆蒂注意到了这件事，却没有去大声训斥她。头一回，我意识到，他肯定撕毁了我们自离开玫瑰咖啡馆以来就默默签订、闭口不提的协议：他把过去发生的事告诉了那个姑娘。

后来，我严厉斥责他的这桩背叛。他一开始只是哈哈大笑，但随即背过身去。重新面对我时，他的两侧脸颊上湿乎乎的，已经淌满了泪水。"您怎么可以这样说我？"他断断续续地低语，然后又絮絮叨叨地讲了老半天——他宣称自己只有一片赤胆忠心，不停地声明他和那个姑娘会将全部生命奉献给我，面对我的质疑，他还抗议说，在这个世界上他们哪儿也不想去，只想待在我的别墅里——他滔滔不绝地讲了好久，以至于到最后我还是原谅了他。"我为您倒了一杯金汤力。"那天傍晚，他来会客室里找我时，脸上挂着一副媚笑。我再次遇见罗莎·克里维丽时，她向我行了个屈膝礼。

我自然吃不准他到底有没有背叛我：也许他俩是在背地里笑话我，谁知道呢？我这人容易疑神疑鬼，这个倾向要么是个缺点，要么是个优势，但无论如何，我肯定不会把它称作美德。事实上，出于一些非常好的理由，我几乎从来不会声称自己是个怎样的人：在我身上没有多少东西可以去夸耀，最早承认这一点的人就是我自己。对那个特别的夏日，我也不会声称有任何神秘的因素存在，没有什么天使在我的家中显圣，没有什么神圣之声在我的耳边响起。那孩子就是一个普普通通的小孩，而我相信其他人也同样都是凡夫俗子。但是，我觉得任何人都不会否认的是，那是一个不同寻常的夏天，为我们提供了一段常人难以体验的独特经历。

五月五日，那天早晨，我身穿一套黑白相间的窄条纹西服，搭配好相应的提包和鞋子，离开了家门，踏上了前往米兰的旅途。昆蒂开车送我去火车中转站，在月台上把车票交给了我。虽然我掌握的意大利语有限，但自己一个人出门旅行还是完全可以应付。检票员让我出示车票时，我听懂了那句熟悉的话。在文艺复兴百货商场和其他所有那些商店，我成功地买好了东西，而在杜尔默大酒店，员工们会说非常标准的英语，我总喜欢住在那儿。我还想去购买一些衣服和鞋子，享受自己挑选的过程，抽身把某些事情好好考虑一番，然后再回去看上两三次：所有这些我都非常喜爱。

那一天，我的别墅里没有任何客人，自从去年的旅游旺季结束以后，镇上那些酒店就再也没有送游客过来了，我们也不指望，至少要等到六月中旬才可能会有客人登门。虽然游客来访时我并不一定需要待在家里，但我一向喜欢亲自迎接他们。在餐厅里，我们坐在同一张圆桌前用餐，如果有人能说英语，我就会和他们谈天说地，聊起我们以前去过的地方，还有在旅行途中的种种经历。如果我的客人说起英语来有困难，那他们随便想用什么语言说话都行，我一点儿也不觉得自己受到了冒犯。在我家的餐厅里，或者是在户外的阳台上，从来没有超过五个人在一起用餐。

列车上，我想象着昆蒂从车站驾车出发，开到镇上买东西，把那辆灰色的敞篷大轿车停在教堂旁边那几棵栗树的阴影下。他会点一杯咖啡，喝完后再返回别墅，跟西尼奥拉·巴蒂妮和罗莎·克里维丽一起坐在厨房里吃午餐。我想象着他们三个人围坐在圆桌前，昆蒂为罗莎·克里维丽复述新的英语单词和词组。我思忖着，他会不会把过去的事也告诉西尼奥拉·巴蒂妮。我下定决心，把这件事彻底抛在脑后，转而将思绪集中到我在车站里突然想到的一个标题上面。《无尽的泪》。到目前为止，我想到的只有这个标题。故事的女主人公还没有跃入我的脑海，我甚至连一个男主人公都无法简单地描述出来。但是，那个标题执拗地盘旋在我的意识中，而我心里清楚，如果有个标题挥之不去，我就必须坚持不懈地继续构思。

我乘坐的是一趟罗马高速列车，在我上车之前，它已经穿过了奥尔维耶托[①]，接下去便是阿雷佐和佛罗伦萨。想象一下吧，在一节高速列车的头等车厢里，内部装潢优雅

---

① 奥尔维耶托，意大利文化历史名城，位于翁布里亚大区西南部。

时尚，带着普尔曼豪华车厢式的愉悦气氛，褶边椅套洁白无瑕，座位舒适宽敞。在我座位斜对面是一对年轻男女：从他们的表情就能看出，两人正在热恋。另一对年长的夫妇在和妻子的父亲一起旅行：你可以从他们的对话中听出这层关系。他们仨在用英语说话，那对情侣则讲德语。还有一对父母带着一双儿女一起旅行：我听不清他们在说什么，但他们身上的一切都显示出，他们是美国人。一名可能在时尚界工作的女子独自坐着。其他座位上全是些身穿轻便西服的意大利商人。

我观察着那对恋人。他轻轻抚摩着她裸露的手臂，你能看出来她有多么爱他，哪怕他的长相其实并不英俊，甚至都算不上讨人喜欢。那对年长的夫妇是不是觉得，父亲对他们的感情是令人厌烦的额外负担？就算他们真的这么想，他们也还是摆出一副礼貌的姿态，不允许自己流露出半点厌烦的情绪。不过，奇怪的是，他们身上的那股礼貌劲儿让我感到担心。那对美国夫妇的举止倒颇有风度。两个孩子之间出现了小小的争吵，就像平日里那些活泼可爱、精力充沛的孩子一样，他们的父母在一旁轻声交谈，偶尔也会大笑起来。那位母亲是一个非常迷人的美丽少妇，一头金色的秀发，脸上长有些许雀斑，两颊上点缀着一对可爱的小酒窝，眼睛里还时不时闪现出一丝幽默的神色。

不知不觉中，我越来越喜欢刚才跳进我脑海里的那个标题，但我现在依然无法找出任何意义，没有思路朝任何方向发展。我不禁想起了欧内斯婷·弗润琪-雯,在《凝望我心!》一书中,她曾令亚当痛哭流涕。可是,一个故事很少会引出另一个故事的秘密,为了不让自己再度陷入沮丧挫败的情绪中,我强迫自己继续仔细观察我的同行旅伴们。那对恋人这会儿已经俯下身去,看着一小片纸,那个姑娘——她的模样很像出演最早几部电影时的莉莉·帕尔默①——正在纸上计算着什么。那位长者的女儿和女婿正在读书,老人摘下手表,正在仔细地校准时间。美国母亲正在训斥小男孩,小女孩已和小男孩换了座位,她拉着父亲的手。在我心灵视野的某个地方,对这幅场景的描写开始显形:打字机打出的一行行黑色字句,浮现在我惯常使用的绿色打字纸上。我也不知道为什么会这样。

火车飞快地行驶着,从小站旁和春雨过后依旧郁郁葱葱的风景中飞驰而过。列车检票员出现了。随后,餐车引导员也匆匆走过我们身旁,手里摇着提醒乘客用午餐的铃铛。商人们离开座位去吃饭了,那个时髦女郎也走了。不知从什么地方,文字涌现出来:"花园中,天竺葵已然绽放。白衣女孩穿过暗香袭人的暮色,脚步轻似晨间蛛网。那天夜里,她无忧无虑,对全世界都满不在意。"

这个故事会继续讲下去。我会坐在我那台小巧轻便的黑色奥林匹亚牌打字机前,让文字听话地跳进纸页里,一

---

① 莉莉·帕尔默(1914—1986),德国著名犹太裔女影星。

段接着一段,一个场景接着另一个场景,让人物对话自然而然地发生。我打开《今日风采》①翻了几页,但很快便失去了兴趣。我发觉自己在心中暗暗思忖,要是在我人生的后半段里,我没有发现自己这份小小的天赋,那我又会身归何处呢?在我这把年纪,还有许多女人依然在酒馆餐厅里端盘子伺候客人,还有许多女人在卖鞋子——就像我从前所做的一样——或者是拿拖把打扫蒸汽渡轮上的客舱。以前,我从未觉得自己待在玫瑰咖啡馆是好运一桩,但就命运而言,公平地讲,我现在必须承认,那确实是我的运气。到最后,我把那个地方盘了下来,开始自己经营——就像他们从前在那里说的一样,我是所有人的朋友。我运气不错,我必须再次承认这一点,因为如果没有在玫瑰咖啡馆经历的一切,我可不相信自己还会将那些故事诉诸笔端。

我肯定是睡着了,因为在梦里,厄尼·查布斯在阿尔·弗莱斯科俱乐部外面朝我走近,就像在现实中那样对我大喊:"嗨,甜心!"在阿尔·弗莱斯科俱乐部,他对我说他爱我,他想整晚跟我坐在一起,他轻轻地说。厄尼起身去买喝的,一如他们在阿尔·弗莱斯科俱乐部里想让你做的那样,这时,另一个男人走了过来,也给我买了喝的,结果惹得厄尼大发雷霆,让他赶紧从我们面前滚蛋。紧接

---

① 《今日风采》(*Oggi*),意大利女性时装杂志。

着，就像在梦境中一般，我突然出现在米兰的商场里，在试穿不同颜色的呢绒长大衣——售货员对我说，这是新一季的打折商品。我喜欢这种把自己包裹起来的穿衣风格，这句话我正想说出口，突然，一声可怕的嘈杂巨响令我猛地瞪大了眼睛。我只看见玻璃碎片在半空中飞舞，那个美国少妇的脸庞上下颠倒过来。我听到有人在拼命嘶喊，紧接着便感觉身体传来一阵剧痛，一片黑暗降临在了我的眼前。

二

"是昆蒂来看您了,"昆蒂说,"您平安无事。您很好。"

他试图挤出一丝微笑。他面颊上的褶皱缩成了一道道锯齿形的纹路,但那丝微笑就是不肯好好显露出来。

"今天是圣周五[①]吗?"问这话时,我感到很困惑,因为圣周五跟现在一点儿关系也没有。我听到自己说起了玫瑰咖啡馆,说起在某个特别的圣周五,那名奥地利象牙切割工喝得酩酊大醉,穷小子亚伯拉罕则因为有人在耶稣被钉上十字架受苦的日子里喝醉酒而沮丧难过。

接下来是长达数小时的昏暗时光——我感觉它就像好几年那么久——身穿白大褂的护士们在阴影中走动,其中一名黑发稀疏的护士特别显眼。"您遭遇了一场爆炸,"昆蒂说,"不过,感谢上帝,您现在恢复得很好。"他像平常某些时候那样抽着鼻子,发出漫不经心的吸气声,这是他在掩饰其他某些事情时的习惯动作。

"出什么事了?"我问,但昆蒂的回答——如果他真回答过我的话——我马上就记不清了,等我再睁眼的时候,他已经离开了我身边。我不愿思索,我放任我的思绪随处飘荡，顺着流逝的时光自由滑翔，突然到处俯冲，扎入记忆深处，而我却全然不必费神，不会因此而感到精疲力竭。"他们付钱了吗？"特莱斯太太问她丈夫。他是一名保险收费员，而她总是会问他那句话。"你对他们太心软了，"她指责他，"简直就像墙头草，风往哪吹你就往哪倒。"作为一个孩子，我在艾伯特亲王大街二十一号生活了八年，然后我才明白，自己的存在是一笔现金交易的结果。从前，我一直以为特莱斯夫妇是我的父母，浑然不知那对经营着"死亡之墙"的夫妇，直到某个周六上午，特莱斯太太在厨房跟我讲了他们的事。"特莱斯先生付了他们一笔钱，"她是这么说的，"你没必要在乎他们。"

昏睡与清醒之间，穷小子亚伯拉罕那张诚实的黑脸蛋将特莱斯夫妇挤了出去，他在玫瑰咖啡馆清扫走廊地板，头顶的电风扇呼呼转动，吱嘎作响，他那张带着黑人特征的面孔上流露出专注的神情。四名英国人在角落的桌子上玩扑克牌。"俺要是不拿俺那些糟心事儿来烦你，那俺还能上哪儿去啊？"那名奥地利象牙切割工曾这样问我，然后，像往常一样，他又把话题拉到了自己对某个黑人的妻子无望的欲念上。经常光顾咖啡馆的那名飞行员，曾经在天空中用尾烟写出字迹，主要是给一个啤酒品牌打广告。

我沉入了睡梦，就像此前在火车上那样。"感觉好点儿

---

① 圣周五指复活节前的星期五，基督徒在这一天纪念耶稣受难。

了吗,小妞儿?"在爱达荷,厄尼·查布斯很关照我,"要不要点份炒面送上来?"

一位护士用意大利语对我亲切地说着话。从她的表情我能看出,她正在向我表达善意。她调整了我的枕头,还抓住我的手握了一小会儿。我想我刚才肯定是在睡梦中叫出了声来。待我重新冷静下来后,她就走开了。

当厄尼·查布斯建议我跟着他去爱达荷时,我同意了,因为我很想看看美国旧西部①的样子。直到今天,旧西部依然让我心驰神往:克莱尔·特雷弗②一身女牛仔装扮,玛琳·黛德丽③在酒馆里放声歌唱。直到今天,当我看到银幕上驿马车的一只轮子开始松脱,我都会闭上双眼,我依然没法看清警长飞速拔枪的动作。特莱斯先生在许多个星期六的下午带我去欢乐电影院,我们一起观看那些喜剧短片——利昂·埃罗尔④、劳雷尔和哈迪⑤、查利·蔡斯⑥演的——接着,银幕上会放映高蒙新闻⑦和系列短剧,还有除了电影正片外的其他内容。有时候,电影正片是一部黑

---

① 指19世纪后半期的美国西部地区。
② 克莱尔·特雷弗(1910—2000),美国著名女影星,曾荣获1948年奥斯卡最佳女配角奖。
③ 玛琳·黛德丽(1901—1992),德裔美国著名女演员兼歌手。
④ 利昂·埃罗尔(1881—1951),美国喜剧演员。
⑤ 劳雷尔和哈迪,由英国演员斯坦·劳雷尔与美国演员奥利弗·哈迪组成的喜剧双人组合。
⑥ 查利·蔡斯(1893—1940),美国喜剧演员、编剧和导演。
⑦ 指由法国高蒙电影公司制作的新闻短片。

帮惊悚片，或是一部溜冰剧情片，抑或是一部音乐剧，而那些电影永远会令我感到失望。我渴望看到深邃的大峡谷和层峦叠嶂的山脉，渴望听见武装民兵疾驰的马蹄声，还有在璀璨群星下一只只被当作枕头的马鞍子。

但爱达荷也令我感到失望。厄尼·查布斯说他很熟悉那块地方，他向我保证，旧西部直到今天依然是老样子；不消说，那全是骗人的鬼话。毕生的梦想化为泡影——这倒不是说我期待找到那些蜿蜒的西部小径，就像银幕上呈现的那样，但至少，也许那里还留存着一些能让人联想起旧西部的东西，至少，也许那里的空气中还残留着一丝皮革的气味。"你太单纯了，艾米莉。"玫瑰咖啡馆的客人大块头医生这样说过。是啊，我想我就是个单纯的人：我自己没法不这样。我为人单纯，我也多愁善感。

"有多久了？"我问，"我躺在这儿有多久了？"

那些意大利护士却只是面露微笑，继而重新调整好我的枕头。我为自己不知躺了多久而忧心，但没过一会儿——也可能过了不止一会儿——我就对此毫不在意了。与厄尼·查布斯在爱达荷的记忆——他出门忙生意，我在汽车旅馆的房间里等待——肯定是让我呻吟了，因为那些护士又走过来安抚我。当她们安抚我的时候，旧西部的记忆占据了我的头脑，将其他事物都挤了出去。欢乐电影院里没有充当银幕的幕布。在光秃秃的苍白墙面上，浮现出了手枪皮套和宽檐帽上的防汗带，头顶插着羽毛的印第安人接连倒下,善恶双方挥拳相向,激烈地翻滚扭打在一起。当黛德丽亮开歌喉,我的年纪也变得只有七岁、八岁、九岁。"问问后屋小伙儿要喝啥,"黛德丽用不容抗拒的命令口吻唱道,"告诉他们咱也来一杯。"① 在镇静剂带来的安宁中,我再次听到了这首歌,而厄尼·查布斯的爱达荷仿佛已经永远消逝。由我亲自赋予生命的那些年轻小伙儿,向快乐的姑娘们轻轻吐露爱情的甜言蜜语。《婚礼进行曲》正在演奏,新娘们向人群抛出花束。玫瑰咖啡馆好像也已不复存在了。

"昆蒂。"

"好好休息,啊。"

"车上还有其他人。一个年轻小伙子和他的姑娘,他们都说德语。有一家美国人。穿黑西装的意大利人。一个做时尚行业的女人。三个英国人。他们也在这儿吗,昆蒂?"

"他们当然都在。"

"昆蒂,你能帮我找到他们吗?就去找一下,然后过来告诉我。求你了。"

"别为那种事情烦心了。"

"他们死了吗,昆蒂?"

"我会去问问的。"

---

① 出自1939年美国西部电影《碧血烟花》中的经典歌曲《后屋中的男孩》。

但他没有离开我的病床。他过来探望我,是想看看还有没有希望,我的状况会不会恶化。他的双眼就像两颗黑色的螺丝锥。我闭上了眼睛。小邦妮·梅在图普百货商店里干活,用标价枪给货柜上的商品贴价签。一张张小小的碟形贴纸,上面标注着合适的价码,用标价枪打在瓶瓶罐罐和包装袋上。在一天中某些特定的时刻里,她还要在收银台前接待客人。

小邦妮·梅偷偷喜欢着朵萝西——一个来自乒乓球俱乐部的年长姑娘。朵萝西是一个金融家的女秘书,接受过良好的私校教育。邦妮想不明白,自己为什么会喜欢朵萝西。即使朵萝西经常使唤她去帮自己做许多事情,邦妮仍然很珍视这份友谊,比她所知道的任何友情都要珍惜。她只是太感激对方了:和朵萝西一起度过的所有时间里,邦妮都是这么想的。唯一让她感到焦虑的是,她要是犯起糊涂来,可能会把一切都毁掉。

"你读过我的那个故事吗?昆蒂?《小邦妮·梅》?"我吃惊地听到自己居然在问昆蒂这个。我们平时的对话可不像这样。他说:"您有故事可写,真是太好了。"

"我是在玫瑰咖啡馆想出它们的。"

"您告诉过我了。"

"我不记得告诉过你呀。"

"您告诉我那回,已经喝了一两杯。"

《小邦妮·梅》这四个字的标题是蓝色的,印在琥珀色的护封上,标题下面画着两个女孩。我肯定是把这些话说了出来,因为昆蒂点了点头。不久后他就离开了。也许他都能猜到,我已经开始听见那两个姑娘的声音了。

"亲爱的,在单词'别墅'(house)里面有个字母h,这你知道吧。"朵萝西很有办法让邦妮害羞脸红,几乎不用费什么力气。她俩一起外出度假,在邦妮给这个年长姑娘搬东西取物品的时候,朵萝西会草拟出一份词汇表,提醒邦妮特别注意。"我们的餐叉应该摆在盘子里,不是拿在手上晾着。我以前有个保姆就是这样说的。"

昏昏沉沉中,我脸上的疼痛感有时会让面容紧绷,于是,我试着笑了笑,这还是头一回吧,很有可能。两个女孩在芒通①度假,布莱因走进她们的生活后,他自然而然地约了朵萝西出门,留下可怜的邦妮无所事事,独自四处转悠,因为她跟着去似乎不太合适。"我当然不在乎。当然不了。"她买冰激凌吃,或是去观赏游艇,试图借此让自己振作起来。

我意识到自己毫不费力便想起了这些情节。我什么也没有刻意控制。面容、文字和话语在我的脑海中汩汩涌动。"真是太不走运了!"布莱因大喊起来,"真倒霉!"朵萝西得了阑尾炎。一辆救护车开来送她去医院。"你需要来杯白兰地,"布莱因坚持道,"或者来杯君度酒。不,邦妮,我

---

① 芒通,法国阿尔卑斯省东南部地中海沿岸的市镇,与意大利接壤。

一定要你喝。可怜的姑娘，看看你自己也多么难受啊！"朵萝西的假日泡汤了。每天早上，布莱因都开着他那辆标致牌轿车去接邦妮，然后载着她前往朋友的床前，后者往往已经给她列出了自己想要的物品清单。随后，布莱因和邦妮会在小蜗牛餐厅里共进午餐。

三个月前，布莱因继承了玛拉庄园，那是一处位于什罗普郡①自带园林的豪宅。但他很快便离开了英国，即使他深爱着那座房子，他依然对它感到害怕。

"母亲在我一岁半的时候去世了。那里一直只有我和父亲两个人住。"

"你没有兄弟姐妹吗，布莱因？"

"没有兄弟姐妹。"

邦妮心想，那种生活得有多寂寞啊：一个小男孩，从小在一座大宅子里长大，身边只有他父亲和仆人陪伴。他的父亲十分严厉，对继承人抱着极高的期望。

"我是个懦夫，我敢说。要是我能用平常心去面对一切，我愿意付出整个世界。我是在逃避。我知道这一点，邦妮。"

"你父亲——"

"我父亲做起事情来总是尽善尽美。他是个强硬的男人。他娶了自己心爱的女人后，再也没朝其他女人看过一

---

① 什罗普郡位于英格兰西部，是人口最稀疏的乡间地区之一。

眼。下人和佃农们都很敬仰他。"

在玛拉庄园里，有一名园丁总管，还有一两个打杂的下等园丁。大宅子里有一位管家和一名厨子，还有几个年迈的女仆充当用人。所有这些人自打布莱因记事起就在家里了。从前家里还有几个门房，但那已经是很久以前的事了。

影影绰绰的护士们说着令我无法理解的话语，空气中飘着一股麻醉剂的气息。和护士们的阴影以及麻醉剂的味道相比，玛拉庄园倒显得更加鲜活生动：大片大片的草坪和茶香月季，豪宅本身和厨房花园墙壁上那些色彩柔和的砖块，古老的铁器饰品。我感受到了邦妮感受到的情绪——那份发自内心的震惊与好奇。邦妮从未被一对做"死亡之墙"特技表演的夫妇抛弃在某个荒凉的海滨小镇上，但在邦妮过去的生活中，也发生过类似的情况，即使并没有在故事里写出来。现在我很强烈地感受到了这一点，以前我可从来没有这样想过。

"听起来真是太美了，布莱因。你的家。"

"是啊，它很美。"

傍晚时分，他们漫步在海滨。他会迎娶朵萝西，然后带她去玛拉庄园，邦妮心想。朵萝西既能干又漂亮。朵萝西会温柔地引导他，让他重新承担起自己的责任。他会变得像他父亲一样硬朗，会将所有的事情做到尽善尽美。

"亲爱的邦妮。"他说，那种语调令她一时间屏住了呼吸。她没法开口说话了。大海恍若一面镜子，映衬出蔚蓝色的宁静天空。"亲爱的邦妮。"他又开口道。

照料我的两位医生聚在一块儿商议了起来。其中一位医生露出微笑，用英语告诉我，我的情况已经有所好转，他们为此感到愉快。

"我很高兴你们能觉得愉快。"我回答说。

"您很有勇气，夫人，"还是这位医生说，"也很有耐心，夫人。"

他们二人满意地点着头，然后向我道别，接着去检查其他病人。布莱因挽住了这个娇小尤物的胳膊。在这种触碰下，邦妮·梅不禁颤抖起来，因为还从来没有哪个男人像这样挽住她的胳膊。从来没有哪个男人叫过她"亲爱的"。她以前从来没有邂逅过一位心灵伴侣。

"我已经好多了。"朵萝西说，但这已经是他们在芒通的最后一天。朵萝西把墨镜落在了床头柜上，邦妮跑去帮她拿了回来。布莱因开车带朵萝西去博尔迪盖拉①，邦妮坐在海滩边，闷闷不乐地吃着冰激凌。她写好了本该早点写的明信片，寄给图普百货商店的其他姑娘。等她将来回到店里的时候，那些明信片恐怕都还没寄到呢。

只有一次，满脸馋相的厄尼·查布斯打断了这个故事，他在阿尔·弗莱斯科俱乐部的黑暗阴影中用眼睛搜寻着我，

---

① 博尔迪盖拉，意大利滨海市镇，距芒通约20公里。

他用手指在汽车旅馆的卧房里拉开我衣裤上的拉链。旅馆房间内装着一个旧壁炉,还有一只铁皮浴缸,旁边搁着烧水用的劈柴。我知道梦中的这一切都不对。"说出去可不成啊,"厄尼·查布斯说,"好姑娘可不会说出去哟,艾米莉。"这也是不对的,因为讲这话的人并不是厄尼·查布斯,而厄尼·查布斯也从来没有像那样露出过满脸馋相。

噩梦来得快去得也快,它那冰冷的残余尾声就像一只躲在客厅里的耗子,黑乎乎的毫无色泽,被一股更温暖的力量挤了出去。"喊,真是的!"从博尔迪盖拉回来后,朵萝西变得有点粗鲁无礼了。她躺下休息,抱怨卧室里太热了,打开窗户后,她又抱怨说大旱天叫人难受。她想喝维希牌矿泉水,结果他们却给她拿来了依云。她很不耐烦地将一根还没塞进嘴里的香烟狠狠碾灭。

"邦妮,"他倚在标致小轿车打开的车门上说,"哦,邦妮,要是我能讨你开心,该有多好啊!"

他是我见过最善良的人,她心想。他知道我爱他,他知道我爱他爱到无法自拔。现在他说这番话也是出于一片好意,因为他和朵萝西的感情已经处在危急关头。今天下午,他们俩吵了一小架,但很快他们就会重归于好。今天晚上,他会向朵萝西求婚,过了明天,我这辈子就再也不会见到他们两个了。朵萝西会变得非常忙碌,而且充满幸福,她再也不会回乒乓球俱乐部来了。他们会准备婚礼,然后去度蜜月,再然后,他们便将回到玛拉庄园里生活。

"看，邦妮。"他说。阳光下，大海闪烁出蓝宝石般的熠熠光辉。"啪"的一声，他打开一只小盒子，一块小小的软垫上，镶着珠宝的黄金戒箍嵌在里面。"这是我买给她的，"他说，"在我们认识三天后。"

"它真美。"这几个字如鲠在喉，她好不容易才吐了出来。泪水模糊了她的视线。她本想露出一丝微笑，却没有成功。

"我必须告诉你，邦妮。我必须告诉你，这个本来是我买给朵萝西的。"

她绝望地点点头。

"我本来想今天下午把它献给朵萝西。我做不到，邦妮。"

她不明白他的意思，但也只好再次点头，装作自己听懂了的样子。

"我只能爱你，邦妮。就算我对这世上的所有事情都不清楚，我也清楚这个。"

"我？我？"

"是的。哦，是的，我亲爱的。"

他微笑着俯身看向迷惑不解的她。他的双唇微微开启。她听见自己在说，她一点儿也不重要，但她同时心里明白，自己不该那么说。她听到他大笑起来。

"哦，亲爱的，你当然重要啦。你就是我在这个世上的一切。亲爱的，你是太阳和星辰，你是夏日里茉莉花的芬芳。明白我的意思吗?"

她顿时羞红了脸,赶紧把目光转向别处,心里却还在想着朵萝西,她感觉自己背叛了朋友,比以往更加不知所措。突然间,她感觉自己既想笑又想哭。

"我亲爱的邦妮,你的芳唇就像天使一样纯洁美丽。"

他的唇轻轻触碰他提及的那对芳唇。那份温柔的触感恍若一团烈火,点燃了他们内心的激情。

"哦,布莱因,布莱因啊。"她喃喃低语。

"什么也别说了,亲爱的。"他柔声回应,然后,在某个秘密的瞬间,轻轻一下,那枚蓝宝石订婚戒指便戴在了她的左手无名指上。

我本来也想嫁作人妇,然后好好生儿育女。可是,厄尼·查布斯,他向我发誓做过防护措施,实际上却从来没有。在我和他的交往中,我流产了不下四次,最后一次是在爱达荷。他们当时告诉我,我再也不能要孩子了。"抱歉啊,小妞儿,"厄尼·查布斯说,"要不要点份辣豆酱送上来?"

粗棉布上溅染起一片猩红。一只同样猩红的断手从天花板上弹起,又跌落回来,在半空中短暂地晃动片刻,上面的手指根根张开。出于恐惧的尖叫和发自痛苦的嘶喊是不一样的。

"二十镑哪,"特莱斯太太说,"他给了他们二十镑。特莱斯先生这个人啊，简直就像个不懂事的孩子。那条狗可没有花他半个子儿。"他们真是粗野下流的家伙，她说，竟然从一个婴儿身上牟利。"'你这个该死的笨蛋，快把钱给我要回来。'我对他说，但那会儿他们已经跑远了。他们开始还要价五十镑咧，他给还到了二十镑。"朗姆酒和可口可乐，厄尼在阿尔·弗莱斯科俱乐部点酒水时，一次就能花出去五英镑。"挣快钱咧，"特莱斯太太举起一条邓迪水果蛋糕拿到嘴边，说，"旅行客总想着挣快钱。"

"是闪电，"我喃喃自语，"火车被闪电击中了。"

药物的强度日益减弱，心头的平静也逐渐消退。在艾伯特亲王大街二十一号，我负责搅拌盛在一口平底锅中的牛奶，结果惹得特莱斯太太火冒三丈，因为牛奶最后烧煳了，很显然，如果我认真搅拌的话，它是不该烧煳的。那个旧壁炉和浴室里用来烧水洗澡的劈柴，都在艾伯特亲王大街二十一号那栋住宅的后院小棚屋里面。也正是在那个后院小棚屋中，我曾以为是我父亲的那个男人哭诉道，我们可千万不能把这桩丑事说出去，好姑娘是不会说出去的。露出一副贪婪馋相的是他的脸，不是厄尼·查布斯。我曾以为，厄尼在心里爱着我。

特莱斯先生有一只毛发顺滑的猎狐梗犬，毛色黑白相间，性子却格外愚笨。当我才九岁时，除了每天要劈柴火、洗碗碟和做早饭外，我还有一个任务是带这只动物出去遛弯，但它总是不肯离开特莱斯先生的封闭后院，那块属于它自己的小小空间。等我抱它出门后，它不情不愿地跟着我，缓缓走下艾伯特亲王大街，来到大海边的潮湿沙滩上。当我背靠着一堵防波堤坐下时，它便听话地坐在沙子上，身旁有几只海鸥好奇地围着它看。有时，那些海鸥还会用尖尖的鸟喙去啄弄它，但这只狗儿却一点也不为所动，既不显得惊慌，也不显得高兴，仿佛几乎没有留意到海鸥们的存在。有其他狗儿低吼着冲它奔过去的时候，特莱斯先生的宠物却依然迟钝地坐在原地纹丝不动，对同类们显露出的这份敌意漠然置之。如果真的遭到攻击，它便会不动声色地俯身趴下，露出一副低三下四的模样，将肚皮紧紧贴住地面，闭拢双眼，连脖颈上的鬃毛都没有一丝变化。"真是个温顺的小家伙儿。"特莱斯先生要是选择陪我同行，看到这幅光景，便会说出这样的话。令我沮丧的是，他时不时就会跟着我出门。我们一起走到海边，特莱斯先生会试图引诱他的宠物冲向灰色的海面。可是，不管特莱斯先生朝大海扔出多少石子，不管他多少次吹响鼓励它前进的口哨，那只狗儿始终顽固地抗拒着追逐的诱惑。"这是头脑聪明的迹象。"他会沮丧地评价道。特莱斯先生和我一起在防波堤旁坐下后，他总是先别过头朝四下里张望一番，然后才伸出胳膊把我搂在怀里。"告诉爸爸你爱我。"他会催促说，在他的命令下，我觉得不照做就不是个听话的好孩子，于是便乖乖顺从了他。特莱斯先生会重新环顾四周，然后抓起我的手,亲吻我额头的一侧。与此同时,那只狗儿站在我们身边,它似乎不明白,自己坐在地上会更舒服。在海滩上时,特莱斯先生只会做出搂抱和亲吻我的动作。在后院的小棚屋里,他就会拉我骑坐在他的膝盖上,而在漆黑一片的欢乐电影院中,当我们坐在一起观看《碧血烟花》和《驿马车之战》①时,他自始至终都伸出一只手抓着我的大腿。后来,在我十一岁时,特莱斯先生趁特莱斯太太去洗衣店上班时,带我进了他的卧室。他给了我一便士,我则做出了承诺。人们会误会这种事情,他说。

现在,我躺在这家意大利医院里,一点儿也不想去回顾我生命中那些更丑恶龌龊的部分,但我无法阻止自己去想。在我生命中的第五十六个年头,我已经拥有了属于自己的美丽豪宅,当我躺在家里时,那儿就是我努力挖掘自己的地方。完全违背我心意的事情在于,这么多年来,我必须和那些围坐在我桌前的各色游客打交道,从而陷入了另一种类型的丑恶。那个母亲和她胆小怕事的儿子,那对患有艾滋病的同性恋者,那个三角家庭,还有其他所有人:有那么多泄露真情的迹象,表现在姿势上或者语调中。很久以前,那位母亲便将恐惧植根在儿子的心头,好将他拴在身边。那对同性恋者中,年轻的那位背叛了伴侣,却依然获得了原谅,他们都将在不久后死去。那两个女人共享

---

① 《驿马车之战》(1940),美国西部电影。

一个情人，但她们各自又找到了次好的人选。在我家的餐厅里，或是在露台上，罗莎·克里维丽为这些游客倒满酒杯，然后给他们端上水果或意大利甜点。我疲倦地从桌前起身，浑身气力都被这些人间悲剧消耗殆尽。

多么欢乐、多么温暖呀，在那些时刻，我与年轻冒失的波莉·达令或安妮特·圣克莱尔做伴！从那俏丽或是有点湿润的芳唇上，倾吐出温软的柔声低语、喃喃轻音，还有纯粹快乐的欣喜欢叫。另一副鹅蛋形的面庞上，披下一头黑色的秀发，双眸碧蓝，一如初夏的矢车菊。在我更换黑色奥林匹亚牌打字机上的打印字时，往往已是凌晨三点半或四点钟了。新起的晨光染红天际，我在露台上吸了口烟，这是当晚的最后一支了。甜蜜的疲倦在体内呼唤我去享受美妙的睡眠。

他们在我的额头上轻轻按压。他们将测量血压的东西缠绕在我的手臂上。他们往我的嘴里塞进一支温度计。他们用镊子拆去我伤口的缝线。

"有秘密也没啥害处，"特莱斯先生说，"没啥害处，对吧？"

"对。"

在他第三次给我一便士后，我拿椅子顶住自己卧室的房门，但这样做没有任何好处。于是，在我十六岁生日的前一天，我把自己的物品打包好，收进一个棕色的纸板行李箱，然后在原来放行李箱的地方留下了五先令，因为那个行李箱是特莱斯太太的，在主日学校上学的时候，老师告诉过我们，不能随便拿别人的东西。

"让俺们瞅瞅你，"酒馆里的女人说，"你以前端过盘子吗？"

我从没端过，于是，他们先安排我去厨房打杂，在那里清洗碗碟。"笨手笨脚，"那女人说，"老天啊，你真是个笨手笨脚的丫头。"我的头发胡乱卷成一团，我的体重怎么也减不下来，我的衣服大多都是从二手商店里买的。然而，没过多久，就有除了特莱斯先生以外的其他男人开始向我献殷勤、给我送礼物了。

"一个定时装置。"昆蒂说。

"我还以为是闪电呢。"

"是一枚定时炸弹。"

"它在哪儿，昆蒂？离我坐的地方近吗？"

"是很近啦。火车上其他地方都没事。"

"所以警察才会过来？"

"就是因为这个。"

在我暂住的这家医院里，宪兵队的人早先曾围站在我的病床前。他们的到来干扰了我的梦境，令我的思绪颇为困惑。他们身上那些带有红白两色的深蓝色制服①，插在黑

---

① 意大利宪兵制服通常为深蓝色，配有红色披风和白色肩带，裤腿外侧饰有红色条纹。

色皮套里的左轮手枪，其中一支手枪的枪头泛出铅灰色：即使他们离开后，所有这些印象仍在我的脑海里挥之不去，从我那些纷繁复杂的想象中时而冒出头角，然后转瞬即逝。哪怕我们之间有过对话，我现在也记不清了。

后来，便衣侦探带着口译员登门。他们来了好几次，但是，我很快就从那些侦探的口气和态度中察觉到，他们并不认为我是这桩暴行的特定目标。尽管如此，他们还是很认真地听了口译员对我的回答所做的翻译。现在想起来，他们似乎问了我一百次，当时有没有注意到什么异样的情况，不管是在我跨上火车时，还是在我就座以后。我一遍遍地摇着头。我想不起有谁曾显得鬼鬼祟祟，没有人突然转头，没有人遮掩着脸。每一次，那些侦探都表现得很有耐心和礼貌。

"祝您日安，夫人。谢谢您。"

口译员每次都会翻译出这句话。

我们的车厢是第二百一十九号车厢。我从火车票上记住了这个号码。座位号是十一号。在我的脑海中，坐在我周围的那些乘客的面容依然挥之不去：那个美国家庭，那对情侣，那对夫妇和他们的长者亲属。那个时尚女郎和那些穿轻便西装的商人都去吃午饭了。

"他们在这儿，"昆蒂说，他又朝我瞥了一眼，然后补充道，"一部分人在。"

在那三名英国乘客中，只有那位老人幸免于难。在那对德国情侣中，只有那个男孩活了下来。在医院里，他们管那个美国小女孩叫艾米：他们已经找到了家庭护照。她是那户家庭中唯一的幸存者，如今，要找到她在美国的某个亲戚作监护人，实在有点困难。据昆蒂最初所言，这人甚至可能不存在。据宪兵队和医院员工传出的消息，她在什么地方似乎有祖父母，接着，我们听说，她还有一位姨妈。再后来，我们又听说，那孩子的祖父患有心脏病，他们不能告诉他，他刚刚失去了自己的儿子、媳妇和孙子。他们也不能把这个噩耗告诉她的祖母，因为在丈夫面前，那位祖母肯定无法掩饰自己的悲伤。我躺在病床上，心里为这个决定感到满意：应该让这些人继续安宁地生活下去，让长者悄然离开这个世界，不受最后这场噩梦的折磨，这才是人道的做法。

"他们想找到那个姨妈，但遇上了困难，"昆蒂回来汇报说，"她好像是独自出门旅行去了。"

听说，她目前在德国或英国，但到第二天，昆蒂又推翻了这个说法。是另一个人出去旅行了，那人是小女孩一家的朋友，据说是这层关系。他们已经找到了那位姨妈的下落。

"很可惜，她不能照顾孩子。"

"为什么不能，昆蒂？"

"他们没说为什么。也许她体弱多病。也许她有工作必须四处跑动。"

他走后，我开始仔细琢磨这件事情。我寻思着，该是什么样的女人，才会变得如此冷酷无情，不管那是出于什么原因。

"他们又把一切都搞错了，"后来有一次，昆蒂又告诉我，"那个女的是其他什么人的姨妈。那对祖父母也是别人家的。"

要不是昆蒂饶有兴趣地拿这件事向宪兵队问个不停，我也不可能了解这些信息。按我的猜测，警察似乎自己也搞不清状况，对寻找可能存在的亲戚或家族朋友时发生的事情一知半解——又是在那么遥远的地方。医院很担心那个孩子，因为她不肯说话，也可能是没法说话。

除了第二百一十九号车厢内的受害者，列车上没有别人受伤，也没有任何政治人物。那位老人的女婿显然是在做商业银行方面的工作，那个美国父亲是一名儿科医生。但是，有人放了炸弹，蓄意杀人，放得那样坦然而无情，凑巧坐在某个座位周围的人们便会惨遭炸死或炸伤的厄运。

我心想，在那个凶手的眼里，能看见什么东西呢？像那样的人，是在企图掩饰何等可怕的丑恶本性？在"亨伯格"号邮轮上，也曾有犯罪事件发生，而且往往都还不是小罪。活生生的人体胚胎从我的身体内被刮出来，然后被扔弃在垃圾桶中。支离破碎的忏悔陈词在玫瑰咖啡馆浮出水面。在厄尼·查布斯那双狡诈奸猾的眼睛里，某种丑陋的罪恶念头一闪而过。但所有的这些罪过，都无法与我在一九八七年五月五日上午十一点四十五分搭乘的那趟列车上所发生的惨案相提并论。为了寻求安慰，我写下了自己在第二百一十九号车厢内构思出的那几句话，它们是从那个标题中萌生出来并跳进我脑海的那部作品的开头。花园中，天竺葵已然绽放。白衣女孩穿过暗香袭人的暮色，脚步轻似晨间蛛网。那天夜里，她无忧无虑，对全世界都满不在意。但我发现，自己很难再写下去了，相反，我尽了自己最大的努力，也只是从伤痛中恢复而已。

那位老人和我一样，饱受惊吓创伤的折磨。医生从我的左脸颊上取出了许多玻璃碎片，从他的双腿和身体中也取出了不少。那个德国男孩名叫奥特玛，他失去了一条手臂。那位老人是一名将军。

"讽刺啊，"在走廊上重新学习走路时，他喃喃自语，"本来是我已经走到了人生的尽头。"

做出这番声明时，他没有流露丝毫感情。我记得，他女儿是一名美丽的妇人，举止温文尔雅，带着一丝英国味儿，说话不多，身材相当苗条，肤色有些苍白。她很可能是白羊座。

"我们能活下来，就已经很幸运了，将军。"

他扭过头，一边轻轻地摇着脑袋，就像他从前那样。我把那个叫艾米的孩子的故事告诉了他，还跟他讲了在美国寻找她亲人的经过。我希望能让他对那孩子所处的困境心生怜悯，这或许能让他意识到，还有人比他失去了更多东西。他尽了自己最大的努力来回应我，后来甚至露出了一丝微笑。凭借那股从军事生涯中锻炼出来的坚忍毅力，他似乎接受了已经发生的不幸事实，而他的职业无疑也要求他克制自己。从他身上没有流露出半点抑郁苦闷的情绪，只有那股无能为力、听天由命的疲惫感。我离开了他，留下他独自坚持着继续努力挑战困难，严格遵从护士们的规矩，靠一根金属拐杖练习前进，在病床和走廊尽头一个带窗帘的阳台间走来走去。

"我很遗憾，奥特玛。"我用一副轻柔的语调，用一口纯正的英语，向那个德国男孩致以同情和慰问，而他也接受了我的此番好意；至于我慰问他这件事，和他失去了爱人，抑或是他失去了一条手臂之间，其实没什么关系。在火车上，他穿着一件红黄相间的短外套，戴着一副很大的眼镜，但那副眼镜已经在爆炸中碎掉了。现在他戴着另外一副眼镜，眼镜边缘镶着细细的金属线，身上穿着牛仔裤和普通的灰衬衫。他的面色蜡黄，那双藏在镜片后的眼睛里依然流露出惊恐的神色。不像那位老将军，他没有尝试露出微笑。在奥特玛的脸上有一副困兽般的表情，仿佛他醒来后发现的那份恐怖对他来说太沉重、太难以承受了。

"我们必须抱有希望，奥特玛。对我们来说，唯一剩下的就只有希望了。"

每次当我回到自己的房间，当我身体略有好转回到病房时，我都会努力继续创作那部新作，但我发现自己依然很难继续下去。这种情况以前从未发生过：火车上，当那个女孩在我心灵的视野中出现时，我曾对自己充满了信心，我也有理由那样。可现在，我的感觉就像是一部电影开场没几秒钟便突然卡住了。女孩飘摆的衣裙定格在空气中，镜头在那个随机的瞬间捕捉到了她那份安逸闲适的心情。在那里是不是有个伴侣，有某个人正等待着走出花园中的阴影，而在我那台已经损坏的电影放映机中，暗藏着这个秘密？那份安逸闲适的心情会不会转为狂喜？在那一头长长的金色秀发上，是否插着一朵美丽的栀子花？我不知道。我也不清楚这个故事会有怎样的欢喜和悲伤，我脑海中的那个姑娘无名无姓，生活上毫无半点细节，父母也不知道是谁，什么星座都有可能。《无尽的泪》这个标题似乎很自然地属于在火车上发生的痛苦事件，从中生出更大的迷惘，还有那种空白。我注意到，一股强烈的情感令我在沮丧中颤抖不已，仿佛上天赐予我的所有才华与激情都被剥夺殆尽了。后来有一天，昆蒂说：

"您知道，我觉得他们可以在别墅里住上一阵儿。"

一周前，老将军曾喃喃说，返回英国让他感到力不从心，他希望自己不必马上面对这一困境。"来来回回地努力折腾，"他说，"病床，走廊，墙上的圣像，阳台。一张张病人的脸，麻醉剂的气味。你会觉得那里才是你该待的地方。"

昆蒂显然是想从这场不幸的事故中捞一把,但即便如此,我也找不出任何理由反对他的建议。"您会发现那里十分宁静,"我告诉那位老人,"我家的房子够高,所以很凉爽。有时候,从特拉西梅诺湖上还会吹来清凉的微风。"

他点点头,然后向我道谢。两天后,当他再次找到我时,我解释说,我们已经习惯接待陌生人了,许多年来,在隔壁镇上的酒店客满的时候,我们接待了不少过往的游客。

"我一定要付钱给您,"他温和地坚持道,"我已经和那人说过了,不管你们平时收费多少,我一定要向您付钱。"

"是他在打理所有那些事情。"

从前,我认识几个陆军的下级军官,但将军还从来没有过。他的容貌就像一位将军,外表朴素自然,头发现出钢铁般的色泽,嘴唇显得异常坚定,还有一抹灰色的小胡子。他是个很有存在感的人,当然了,他已经不再年轻:将近七十了吧,我猜。

"就待一两个星期,"他同意道,口气中透着一丝未加强调的亲切感,"那样就很好了。不过您真的确定吗,德拉亨蒂夫人?我不想在这种时候变成您的累赘。"

"真的,我很确定。"

奥特玛起初拒绝了我。可怜的孩子,每过一天他都显得更加郁郁寡欢,我察觉到,他比老将军更迷惘,不知怎样回归自己熟悉的世界。

"您真是太好了。"他的声音反映出了他眼中的扭曲感。和他说话的时候，我常常发现自己会忍不住把头扭向一边。"但我不该这么做。我没有钱付您。"

昆蒂不可能事先知道，我也打定了主意，如果真有必要的话，那就让我自己来垫付奥特玛住宿的费用。我说钱不重要，等以后什么时候，对他来说一切都平复了，他可以再付一点钱。"只要你愿意，奥特玛，我家的别墅就在那儿等着你来。"

照料那个美国小女孩的医生名叫因诺琴蒂，他身材瘦小，皮肤呈棕褐色，嘴里装着几颗金牙。他就是众多医生和护士中唯一会说英语的那位医生，他经常为专家做口译，那些专家更关心我、老将军和奥特玛的健康状况。当他听说我主动邀请病人们去我家别墅里疗养后，他专门跑来看我，向我致以谢意。

"这样做会有一定好处，"他说，"我会为他们开医嘱的。"

他穿一件浅褐色的西服套装，戴着一条有红绿相间条纹的丝绸领带。在我提出也欢迎那个孩子来我家疗养后，他心怀疑虑地摇起头来。他解释说，这件事情他需要和宪兵队咨询商议，因为那个孩子——目前她还没有监护人——在他们的管理范围内。"在意大利，我们必须时刻保持耐心，"他说，"不过说实话，我很希望那个小女孩能离开医院的环境。"

"她现在好些了吗，医生？"

在那件量身定制的西服下，他的肩膀微微一耸，以此作为回应。他打了个手势，顶着栗色头发的脑袋左右轻轻摇摆。

"很慢？"我追问道。

那副精致的五官抽搐了一下，暗示她恢复得太慢了：这不是一件容易的事。目前的预测结果不太好。

"如果您相信这样做能有帮助，我非常欢迎那孩子住过来。"

"昆蒂先生已经这样跟我解释过了。您也明白，除此以外，她没别的地方可去。"他轻声说。他那双深黑色的眼睛像小猫一样温柔。双鱼座，我猜。"我会和宪兵队的官员谈一谈。毕竟，可能还是要办些官方手续。对艾米来说，如果周围的人能讲她听得懂的语言，会有好处的。"

后来，我听闻他成功地说服了宪兵队，让他们同意了他的建议。他们会每周两次或三次派人来探望我们，确保那孩子在我们的监护下安全无虞，好让他们感到满意，然后将意见转达给美国政府。因诺琴蒂医生自己也会定期来探望我们；如果孩子身上出现病情恶化的迹象，医院便会立即将她接回去。不过，他相信医院的环境会让那场悲剧继续鲜活地留存在她的脑海中，阻止她去接受已经发生的一切。

"您很慷慨，夫人。我已经向昆蒂先生解释过了，等他们正在美国寻找的那个人联系上以后,所有的费用都会付清。我在宪兵队的朋友们有理由相信,那户人家并不贫穷。"

同一天下午,我们所有人一起离开了医院。在我家住下的头一个夜晚,我们围坐在露台上那张贴着瓷砖的餐桌前,老将军坐在我的右手边,奥特玛在我的另一侧。那孩子已经躺在床上睡着了。

罗莎·克里维丽为我们端上意大利千层面、配有迷迭香的羔羊肉和高贵蒙特布查诺葡萄酒①,还有桃子。要是这会儿有陌生人上门来,看到裹着绷带、打着石膏的我们在餐桌前走动,一定会大吃一惊。我是这些人里唯一一个没有失去挚亲的人,我也没有谁可以失去。当我仔细回味这件事时,那个突如其来的标题重新在我的意识里浮现,深黑色的背景封面上印着的几个金色大字。我又看见那个白衣女孩穿过花园,但紧接着,整幅画面再次凝固,化为定格。

---

① 高贵蒙特布查诺葡萄酒,意大利名酒,产自托斯卡纳大区东南部蒙特布查诺镇,由桑娇维塞葡萄酿制而成。

三

阿尔扎皮耶蒂小姐，我们在主日学校的老师，人长得又高又瘦，顶着一头对她来说累赘烦人的长发，身上还有许多其他的缺点。正是她送给我那幅挂在我床头上的耶稣骑驴画像，也正是她教会我如何祈祷，她还向我指出，有些人会被祷告所吸引，有些人则不会。"为爱而祈祷，"阿尔扎皮耶蒂小姐郑重道，"为受主护佑而祈祷。"

所以，在我逃离艾伯特亲王大街二十一号前，我祈祷自己受到上帝垂怜护佑，因为我明白自己会需要它。在酒馆餐厅里，在鞋店中，以及在亨伯格号邮轮上工作时，我都祈祷自己受到护佑；当厄尼·查布斯带着我来到爱达荷，后来又在翁布布村里将我抛弃时，我也祈祷上帝的庇护。就算我想成为一个精明练达的人，我也不会为自己照阿尔扎皮耶蒂小姐的教诲跪下做祷告而觉得尴尬，即使房间里有访客时也不会。说实话，我现在再也不会跪着祈祷了。如今我会在站着或坐着时向上帝祈祷，而且我也不会轻声念出祷告，只在心里默念。

当我在这座别墅里度过的第一个年头接近尾声时，我写完了《情迷九月》。我写这部小说只是图个乐子，为了打发一下时间。小说完成后，我把它扔进了抽屉里，开始动手写下一个故事，这一次我把题目定为"爱欲航班"。后来有一天，当我匆匆瞥了眼某个住在这里的游客的随身物品时，我偶然发现了一本爱情小说，看着比我自己的故事好不了多少。我记下了那家出版社的地址，然后便将《情迷九月》包裹好，寄去了英国。一连过了好几个月，我都没有收到任何回复，在我的想象中，要么是那个包裹中途丢失，要么就是那家出版社已经倒闭了。后来，等我已经放弃了全部希望，以为这辈子再也见不到我的那部手稿时，出版社把它寄了回来。"我们不出这种题材的东西。"一张打字便条言简意赅地声称。我也不认识其他出版商，于是我便继续写作《爱欲航班》，过了大概一个月，我又把这部新书稿寄给了同一家出版社。结果这回，我又收到了一张便条，说除非我先预付一笔钱当邮费，否则他们就不把书稿还给我。等这次伤痛愈合后，我又相当快地写完了另一个故事，虽然它也像以前一样惨遭拒绝，我却没有灰心丧气。不管怎样，我都在自己秘密编织的这些挂毯中得到了慰藉。它们来自虚无的世界，从字面意思上讲，真的就是凭空而来。即便在当时，我也为此惊讶不已。

"我们对您的短篇言情小说很感兴趣。"看到这张用打字机打出来的简短声明时，我简直不敢相信自己的眼睛，生怕自己是睡着了在做梦呢。那封信很短，上面的署名是

J.A. 梅科斯，我立刻给他回了信。后来，我在焦躁难耐中收到了这个梅科斯所谓的"读者建议"，他希望我"给这个故事再加点儿激情戏"。我是在两周后收到这些建议的，长长的一页纸上写满了修改意见，所有这些建议我基本上都心甘情愿地接受了。最后，我从 J.A. 梅科斯那里收到了一封热情洋溢的祝贺信。到目前为止，他已经有许多员工读过了这部作品，无一例外，所有人都为它惊叹折服。"我们预计合作会带来丰厚的利润。"梅科斯先生总结道，他的预言完全正确。但后来，在我寄给他另一部书稿结果又收到一张"读者建议"清单后，我把那张清单撕了个粉碎，从此再也懒得按照他们的建议做修改了。那个故事名叫《凝望我心！》。前几部曾遭人厌恶拒绝的作品，也在这本书问世后很快便付梓出版了。

为了能和老将军继续保持对话，我把这些往事的部分内容陆陆续续地讲给他听。我知道他需要有人找他闲聊，不然我会很高兴让他独处。我想先制造一点前戏，就像我的故事，以便请他也告诉我他自己人生的故事。

"如果您愿意的话。"我温和地补上一句。

他没有立即回答我的话。他那颗满头银发、饱经风霜的脑袋深深地埋在肩膀中间。昆蒂买给他的《每日电讯报》在他的双膝间打开着。我的目光捕捉到了那些令人毛骨悚然的标题。一个宝宝被人从一家商店外的婴儿车里偷走，埋在了附近的树林里。一名牙医诱奸了他的女病人。一位主教陷入了那种麻烦。

"有时候这样做能帮人开口。"

"嗯?"

"只有在您愿意开口的时候才行。"

他再度陷入了沉默。我想象着他在自己如日中天的时候带领手下投入战斗的样子。我估摸着他参加的应该是第二次世界大战。我在想象中看见他身在沙漠中,一只年轻的沙漠之狐,现在却变成了一只年迈的老狐狸。

"您一个人生活吗,将军?"

"从我妻子去世以后。"

他的目光扫过了报纸上那些令人不悦的标题。某条新闻说,有人朝总理身上扔了一摊果酱。

"本来等我们回家,情况就会改变。"

我对他鼓励地笑了笑。我一个字也没说出口。

"我本来会和我女儿及她丈夫一起,在汉普郡生活。"

他的思绪又飘走了,而我能感觉到,这样做对他有好处。他只有一个孩子,就是他口中的那个女儿,火车上的瘦削美人。"别把她宠坏了。"他妻子曾恳求说。他告诉我,有一天,她女儿从一棵树上摔了下来,那时她只有六七岁大。他亲自将女儿扛在肩上带进餐厅,然后把她放在沙发上,用一张毛毯盖好。她轻若无物。"这是狄格比。"多年后,她向父母介绍,当时他们站在那同一棵树下,四人都在喝杜松子酒和法国苦艾酒。

"我没法喜欢他。"他坦承道,在死亡所诱发的羞愧情绪下,他的声音听起来有些粗鲁无礼。我想起了火车上那三人相敬如宾的样子,那份拘谨约束、藏着掖着的感觉。我耐心地等待着,等待他在自己的思绪中翻找,当他重新开口时,那份粗鲁依然存在。要是这起惨剧未曾发生,他对女儿所委身的那个男人还会继续保持沉默:这一点你轻易就能看出来。

他充满深情地谈起了他的妻子。她死后,他一度感觉心里宽慰了不少,因为她已经摆脱了痛苦的折磨。她的离世,如今已成为他生存状态的一部分,就像阑尾上留下的一道疤痕,只是一桩事实罢了。我移开视线,将那具苍老瘦削、在某个部位暗藏一块炮弹碎片的躯体从脑海中赶了出去,就在此时,我的眼前突然浮现出这样一幅场景:阳光下,在一片修剪过的草坪上,站着一个穿紧身制服的年轻男子,军装上别着一枚勋章,一个姑娘用双臂环抱住这名士兵的脖颈。"哦,好啊!哦,好啊!"面对他的求婚,她热切地连声答应,幸福的泪水浸湿了一条肩带上的皮革。要找到一个更好的男人,可能得花一辈子的时间,她暗自心想:这一点我也可以轻易猜到。

"不,我从来就没喜欢过他,为了这件事情,我妻子很生我的气。作为母亲,这么多年她比我这个当父亲的要好得多。"

又一阵沉默。要是他在这起惨剧中罹难,他的讣告会在英文报纸中占据很大的一块版面。他的妻子,毫无疑问,在去世后没有得到半点关注;他的女儿和女婿也是如此。

"我很怀疑自己能不能跟他一起生活。但我没把这件事告诉任何人。"

"您的假期,权当一次试验?是这样吗?"

"也许吧。"

我微微一笑,没有再追问下去。是嫉妒,他觉得这就是他内心的情感。在这场度假旅行中,他比以往任何时候都更加频繁地注意到了它——在宾馆,在教堂,在画廊,在每次谈话中都无处不在。他的女儿没有孩子,他透露道;他妻子对这件事感到遗憾,他自己却无动于衷。

"您读完这份《电讯报》了吗,先生?"昆蒂在我们身边转悠,看样子,他并不想从这位老人的膝盖上拿起报纸。罗莎·克里维丽把茶托盘里的东西端出来。

"是的,我已经读完了。"

"那我就把它拿到厨房里去了,先生,如果可以的话。没有什么事情能比拿着《电讯报》在凉爽的傍晚待上一小时更让我喜欢了。等晚餐都吃完了收拾好,再来份《电讯报》看看,是再舒服不过的事了。"

一杯盛在茶托里的柠檬茶摆在了桌上,就在老将军伸手可及之处。罗莎·克里维丽收起了她的托盘。昆蒂还在我们身边转悠。现在什么也阻止不了他。

"我提这一句,先生,是方便您在想看报纸的时候知道它在哪儿。"

老将军对此表示感谢。昆蒂轻轻地咳嗽了一声。他探问道：

"您平时看不看板球比赛，先生？"

老将军摇摇头。但他随即注意到，昆蒂在期待地等着他做出口头回应，于是便彬彬有礼地补充说，自己对板球比赛从来没有特别感兴趣过。

"我自己嘛，什么体育比赛都喜欢看，先生。没有我不感兴趣的体育项目。冰球，棒球，长曲棍球，男子组和女子组都看。我以前还看过独木舟竞赛呢。"

老将军轻轻抿了几口茶水。在一只餐碟上摆着小饼干，是杏仁甜饼。这是昆蒂的主意。他提起了法式滚球，然后又讲起了独木舟竞赛。我朝他做了个手势，想尽力提醒他，虽然他的这股嬉闹劲儿于人无害，但在眼下这个哀悼悲伤的氛围里却显得格格不入。他完全没有注意到我的手势。

"和您说实话吧，先生，我自己就是一名扶手椅观察员。我从来不玩球类运动。我顶多也就是打打牌罢了。"

昆蒂微笑时嘴角会微微扭曲，现在他就像这样微笑着。他有没有意识到，关于玩纸牌的那句话可能会激起一段记忆——那些英国人，还有他自己，在玫瑰咖啡馆角落的桌子上打扑克？这个就完全不可能看出来了。

"他恐怕是个特立独行的人。"待昆蒂离开房间后，我尽量轻描淡写地解释说。以前也有一名游客问我，昆蒂的脑子是不是有点不正常，很有可能老将军这会儿也在寻思同一件事，只不过他太有礼貌，没把这话说出口。要是我再这么解释下去，没准我会把昆蒂过去那不幸的生活也掀个底朝天：他谎称自己是一家肉汁加工厂的经理，借此来博取一名互惠生的好感。我也许还会抖落出他被人抛在摩德纳市外几公里远的路边，后来流浪到翁布布村的经过。我甚至还有可能坦承，自己曾为昆蒂感到难过，曾将他抱在我的怀里，用手摩挲他的脑袋。

"这只是他做事情的方式罢了。"相反，我只说了这一句话，不一会儿，昆蒂又回来问我，他该不该给我倒上一杯金汤力。他压低了声音，似乎在暗中准备搞什么鬼。他没有等我回话，而是趁自己站在那里的工夫，直接给我倒满了酒。就像我以前说过的，他一半像孩童般纯真无邪，一半像恶棍般狡猾世故。

从那片羽衣般绚烂的色彩深处，冲出一大群可怕的生灵。它们的头颅是人类的，手和脚却扭曲畸形。从它们的动作中体现出极度的狂乱，就好像它们竭力想挣脱这幅自己置身其中的风景，那片浅色硬毛状的森林，还有如丝绸般柔滑的枝叶。

一个星期以来，我惊惧地观察着那孩子创造出属于自己的世界。在我们注意到她开始画画以后，西尼奥拉·巴蒂妮便给她带来了蜡笔，接着，自从有了色彩，一切都令人惊异地变得鲜活起来。作呕状的嘴巴；心烦意乱、直勾勾的眼神；如刀片般轻薄的猫咪，沿着人体内脏游走觅食；从狗和马身上挖下的肉；鸟儿们躺在自己的鲜血中；大堆的蛆虫吞食着死去的兔子。

有时候，那孩子会从手上的任务中停下，抬头看看我们，甚至会露出一丝微笑，仿佛那份紧张不适的感觉只属于她的绘画，在她身上却丝毫没有。她的沉默仍在延续。

奥特玛的母亲一生靠编织蕾丝花边生活。他告诉我这事，残存的手指一直在轻轻摩挲着不管什么东西的表面。他妈妈认为这是一份让人安静的职业，干活时，她的全部精力都集中在了精细复杂的蕾丝图案上。他描述坐落在德国某片郊区的一栋房子，室内光线昏暗，森森然地摆着几件沉重的家具，在餐具柜里的一只碟子上放着蜡制的水果。我听到的不只是他那别扭的话音，拉着窗帘的餐厅里落地钟的滴答声。那座落地钟两侧，立着一对青铜骑士雕像。餐桌上摆好了烤猪胸肉，还有莱茵河地区的上好葡萄酒。"祝好胃口！"奥特玛的父亲高喊。如果我在奥特玛这个年龄，会对他口中的那栋房子和那户人家，以及他在冬日火炉边品尝的苹果卷感到多么喜爱啊！

"玛德琳。"奥特玛讲起了在这起惨剧中遇难的姑娘。我告诉他，她让我想起了一位著名的女演员，莉莉·帕尔默，也许是他上一代的人了。在我开口之际，我回想起，当《心灵的焦灼》①电影拷贝在一九六〇年代运到翁布布村时,胶片上已经布满刮痕,而影片本身到那会儿也已显得陈旧过时了。

"玛德琳也是犹太人。"奥特玛说,我由此意识到,自己先前以为他不知道那位电影女演员是错的。

当时他们正从奥尔维耶托前往米兰。奥特玛会继续搭火车前往德国,玛德琳则从米兰的利纳特机场出发飞往以色列,那里是她父母居住的地方。在她该不该征求父亲同意他们结婚这件事上,他们已经讨论了好几个星期。如果他同意了,也许会给他们一些钱,好在路上帮助他们,哪怕奥特玛不是犹太人这一点会令他感到失望。"等你哪一天想结婚了,必须征求他的同意。"玛德琳的母亲在多年前就警告过她,"否则他饶不了你。"她父亲五年前离开德国,迁居耶路撒冷,将自己的财富和商业智慧都献给了那片被他视为精神故乡的土地。玛德琳从未去过那里,但在她写信告诉父亲自己想探望家人后,父亲立刻给她寄了张银行支票,这份慷慨足以反映出他有多高兴。"所以我们才有钱坐上这辆豪华列车,"奥特玛解释道,"否则我们就得一路搭便车旅行了。"

我什么话也没说。我没有说出口的是,去罗马赶飞机肯定是更明智的选择,因为和米兰相比,罗马离奥尔维耶

---

① 《心灵的焦灼》,改编自奥地利作家茨威格的同名小说,于1946年上映,由莉莉·帕尔默主演。

托更近。这让我想起来，老将军曾对我透露过，他和女儿女婿最初是打算提前一天出发的；我也想起了去餐厅车厢吃午饭的那些商人和那名时尚女郎。奥特玛还在讲述他的故事，关于那个姑娘，在惨剧发生前的那些日子，等待银行支票寄来以及最后收到支票的经过。他们本打算在八月喜结连理。

"那德国佬身上连半个子儿都没有，"昆蒂像往常一样开玩笑似的说，"他在骗咱们呢。"

"他跟我说过他没钱。我会付清他的欠费。"

"您这不是在做慈善哪，您可别忘了。"

"我为这些人感到难过。"

我差点就想提醒昆蒂，以前我也曾为他感到难过。我也差点就提醒他，罗莎·克里维丽第一次来我家时，是个极度营养不良、像保险丝般消瘦的姑娘，十根手指上的指甲全部开裂破碎，她的贫苦模样也曾让我感到难过。还有那只溜进家里的流浪猫也是如此。

"您会在天堂里得到您的报酬。"昆蒂说。

那年夏日，我会在每天清晨五点一刻睁开双眼，心里暗自希望能听见鸟儿的歌唱，可是，那年夏天的脚步走得实在太快太远。黎明时的天气阴冷晦暗，没有一只鸟儿在婉转啼鸣。也许正因如此，在那个特定的时间点，我开始重新寻思起那些行凶作恶的人。没有任何政治组织宣称对事件负责，警方也开始考虑，我们可能是一个疯子的受害者。很自然地，我开始努力想象那个该死的混蛋，如今那家伙受着母亲的庇护，而那位母亲一直以来都相信，自己的儿子有朝一日将会犯下一桩无可想象的恐怖罪行；或者，那家伙甚至受到了妻子的保护，因为那名妻子无法忍心背叛自己的丈夫。他是个什么样的疯子或者恶魔？我沉思着。是什么样的精神疾病或恶毒心理，促使他对火车上的陌生人痛下杀手呢？破晓的晨光中，我在心里挑选着不同类型的谋杀犯——残忍的，疯狂的，满腹怨恨的，饱经折磨的，备受鄙视的，复仇心切的。六人罹难，四人受伤，一个孩子成了孤儿，而且再也不是从前的自己——这桩惨剧，在地球上的某个角落，会不会已经沦为一个笑话？我脸上和身体上的伤口将要痊愈，几乎不会留下一丝疤痕：医院已经向我做了这番保证，我也对此毫不怀疑。但在其他方面，不管是我还是其他幸存者，都尚未从中恢复过来，而我也担心，我们有可能永远也无法从中恢复了。"无尽的泪"，那个跃入我脑海中的标题，如今变成了对我的嘲讽。我还是什么也没想明白，不由为此感到心灰意冷。

在我的别墅里，我们都陷入了一片乌有之乡：这里的感觉是，我们都在等待，但心里却一点儿也不清楚在等待着什么。悲伤，痛苦，绝望，漫长的缄默，死亡投下的静谧阴影，我们秘密的噩梦：所有这一切就是我们在无声无息中分享的东西，而我们在分享中却没有得到任何慰藉。

如果你在那年夏天造访我的翁布里亚之家，"幽魂"或许会是你对我们的称呼。

警察定期前来探视。两名宪兵留在外面的警车里，侦探们进屋询问，并向我们展示嫌犯照片。西尼奥拉·巴蒂妮为这些身穿制服的男人端上冰茶。因诺琴蒂医生每天都会陪那孩子一段时间，他在屋里动静很小，我们甚至经常没注意到他的存在。需要时间，他总是这样说——我们必须相信时间能解决一切。

在我的私人房间里，我打开那个装满我作品的玻璃门书柜，向艾米展示那些漂亮的彩色书脊，一心希望它们能在她用蜡笔画画的时间里对她产生影响。她顺从地仔细翻阅书中的那些插画，甚至还对它们轻轻点头。她打开其中的一两本书，似乎是在飞快地浏览上面的文字。可是，她依然没有开口，回到自己的房间后，她会继续画完一幅充满恐怖意象的画，甚至比以前那些画更令人揪心不安。"至少她的食欲还不错。"因诺琴蒂医生安慰般地指出，他似乎也的确从这件事里得到了些许安慰。

一天晚上，事情总算得到了一点进展。之前专门接洽孤儿事宜、曾数次来医院探访的那名美国官员打来了电话。他通知昆蒂说，他们已经在美国找到了艾米母亲的哥哥。这一次绝无差错。因诺琴蒂医生已经和那个人通过话了。

"真是个好消息，不是吗？"翌日上午，我们在露台上吃早餐时，我对老将军说。

"消息？什么消息？"

"他们找到了艾米的舅舅。"

"哦。"

"他叫里弗史密斯。"

"以前在学校我也认识一个里弗史密斯。"

"这一位是美国人。"

老将军很喜欢那孩子，我眼见着他变得如此。不过，在找到孩子舅舅这件事上，他一时还有点难以接受，事后想想，我能明白，他甚至压根就不愿去想那个男人。谈话转移了方向，偏离了我提出的话题。他说起了科茨沃尔德①的乡村，靠近他刚才提到的那所寄宿学校，说起温暖的棕色石头，还有一座座小小的花园。他和朋友们可以步行到村庄郊外，在那里，有位帕琪太太会在她家的小餐室里给他们倒茶喝，一张四人坐的桌子收六便士。帕琪太太会做生菜三明治、蜂蜜三明治和沙丁鱼三明治，还有热腾腾的、涂着融化的黄油的黑加仑烤饼，巧克力馅香蕉蛋糕，以及想喝多少就喝多少的茶水。这是一项传统活动：从学校步行到村庄，坐在农舍里的小餐室中，将六便士的硬币放在桌布上，听帕琪太太聊起自己如今已经长大成人的儿子们。如果你肯付更多的钱——一张四人桌给一个先令——并且提前通知她，帕琪太太还会为你烹鱼。

---

① 科茨沃尔德，英格兰西部乡村，位于牛津以西。

这些往日时光的记忆，透过一副波澜不惊的平静语调讲述出来。乔布森在小教堂弹奏管风琴。他弹的时候，所有人都站在教堂长椅前面，等待老师们走到合唱团后面自己的位置上。亨德尔或巴赫的管风琴音乐在轰鸣中达到了高潮，在校长引路之前会出现一段令人烦躁不安的寂静。有时候，乔布森会在事后透露自己在弹奏中犯的错误，但没人注意到它们，因为乔布森即使犯了错，也会运用娴熟的技艺掩饰掉。乔布森和老将军从相遇的那一刻起，也就是在小学宿舍的第一晚就成了好朋友。

真奇怪啊，我边听他说话边想，一位老人在回忆时怎会变得如此抑郁！真奇怪啊，那些被头脑捕捉到的点滴印象，那些帮助他回想起往昔的肤浅记忆：帕琪太太就餐室里的陈腐霉味，一位军官的话语，一只浸在公用牛奶桶里的茶缸。舍监们——六名年长者——身着华服，叉开双腿坐在小教堂里，用一只手撑住下巴，另一只胳膊甩在身后，黑色长袍搭在他们跷起的腿上。老人说话时，目光始终聚焦在远处的山峦间。记忆里的钟声和不一样的音响：小教堂的钟声，学校里的钟声，宿舍晚休时的钟声。一名魔术师曾来过学校表演，变出兔子和小鸟。男生们躲在体育馆后偷偷吸烟。有人违反过校规，但从来没人偷东西。大家都相信别人会开诚布公，如果有人犯错被抓包，他也不会为此而撒谎。那所学校坐落在一片普普通通的风景中，他说，在那里，他明白了什么是荣誉。他再次努力挤出一丝笑容，这回比上次在医院里时更加成功。

"克鲁和麦克迈克尔如今变得很烦人。"稍后他透露说。一时间，我以为他口中的这二人就像乔布森一样，是学校里的两个男孩。在我们四人之间，混乱很容易带来困惑。

事实上，他是在说律师们。克鲁和麦克迈克尔是他的律师；约翰斯顿·约翰逊则是他女婿的。两家律师事务所都向他寄来了信函。在向他表示怜悯同情之后，他们现在把话题转向了遗嘱和房产，正在打理的事务，以及这样那样的法律义务。为了安慰他，我说："我想，他们是把这件事当作自己的责任。"

他点点头，半是接受了我的话，半是对这种责任抱有怀疑。他说起了在汉普郡的空房子和他女儿的浮动资产：他是这两笔财富的继承人。虽然他没有说出口，但我完全可以明白，他非常害怕去查看一个个房间，打开各个抽屉和橱柜。各种珠宝首饰都标好了名字，将会送给朋友们的孩子。其中一名律师在信函中很小气地声称，目前他们对这些物品还有疑问，不清楚哪件归哪位。遗产中也有他女婿的私人物品，有收藏的中国邮票，也有各种照片。两人都留下了不少衣物，还有书籍和唱片。"属于私人性质的物品，"这名律师在信函中写道，"关于所有这些事务，我们需要在适当时间内得到您的指示。"

"您女儿的朋友可以帮忙处理这些事情，对吧。"

他说自己不想辜负别人的期待，但我心里明白——因为这一切都已经写在他的脸上——他那份战士的勇气已经消退了，这很有可能是他人生中的头一回。他无法忍受再去看那些衣物，还有那座位于汉普郡的房子，本来他现在应该和女儿跟那个他毫不关心的男人住在一起。现在回过头来看，那份小小的厌恶感如今在他眼里变得多么微不足道！容忍不了一种怪癖，也是多么不足挂齿！他的视线从远方的山峦上移过来，那双毫无神采、充满疲惫的眼睛转向了我。当他在第二百一十九号车厢里拨弄自己的手表时，他的内心也充斥着这股厌恶的情绪吗？哪怕死亡已经降临，这份厌恶依然在他的心头徘徊吗？

"哦，我的天哪。"他轻声说，话里没带任何情感。

泪水强忍下来，遗落在那声突如其来的惊呼里。他寻求慰藉的强烈诉求减弱了，那条童年时期的记忆小巷变成了毫无用处的尘埃废土。我将他的那只独手握在掌心中，久久不放。那一刻，无论他向我要求什么，我都会答应他。

"讨厌一个人是谁也控制不了的事，"我还对他轻声说，"别老想它了。"

"这么多年，她肯定已经猜到了。这么多年，我一直在伤害她。"

"您女儿看上去很通情达理，别人无意中伤害到她，她也不会为此烦恼。"

"我受不了他的笑声。"

我在想象中看见他妻子为他们的女婿辩护，说他不是个坏人，说最重要的是他们女儿的幸福。笑声叫他心烦这种小事又有什么关系呢？"听着，你得表现好一点。"训斥他时，她的口气十分坚定，但从未显得粗鲁无礼。她管起人来很有一套。

"不，我不是故意的。"他说。他轻轻抽走了自己的手，但我知道，他已经感受到了我想给予他的安慰。他的声音平静下来，人也变得更轻松，即使坐着，他仍然恢复了那种军人的仪态。

"我希望他们把所有东西都处理掉。"他更有精神地说。

"好吧，也许他们会那么做。"

我再次对他露出微笑。他需要一个借口，一份伪装，去掩饰他眼里的懦弱举动。"沮丧失意的时候，你要佯装坚强，亲爱的。"黛史密斯夫人在《情迷九月》中如此声称，而我现在就是在伪装，我还觉得，他不愿返回英格兰的原因或许在于，那里和他在科茨沃尔德度过童年时光的乡村大相径庭。以前，和我聊天的游客们抱怨过街头发生的暴力事件，被废弃的城市，以及当地民众的贪婪。脚蹬过膝长靴的警察，横眉怒视眼前飞驰而过的摩托车。电视广告中，满口粗言秽语、往往看着像神经病的人，反倒成了流行时尚。许多汽车的后车窗上装饰着赤裸裸的猥琐图案。

"我从没注意。"我只是暂时勾起了他的兴趣。他很少看电视，他承认。

"哦,是别人告诉我的。不止一次,而是好多次。街头上的小混混主宰着'英格兰绿色怡人的土地'[①]。王室家族靠卖奶酪来挣钱。"

为了继续这个话题,我插嘴说,厄尼·查布斯曾设法搞到了皇家许可证,好去卖他的卫生洁具,后来有人发现,他根本没有得到官方授权,从而引起了一些麻烦。将军点点头,但我明白他的思绪已经飘走了:在他们灰蒙蒙的办公室里,那些律师已经通过他们紧紧抿起的嘴唇向他发出嘶嘶的声响。他绝望地站在旧书籍、文件箱和装密封档案的收文篮中间。持续一生的勇气最终化为乌有。

"将军,欢迎您继续住在这儿,想住多久就住多久。在这件事上,您不是孤身一人。"

"您真是太好了,德拉亨蒂夫人。"那颗低垂的头颅重新抬起,再一次,那对空洞无神的眸子直勾勾地望进我的眼底。"非常感谢您。"老将军说。

我和奥特玛的对话在某些方面也有所相似。会客室里,恰好在我点燃一支香烟的时候,他走了进来,以他那种神不知鬼不觉的方式滑入一张扶手椅中,就在高大宽敞的法式落地窗前面。我朝他笑了笑。"艾米的舅舅已经找到了,"我开口说,"到头来总算有了好消息,不是吗?"

[①] 出自英国诗人威廉·布莱克的长诗《弥尔顿》中的自序短诗。

"哦，是啊。"

他点了几下脑袋。

"是啊。"他又说了一遍。

我没再逼他开口，我不想让他身上的热情流失殆尽。但事实是，现在又有人会去爱艾米了，而艾米也迟早会爱上别人。我没告诉奥特玛的是，在人的一生中必须有爱，没有人能脱离爱而生存，不论他是爱的接受者还是赐予者。我没说出口的话是，爱，正如一个女儿和一位女友的爱，已经被人夺走。我也没告诉他，对我来说，爱之花早已凋谢在"死亡之墙"上了。"到头来，他们还是害死了自己。"在我问起的时候，特莱斯太太冷酷无情地回答，"玩那么危险的游戏，不出事才怪呢。"后来，我为那对狠心抛弃我的年轻夫妇离开人世的消息无数次默默哀伤，我仿佛看见，那辆摩托车飞越墙体边缘，径直穿过一道防护不足的木头围栏，坠毁在地面上。直到今天，在我的想象中，那个女人依然胜利般地高举双臂，向观众致敬。在她的嘴角边，一条红色手帕依然在空中飞扬，而那辆摩托车则继续冲往永恒的虚无之乡。

"你在哪儿学的英语，奥特玛？"给他倒好咖啡后，我提出了这个问题。我看着他用单手别扭地撕开了一只奶油蛋卷。

"我在学校里学的。我从没去过英国或者美国。"

他的一根手指在咖啡杯下那只茶托的边缘上来回摩挲。

玛德琳去过英国,他说,她在伯恩茅斯①的某个亲戚的公司里工作过。"做丝绸围巾。一开始她在工厂里干活,后来又去做销售。"

一时间,他看上去和老将军一样,努力忍住自己的泪水;说起玛德琳的时候,他的眼神避开了我的视线。他将奶油蛋卷蘸进咖啡里,我眼见着他把它吃下肚去。回答另一个问题时,他说自己曾希望当个记者。正是出于这层联系,他和玛德琳才动身来意大利——因为他听闻了不少关于那个佛罗伦萨情侣杀手"野兽"的消息。凶案都发生在夜间,情侣们在户外停泊的汽车里交欢时惨遭毒手。奥特玛对凶杀案有自己的一套理论,他想写一篇文章,并希望能在慕尼黑的一家报纸上发表。跟踪了一段时间后,他们又继续旅行,来到了奥尔维耶托,正是在那里,两人决定结婚,尽管奥特玛身无分文。也正是在奥尔维耶托,玛德琳给她在耶路撒冷的父亲打了通电话。

"来支烟吗?"

他取了一支烟,然后礼貌地向我道谢。在爆炸中,他失去了整条右臂。现在搁在桌面上的咖啡杯,刚才被他端在左手上,但那副样子却依然显得不太自然。我笑了笑,好让他放松一些。我点燃了自己的香烟,又点燃了他手上的,趁这工夫,我用手指轻轻摩挲着他的手背。我问:"你

---

① 伯恩茅斯,英国西南部多塞特郡的一个沿海市镇。

是怎么遇见她的？"

"在超市里。"

当时，她正要伸手去拿一包香草调料，结果却不小心打翻了一些芥末罐子。他帮她把罐子重新整理好。后来，在收银台前，他们发现又碰到了对方。"过来一起喝杯咖啡吧。"他邀请道，于是，两人便结伴走出停车场，穿过街道去了一家咖啡厅。这让我想起了我在《夏日花瓣》一书中写下的那场邂逅，不过，自然而然地，我把这个想法留在了心底。

"这些烟很好，"奥特玛评价道，他一边说一边站起身来，"现在我必须走了。"说完，他便离开了我，留下我一个人独自沉思。

在玛德琳以前的生活中，这样的浪漫邂逅还从未发生过。我仿佛听见她心里对自己这样说。在我的想象中，他们一起缓缓走向咖啡厅，他彬彬有礼地提着塑料袋，里面装满了她在超市购买的杂货。咖啡厅里，他承认自己以前曾好几次碰到过她，他经常望见她的倩影。他一直在等待像这样的机会，他坦承，他又满怀激情地赞颂她美丽的容颜——她那漂亮的脸蛋曾在他的梦中显现，她那动人的嗓音曾让他浮想联翩。"哦，可是我一点儿也不美呀。"她娇嗔，但他完全没有在意。他说自己已经爱上了她，他用上了那个奥地利象牙切割工嘴里不断吐出的字眼。"爱。"他们再次穿过停车场时，奥特玛把它说了一遍又一遍,"爱。"①

那天夜里,玛德琳无法入眠。她辗转反侧,一直折腾到次日清晨。如果说她对自己的姣好容貌有所掩饰,那么他的尊容则毫无掩饰的余地。他算不上英俊,甚至可以说有点丑陋,她想。但这一切都没关系。她从未体验过如此强烈的一见钟情的感觉,不仅是出于爱情,也是出于崇拜之心。

"哦,奥特玛,我爱你!"整整一个月后,玛德琳对他说。

因诺琴蒂医生再次来访时,大大赞扬了艾米一番,说她最近的几幅画都非常棒,然后他就把我拉到了一边。他说起了艾米的舅舅,那人显然是某个学科领域的教授。他们在电话里谈了很久很久。

"我已经和那位教授说过了,在您的别墅里,这份安宁的氛围应该保持更长时间。不该这么快就把她送回美国去。"

"那是当然。"

"就目前来讲,我反对让那孩子跑那么远的路,"他顿了一下,接着说,"对您来说,夫人,这样安排是不是很不方便?"

"我非常欢迎艾米住在这儿。"

---

① 两处原文均为德语 liebe。

"您有一颗慷慨的心,夫人。"

"医生,您觉得这到底是怎么回事?"

"什么意思,夫人?"

"这桩罪行的目的是什么?警察到现在还会来这儿。"

他用那种显而易见的方式耸了耸肩,眉毛和嘴唇也随着肩膀动了动,两手摊开,做出一个大大的疑问动作。

"他们还会过来,是因为他们也没查清楚,"他又耸了耸肩,"没有人声称对事件负责。"

"像这样的行动背后,肯定有什么原因。在什么地方肯定有。"

"夫人,保持沉默是宪兵队在任何情况下都会采取的策略。他们想借此把一些被自己犯下的罪过所折磨的外行罪犯引诱出来。"

"或者是个疯子。我以前听人提起。"

"一个聪明的疯子,夫人。有人把一个神秘的包裹藏在了乘客中间的行李架上。犯罪的是恐怖分子,不是疯子,我想我们可以这样猜测。"

"但他们想杀我们中间的哪个人呢?我们都只是普通老百姓呀。"

"夫人啊,他们上次在博洛尼亚又是想杀谁呢?安吉拉·弗莱苏,那个三岁的小姑娘吗?"[1]

---

[1] 1980年8月2日清晨,意大利城市博洛尼亚的中央车站发生恐怖袭击,造成85人死亡,200多人受伤。

四

这天一早，我重新走上了马路，自从那起惨案发生后，这还是我头一回出门。路蜿蜒曲折，时而变成布满白色尘土的小径，在橄榄树和金雀花丛间延伸。远方，群山的轮廓在一层薄雾的笼罩下变得柔和，天空也因这层雾霭而失去色彩。一朵朵小小的云，仿佛画家在油画中运用娴熟技艺点下的几笔，静静地悬浮在伞松和柏树上空，翁布里亚也正是因为这些林木风景而闻名于世。

我对那位美国教授不禁充满好奇。作为一个名字，里弗史密斯听起来叫人印象深刻，但它没有告诉我任何其他信息。这个名字的拥有者是火车上那个脸颊带着酒窝、满头金色秀发的女子的哥哥，这意味着，那个男人已经三十多岁了。当我想象他的容貌时，他的面庞与她的脸合而为一。

"早上好，夫人！"一位背着柴火的老妇人用意大利语向我打招呼。更远的地方，她丈夫正在用镰刀割掉路边的青草。白色的公路上碰不到多少人，偶尔有个年轻小伙儿骑着摩托车从路上驶过。采摘工在秋天会过来采葡萄，到十一月则来摘橄榄。能重新走到那里,真令人愉悦啊。

"早上好,夫人!"我也用意大利语招呼回去。从前在主日学校,我犯过一次可怕的错误,在回答老师的提问时,我说约瑟夫是上帝。班上有人开始嘻嘻窃笑,我能感到自己窘得面红耳赤,但阿尔扎皮耶蒂小姐却说没关系,这个错误任何人都可能会犯。阿尔扎皮耶蒂小姐的胸脯就像桌面一样平坦。无论冬夏,她从来不穿长筒袜,那双洁白瘦削的脚踝在任何天气下都裸露着。把约瑟夫与上帝弄混,这是很自然的事情,因为约瑟夫是耶稣基督的父亲,而上帝也是圣父。"当然了。"阿尔扎皮耶蒂小姐点头道,于是窃笑声平息了下来。

我敢说,我自己回忆主日学校时的那种感觉,就和老将军回想在帕琪太太的小屋里喝茶,以及奥特玛追忆他父母房屋的舒适时的感觉一样。这是与现实妥协的一种方式,要在一片混沌中找到什么东西紧紧抓住。我敢说,人们自然而然会这样做。我在阿尔扎皮耶蒂小姐的主日学校里度过的全部时光中,只有那一次难堪令我紧张不安,但心地善良的阿尔扎皮耶蒂小姐随即出手相助。奥特玛也想起了以前被父母训斥的经历:有一次,装修工来家里粉刷楼梯墙壁和客厅,结果他打翻了一罐涂料;还有一次,他从橱柜的餐碟中偷了一只梨。在老人提到的那间学生宿舍,有一张张铺着蓝色床单的床,还有许多身穿睡衣的小男孩,在那儿,也出现过一段尴尬时刻。不过,这些当时令人心惊胆战的经历，如今已化作温馨愉快的记忆。

"于是，他们纷纷跪倒在驴蹄面前，向圣主耶稣伸出双手。"阿尔扎皮耶蒂小姐说，她讲话的时候，你可以轻易地想象出圣主耶稣的身影，他身穿长袍，一头长发，满脸胡须。那头驴子是神圣的动物。"你只需注意看每头驴背上的十字架就知道了，"阿尔扎皮耶蒂小姐说，"你们一辈子都要注意看，在那头神圣的动物身上背负的黑色十字架。"

老将军曾经率领部下奔赴世界各地，在战场上浴血厮杀。但当他追忆往事的时候，他永远会回到那片洒满阳光的草坪上，眼前是那位他刚求婚成功的姑娘，她在欣喜中流下的泪水已经打湿了他军装上的皮料。他从未垂青过其他女人。军营里的冷嘲热讽和同袍情谊，从未让他的心意发生改变，一次都没有过，甚至当他身在烈日炎炎的沙漠深处，距沙漠中的女人只有一到两天的路程时，情况也是如此。那段幸福的婚姻已经深深地印在了老人的脸上，就像一份简短的声明：在近乎一生的时间里，他俩相濡以沫，形同一人。

"这样不是好多了吗？"奥特玛的母亲说，那时他头一次戴上眼镜，在他面前，整个世界中的模糊影像和变幻色彩都变得明朗清晰起来。刚才在眼科医生的就诊室里，他连视力表上最大的字母都看不清。那位眼科医生也戴着眼镜，左侧肉鼓鼓的脸颊上，在靠近鼻子的地方缀着一些小红点。当奥特玛问母亲，自己是不是从今往后都要戴着眼镜生活时,她点了点头,那位眼科医生也点了点头。医生笑起来的时候,嘴里的金牙闪闪发光。母亲身上的大衣是毛皮材质的。

是马利亚开始做起了贩驴的营生,后来,她还骑着一头驴长途跋涉,来到了那家客栈的马厩里。一路上,约瑟夫走在她的身边,牵引着驴脑袋,心里一边寻思着木工活计。马利亚听得懂天使们的谈话。约瑟夫锯好木头,用木刨将表面处理得平整光滑。他做了许多木头房门和箱子,还做维修木头器具的工作。直到今天,我依然能在脑海中看见约瑟夫的凉鞋和圣主耶稣的赤足,有许多女人在清洗那对赤足。直到今天,我依然能看见,挂在我床头的那幅画里,圣主耶稣骑在那头神圣的驴子背上。

"记忆的碎片构成了人的一生,亲爱的。"在《情迷九月》一书中,黛史密斯夫人这样说道。在老将军的记忆里,无数尸体横躺在他们倒下的沙地原处,被烈日晒成焦黑的肉身变得僵硬,那些来自罗切斯特郡和萨默塞特郡的士兵。在老将军的记忆里,还回荡着科茨沃尔德的轻柔钟声,大管风琴的轰然鸣响,晚间吟唱的赞美诗篇。特意保留贞操的举动中蕴藏着圣洁之美,那份贞操将献给美妙的新婚初夜。还有在那棵孩子曾从上面摔下来过的树下举杯共饮的记忆。"亲爱的,"饱尝爱情甜美滋味的妻子向他回馈心底的爱意,"亲爱的,你对我真好。"

对我来说,记忆的碎片里有那只感觉迟钝的狗儿、海滩上的潮湿气息、越凑越近的海鸥，还有二十世纪福克斯公司的探照灯、那头轻吼的狮子①、西电音像。一间屋子里，有个男人卸下一条假腿，稍顿片刻，然后轻轻按摩着树桩般的残肢。街道对面，一块霓虹标志牌闪出红光，然后变成绿色，刺眼的光线穿透被人遗忘的夜晚。在我的记忆深处，最早的碎片是一块破裂的地板瓷砖，表面平顺光滑，现出棕褐色泽。

为什么在奥特玛的眼中依然残留着恐惧，隐藏在那对镜片后面？莫非还有某种更大的磨难在持续，某种无比隐秘的可怕记忆？超市里，那个女孩的手再次伸向了货架。停车场和咖啡厅里的爱慕表白，是在电光石火间迸发出的迷醉狂喜。爱！爱！四目合拢，十指轻触。可是，在所有这一切中，却少了什么东西。在这些记忆背后，藏着某些难言的秘密。

许多年以后，阿尔扎皮耶蒂小姐从主日学校的教师变成了黛史密斯夫人——身高适宜地缩短，头发不再令人感到讨厌，胸脯也大了起来。黛史密斯夫人自然是年事已高，在主日学校里教书的阿尔扎皮耶蒂小姐却连二十岁都没到。不过，一个普通的年轻女孩依然可以优雅地老去，为什么不呢？"记忆的西洋景就是我所指的记忆碎片。"在我家别墅里待了不到一个月，我就让那个曾是主日学校年轻女教

---

① 指米高梅电影公司的片头商标。

师的老妇人如此说道。

在那个温暖宜人的柔美清晨，我在通往别墅后面的山峦的小路上停下了脚步。我回头去看那幢房子，就在那一瞬间，我清晰真切地意识到，那起惨剧中蕴藏的恶意已经深深地影响了我们，它从那位老人身上吸走了那么多活力，在奥特玛的心中生根发芽，让那个孩子饱受疾病之苦。紧接着，我将这些思绪全部从脑海中赶了出去，尝试再次为《无尽的泪》找一个开头，却无功而返。我又往前溜达了一小段路，最后终于决定回家了。

"我一直希望这里有座花园。"不出一个小时后，我在屋顶露台上对奥特玛说。我们坐在一起抽烟。我问他，在他父母家里有没有花园，他说有，家里有一座小小的后花园，在炎炎夏日遮阳避暑，是闲暇读书的好去处。从他说话的方式中可以听出，他的父母已经不在人世了。我想知道，这个事实也许和折磨困扰他的恐惧息息相关，至于为什么会这样想，我也不大清楚。但不管怎样，我还是想知道。

"这是哪儿？"在我重新走上白色小路一周后，突然间，那个孩子开口发问了。当时，她正专心致志地画着一幅画，许多画纸铺在地板上。为了遮阳，家里的百叶窗稍微拉下了一点点，但会客室里依然足够亮堂。

"这是哪儿？"艾米又问了一遍。

老将军正坐在窗前读报纸。奥特玛刚走进房间。他俩谁也没有说话。最后,还是我开了口:"你在我的家里,艾米。我是德拉亨蒂夫人。"

她没有直接回我的话,而是开始说起妈妈发火的事情,因为在院子里曾爆发过一场争吵。女生不能当强盗,她哥哥理查德坚持说,因为他自己想当强盗。那孩子仿佛在自言自语地解释说,她会变成那个老女人,当强盗闯进屋里逼问保险柜在哪儿的时候,她连从太阳椅上起来的力气都没有了。不过,她永远都是那个老女人,你只需要躺在那儿就行了。她继续画一只狗的前腿,那只狗怎么看都不像是活物。她将它那凹瘪的肚皮涂黑。火车站的月台上,一对意大利男女在争吵,她和哥哥试图猜出他们在吵些什么。那个女的一脸恼怒。那个男的忘记锁上家里的窗户了,艾米猜测。

"我想事情就是那样。"我说。

"那个女的对他很生气。"

现在还挺难说她是不是在回答我的话。在她那长有雀斑的前额上,眉毛渐渐皱了起来。那头亚麻色的秀发,和她妈妈的很像,顺滑地披散在后背上。她的双眼在刚才说话时变得炯炯有神,但现在,那团火焰又熄灭了。

"你舅舅要来了,艾米。里弗史密斯先生。"

她现在正在上色,用彩色蜡笔轻轻涂过那些变形的四肢和躯干。她微微吐出舌尖,显出一副聚精会神的样子。

"里弗史密斯先生。"我重复了一遍。

依然没有任何回应。奥特玛离开了房间,我猜,他是去叫昆蒂请因诺琴蒂医生过来。

"是你的舅舅。"老将军开口说。

艾米又讲起话来,说的是她和哥哥以前玩的另一个游戏,接着,就像刚开始那样突然,她猛地顿住了。她再也没有开口,但刚才那段短暂的交流,对老将军和奥特玛都产生了不小的影响,在某种意义上,对我也是如此。这粒小小的火花点燃了我们心中的某样东西,那一转瞬而逝的变化,令以前从未出现的希望焕发生机。终于,有好事情发生了,就在当下。终于,我们可以从各自封闭的状态中解脱出来,伸开双手去拥抱世界。

老将军向艾米露出微笑,她这会儿坐在地板上,再次对我们不见不闻。艾米是个可爱的名字,我说,心里却不知道还能再讲点儿什么。"感谢上帝。"老将军冲我低语道。

"是啊,感谢上帝。"

奥特玛返回了房间,和我们一起沉默地坐着,过了一阵儿,我们听见因诺琴蒂医生的汽车开了过来。我们没有打破寂静,只是竖起耳朵,听汽车驶近时引擎发出的轰鸣声,直至轮胎碾在屋外的沙石路上。

"真是太好了!"因诺琴蒂医生没有立刻走进房间,而是待在门前,用意大利语轻声说道,"她现在好起来了,没错。"

稍后，他预测艾米的状况会进一步好转，但他也警告我们，康复过程中可能还会有许多反复。我们最好对此有所准备，因为回归现实生活恐怕往往会让一个孩子感到焦虑担心：你只需要考虑一下这个现实是什么就能明白，他指出。他希望艾米不会过于受到惨案的影响。他请求我们继续保持警觉。

接下来的日子里，连着几个星期，我们都过得平安如意。踟蹰不决间，我告诉因诺琴蒂医生，那孩子是一只惨遭劫掠的鸟巢中唯一幸存的雏鸟，她那明媚的脸庞可以驱除我们内心的痛苦。她那与生俱来呼之欲出的美丽，已经在五官间逐渐成形，它会不会让我们暂时忘却在第二百一十九号车厢中的残肢，忘却从破碎眼镜上滴下的鲜血，还有那只像装饰品一样在空中飞舞的断手呢？她的闲聊冲击着老人的内疚感，被奥特玛听进心里，一如智慧之音。"是啊，是啊。"因诺琴蒂医生用意大利语连声应道，他耐心地听我说完了话，自己仿佛也深受触动。

听说有几名爆炸案的受害者住在我家里后，当地的居民纷纷上门，送来了各式礼物——鲜花、葡萄酒、水果、托尼甜面包。宪兵队的警察如今来得也比以前少了，往往隔一阵子才来一次，确认艾米依然受着照顾，然后，他们干脆就不来了，转而向因诺琴蒂医生询问情况。有一回，我走进厨房，发现西尼奥拉·巴蒂妮在流泪，起初我以为她是觉得难受，可她抬起头时，我却看见，她那朦胧的泪眼中闪烁着喜悦的光彩。自然而然，在昆蒂身上是不会显露出这种情感的，但是罗莎·克里维丽也受到了感染，这一点我很肯定。"艾米！艾米！"她在屋子里大声呼唤。

也许对老将军来说，艾米已经变成了他的女儿，让他可以从头开始。也许对奥特玛来说，她就是在车上去世的那个姑娘。我不知道，我没有资格这么讲，我从未问过他们。但对我而言，我可以毫不保留地说，那段时间里，我对那孩子的关心可谓无微不至，就像任何一位母亲所能做的那样。能看见她摊开四肢躺在地板上，用手里握着的蜡笔画画，或是在汽车停靠处附近用石块堆起一座小建筑，或是品尝西尼奥拉·巴蒂妮调制的冰茶，我就已经心满意足了。这几个星期悄然逝去，艾米在黑暗中进进出出，她陪在我们身边说话的时间越来越长。有时候，她会靠近我，跟我一起坐在露台上，在傍晚时分的凉爽空气中，我会轻轻抚摸她那头精致美丽的秀发。

五

我家别墅里的电话铃声很轻,但从来不会听不见,因为在客厅和厨房里都有接听的话筒,我的写作室里也有一个。正是在我的私人房间中,我亲自接听了艾米舅舅的电话,他终于打来了。

"是德拉亨蒂夫人吗?"

"我是。"

"德拉亨蒂夫人,我是托马斯·里弗史密斯。"

"您好,里弗史密斯先生。"

"我能问一下艾米怎样了吗?"他的声音听起来就像沙子掺进了声带——那是一种紧绷绷的、不友善的声音,这在美国人身上可不多见。

"艾米已经开始回到我们身边了。"

"她现在每天都会说话吗?"

"自从那天下午开口以后,她一直在说话。"

"我和您的医生谈过很多次了,"他顿了一下,接着又开了口,话里夹着难以掩饰的为难,"我想说的是,德拉亨蒂夫人,我很感激您为我外甥女所做的一切。"

"我也没做多少事。"

"能否麻烦您告诉我,那孩子和您说话的时候,都说了些什么?"

"最开始她问我,她在什么地方。有好几次她都提到了她哥哥的名字。她还说到被妈妈责骂的事情。"

"责骂?"

"任何孩子都可能受到责骂。"

"我明白了。"

"如果艾米在半夜里醒来,如果她做了噩梦,我们马上就能听到她痛苦的尖叫声。奥特玛睡觉时会开着房门。白天家里总会有人陪在她身边。"

电话里一开始没有任何动静。接着,话音响起:"是谁开门睡觉来着?"

"奥特玛。一名在爆炸中幸存的德国受害者。我家里还有一位英国老将军,他也是受害者。"

"我明白了。"

"这对我们所有人都很不寻常。"

他没有理会这句评价。他又停顿了一次,时间长得让我以为他挂断了电话。但最后,那副粗厉刺耳的嗓音又响了起来:"那位医生似乎很焦虑,他认为在我接那孩子回家之前,她应该需要再好转一些。"

"我很欢迎艾米留在这儿,需要的话,她想住多久都行。"

"不好意思。我没听清您刚才那句话。"

我把刚才的话重复了一遍。然后,他又中规中矩地开口了,音调依然没有任何变化,不管是从社交层面还是从其他层面来讲:

"我们的政府已经通知了你们那边,我自然会付清所有亏欠的费用。不只医院的费用,还有欠您的钱。"

这话听起来简直像是一篇演讲,仿佛有许多人正在台下聆听。我没有向他解释,收钱是昆蒂管的事儿。我什么话也没说。一个女人的声音在电话的背景音里轻轻响起,里弗史密斯先生先是对那女人的某些评价问了几句,接着转而问我自己是否已从那场可怕的事件中恢复。背景音中的那个提示女声又响了起来,男人顺从地传话,表达着怜悯之情。这件事令他感到无比惊恐,他坦承道。他在报纸上读到了这些事情,但他万万没有料到,自己会被牵扯进这样可怕的事件。你能听出来,他每说一个字都费了很大力气,仿佛他讨厌分享自己内心的情感,仿佛像电话交谈这样的私事——即使在陌生人之间——也让他深恶痛绝。

"您说的是,里弗史密斯先生。"

他那股郑重其事和严肃认真的劲儿让我紧张不安。他是个一句闲话都不爱讲的男人。我知道,在这场对话中,他自始至终都没有露出过一丝笑容。我可以断定,他对微笑不感兴趣。我再次觉得,他根本就不像个美国人。

"如果可以的话,我会再打给您,德拉亨蒂夫人。也许我们可以安排一个日子，在我们都方便的时候继续联系。"

他留了一个电话号码，以防发生紧急情况，报出号码前，他问都不问我手边有没有纸笔。他自己没有孩子：因诺琴蒂医生还没告诉我这件事，但我很容易就能猜出来。

"再见，里弗史密斯先生。"

我想象着他把听筒挂回话机上，然后转向那个在背后遥控他展开这次接触的女人。在这种男人的生活中，始终存在这样一种女人，呵护着他们小小的不足之处。

"不是个好相处的人。"稍后我对老将军和奥特玛评价道——在我看来，这是一个公正的观察评价。我尽可能将我们之间的对话重复给他们听，还把托马斯·里弗史密斯的粗鲁作风描述了一番。他们俩谁也没有多说什么，但我立即察觉到，他们都在担心，是否应该让一个明显难以相处的男人去照顾一个在不幸悲剧中沦为孤儿的孩子。我们三人已然明白，这一安排感觉就是一个错误的决定。

老将军如今拄着拐杖走路，以后也将一直如此。不过，他现在走起路来已经比最初轻松许多。我的脖子和左脸颊上的创口已经愈合，他们说得很对：遮瑕膏轻易就掩盖了那些细小的伤痕。奥特玛也已经能将烟盒夹在膝盖中间，单手点燃自己的香烟了。他切肉还有些困难，所以我们中间总会有个人先帮他把肉切好。他以后还得重新学习打字，但他很聪明地设法保持着耐心。"一个人玩？"摆好一盘棋后，艾米会先问他一声，然后他们会玩上几手，艾米再在棋盘上重新把棋子摆好。还有另一种游戏，是某种我看不懂的德国棋盘游戏，用撕碎的纸片当棋子。

老人给她讲了许多故事，不是关于他的校园时期，而是他当兵时的冒险经历。他们一起坐在内客厅里，他坐在一张梯背椅中，她坐在我的一张绣有孔雀图案的矮凳上。他在午后的安宁中轻声讲述自己的故事，整座别墅里悄无声息，所有人都在静静休憩，空气中飘着一股淡淡的地板清洁剂的气味。他们选择待在内客厅中，因为那里永远清凉怡人。

至于我，在那段日子里，我整天盯着自己在绿色信纸上打出的那些字句，它们是我在惨案发生后唯一留下的只言片语。我数了数——四十九个字，加上标题总共五十三个字。所有那些本应紧接在残篇断章之后喷薄而出的文字，都已从我身上被剥夺殆尽，但如今我也明白，这份损失我必须先搁在一边，因为在我的身旁，还有人失去的更多——一名女友、一个女儿、一位父亲、一位母亲和一个哥哥。

专门留给我用于安心写作的私人房间，是一个暗棕色的小房间，里面挂着厚重的窗帘，将光与热挡在外面，室内华丽的常春藤墙纸，更平添了一丝凉爽。在装满我作品的玻璃门书柜旁边，是我的书桌，桌面覆着绿色的皮革，桌前是一张配套的座椅。六月的那些日子里，我就坐在这儿，黑色奥林匹亚打字机的罩子打开着，纸上大部分都是空白。我无法瞥见我的女主人公的面庞，我甚至在脑海中都找不出她的名字。爱斯梅拉达？黛博拉？我找不到哪怕一丁点儿对人物关系的暗示，或是关于故事情节的想法，无论它有多么模糊。在我脑中依然只有一袭白色长裙的窸窣动静，不出片刻，那个单薄如纸的幽灵便再次消失了。

"显然，他是一位学者型的绅士，这位里弗史密斯先生。"一天夜里吃完晚饭后，昆蒂如此评价道，他将一杯金汤力搁在我旁边的桌面上，打断了我徒劳无功的努力。"我想我以前还从没碰见过一位教授呢。"

我以前也没有。我轻呷了一口酒，暗自希望他能马上走开。但昆蒂从来不会按你的想法去做。

"那位医生跟我说，里弗史密斯先生从来没见过小艾米。这话他跟你讲了吗？他和自己过世的妹妹之间不和？"

我摇了摇头。我飞快地谢过他给我带来了酒水。之前我没让他这么做。昆蒂喜欢做的众多假定之一就是，对类似的事情，他无疑了解得最清楚。

"我在想，他妻子也从来没有见过那孩子，怎么会欢迎她到自己家里去呢？"

我再一次表示自己也不清楚。对里弗史密斯太太来说，这自然不是一件轻松的事，我提议道。我认为她自己也没这份指望。

"挺有意思的那种绅士，"昆蒂评价道，"能碰见那样的家伙，还是蛮有意思的。"

他站在那儿，仍显出一副百无聊赖的样子，用手指拨弄着我书桌上的物件。现在他们再也找不到那些罪犯了，他说，你尽可以把所有事情都忘得一干二净。等里弗史密斯过来接走那孩子，那位老人和那个德国人也会走。这是合情合理的，他们不可能永远在这儿待下去，到时整件事就全部结束了。"你会把那个德国人的账结清的，对吧？"

"我说过我会。"

他像平常那样哈哈大笑起来。"你会在天堂里得到你的报酬。"在我们相处的时间里，我已经记不清他这样说过多少次了。这是他自创的某种口头禅：他才不信这个呢。他心里很清楚——尽管我俩谁也没有说起过这事——等我死后，这座房子就归他和罗莎·克里维丽所有了。我自己的报酬跟任何事情都没有关系。

"剩下咱们这些人哪，都要下地狱被火烧咧。"临走前，他又说了这么一句。

里弗史密斯先生又打来了电话，我们像上次那样又谈了一场。我报告了他外甥女的近况，她在那一天所做的事、所说的话。待我们无话可说以后，谈话便结束了。听筒中一阵停顿，然后传出一下咳嗽声，接着是那个女人的背景话音，最终便是那句语带轻蔑的道别。

几天后，他第三次打来了电话。他说，他和因诺琴蒂医生又谈了几次,他提出在某一天——即从今天算起的一个星期后——上我家里来。谈话的气氛还是像以前那样令人难受,他在费劲道别之前同样停顿了一段时间。我给自己倒了一杯酒,然后端着酒杯走到门外的露台上。那段尴尬的对话还在我的耳边回响。我注视着萤火虫的光亮在昏暗中一闪一灭。那女人对一个完全陌生的孩子的到来究竟会有怎样的反应呢?她是个什么样的女人?要是他没有那么冷漠,也许我们还可以在电话里聊一聊,对他们俩来说,事情将会是什么样子。托马斯·里弗史密斯听上去比他妹妹的年纪要大许多。摩羯座,我在第一次对话中就猜到了。你经常能碰上一个紧张易怒的摩羯座。

露台上,我点燃一支香烟。接着,那个孩子的尖叫声开始响起,来得相当突然,异常恐怖地撕碎了这个宁静的夜晚。那是我一生中听到过的最可怕的声音。

六

因诺琴蒂医生马上就赶来了。他镇定自若，一进门便冷静地安抚了我们的焦虑情绪。他给艾米用了一点儿镇静剂，让她暂时安静下来，同时也提醒我们，药效不会持续太久。从一开始他就坚持认为，没必要再让艾米回医院，在那儿不会有任何好处。多亏了他的力量和平静，我才能沉住气陪着他来到孩子床前。后来，他和我一起坐在会客室里，小口啜饮一杯矿泉水。他希望艾米从梦中惊醒时，自己就在附近能听见的地方，因为每次当她尖声惊叫时，她似乎都会陷入更深沉的可怕噩梦中去。

"您明白吗，夫人？她会不断从噩梦中惊醒。对这个孩子来说，这些噩梦才刚刚开始。"

尖叫声再次响起，我们一起回到床前，但因诺琴蒂医生没有马上用药。艾米嘶喊得精疲力竭后，开始小声啜泣，在枕头上不停挣扎，她全身上下都可怕地颤栗起来，仿佛那具小小的躯体将被扯碎撕裂。我乞求医生赶紧停止这一切。

"我们明白，艾米，"他却喃喃道，语调不紧不慢，"你的朋友们都在这里。"

孩子对这份同情无动于衷。她的双眼瞪得溜圆，宛如一只发狂的小兽。最终又打了镇静剂。

"她现在会一觉睡到明天早上，"医生保证，"醒来后她还会迷糊一小阵儿。在下次发作前，我会赶到这里。"

在客厅里，他给里弗史密斯先生拨了电话，通知对方这个最新的变化。"我请求您把行程往后延一延，好吗，先生？"我听见他说，"或许三个星期？四个星期？现在还不好估计。"

要让我们对因诺琴蒂医生失去信心，简直是不可能的事。他所有的预测都自然而然地应验了，就好像他和大自然分享着某些知识。在他的容貌下蕴藏着慈悲与怜悯，甚至在他的动作中也能表现出来，但这从未妨碍他的工作。怜悯有时会适得其反，我深谙此理。

那天夜里，他在我的家中仿佛是个奇迹。就连奥特玛和老将军也受到了感染：他俩一言未发，回到各自的房中，关好房门，虽然他们满心焦虑，但始终只是保持配合。我独自和医生道别，然后望着他那辆汽车小小的红色尾灯缓缓融入黑暗，汽车的引擎声从耳边消失后，那一点鲜红仍然久久地显现在夜色中。

"非常体面哪，那位医生。"昆蒂在客厅里评价道，哪怕处在这样凄惨的环境中，他仍然想让自己的话听起来滑稽可笑，或是听着像他以前说话的腔调。

"是的，非常体面。"

"跟某个最好不要点破姓名的医生相比，他很不一样，对吧？"

他指的是从前那位经常光顾玫瑰咖啡馆的医生，那人的体重据说有二十四英石[①]，巨大的肚皮吊在裤带外面，胸脯像女人一样丰满，穿着凉鞋的肥胖双脚拖在地上，步履沉重。他就像一只胀得通红的巨大膀胱，肥厚的嘴唇松弛张开，猪一样的双眼朝外窥探。"咱俩在一块儿没准能凑合呢。"有一次，他向我这样提议，而我敢肯定，昆蒂也知道这件事。毫无疑问，那次求婚后来在纸牌桌上引起了一阵哄笑。

"那我现在就和您道晚安了，"昆蒂继续说，"我想，等那位舅舅过来了，会对我们大家都有好处。"

"晚安，昆蒂。"

我无法入眠。我甚至没办法合上双眼。我尽力不去回想那些尖叫声。那阵强劲锐利的嘶喊，像寒冰一样直刺入我的骨髓中。我转而开始回忆那位肥胖的医生，昆蒂竟那般轻巧地将他从我的记忆深处挖了出来。光看相貌，你永远也猜不出他是一名医生，倒更像是大街上打桩挖洞的工人。不过，有一回，当某个年迈的农民在咖啡馆突发心脏

[①] 24英石约为152公斤。

病时，他似乎很清楚该怎么处理，另外，在当地人中间，也有人说起过他治好病患的故事。

我执意不去回想那些离得更近的往事，但我依然重新在脑海中无比鲜活地看见——一如当日清晨我出门散步时那样——奥特玛女朋友的那只手正伸向超市中的香草调料。我看见了老将军和他心爱的妻子。"我会叫比兹警长把你抓起来！"特莱斯太太从洗衣房早下班回家的那天，她大声怒吼道，"你要是再敢动她一根手指头，就等着戴手铐蹲班房吧！"那个我曾以为是我父亲的男人，先是虚张声势地恐吓威胁，然后又开始摇尾乞怜，从他嘴里冒出一大串莫名其妙的叽里咕噜声。

整个夜晚，我的头脑里充斥着记忆与迷梦，幻象和现实交织混杂，一幕幕上演。"求你了。"玛德琳乞求着，于是，奥特玛收拾好行李，搬进了她的公寓。她出门工作时，他会在家里喝许多咖啡，然后抽烟，将准备发给报社的文章打出来。玛德琳为他烧肉末茄子和炖鸡肉，他们俩还去了一趟比利时，因为他听说那里发生过一件事，他相信自己可以把它写成一篇新闻故事：一个年轻人，在服役一段时间后，竟狡猾地冒充一对比利时夫妇的儿子。

"那样你就看不到她的短裙下面了。"一个脑袋瓜有点儿不太正常的男生说，但没有人相信，阿尔扎皮耶蒂小姐是出于这个原因才穿上长裙的。阿尔扎皮耶蒂小姐甚至都不知道，还有人会偷看别人的短裙上面。"只要闭上眼睛，你就能感受到主耶稣的爱。"阿尔扎皮耶蒂小姐说,"现在答应我,不管你们身在何方,在你们每个人的生命中,都要寻找时间去感受主耶稣的爱。"没有人喜欢那个脑子不太正常的男生。当他发疯似的冲你咧嘴大笑时,你不得不将视线挪开。每次当他发出粗鲁的噪音后,如果阿尔扎皮耶蒂小姐没有在看,女生们就会上去偷偷拽他的头发。

"啊,你好吗?"在那棵我听说过的树下,老将军向他未来的女婿打着招呼。饮品放在一张白色的餐桌上,周围摆放着折叠躺椅,马丁尼酒已经调好,加了冰块和柠檬,盛在一只高高的玻璃罐里。"我真是太高兴了。"他妻子说,而他端详着女儿未婚夫的脸庞,只见那张面孔上堆满了客气的假笑,双唇微微张开。亲吻是一件多么私密的事情啊,他暗自心想,湿答答的,充满了肉欲。他感觉胃里泛起一阵恶心。他转过身去。"我真是太高兴了。"这句话又传入了他的耳中。

胖医生向我求婚前,那个在天上写字的飞行员也想娶我。我认识他的时候,他已经从这个行当退休了,但他还是经常在玫瑰咖啡馆提起那些陈年旧事,不断重复着他在非洲绕着圈圈、画着点点写过一千遍的文字:"请喝百利牌啤酒。"他是因为内耳出了毛病才被迫退休的,但有一天,他冒险再次飞了起来。"快看哪,小姐!"穷小子亚伯拉罕兴奋地尖叫起来,他拉着我跑出咖啡馆,来到卡车停靠的泥土路上,"快看!快看哪!"就在那儿,天空中有我的名字，像剃须泡沫一样，书写着还有一行刻意的恭维。一架小飞机，在距离我们站的地方很远很远、听不见任何声音的高空中，写下了最后几个字母，然后沿之字形潇洒地喷了一道波浪线。"哦，真是太好看了！"穷小子亚伯拉罕在我们仰望天空时尖叫着，"哦，我的老天，真是太好看了！"幸运的是，穷小子亚伯拉罕不识字。

"他忘记锁窗户了。"艾米在火车站里坚定地重复说。那个意大利女人非常生气，气得几乎都快要跺脚了，那男人的个子比她小，油头向后笔直地梳起。"更可能是他打开过什么东西忘了关。"艾米的哥哥说，"也许是炉子。"艾米不同意他的话，但就在这时，火车进站了，他们只得赶快找到第二百一十九号车厢。火车开动后，艾米朝车窗外远眺，望向田野中盛开的向日葵，望向排列整齐、长出绿色嫩芽的葡萄藤，还有一路上经过的热气蒸腾的小火车站。她遥望着苍白的天空，所有的蓝色都从这幅幕布上漂洗下来。一架飞机在天上转来转去，下面的几片田地得到了浇灌。更遥远的地方，山峦上长满了一丛丛树木。"是柏树。"她父亲说，这时餐厅服务员摇起了用餐的铃铛，那些商人和那名时尚女郎起身离开了。那女的自己会把炉子关好，艾米小声说，她哥哥生气地背过身去。"都别吵了，太蠢了。"他们的母亲训斥道。

"不，我当然不介意。"当奥特玛问她能否让他的朋友在她出门期间来公寓里时，玛德琳这样回答。他的朋友都是些热情的小伙子，要么是学生，要么是尚未就业的年轻人，其中还有一个姑娘，让玛德琳好生嫉妒。奥特玛和玛德琳来到意大利后，当他们坐在一家咖啡馆门外的阳光下时，其中两个朋友走了过来。他们给奥特玛留了一家廉价旅店的名字，但后来他弄丢了那张写有旅店名字的纸片。"看，你的朋友们在那儿。"几天后，当他们俩坐在一家咖啡馆的餐桌前时，玛德琳指着另外两个男人说，但奥特玛不想过去和他们打招呼，虽然他们本来可以再把那家廉价旅店的名字写给他。

"朗姆酒加可乐。"厄尼·查布斯在阿尔·弗莱斯科俱乐部里点好酒水，那个来自美国东部的姑娘很快把酒端了过来，她对他显得鲁莽暴躁，这是她对客人的一贯态度。他们没往我的可乐里掺任何朗姆酒，哪怕厄尼已经付过了钱。他们在阿尔·弗莱斯科俱乐部从来不这样做，说一个姑娘家要是不能时刻保持清醒，以后就很难说会沦落到哪儿了。"喂，我的小美女。"厄尼·查布斯在我们坐的角落里说。我看不清他的脸，我不知道那张面孔上是什么表情，因为我们坐的地方太黑了，我只能在大街上隐约瞥见它。"经常上这儿来吗，亲爱的？"他轻松地盘问着我。

全非洲最棒的白嫩奶子！这就是那句写在天上的话，但在我的梦境中，那行文字又有所不同。"安吉拉·弗莱苏，三岁。"就像在博洛尼亚的大理石纪念碑上刻着的那行字一样。

当我随后醒来时，房间里已经亮起了淡淡的晨光。我伸手拾起一支香烟，点燃它，闭上双眼。"我会永远爱你，"杰森在《地久天长》一书中说，"直到鲜花不再散发芳香，直到海水不再满口咸涩。"可是，杰森和玛姬跟昨晚在梦中陪伴我的那些人不同。你可以尽情地玩弄杰森和玛姬，你可以改变你想要改变的一切，你可以让他们做你想让他们做的任何事情。

我在这里必须说几句题外话。要写好一部爱情小说，必须拥有一个故事环境，还有置身在这些环境里的一系列角色。在这些角色中，你要挑出几个主要人物，比如，杰森和玛姬，玛姬那个以自我为中心的妹妹，还有杰森的富翁叔叔塞德里克。故事的背景是，杰森和玛姬想开办一家马术学校，但他们手头的钱很少。玛姬的妹妹想将杰森占为己有，而杰森的叔叔塞德里克保证，只要杰森愿意进家族企业——梁柳钉铸造厂——工作，他就会给杰森一笔不菲的收入。你还必须提供相关地点——在这个故事里，那座老磨坊就可以作为一处理想的马房，在老磨坊上方的一座座小山包就是马场，而更远的地方就是那座家族铸造厂，黑乎乎的，毫不起眼。你还需要创造出戏剧性的事件：识破玛姬妹妹的诡计，杰森拒绝接受塞德里克叔叔的工作邀请后在家中爆发的愤怒争吵。如果你在编织剧情的时候感觉那些人物不够真实可信，那可一点儿好处也没有。

那个动荡不安的夜晚过后，次日清晨，我的感觉是，我所收获的唯一的故事，就是在那个悄悄流逝的夏天里发生的故事。故事的背景就是悲剧发生后他们所置身的环境，故事人物就是夜里聚集在我身边的那些人，地点你也可以猜到。《无尽的泪》只是一个暂定名，而那天早晨，我彻底放弃了它。我所梦见的一切都是混乱的，秩序以某种方式从中抽离了出去。写故事时，不管是浪漫小说还是其他类型的作品，一切都是在碰运气，而现实生活牵涉其中这一事实，似乎并没有带来多少区别。

我做好祷告，继而抽完手中的香烟，不久后便起身下了床。清晨凉爽的空气中，我围绕着自己的房子散步，尽情享受这里的静谧和心头那一丝近乎怪异的感觉：灵感，或者那种不管你如何称呼它，从来没有像现在这样，以如此奇怪的方式击中我。我给自己倒了一些汤力水，又加了点儿别的，好让自己精神振作起来。我的头脑似乎变得迟钝了，因为以前我竟然没有意识到，那个身穿白衣的女孩，就是艾米。

七

艾米醒来时显得很平静，可在随后的几天里，她的病情又出现了进一步的反复，但所幸都不像头一回那么令人担心。她的舅舅只好再次推迟从美国出发，给她留出更多时间恢复。就算这样，因诺琴蒂医生还是很乐观。

我们自己——老将军、奥特玛和我——自然还是惴惴不安，每个平安度过的日子都像是赢得了某场胜利。对我而言，我还收获了一份从天而降的小欢喜，就像我以前体验到的所有欢乐一样令人愉悦。现在回想起来，通过那些过去的遭遇，我才恍然惊觉，偷听到的对话带来的真相并不总会受人欢迎。"别去管它，亲爱的，因为你不会听到任何好事。"黛史密斯夫人在《情迷九月》中建议，但情况当然并非永远如此。一天傍晚，我在会客室的房门外停下脚步，偷听到了奥特玛和老将军之间犹犹豫豫的谈话。

"是的，她提过那件事情。"老人正在说话，于是我停住了脚步，因为我感觉他们正在说我，在这种情况下，有谁能抗拒偷听一小会儿的心情呢？

"我想抓住这次机会，"奥特玛说，"还上我欠她的。"

他妻子是一个相当专业的行家，老人接着说，特别是在栽培贝母这一方面。奥特玛听不懂贝母这个词，于是老人给他解释了一番，又把那种植物描述了一遍。那个学名来自拉丁文 fritillus，意思是骰子盒。"她对园艺学方面的词源一直很感兴趣。她读过林奈医生的书。"①

奥特玛再次坦承了自己的无知，他不知道林奈是谁，于是老将军又解释了一下。我听到他说，这位林奈，显然是个瑞典人②——他出生时的本名叫林内③——他分类整理了所有花朵和植物的谱系，为它们拟定学名，或者是找到现有学名的拉丁语词源，他的长处在于井井有条的方法和深厚的拉丁文功底。

"她想要个花园，"奥特玛说，他不是想打断老将军的话，而只是重复了一遍之前说过的话，好让谈话重新回到现实中来。

"那我们就必须给她建一个。"

他们怎么可能给我造出一个花园呢？一个人已经太老，另一个人只剩下一条手臂！可是，听到他们这些话，我的心里是多么甜蜜啊！我站在那儿，感到体内泛起一股暖流，就好像有个男人在我以前还是姑娘时对我说："我

---

① 卡尔·林奈（1707—1778），18 世纪瑞典著名植物学家、动物学家、医生。
② 书中原名是林奈乌斯（Linnaeus），当时瑞典学者阶层的姓氏常作拉丁化，故老将军会说显然。
③ 此处原文有误，林奈的瑞典语原名是卡尔·林奈乌斯，1761 年封爵后，林奈才更名为卡尔·冯·林内（Carl von Linné）。

爱你……"

"他不是那种人，"等我回过神来认真听时，那位老人正如此评价，"他可不是那种愿意帮忙的人，甚至对别人都不怎么感兴趣。"

我猜他们是在说昆蒂，当然了，他们的判断准确无误。

"这里有什么器械吗？"奥特玛接着问，"能挖开地面的工具？"

"在英国有一种叫'小铁牛'①的玩意儿。是一种用马达驱动的耕耘机。"

我想象着奥特玛点头的样子。老将军又说："这么干燥的气候，天晓得种什么最合适。像满天星那样的小花吧，也许。我们得好好读一些书才晓得。"

"我对植物种子一无所知。"

他父母的花园里种过灯笼花，奥特玛接着说。他不太清楚各种花的名字，但他记得那些种在盆里的灯笼花——开着一对花骨朵，透出鲜红与乳白色。天竺葵应该也能开得不错，老将军说，还有金雀花也行。让我高兴的是，他还提到了杜鹃花。阴凉很重要，他们得想办法搭个遮篷。杜鹃花得种在花钵里，冬天得搬进屋里去。

"只有一条胳膊，"奥特玛提醒他说，"我没办法挖土。"

"人可以做出很了不起的事情，知道吗？只要你下定决

---

① 小铁牛（Merry Tiller），又名"快乐农夫"，1950年代末最早在英国伯明翰市生产。

心去做。"

我走开了,因为我听到了他们起身的动静。几分钟后,我看见他们站在屋后,在那座损毁的外屋旁边,互相比画着。他们的声音轻轻地飘到了我这里,老人用手指着。这儿可以搭一级台阶,通往更低一层,这儿可以挖出四块花床,组成一个半圆形,这儿也许可以放上一尊大理石雕像。几天过后,他们向我透露了他们的秘密,同时还向我展示了画在纸上的几页草图。老将军保证会开辟一块香料苗圃,里面种上百里香、罗勒、龙蒿和迷迭香。花园里还会单独种上红豆杉树,或者是当地的松树,就看大家的建议。他们还会尝试种上树篱笆、枸子属植物和夹竹桃。这里还会种上一棵栌树和一棵琪桐树,还有玫瑰和桃树,只要能种活,不管什么都试一试。

"等我长大了,我也想讲故事。"

艾米的手上拿着《爱欲迷航》。她刚才问过我,我便讲了一下书中的内容,她轻松自在地听着。

"我喜欢待在这儿,在大山里。"她说。

八

七月十四日，托马斯·里弗史密斯抵达了我家。前几天晚上和我通话时，他再三坚持不让我们去接他，希望把他给我们造成的不便降到最低程度。所以，他是从比萨市①乘坐出租车赶来的，那是一段极其漫长的旅途，然后他又费了好大劲儿才找到我的别墅。透过楼上的窗户，我望见他掏出了几张十万里拉的钞票给司机结账。他随身带着几只意大利鸳鸯牌提包。我走下楼，在内客厅里迎接他的到来。

他是个身材魁梧、体格壮硕的男子，脸型相当粗犷，一点儿也不像火车上的那个年轻女人。他的双眼在两道浓黑的眉毛下，呈现出不透明的色泽——绿色或蓝色，看不清到底是哪个。他那皱巴巴的头发是灰白色的。里弗史密斯先生的确就像电话里表现出来的那样，是一个严肃而庄重的人；但令人惊讶的是，从某种意义上看，他的相貌还算英俊。他身上穿着一件黑西服，这身西服在飞机上沾染了油渍，又因为他在出租车里坐了太久，再次染上了污渍。应该是他妻子给他买了那几只意大利鸳鸯牌提包吧，不管怎样，它们跟他所带的其他东西格格不入。

"我是德拉亨蒂夫人。"

他点点头，却没有介绍自己，因为毫无疑问，他觉得现在应该没人指望还有别人会来。他呆呆地站在那儿，看起来对任何事情都不感兴趣，只是等着我再多说几句。现在傍晚六点刚过，按美国人的说法，这正是喝鸡尾酒的时间。里弗史密斯先生脸上露出明显的疲态，这意味着，他现在可以来上一杯。

"喝酒？"当我向他提出这个建议时，他重复了一遍。他摇摇脑袋。我最好先洗个澡，他说。在说话的时候，他喜欢盯着别人看，却又给人留下一种目中无人的印象。在他审视的目光下，我觉得自己愚不可及，和某些人打交道时，我就会产生这种感觉。

"昆蒂会带你上楼，里弗史密斯先生。"

"然后我该看一下我外甥女。"

"当然。等你准备好就行，里弗史密斯先生，我们在会客室里等您。"

他跟着昆蒂上了楼。我回到了自己的私人房间中。今天早些时候，我的出版商从其位于伦敦的几个办事处转寄来了一批读者来信。和里弗史密斯先生短暂接触后，我发现这些来信是我消除压力的灵丹妙药。人们会努力尝试解

---

① 意大利中部历史名城，距翁布里亚逾200公里。

读一个故事对他们的意义，或是说明他们辨别意义的方式。"我觉得自己很像罗莎琳。当然，那是许多年以前。现在我已经八十多岁了。"信中偶尔会附上小礼物：一块从日本寄来的纸艺拼图，一朵干花，几件不值钱的小首饰。"露辛达是真的发火了，还是在假装？马克会原谅她吗，完完全全、彻彻底底地原谅她？哦，我真希望他能那样！"还有寄来小标签贴纸的，用来收集我的签名。"我收藏了您的全部作品，但我信不过邮局，不敢把它们寄来。回信的邮费已附上。"我尽了自己最大的努力给他们妥善回信，但面对那么多邮件，有时我会累得精疲力竭。"彭妮·考特女士的生日聚会多么欢乐啊！这让我想起了我自己，在我二十一岁的时候，爸爸用熟石膏和银色涂料给我做了一把钥匙！现在我四十岁了，有了自己的小孩，亚历克（我丈夫）如今已经不在我身边，所以我只能一个人尽力过活。我一直想着她，想着那位彭妮·考特女士，我也不知道为什么。我和爸爸以前很亲密，所以他才会在我二十一岁的时候做那把钥匙，像那样的事情是忘不掉的。我当然也很喜欢孩子，这也不用多说，要是我没有嫁给亚历克，就不会有他们了。他两年前抛弃了我，跟一个女保安跑了。"这些来信往往会写上好多页，墨水的浓淡色泽多次改变，信纸上也会沾染着泪痕。还有些人会寄吃的过来，这自然叫我很感动，但我还是会扔掉，因为出版商曾提醒过我，这才是明智的做法。

"亲爱的罗恩，"托马斯·里弗史密斯到来的那天傍晚，我回信写道，对寄信人的称呼十分亲昵，因为出版商只给了我这个名字，"谢谢你的亲切来信。我很高兴你喜欢《超越无畏》这本书。你关于安娜贝拉和罗杰在前世就认识的想法很有意思。我很乐意接受，事实也许就是如此，对你告诉我的关于你那些宠物的事情，我也很感兴趣。我相信，你妻子发现你从弗雷德身上获得慰藉后，她绝对不会因此而怀恨在心。事实上，我敢肯定，她会为这件事感到高兴。"关于那只名叫弗雷德的雪貂，我又加了一两句话，然后便将回信装入信封，封上了口。我从来不向陌生人提供自己的地址，出版商也提醒过我，这不是明智的做法。还有一些来信，我实在不得不抛在脑后。跟那些心理不正常的人通信可不是一个好主意。

我走进会客室的时候，里弗史密斯先生正沉默无言地站在屋里。

"我给您调杯喝的好吗，先生？"昆蒂主动说道。

"喝的？"

"旅途劳顿后，您想不想来上一杯提提神，先生？"

里弗史密斯先生要了一杯经典鸡尾酒。他随后注意到了我，便向我打了招呼。他说，他的外甥女长得很漂亮。

"是的，的确如此。"但我也补了一句，艾米的精神现在依然很脆弱。我说，因诺琴蒂医生会在上午来探望我们。他会解释这件事情。

"我非常感激因诺琴蒂医生为我外甥女所做的一切，"

里弗史密斯先生顿了一下,接着说,"我也十分感激您在她康复期间对她的照顾,德拉亨蒂夫人。"

我向他解释,以前当镇上的酒店住满时,便会有一些旅客来我的别墅下榻。用我的说法是,这一点儿也没给我们带来麻烦,我们很习惯于接待客人。

"您能把您的银行账户告诉我吗?"里弗史密斯先生接着说,仿佛是急着想一下子把所有公事都解决干净,"我希望能在我们离开前把这件事安排妥当。"

我说那是由昆蒂处理的事情,昆蒂也在给里弗史密斯先生递酒时点了点头。"今晚喝金汤力就好了吧?"他喃喃自语。他把"金汤力"几个字说得很快,仿佛是在以此取乐,天知道他这是为什么。

"谢谢你,昆蒂。"我说,正在这时,老将军也走进了房间。

我为他们二人互相做了介绍,并压低声音说,老将军在火车上和艾米只隔着两个座位。我还提到了奥特玛,以免里弗史密斯先生忘记了我在电话里说过的话。我又压低了声音,向他提起了这位老人的女儿和女婿,以及玛德琳。在这种场合下,我觉得自己有必要这样做。

"你是来接那孩子走的。"老将军说。

"是的,没错。"

一阵沉默。昆蒂给老将军倒了些威士忌,然后告诉他,那些红色小笔记本上注明的酒水,他都留在酒瓶托盘旁边了。老人点点头,表示他明白刚才的话。为了让开始变僵的气氛活跃起来,我提出了一个自己明知道答案的问题。"你跟艾米不是很熟吧?"我问里弗史密斯先生。

"半小时前,这是我第一次见到我的外甥女。"

"什么?"老将军皱起眉头,"什么?"他又说了一遍。

"我妹妹的两个孩子我都不认识。"他似乎不愿再多说下去,便打住了。但紧接着,出乎我们意料的是,他又补充了一句我早已明白的事实:他和妹妹发生过一次家庭争吵。

"所以,那孩子对你来说是陌生人?"老将军不依不饶地问,"你对她也是?"

"的确如此。"

老将军又提出了一个问题,里弗史密斯先生继续得体地回答说,他妻子本来想陪他过来,但遗憾的是,她实在没法抽身。他说他妻子叫弗朗辛,这名字我倒是头一回听见。在回答我自己的问题时,他提供的信息是,他妻子也在学术圈工作。

"那我们应该称你'教授'咯,"我插嘴道,"我们不是很确定该怎么称呼你。"

他回答说,自己很少用到那个头衔。学术荣誉并不重要,他说。老将军又问他的学术方向是什么,里弗史密斯先生回答——他的语调毫无变化——他的研究对象是树皮蚂蚁。他说起这种昆虫的口气,听起来就仿佛我们对它非常熟悉，好像平常那些马啊狗啊之类的。

老将军摇起了脑袋。他不知道树皮蚂蚁是什么，他坦承道。里弗史密斯先生轻轻地耸了耸肩，动作非常细微，几乎令人无法察觉。在金合欢树上建立殖民地的树皮蚂蚁，彼此依赖存活，他声称，这揭示出它们的行为与人类存在相似之处。他最后也承认，这是一个内行才懂的研究领域，虽然和普通人并非无关，于是他转移了话题。

"我外甥女不会忘记她在这里度过的时光。"

"不会的，她肯定不会忘。"老将军附和道。

奥特玛进来了，他的手牵着艾米。我把他介绍给了里弗史密斯先生，有那么一瞬间，我还以为奥特玛会双脚并拢向对方行礼，因为奥特玛有时会显得很庄重。但他只是向里弗史密斯先生鞠了个躬。昆蒂刚才还在酒瓶托盘附近晃悠，这会儿他上前给艾米倒了一杯可口可乐，给奥特玛倒了一杯时代啤酒①。他在笔记本上给酒水饮料做好记录，然后就走开了。

"你画的那些画很有意思。"艾米的舅舅对她说。

"什么画？"

"挂在你房间墙上的那些啊。"

"它们不是我画的。"

"是我画了那些画。"奥特玛说。

---

① 时代啤酒是比利时最著名的窖藏啤酒品牌，在英美市场的知名度很高。

"是奥特玛画的。"

里弗史密斯先生头一次流露出震惊的神色。我知道，因诺琴蒂医生在电话里肯定已经跟他讲了那些画的事情。我注视着他，他心里应该正在寻思，自己是不是听错误会了。他张开嘴，刚想说点儿什么，艾米打断了他。

"你什么时候带我走？"

"等明天因诺琴蒂医生来了，我们听听他的意见。"

"我好多了。"

"那是当然。"

"我真的好多了。"

艾米坐在房间正中央的位置，她身上穿着一件朴素的红裙子，那是她跟西尼奥拉·巴蒂妮一起买的。奥特玛斜靠在一道拱门的廊柱上。他眼中依然流露出恐惧的神色，但现在已经平复了一点儿。

"这么快就想出发去长途旅行了？"里弗史密斯先生问着艾米，他的声音听起来挺假，某些人在对孩子说话时就会故意用假声，"很累人的，知道吗，在天上那样一直坐着。"

"你想休息休息吗？"艾米在说这几个字时有点结巴，她重复了一遍，"你想休息休息吗，舅舅？"

"我们可千万不能催你舅舅上路啊，知道吗？"我轻轻插嘴说，"在重新长途跋涉回家之前，他需要先喘口气儿呀。"

接着，我们的对话又变得平淡正常起来。老将军彬彬有礼地继续向我们的客人问了一些问题，在这种场合下，它们显得传统而俗套：他住在美国什么地方？他自己有没有小孩？从他和里弗史密斯先生闲聊个不停的方式来看，你简直没法猜到，老将军已不复年轻时的勇敢，他无法鼓足勇气去参观一座空荡荡的房子，就连当面跟律师们谈话都做不到。

"维吉恩维尔镇，"里弗史密斯先生回答，把他居住的小镇的名字报了出来，"在宾夕法尼亚州。"

他还说出了附近那所大学的名字，他就在那里研究刚才提到的那种生物。我的猜测准确无误，他和弗朗辛在婚后没有生小孩。

"我女儿也没有。"老将军说。

在回应老将军进一步的礼貌询问时，里弗史密斯先生透露，他妻子在上一段婚姻中育有子女，如今他们都已长大成人。我问起他在这段婚姻之前还结过婚没有，他说结过。然后他再次陷入沉默。是老将军挽救了局面，对他讲起那个规划中的花园。屋子的一处角落里，奥特玛和艾米说着悄悄话，用撕碎的纸片玩着他们的游戏。老将军提起了各种植物的名称——针叶天蓝绣球，我记得，还有滇藏木兰。他想知道的是，树牡丹，他妻子生前最喜爱的两种植物之一，是否可以在翁布里亚的土地上茂盛生长。据他的猜测，肯定得先试验一番，其间难免会犯错误。他还热情洋溢地补充说，昆蒂已经找到了一台用马达驱动的小型耕耘机，可以在当地租用，只需要一个人就能操作。

"我对园艺方面的事了解很少。"里弗史密斯先生说。

他说话时，不知怎么的，我开始想象五月五日在美国宾夕法尼亚州维吉恩维尔镇上的情景。我想象着里弗史密斯先生刚走进家门，弗朗辛便对他说："意大利又发生了一起炸弹袭击。"我依然能在脑海中轻松地呈现出那幅场景。当时她正在喝橙汁。电视屏幕上是一列火车的残骸。"今天过得怎么样？"她问，他抱了抱她，动作和平时从日常研究中脱身回家后一样机械。"哦，还凑合。"他回答。（我敢肯定，他用了"凑合"这个字眼。）"目前它们正在惊人地建立殖民地。"她这天过得很辛苦，弗朗辛说。那辆丰田轿车的引擎盖又卡住了，她在打开车盖时遇上了困难，最近它经常这样。电视上的新闻播报员正在说，目前尚没有任何恐怖组织宣称对这起事件负责。

"您妻子也研究蚂蚁吗，里弗史密斯先生？"我提出这个问题，一方面是因为房间里又陷入了令人尴尬的寂静，另一方面则是因为，恰好在这个时候，我突然产生了好奇心。

开口回话前，他先将双唇抿在了一起——看那样子，也许是为了压住一声叹息，或者，那是某种神经抽搐的表现。"我妻子的研究科目和我一样，"最后他终于挤出了这句话，"是的，没错。"

几星期后,维吉恩维尔镇的警察找到了他们,给他们提供了消息,他和弗朗辛这才明白,电视上的那些可怕画面和他们之间的联系,比他们料想的还要紧密。那幅场景也清晰地呈现在我的脑海里,至今依然如此:警官们谢绝了坐下的邀请,他们胸前的警徽在阳光下闪闪发亮。"意……大……利?"托马斯·里弗史密斯紧绷而间断的话音,在警官们听来感觉压抑不安,甚至在他自己听来也是如此。"小姑娘已经出院了,先生,"其中一名警官告诉他,"在当地的一座别墅里,有人在照顾她。"仍然呆若木鸡的里弗史密斯先生开始喃喃提出一连串问题。为什么会发生爆炸?这和火车上坐着美国人有关系吗?那些要为爆炸负责的人有没有抓起来?"我的天啊!"刚刚走进屋里的弗朗辛大声惊叫,"我的天啊!"

我们在露台上用了晚餐。里弗史密斯先生挪起身,不情不愿地对眼前的风景赞叹了一番。

第二天上午,因诺琴蒂医生开车过来,向里弗史密斯先生详细说明了艾米康复的进展。从医生的语调和里弗史密斯先生的反应上明显可以看出,以前在电话里说过的话现在又被重复了一遍。因诺琴蒂医生十分耐心地向里弗史密斯先生确认和说明了当前的状况,并在他认为有必要的地方详细解释。最后他说,既然里弗史密斯先生觉得自己已经准备好了,他也看不出有什么理由阻止里弗史密斯先生带着艾米尽快返回美国。他为那孩子已经倾尽自己的所能。里弗史密斯先生感谢了医生,并向医生说了几句相当简短的话。

"还有一件事我想和你说说,医生。艾米坚持说那些画不是她画的。"

"她不知道自己画过,先生。"

"那个德国人——"

"奥特玛愿意帮忙解围,这是一件好事。"

"艾米和奥特玛已经成了好朋友。"我说。

里弗史密斯先生皱起了眉头。他的脸上掠过了一丝不耐烦的表情。我这时才意识到,就是那副样子,让他时不时会显得粗鲁无礼。他的问题在于很不耐烦的性格,而不是神经过敏。他一直表现得很严肃,仿佛那是他的保护伞,凭那样就能掩饰住他性子里的不耐烦。但有时候,这份伪装也会不自觉地暴露出来,导致他身上透出某种恼火烦躁的迂腐气息。

"没关系的,先生,"因诺琴蒂医生用意大利语宽慰他说,"只不过是些画罢了。涂在纸上的色彩而已。"

"里弗史密斯先生也许还不明白,"我提出,"因为他还没观察过他外甥女的康复过程。"

"没错。"因诺琴蒂医生同意道。"我们必须抱有希望。"他加了一句,但和平常不同的是,他这回的口气头一次显得模棱两可。

当天下午，里弗史密斯先生签好了必要的支票，一张付给医院，另一张付给了因诺琴蒂医生。他还安排买好了一块墓碑，并提前付清了费用。

后来，事情发生了意想不到的变化。在和艾米以前的多次谈话中，因诺琴蒂医生曾向她描述过他的家乡锡耶纳。他说，那是全意大利最令人骄傲的城市，到处是各种神秘的角落，无不给人带来阴沉暗淡和惊奇的感觉：在她回美国前，她一定得去参观一下。"你还没去过呀？"那天上午，他装出一副失望的口气嗔怪她，"你不肯让你的老朋友开心开心吗，艾米？"

稍后，奥特玛在会客室里提起了这件事。艾米已经答应了因诺琴蒂医生，他汇报说，只是她太害羞了，不敢问起。

"锡耶纳？"她舅舅说。

"那里离这儿不远。"我解释道。我们可以很轻松地安排一次短途旅行。"来这儿一趟，却不去锡耶纳看看，那就太可惜了。"

昆蒂会开车送我们过去。老将军也想陪着我们，他希望能在那里买到一些园艺书，也许昆蒂能帮他翻译一下内容。

"您不介意一早出发吧？"我问里弗史密斯先生，"那样我们就能避开最热的时段了。"

他这次倒是很爽快地答应了下来,尽管他又飞快地提了一下自己的睡眠习惯,却也没像其他人那样讲个没完没了。我禁不住寻思,弗朗辛会不会也讨厌他这个样子。

"昆蒂会在早上六点半叫醒您,给您带杯茶过去。"我压低了嗓音,朝周围瞥了几眼,因为接下来的话我不想让其他人听见。这是我们所有人的第一次集体活动,我透露道。"自从那件事发生以后,我们一直没有多少信心。"

我不知道里弗史密斯先生听没听见我的话。他只看了我一眼,我再次感觉他压住了一声叹息。令我惊讶的是,无论是弗朗辛还是他的前妻,她们以前都没有告诉他,他这种习惯看起来让人感觉非常粗鲁无礼。

九

次日早上七点刚过,我便注意到,老将军在向里弗史密斯先生介绍那辆轿车的外观特征,它自然是归我所有,但昆蒂总习惯声称,那辆车是他自己的。老人把注意力放在了那对巨大的前照灯上,还有连接行李厢的镀铬紧固件和这会儿折起来的帆布车篷。我听到他说,这款气派十足的豪华老爷车早已经停产了。里弗史密斯先生无疑认为这是一辆老古董。他说了些什么,但我没能听见。

为了我们的这次旅行,我特意挑选了一顶宽檐白帽,一条朴素的白色连衣裙,配上黑白相间的高跟鞋、黑腰带和手提包。在我家别墅门前的砾石空地上,我向两个男人打了招呼,不多时,奥特玛和艾米也出现了,艾米穿着舅舅来时穿的那条红裙子。让我惊诧的是,罗莎·克里维丽也走出了别墅,她穿着一身带鲜花图案的绿色套装,腿上穿着配套的绿色网眼长筒袜,看她那副梳妆打扮,明显就是要出门的样子。

"快看……"我把昆蒂拉到一边,刚刚开口,他却打断了我的话头,我甚至没来得及提起那姑娘的名字。

"您答应过没问题的，"他说，"昨天晚上我俩问您的时候，您说，去的人越多越快活。"

"我没说过那种话，昆蒂。"

"您说过的，您心里清楚。我还说，这对那姑娘来说也是个出门游玩的好机会。我还说过，她这些天看起来不太舒服。"

我坚定地摇了摇头。我们之间从没有说过这些话。

"您当时已经喝了一杯下肚了，夫人。"

"昆蒂——"

"抱歉。"

他耷下了脑袋，只有昆蒂能做出那副样子。他抗议说，无论是他还是那姑娘，都绝对无意来冒犯我，也许是他听错了话，以为我当时说去的人越多就越快活。

"你跟着去是给我们开车的，"我向他指出，"带上女仆可就完全不一样啦，根本就让人莫名其妙嘛。"

"可是昨晚您说过那话以后，我已经答应她了呀。她还说您的心肠特别善良呢。"

一切都乱套了。本来我是多么想把事情办得妥妥帖帖啊。我想让艾米和她舅舅度过这欢乐美好的一天，我想对里弗史密斯先生了解得更多一点，我想让老将军和奥特玛继续打起精神，从这趟旅行中有所收获，我想让所有人都可以重新开始感到快乐幸福。

"昆蒂，让一个女仆跟别墅里的客人搅在一起，是很奇怪的事情呀。"

"我知道。我知道。我们是专门伺候人的阶层。我想说的只不过是，既然误会已经在那儿了，就让它继续待着吧。那个可怜的丫头，要是这趟去不了，她会非常失望的。昨晚大半夜的，她还在熨烫自己外出的衣服呢。"

到最后，我只好放弃，尽管我依然感到十分难堪。我决定，时机恰当时，我要向客人们道歉——好吧，至少是要向里弗史密斯先生和老将军道歉。我自己也属于伺候人的阶层，昆蒂很清楚这一点，但现在所有人都在等着，我也就没心思去解释我们之间天然有所分别。

"抱歉啦。"他又说了一遍。

我所做的也只是朝他连连摇头而已。罗莎·克里维丽从刚才就一直盯着我们，心里揣测着我们谈话的内容。她噘着嘴，蜡黄的脸上刚要变得阴云密布，这时我看见，他朝她使了个眼色，她顿时绽放出一脸微笑。我朝其他人走去，轻声建议说，让艾米和那个女仆一起坐在后排的两张大座位上，它们也是这辆轿车的特色之一，中间那排长长的座位得向前折起来，才能空出进入后排的通道。奥特玛、里弗史密斯先生和我坐在中间这排位置上，老将军和昆蒂则坐在前排。

"出发喽！"昆蒂用意大利语高喊一声，同时拉开了汽车挂挡杆，刚才他那副低落的情绪已经一扫而光了，"我们出发喽！"

碧空万里无云。早晨的空气凉爽清新。一路上，我为里弗史密斯先生指出远处的山间小镇和松柏大道。有时我会指出一座教堂，或是看不见人影的路边咖啡馆和加油站，因为我心里清楚，对陌生人来说，一切新鲜的事物都能勾起兴趣。里弗史密斯先生不时点头表示了解，看起来却像是在仔细考虑他尚未分享的私事。"真的很不错，这辆车子。"我听见老将军说。奥特玛也时不时地回过头，和艾米聊上一两句。

"你也许会觉得奇怪吧，"我对里弗史密斯先生说，因为我前天想到的那些事情，昨晚又浮现在了我的脑海里，"我们几个人都还没有摆脱恐怖的阴影，生活被冲击得七零八落，现在却在一起外出旅行。"

他摇摇脑袋，用一种客套的方式说，这是伤口痊愈和身心恢复的好兆头。

"我们渴望逃离自己忧郁的心境，里弗史密斯先生。我们身体表面的伤口都已缝合痊愈。但当我们深入内心世界，看见的却只有无法承受的沉重悲哀。"

我深思熟虑地选择了那些字句，并没有补充说，自己蒙受的损失远远小于其他人，因为我可以失去的东西本来就更少。我也没有详细展开，因为当下的时机不合适。我唯一希望能解释清楚的就是，今天，当他观察他外甥女、奥特玛和那位英国老人时，他所看到的都只是表象，在他们的肌肤下是拼凑起来的人体残骸。里弗史密斯先生说，他可不会那样想,但他也没有给出别的解释。

"我只是觉得应该提这一句。"说完,我就把这件事放下了。我本来也可能补充说,还有我们时代的残骸,但我没有那样做。

我们抵达锡耶纳后,昆蒂就把轿车停在了城门里面。为了确保车内阴凉,他还将车停在一棵树下。趁着他拉起帆布车篷将它锁到位的工夫,我们步行出发,去田野广场上的咖啡馆用早餐。在我们穿过的狭窄小街上,空气颇有寒意。

"我必须向您道歉。"在一个私密时刻,我悄悄对里弗史密斯先生说。

"您说什么?"

我冲他微微一笑,然后朝旁边使了个眼色,暗示罗莎·克里维丽也在场。罗莎·克里维丽身上有点儿吉卜赛人似的野性风味,而在她那身鲜绿色的套装和网眼长筒袜的衬托下,这股野味儿显得越发浓重了。

"您刚才说什么?"里弗史密斯先生又问了一遍。

我只说了句没关系,因为时机已经过去,现在我们可能会被人偷听到。我问他,他妻子会不会喜欢上这座城市,当地居民们像清晨时分的幽魂一样在暗灰色的小巷子里走动的场景会不会令她印象深刻,他回答会。等我们终于到达目的地时,眼前的反差实在叫人吃惊:炽热的阳光已经在炙烤大街上的铺路石,还有城市中心那片优雅的、呈贝壳形状的凹形广场上的赤褐色红砖。这等美景，我心里寻思着，会不会也给里弗史密斯夫人留下深刻印象呢？

他没有直接回答我。实际上，从严格意义上讲，他根本就没有回答我的问题。"因诺琴蒂医生给了我外甥女这本导游手册。"这就是他说的话，然后他把那本手册原封未动地递给了我。

市政厅的宏伟高塔威严矗立，主宰着淡雅宁静的美丽苍穹。在咖啡馆外遮阳篷的阴影中，我们在一张餐桌前围拢落座，趁此机会，我飞快地把那本导游手册浏览了一遍。昆蒂和罗莎·克里维丽先后与侍者握手，用意大利语畅快地闲聊。他们俩闹哄哄地点了咖啡和奶油蛋卷。"这趟旅行让她兴奋坏了。"昆蒂注意到我正在看着他们，于是低声对我说。

"这里的生活真是太惬意了。"老将军说。

"是啊，的确如此。"里弗史密斯先生附和道，这让我有点儿吃惊，因为在从车上走到这里的途中，他一直都沉默不语。

咖啡端上来后，我继续对他念导游手册上关于赛马大会的条目，吸引他的注意——每年夏天，这里都会举办赛马，选手们会策马穿过锡耶纳的大街小巷，在我们现在所坐的广场的斜坡上竞技奔腾。我大声地读出这段文字：这项赛事狂野奔放、充满危险，在来自外地的既得利益团体的嫉妒的当地家庭之间，有着长期而激烈的争斗。

"您会注意到那些经过装饰的路灯,"昆蒂插嘴道,"人们为了那个盛大的日子精心布置过它们。"

我脸上戴着深色墨镜,借助它们的掩护细细观察着身边的同伴们,与此同时,昆蒂则继续讲了一阵子路灯的事,就像刚才他对那个女仆所说的话一样,现在他也变得兴奋坏了。我观察着奥特玛神经紧张时手指的动作,一阵阵的焦虑令他时不时扭头朝后张望,仿佛他打扰了周围的环境。老人依然很完美地掩饰着自己内心的痛苦。艾米仔细看着和咖啡一起送来的小糖包,观察上面的图案。

"锡耶纳人烘焙的马卡龙很有名,"我向里弗史密斯先生介绍,"就是我们在喝茶时吃的那些杏仁甜饼。"

"是的。"他说。

后来,在去大教堂的路上,我们顺路走进一家旅行社,他向店内的店员确认了返回宾夕法尼亚的航班信息。他在四天前就提早订好了机票,我自己则温柔地劝里弗史密斯先生,在重新赶路前,他应该留出充足时间调整好时差。"我想,您已经考虑过怎么让艾米和你们一起安定生活了吧,"聊完客套话后,当我们重新回到街上时我说,"你和你的妻子。"

他又一次抿紧嘴唇,突然飞快地点了下头,然后陷入一阵沉默。

"和我说说你的妹妹吧。"趁着我们继续走路的工夫,我主动试探道。

话音未落，里弗史密斯先生已在路上停下了脚步。他不慌不忙地转身对我说，每次看到艾米，他都会想起自己的妹妹。艾米的头发、眼睛和脸上的雀斑都和菲儿的一模一样。我说是的，这我知道，但他没有理会我的评价。接着，让我大吃一惊的是，里弗史密斯先生开始讲起他家里以前遇到的麻烦，当时我们仍然站在大街上，其他人都已经远远地走到我们前面，去山上参观大教堂了。他妹妹特别喜欢他的前一任妻子。他的第二任妻子，就是那位名叫弗朗辛的，不知怎么就发现了这件事，甚至还了解到菲儿几次三番想让他和前任再续情缘。在他迎娶弗朗辛的两个月后，菲儿和弗朗辛狠狠地吵了一架，从此她们便再也不跟对方说话了。他当时选择站在弗朗辛那边，所以菲儿后来怎么也不肯原谅他。两人的关系进一步恶化，最终导致了现在的局面——他对她的孩子们一无所知。他还记得自己的妹夫杰克，但以前他们只见过一次面。很显然，里弗史密斯先生曾经多次想给菲儿写信，看自己能否做些补救挽回情分。但后来他始终没有那么做。

"自然而然，我出门到这儿来，心里还是很不安的。"里弗史密斯先生坦承道，"我以前连我外甥女的照片都没见过。"

他身上的迂腐气息现在完全消失了。他头一回显得像个正常的人类，在努力参加一场对谈。他不是个爱说话的人，无论处在这个世界的何种环境下，他的这个特征都不会改变。然而，这番关于家庭烦恼的小小描述，以最自然的方式从他口中娓娓吐出——虽然还是犹犹豫豫的，令人感到尴尬，但无论如何，都是真情的自然流露。我注意到，在我的脑中涌起一股欢乐的激情，仿佛针扎一般带来轻微的刺痛感，愉悦的暖流也传遍了我的全身。我首先想到的就是要把皮球扔回去，继续与他交流。

"艾米从来不知道她有个舅舅，"我向他指出，"所以，要是您和弗朗辛觉得，你妹妹会透过艾米的眼睛来责备你们，那你们就大错特错了。"

他似乎被我这话吓了一跳，甚至惊得微微蹦了起来。

"你妹妹当然不会去责备你们，"我重复道，"她看上去善良宽厚。"

对我的这一评语，他未置一词。我问他，上次看到自己的妹妹是什么时候，他回答说，是在他们母亲的葬礼上。

"很久以前吗？"

"一九七五年。"

"那你父亲呢？你和菲儿的父亲呢？"

他的回答再次令我惊讶。他们的父亲，早在菲儿还在襁褓中时就去世了，我可以想象，在那个残缺的家庭里，比妹妹更年长的他，承担起了父亲的角色。我想象着他在家中像父亲以前那样修缮物品，栽种生菜和茄子。我心想，不知道菲儿是不是很敬爱他，因为在这种情况下，年幼的妹妹往往会如此。

"不要为此感到愧疚。"我恳求道，然后我告诉他，老将军从前没办法尊重他的女婿，现在他也无法找回勇气走入一座空荡荡的房子，甚至去和律师们打交道，而他过去曾是一个多么勇敢的人。我还向他提起了奥特玛的女友玛德琳的故事。

在我说话时，我回忆起了前晚做的一个梦。和普通人一样，我很想立刻就把它讲出来，但面对像里弗史密斯先生这样的人，我发现自己竟无法启齿。你们现在很可能已经推断出来了，对我来说，梦境有一种无与伦比的魅力。那个奥地利象牙切割工——实际上，还有穷小子亚伯拉罕——曾定期找我出去，给我讲述他们的梦，我也偶尔会告诉他们我自己梦到的事情。事实上，这个梦和里弗史密斯先生有关，可能的确会引起他的兴趣，但我仍然感到拘谨难言。在那个梦里，他是个更年轻的小伙子，比男孩大不了多少。他正在修一只厨房抽屉，刚才菲儿把它拿在手里时，它突然四分五裂，侧边脱落，好像是边框脱胶了。"你能修好它真是太聪明了。"菲儿称赞道。窗户半开着，哪怕只有最柔和的清风吹进房间，百叶窗的木板条也会轻轻地叩响窗框。当我们俩一起爬上山坡朝大教堂走去时，我很想问问他这件事，但后来我依然没有开口。

其他人现在已经离开了我们的视野。我们走上大教堂的台阶时，才发现他们都在那里等我们，老将军一边翻着因诺琴蒂医生的那本导游手册，一边带领我们走进那座黄蜂形状的建筑,口中大声读着关于教堂地板和木雕讲坛的介绍文字。在这处令人叹为观止的景点中,我们尽情欣赏各种神奇的事物,然后我们参观了附近的小博物馆,又前往美术馆去欣赏绘画。昆蒂和罗莎·克里维丽已经不见了踪影,这让我大大地松了口气。

宁静的美术馆内,我还想着继续找里弗史密斯先生攀谈,但在我们欣赏画作时,他上前走到了奥特玛和老将军身边,暂时把我一个人抛在了后面。艾米已经走到前面去了。

"快看这个!"我听见她在另一个房间里发出欢叫声,很快,我们所有人都聚到了那幅让她兴奋不已的画作面前。

那幅画的名字叫《报喜天使与牧羊人》,画中描绘着两名牧羊人和一条像老鼠的狗儿,他们蹲坐在一堆篝火前,旁边是一群仔细圈好的绵羊。周围是典型的意大利山景,逐渐化作棕褐色的沙漠,天空也是意大利的天空,画作背景和前景中的几座建筑,都是典型的意大利式。然而,天空中有一位天使,飘浮在一团金色的圣光之间,手中伸出一根小树枝,在我这双未经指导的浊眼看来,那位天使似乎与这幅画并不怎么协调。

"我从没见过这么漂亮的画!"艾米赞叹着。

她说话的时候,我突然想到,要是那起恐怖袭击没有发生,她这会儿很可能是跟着她的父母和哥哥来到这座城市旅游,他们很可能也会站在这幅名画前欣赏评论。我怜悯地注视着她,但她的脸上正洋溢着幸福的光芒。我挤到离里弗史密斯先生更近一点的地方,希望悄悄地和他分享自己这个想法,但遗憾的是,我正要靠近他时,他却走开了。

"看看他们是怎么把那些羊圈起来的,"艾米说,"就像用网给兜住了。"

"萨诺·迪·皮耶罗,公元一四○六年生于锡耶纳,一四八一年去世。"老将军读着因诺琴蒂医生那本导游手册上的介绍文字,解释说,那个人就是这幅画的作者。

"离现在已经有五百多年了。"我向艾米指出,满心以为这会让她产生兴趣。

"有八棵大树,"她清点着画中的东西,"也可以说是八棵半。羊圈里可能有十九头羊。或者是二十头,我猜。很难把它们数清楚。"

"更像是二十头。"老将军估摸着说。

的确很难把它们数清楚,因为两头颜色相同的绵羊靠得太近时,那些绵羊的身形便会重叠起来。老将军说,根据那本导游手册上的介绍,那条狗比两名牧羊人先注意到了天使的存在。在我看来,这好像也太魔幻了点儿,但我没有把话说出口。

"我爱那条狗,"艾米说,"我爱它。"

刚才溜到一边去欣赏其他画作的奥特玛,现在重新加入我们。艾米拉住他的独手,向他一一指出自己刚才滔滔不绝说出的那些吸引人的地方。"特别是那条狗。"她还补了一句。

终于，我们重新顺着楼梯走下楼去，这让我心里很高兴。数不清的天使与圣徒，还有圣母马利亚和圣子耶稣的画像，都美轮美奂，无疑令人赏心悦目，但一次接连欣赏这么多，又未免有些过犹不及了。我心想，不知里弗史密斯先生的妻子是否会同意我的看法。由于我也很想了解她是个什么样的女人，我便向他提出了这个话题。我说，这一路上，光我亲自数过的圣母画像就不下三十幅了。

"也许大教堂更符合弗朗辛的喜好吧？"

然而，里弗史密斯先生当时正在买明信片，他没听见我说的话。我觉得有趣的是，他竟然结过两次婚。同样，这件事也让我颇感好奇。

"奥特玛说，市政厅的高塔可以爬上去。"艾米在卖明信片的地方说，"我们正要去呢。"

返回田野广场的路上，我注意到，昆蒂和罗莎·克里维丽悠闲地站在一道门廊里。他们俩正在抽烟，一边随手翻看着一本摄影杂志，昆蒂翻动纸页时，两人乐得咯咯直笑。让我高兴的是，他们俩没有看见我们，而我们走过时，也没有人碰巧望向他们俩的方向。从封面你就能看出来，那是一本什么样的杂志。

"我怎么从没见过你？"我听到艾米在问她舅舅，"我甚至从来都不知道，我有个舅舅。"

他的回答我没听清，好像是说，宾夕法尼亚州维吉恩维尔镇离她和家人的居住地实在太远了。显然，他不想再深入解释这件事。然而，当我们转进广场的时候，她还在不依不饶地追问，仿佛已知晓部分真相。

"你不喜欢她吗？"

"我非常喜欢她。"

"你们俩吵架了吗？"

他犹豫了片刻，接着回答说："有过一次愚蠢的争吵。"

老人说他不去爬高塔了，他想去买园艺手册。我们做好了安排，预定一小时后再会合，地点就在我们上午吃早饭的咖啡馆隔壁的餐厅——广场餐厅。我自己逛，去几家鞋店看看。

我本想找一双棕黄色的中跟鞋，却未能如愿，于是，我踱进了一家酒吧，就在那座银行林立的小广场附近。"来啦，夫人！"侍者用意大利语欢快地高喊一声，为我端上酒水。坐在这里看着人来人往，真是一件惬意的事。我身旁坐着一对装束齐整的夫妇，女子梳妆优美细致，她的伴侣身穿优雅的亚麻布西服，胸前打着蓝色丝绸领带。一个蓄着小胡子的男人独自坐着，正在阅读一份《新闻报》。两个漂亮的年轻女孩，好像是双胞胎，在谈天说地。"来啦，夫人！"侍者又喊了起来。真是不同寻常啊，我做的那个关于里弗史密斯先生的梦，我禁不住思忖，自己究竟如何得知那样私密的事情，而且还是那么的生动细腻。我一次次地听见他的声音在告诉我关于那场家庭纠纷的事情，而令我欣喜的是，我们俩终于搭上话了。

"太漂亮了！"过了不久，一名女售货员用意大利语热情地喊道。我的双手间抱着一只色彩鲜艳的母鸡。刚才我在一个摆满纸质工艺品的橱窗里发现了它，它跟一条身体盘旋、十分惹眼的大蛇和一条鳄鱼并排放在一起。每件工艺品都覆盖着旋转流动、交织错杂的大块色彩，从远处看，我还以为它们是纸艺品。然而，当我触摸那些动物时，才发现它们其实都是木雕，表面上贴着鲜艳的彩纸，而非颜料。

我买下了那只母鸡，因为它最惹人喜爱。店员用黑色薄绵纸把它包好，放进一只带有脚印图案的购物袋里。他爱弗朗辛吗？我寻思着，在心中重新尝试勾勒出她的模样——透过一台显微镜仔细观察昆虫，开着她的那辆丰田牌轿车。但我这次还是无功而返。

不过，在离开商店时，我恰好瞥见了里弗史密斯先生的背影。他正转过一个街角，消失在我的视野中。我呆立了一小会儿，但最终还是追了上去。

"里弗史密斯先生！"

他转过身，在看清来人是谁后，便停下等我。我们所在的这条街充其量不过是条小巷子，全无阳光，阴湿晦暗。如果我们走到底再往左转，里弗史密斯先生说，就能很快回到田野广场上了。

"先别急着回去呀。"我提议道,态度也许有点太莽撞了。

刚才在我穿过一片庭院时,我注意到有一家漂亮的小旅馆,外墙上爬满了爬山虎。我带着里弗史密斯先生朝那里走去。

"这里才是我们要来的地方。"我引着他穿过入口,走进一座赏心悦目的小酒吧。

"其他人也要来这儿吗?我还以为我们约好了——"

"我们先坐下,好吗?"

想象一下吧,一座略显阴暗的小酒吧里,缠绕在窗户周围的爬山虎遮住了屋外的光线。桌面是绿色的,椅子和墙纸则是红色。两个貌似亲兄弟的酒保,显得年轻而瘦削,蓄着黑色络腮胡。只有零零星星的几位客人坐在桌前。花瓶里插着几朵鲜花。

"他们要来这里吗?"里弗史密斯先生又问了一遍。

"我想给你找点儿安宁。"我回答,一边朝他友好地笑了笑,"我想你会喜欢一点平静安宁的气氛,对吧?现在,我坚持要请你喝上一杯鸡尾酒。"

他摇了摇头。他开口讲了句什么,好像是说自己中午从不喝酒,但我意识到,他这只是礼貌的拒绝,是为了不想继续欠我的人情,所以我没有理会。我给他点了一杯经典鸡尾酒,因为在我家,那已经成了他的专属酒水。

"这里实在是太舒服了。"说完,我又对他笑了笑,试图让他放松一点儿。我接着说,我和他稍微迟点儿去吃午饭也是没关系的。要是有人在背后嚼舌根,那也纯粹是胡说八道罢了。

他皱起眉头,仿佛"嚼舌根"这句土话让他感到困惑。我摇摇脑袋,表示这也无关紧要,我刚才的话没啥要紧的。酒保端来了我们的酒水。我说:

"我在想,萨诺·迪·皮耶罗到底是个什么样的人。"

"谁?"

"就是那个画家呀,那孩子多么喜欢他那幅画啊。顺便提一句,导游手册上说,是那条狗最早注意到了头上的天使,我觉得那个说法未免有点儿放肆了。"

他似乎在点头,但过于轻微,也许我看走眼了也说不准。

"你也这么想吗?你注意到那个了吗?"

"嗯,没有,这我可真说不好。"

酒吧里的客人渐渐多了起来。我让里弗史密斯先生留意观察一位戴着小巧的无框眼镜、身边陪着一位少女的老人。我压低声音问他,他觉得这两个人之间是什么关系。他干巴巴地回答说,他不知道。

我又问了他对于酒吧里那几对夫妇以及一群明显是生意伙伴的男人的看法。我想起了在第二百一十九号车厢上的那些男人,但我觉得,现在提起这个并不合适。眼前这群人里,有个人不停地从口袋里掏出几个小玩意,把它们摆在桌上放一小会儿。我觉得它们可能是扣子。我很好奇,这些人是不是做纽扣生意的。

"纽扣?"里弗史密斯先生问。

"只是猜猜罢了。"我说,在这时,一群日本人走进了酒吧,于是我说,日本人最能让人引起注意的地方就是——从他们身上,你压根儿就猜不出任何东西。

"是的。"里弗史密斯先生说。

我一直很想伸出手,越过桌面去触摸他的手背,让他安下心来,但我当然没有那样做。"你怎么了?"我想问他,仅此而已,同时又不愿让他为这个问题感到紧张不安。他没有主动提出再续一杯,真让人遗憾,因为对于像里弗史密斯先生这样的男人来说,再喝上一杯会起到很好的舒缓作用。两小时前,他在和我讲起自己妹妹时的那种舒畅的交流感觉,现在已经一去不复返了。

"我真觉得我们应该去找其他人会合了,德拉亨蒂夫人。"

尽管我刚才说过这次由我来请客,但他这时已经在桌面上放好了一张钞票,几分钟后,我们又回到了街上。我得一阵小跑才能跟上他的脚步。

"刚才我只是觉得,"我有点上气不接下气地说,"休息几分钟可能对你有好处,里弗史密斯先生。"

虽然他没有任何表示,但我相信,他打心眼里可能还是很感激我的。我相信,我的话可能大大满足了他内心的虚荣。他放慢了脚步,我们一起踏进了田野广场上的明媚阳光。其他人已经在一张户外餐桌前就座,头顶有一块蓝白相间的遮阳篷。令我惊惶不安的是,昆蒂和那个女仆也在那里。昆蒂正滔滔不绝地对老将军讲着环法自行车赛的无聊细节。

"我看见让-弗朗索瓦赢得了黄衫①。"我们走近的时候,他正在说,而那位老人也附和着点头。他给我看了一本买来的花卉书,是意大利语的,书中有精美的杜鹃花插图。"茉丽斯杜鹃和克纳普山杜鹃,"他一边说,一边用食指描着这些花朵的轮廓,"久留米杜鹃和格伦代尔杜鹃。我们会让它们成功长起来的。"

奥特玛和艾米正在翻看他们的明信片。罗莎·克里维丽刚才打开了一只粉饼盒,这会儿正在往嘴上抹口红。昆蒂已经放弃用自行车赛吸引老将军的注意力了,他正歪着嘴咧出一脸傻笑,将头偏向一边,专心地欣赏着她。

"我刚才买到了一只特别好看的母鸡。"我说。

我小心地打开我的战利品。当那个漂亮的工艺品从黑色薄绵纸中露出时,艾米不禁惊呼起来。

"他们店里还有鳄鱼和大蛇,艾米,但我觉得母鸡最好看。"

"哇,它真是太漂亮啦!"

---

① 这里的黄衫指环法自行车赛中代表总成绩领先的鲜黄色领骑衫。

"'谁能帮我磨玉米?'你知道小红母鸡的故事吗,艾米?"

她摇了摇头。

"'我不干。'小狗说。'我也不干。'小猫说。"我把这个故事完整地讲了一遍。很久很久以前,在我比艾米还小的时候,特莱斯太太曾经给我讲过这个故事。

"好吧,我从来没听过这故事,"昆蒂说,"你明白吗?"他问罗莎·克里维丽,"夫人在讲一只农场鸡的故事。一只母鸡。"

里弗史密斯先生坐在我旁边,我向他倾过身去,对他说,我真希望昆蒂和那个姑娘能自己找个地方吃午饭。"我必须向您道歉,不得不让您跟仆人们一起用餐。"

他摇了摇头,似乎在说这没关系。但它的确很有关系。这是放肆无礼和令人心烦的举动。我向一名侍者示意,招呼他过来后,我暗示说,如果能为里弗史密斯先生端上一杯经典鸡尾酒,他会感激不尽,而我自己也想来一杯金酒兑汤力水。我做这一切都是静悄悄的,但昆蒂那双敏锐的耳朵却能偷听到任何动静。

"上金汤力!"他越过桌子朝那名侍者大喊,后者重复了一遍,似乎被这个简称给逗乐了。"您想要金汤力吗?"他对所有人依次问。"我想要。"罗莎·克里维丽说。里弗史密斯先生则开口说,他不想喝经典鸡尾酒。

"这不是事先安排好的,是她自个儿不请自来。他们俩都是只会投机取巧的没用废物,你简直可以这样说。"

昆蒂从前是个潦倒落魄的穷光蛋,我接着说,那姑娘则带有吉卜赛人的血统。我说话的时候,那名侍者端着我和罗莎·克里维丽的金汤力回来了。"两份金汤力!"他用意大利语高喊,仿佛觉得整件事很滑稽。在我们点餐时,他更是露出一副小丑般的表情,态度桀骜,还翻起了白眼。所有这一切都是昆蒂和那个女仆造成的。我向里弗史密斯先生指出这个事实,但同时又补充说,他们俩其实也没有恶意。

"这话也许很伤人,"我说,"但他们就是这个样子。"

老将军已经把手上的园艺书放到一边,这会儿正在向奥特玛讲述各种铁锹的不同用途。昆蒂也加入了谈话,他说起在当地有一家公司会以不错的价格供应肥料。等有人手的时候,他建议老将军打听一下报价。在意大利,没有报价就什么事也做不了。罗莎·克里维丽也唠叨了一通,所有人只好等着昆蒂把她的话翻译过来。没啥要紧的,不过就是在哪里能买到花钵来装杜鹃花罢了。

"跟你说一件不同寻常的事吧。"我对里弗史密斯先生说。我再也按捺不住,等不及要跟他讲讲那个梦了。在我说话时,那名侍者端着酒瓶和矿泉水走了过来。他又开起了玩笑,先给我倒了两杯酒,然后,又故意装出一副困惑的样子,给我倒了第三杯。艾米挺喜欢看他这么胡闹,而我猜想,这也是她的纯真无邪使然吧。

"你当时还是个小男孩，"我说，"差不多只有十五岁。"

里弗史密斯先生却没有流露出丝毫兴趣。我问他，前晚他有没有梦到自己，他坚持说没有。他说，他很少做梦。

尽管有些踌躇不决，但我还是向他提出，要是没有睡梦的帮助，我们谁也无法度过一个安眠的夜晚。有时候我们会忘记自己做过梦。我们只能短暂地记起梦里的情形，然后很快就忘记了。或者根本就想不起来。

"这种话题我不熟悉。"里弗史密斯先生说。

我希望能鼓励他一番，便详细地讲述了那个梦的种种细节。我描绘了他还是小男孩时的模样。我描绘了他妹妹菲儿小时候的样子。我问他还记不记得，他家里曾有一条威尼斯窗帘，偶尔会发出哒啦啦的声响，一根木质板条轻轻叩击着厨房的窗框。

"不记得。"

这个答复来得太快了。要回忆起往事，肯定有必要先想一会儿，甚至需要想上好几分钟。但我没有深究下去。我喝完自己的酒，推开汤盘，它的味道令我讨厌。真叫人失望啊，里弗史密斯先生压根儿就不在乎，当然了，对此我也无能为力。

"我只是觉得我应该提一下。"我说。

我的印象里，在我们享用午餐期间，他没有再说一句话。等我们穿过街道向轿车停泊处走去，我惊讶地注意到，他在尝试和罗莎·克里维丽攀谈。因为她几乎不会讲英语，所以对他来说，这肯定是一次异常挫败的经历。更令人不解的是，他似乎还在锲而不舍地尽力和她交流。

这件事让我有点儿心烦意乱，于是，我便有些阴郁地和老将军走在了一起，他缓慢的步调倒挺适合我。前天我注意到两家律师行寄来了更多信件，所以我就在同行路上提起了这个话题。

"我已经写信说过了，我在建一座花园。"

"做得好，将军！"

"实际上，我的意思是说，你不会反对我和奥特玛晚点儿再走吧？"

"我当然不会啦。"

"他不好意思跟你提，但他在想，这座花园可不可以算作他住在你家里的费用？"

"当然可以了。"

"对我来说，这是一份礼物，你明白吗？我会继续支付每个星期的费用。"

"你乐意就好，将军。"

我们正好走过几家小咖啡馆和酒吧，于是我提议，请他和我稍微休息片刻，再喝一杯咖啡。他欣然同意。等我们找到舒服的地方坐下，我又决定不喝咖啡了，转而点了一杯格拉巴酒。

"花园没法补偿所有的一切，"老人重新回到了这个话题上，相当突然，也许他觉得，既然他和我单独待在一起，现在正是提出这件事的好时机,"但至少它将标志着,我们在你家里正日益康复。"

"你们想住多久就住多久吧。"我温柔地回答。我心里清楚,这才是我们真正在聊的东西。

"你是个好人。"他说。

开车回家的途中,我们离开了主干道,绕路去了一座本笃会修道院。那里树木成荫,拱门上有一尊涂彩雕像,在另一侧同样的位置上也有一尊:这里是天主教大橄榄山自治会院区[①]的大寺院,你会发现,人间最接近天国的地方莫过于此。除了老将军,我们所有人都登上几级台阶,穿过一片树林,来到了下方阴凉谷地中的僧侣教堂。沿着寺院向前走,一路上可以看到描绘圣本笃[②]生平事迹的壁画。鸽子彼此咕咕鸣叫,偶尔有几只突然展翅飞入晴空。在僧侣开办的商店里,很有品位地摆放着许多纪念品。

"天哪!"艾米惊呼道,她就像刚才欣赏那幅牧羊人的画像和看到我买下的母鸡时那么高兴。"奥特玛,这儿真是太棒了,不是吗?"

奥特玛永远陪伴在她的身边,静悄悄地跟在她后面。

[①] 罗马天主教会在意大利托斯卡纳大区锡耶纳省阿夏诺市附近设立的一个自治会院区,始创于1313年。
[②] 努西亚的圣本笃(480—547),意大利天主教修士,本笃会的会祖,于1220年封圣。

他的忠诚真是无与伦比，艾米不停地转向他，和他分享一处令她浮想联翩的小细节，或是告诉他自己想到的什么事情，又或者只是冲他微笑。

"是很棒。"他说。

"'很棒'用德语怎么说，奥特玛？"

"Phantastisch."

"Phantastisch."

"说得很好，艾米。"

"我这么说德国人能听懂吗？"

"能。能。"

"再跟我说个词吧。告诉我一种鸟的名字。"

"Taube 是鸽子。Möwe 是海鸥。"

"'漂亮'用德语怎么说？"

"'漂亮'是 Schön。"

"Schön."

"说得很好。"

"Möwe."

"这个词也说得很好。"

里弗史密斯先生给她买了一个带抽屉的红绿色小盒子，然后我们回到了原来的位置，老将军正在那里等我们。他刚才找到了一间茶室，坐在里面重新阅读关于那些花的介绍。

"下面真的很漂亮，"艾米告诉他，"有位僧侣还轻轻拍了我的脑袋。"

我们朝轿车走去。半路上，我设法将奥特玛拉到了一边，安慰他说，他希望用劳动来补偿我的想法完全可以接受。我又说了一遍，只要他愿意，欢迎在这里住下来，无论多久都行。

"干这活儿我没啥本事。这方面我什么也不懂。"

我为此又安慰了他一番，不知怎的，我的脑海中突然浮现出一幅生动的画面：五月五日那天，他在购买前往米兰的车票，买好后又清点了找回的零钱。"我们去买杯咖啡吧？"玛德琳提议道，"现在还有时间。"我很想将手搭在他的肩头，搭在那条被切断的手臂上方，但不知为什么，我就是无法伸出手去。我本来想说，你千万不要自责。在对他一无所知的时候，我本想对他说，一切都会好起来的。

"人生充满了各种可能，"我改口道，"你躺在医院里的时候从未想过的一种人生仍有可能成为现实，奥特玛。"

一瞬间，那对躲在大眼镜后面的眸子畏畏缩缩地与我的目光相会了。我想起在火车上，他的五指与玛德琳的紧紧相扣，那位老人像步枪通条一样笔直地坐在女儿身旁。我想起那俩孩子在小声争吵，一名手持铁锹的工人站在铁路线附近。

"她马上就要回美国了。"奥特玛说，我们的谈话就此画上了句号。

轿车上,昆蒂讲起了埃及的圣马利亚[①]的故事,以此取悦里弗史密斯先生,天晓得他都从哪儿看来的。"她以前当过歌手和女演员。"他的声音飘到我坐的座位上,然后,他又讲起了圣女彼彼亚纳[②]和受真福的露西[③]的故事。他说,圣女彼彼亚纳死后,连路上觅食尸体的野狗都不敢靠近她,而受真福的露西在三年里的每周三和周五都要忍受圣痕[④]引发的失血症状。我无法听清里弗史密斯先生的回应,也没有刻意尝试去探听清楚,因为昆蒂过了一天快活日子这件事已经不重要了。重要的是,我发现里弗史密斯先生是个有野心的男人:这个事实我以前从未发觉。他有雄心壮志,弗朗辛对他也寄予厚望,她自己也是抱负满满。还有其他教授在用显微镜观察着其他树上的蚂蚁殖民地。他和弗朗辛必须冲在科研的最前线,必须第一个到达胜利的终点。他们哪有时间去照顾一个突然出现的烦人小孩呢?在宾夕法尼亚州的维吉恩维尔镇,严肃的志向会不会受到打扰呢?当昆蒂继续不停地犯傻,而里弗史密斯先生,那个可怜的男人,被迫感激地听昆蒂满口胡诌时,这

[①] 埃及的圣马利亚(约344—约421),天主教与东正教中的圣徒,忏悔者的主保圣人。
[②] 圣女彼彼亚纳,相传生活在古罗马尤利安皇帝时期的童贞圣女,因虔信基督而殉教。
[③] 受真福的露西(1476—1544),本名露西·布罗卡德利,天主教道明会圣徒。
[④] 指人体出现的与耶稣受难伤痕相应的瘢痕、伤疤或疼痛部位,通常被认为是神圣的象征。

些思绪从我的脑中纷纷飘过。

回家后，我在床上躺了一个钟头，快到七点时，我才重新出现在楼下。艾米已经上床休息了，老将军说，她希望跟我和她舅舅道声晚安。我和里弗史密斯先生一起来到她的房间里，百叶窗已经拉上，营造出一种薄暮微光的晚间氛围。里弗史密斯先生刚唤出她的名字，她就马上回应了。我在床沿上坐下。他站着。

"艾米，我想让你留着我买的那只母鸡。那是送给你的礼物。"

让我吃惊的是，她似乎对此感到困惑不解。她的小脸皱了起来，仿佛我刚才的话完全不可理喻。接着，她转向舅舅说："我从来不知道你们吵过架。"

"这不重要。"

"但它发生过。"

"是的，它发生过。"

我觉得这句话意犹未尽，便补了一句："争吵其实并不要紧，艾米。"然后，我刻意改变话题，补充说："你还记得那幅有牧羊人的油画吗？"

"牧羊人？"

"两个牧羊人和他们的狗。"

"还有一只母鸡？"

"没有，没有。那只母鸡是我买给你的礼物。"

"画里还有些什么?"

"嗯,还有圈在羊圈里的绵羊。"

"还有呢?"

"还有山丘和房子。"里弗史密斯先生说,尽管我没有看向他,我也能猜到,那副眉头紧皱的熟悉模样又在他脸上浮现了出来。

"还有八棵树。"我补充道,"你不记得了吗,我们还数过它们?"

昏沉的暮色中,我看见她摇了摇头。她的舅舅开口了:"我猜你还记得那个半空中的天使吧,艾米?"

"你们过来不是跟我说晚安的吗?我现在很困了。"

我提起了参观修道院的事情,但除了还记得那场争吵外,一整天里其他的经历似乎都从艾米的记忆中抹去了。我们俩继续陪在她身边,听着她的呼吸声渐渐沉重起来。我能肯定她已经睡着了。

"这可不好。"她舅舅说。

这个男人自然很是沮丧,在这种情况下,任何人都会如此。他问我是否可以打电话给因诺琴蒂医生,然后便在客厅里打了电话。我在私人房间内的电话分机上听着他说话,心里觉得这件事与我相关。

"是的,会有这种事情发生的。"因诺琴蒂医生说。

"那孩子患上了间歇性失忆症,医生。"

"先生,如果你也经历过您外甥女的那些遭遇,你可能也会这样。"

"可这也来得太突然了吧。是因为今天受到的刺激吗？是去锡耶纳旅行造成的？"

"我不这样认为，先生。"

里弗史密斯先生说，他已经安排好四天后带艾米返回宾夕法尼亚。他在想，他是不是太着急了。他不知道自己的外甥女是否应该重回医院观察一段时间。

"长途旅行对你的外甥女没有害处，先生。"

"这一整天她看起来都挺好的。"

"我可以向你保证，先生，和她在医院时我们预期的情况相比，她已经大大地康复了。剩下的事情必须留给时间去解决。也许还需要一点好运气。不要为此感到抑郁，先生。"

自然，因诺琴蒂医生必须得实话实说，即将到来的长途旅行不会有任何害处。我们要仔细思忖的不是旅途本身，而是旅途的目的地。医生又说了许多宽慰话，但很明显，里弗史密斯先生依然十分焦虑。和因诺琴蒂医生的谈话结束后没多久，他便急匆匆地给他在维吉恩维尔镇的妻子打了电话。我就猜到他会这样做，稍等片刻后，我重新拿起房间里的分机听筒。那个女人说，她对此毫不惊讶。像这样的事情，不要指望一切都能顺顺利利。她的嗓音粗粝沙哑，像男人一样浑厚深沉，由于亲耳听到了她的声音，我总算可以毫不费力地想象出那女人的模样了：一张饱经风霜的瘦削面庞，平整的发际线下是一双近视眼，两条浓密的粗眉毛没有仔细修剪过。

"你需要来杯烈酒压压惊。"稍后，当里弗史密斯先生重新出现在会客室时，我对他说。就我所知，在我轻轻放下听筒后，她又好好地训了他一顿。就我所知，那个饱经风霜的女人责怪他令他们卷入麻烦——不得不去照顾一个听说神志不清、疯疯癫癫的孩子，给她安一个家。除此以外，锡耶纳的炽热阳光可能也给这个可怜人没倒过来的时差带来了不利影响。我给他倒了一些威士忌，因为，威士忌压惊是最合适不过了。

十

那天傍晚,我沐浴完毕,无意间在修长的卧室梳妆镜里瞥见了自己赤裸的身影,浑身上下一丝不挂。热乎乎的洗澡水让我的肌肤泛出片片红晕,五月五日留下的伤口已经痊愈,只剩下一些细小的疤痕。一抹浓黑的腹毛,凸显着我浑身的肉感——脸颊、大腿、双乳、手臂和肩膀。说句实话,我觉得,这对于年过半百的我来说,真是再适合不过的了。要是瘦得皮包骨头,我会很不自在。

那天傍晚,我挑选了一件鹅黄与青玉色相间的套装,清凉浅淡的底色上,是蕨类植物的图案。我又戴上几件首饰——简单的金色圆片耳环,配一根项链、几枚戒指和一只手镯。我不慌不忙地化好妆,又涂抹了鲜艳的指甲油。我的鞋,高跟,系带,和我衣服的青玉色很配。

"今晚你真是让我们自惭形秽啊。"在露台上坐着用晚餐时,老将军向我赞道,看得出来,连奥特玛也颇受触动。但里弗史密斯先生却没有任何特别的反应。整个晚餐期间,你都能看出,他一直在担心那孩子。

"你千万别太担心了。"趁我俩独处时,我对他说。一个租赁耕作器械的当地人已来到我家,老将军和奥特玛到房子后面找他谈话去了。

"她得了某种失忆症,"里弗史密斯先生说,"她画完那些画,然后就忘了自己画过它们。她把一整天的事情都忘干净了。"

"我们很幸运,有因诺琴蒂医生在这儿。"

"那个德国人为什么要说是他画的那些画?"

"我猜那是因为,对那些画的存在总得有个解释吧,否则就会让艾米很担心。"

"但那不是真的。那会造成困扰。"

出于苦恼的心情,他现在就像之前对妹妹感到愧疚时那样坦率。苦恼会带来谈话的契机。我早就注意到这一点了。公平地讲,现在你可不能说他是个野心勃勃的人了。

"让我们从这个角度来看吧,里弗史密斯先生:我们共同经历的这件事会让人们聚在一起。也许,幸存者们能够彼此心意相通。"

他的黑眉毛又皱在了一起,嘴唇先是抿住,继而收紧,然后放松下来。我观察着他思索我刚才说过的话。他既没点头,也没有摇头,就在这时,我突然意识到,他跟约瑟夫·科顿[①]有着非常细微的相似之处。我没有说出这句评价,但我还是向他指出,在正常情况下,我们四个人是不

---

① 约瑟夫·科顿(1905—1994),美国影视演员。

会发现彼此的共同之处的。

"他们有没有放弃追查这桩案子,这你知道吗?"他没有回应我刚才的话,转而问道。

我不知道该如何回答这个问题。侦探们已经不再到我家来了,所以我们对情况的了解有点脱节。上一次我听说,他们希望最好能将五月五日发生的事件和其他甚至有可能是没有发生的惨案建立联系。我把那些话又重复了一遍,里弗史密斯先生干巴巴地评价道:"既然调查还在继续,我猜这种结果很难让人宽心。"

我呷了口酒,什么也没说。他身上带着约瑟夫·科顿的做派,从形体容貌来看,两人倒不见得有多么相似。就算在他那两排貌似坚硬的牙齿中间紧咬着一个烟斗,看上去也不会显得有多别扭。那些牙齿可不容易见着,因为他很少露齿微笑。我越发觉得,那实在是一件憾事。

"这个世上有许多秘密,"我尽可能轻快地说,"有些已经超出了侦探的能力范围。"

他没否认这一点,但也没表示同意。如果有个烟斗的话,这会儿他应该就把它重新点起来了。他会将烟草压进樱桃木斗钵,然后深吸一口气,让烟斗亮起火光。他现在痛苦烦恼,对此我感到难过,尽管这种状态让我们之间的交流更加方便。在我们周围,萤火虫开始点点闪亮。

"我一直在尝试了解你,里弗史密斯先生。"

也许是暮光跟我玩了个把戏,霎时间,我以为自己看到他的脸因微笑而皱了起来,在那口洁白的牙齿上,闪过一丝明亮的微光。我从一盒 MS 香烟里轻轻拍出一根,捏在手上,然后将烟盒递给他。直到现在,他都没有抽过一根烟,这会儿他也不想要。我问他对烟味儿介不介意。

"你请便。"

"你自己就带来了不少秘密,里弗史密斯先生。"我对他讲起了那种我持续体验到的感觉——一个故事正在我们周围孕育生成,在那些微小的日常生活细节之中,隐含着某种依然神秘、尚未显形的重大意义。我说,就像一片片细碎的拼图,都杂乱地摆放在一张桌子上,我希望我这样说能让他看见那一大堆混乱无序、错杂堆叠的形状。

"我不太明白你的意思。"他说。

"生存是一件复杂的事情。"

从屋后传来那个带来机械犁具的意大利人的说话声,先是一阵断断续续的话音或两句支离破碎的英语,然后是老将军的回答。越早越好,老人催促道。在当下的季节和来年秋春两季,把土地多犁几遍不会有坏处。意大利人说,花园里还得铺设输水管道,再挖一条壕沟,把连接水井的管子埋住。马厩废墟里的石料够用了,不必再去采更多石头。他们还提到了几个日期,起了一番争执,最后达成了协议。

"今天真是漫长的一天哪。"

说着,里弗史密斯先生站起身。我恳求他再多待一会儿，就一小会儿。我在他杯中倒了点酒，给自己也添了一些。因为他从美国来，我便对他讲起自己以前如何辗转去爱达荷的故事。我提到了自己小时候对美国旧西部的向往，初次接触旧西部还是在欢乐电影院里呢。我甚至还提到了克莱尔·特雷弗和玛琳·黛德丽。

"爱达荷算不上狂野西部。"

"我被人骗了。那时候我不过是个傻孩子。"

我告诉他，厄尼·查布斯怎样去爱达荷招揽清洁卫具订单，还包养我陪在他身边。我告诉他，厄尼·查布斯怎样带我去了非洲，然后便突然销声匿迹。在玫瑰咖啡馆里，他们说，本来期待我能会一会查布斯太太，而他们在话里暗示出来的意思也很明显。"一个健康的女人，"他们曾这样说，"查布斯的妻子一直是个健康的女人。"就我自己所知道的是，厄尼·查布斯每次讲起自己的妻子，都不得不停下来咳上一阵儿。

我描述起厄尼·查布斯，因为这是一件密切相关的事情，他戴的眼镜，还有那头抹着芳香发油的平顺黑发。我解释说，厄尼·查布斯不会亲自带清洁卫具上路，只是随身携带印满图片的产品宣传手册。为了阐明某个要点，我不得不重新提起玫瑰咖啡馆，解释说，他就是在那儿谈成订单的，但等货品在大概八个月后运到时，表面却有一条裂缝。"这样看来，那地方真是一个不祥之地。公共厕所里的体重秤本来应该说'我来为您报体重。'，可是等你投入硬币以后，它却无动于衷。查布斯也卖给人们那种玩意儿。他干过卖体秤的活计。"

"我明白了。"

查布斯还卖过一种产品，他管它叫"玩笑冲水器"。当你拉下冲水的绳链时，会响起"哈哈！"的大笑声。你继续拉，它就会继续"哈哈！"大笑。本来应该发生的事情是，等你满心绝望地放弃，打开厕所门准备出去时，那玩意儿就会自己冲水。但实际发生的情况却是，在人们装好"玩笑冲水器"后，那个"哈哈！"的大笑声怎么也停不下来，不管他们如何捣弄，冲水器却死活都不肯冲水。还有一件事情，当马桶中的灯亮后，本来应该响起音乐声，但实际上，音乐声几乎从未响起过。

"最后，那些买到伪劣产品的人抓住了厄尼·查布斯。"

"我真觉得现在我必须睡觉了。"

女人是厄尼·查布斯的软肋：他是靠近金牛座的白羊座，对带着像他那种感官特性的男人来说，这个过渡的星座区间很复杂。在我之前，他包养过另一个女人，带她四处招摇，但当她想嫁给他时，他却无力承担离婚赡养费。就在那时，查布斯太太恰好翘了辫子。后来，那个女人再也不肯搭理他。也许她是害怕了，我不知道。初次遇见查布斯时，我只有十八岁，像一粒豌豆般青涩。"和你研究蚂蚁的经历完全不一样。"我说。

汽车引擎发动的声音响了起来。"祝你晚安！"老人用意大利语高喊，奥特玛随即也向他们的来访者道了晚安。汽车在砾石车道上调头时，两束灯光一闪而过，然后车子便开走了。

里弗史密斯先生再次站起身，这回，我也站了起来。我带他离开露台走进屋子，来到我的私人房间里。我拧开书桌上的台灯，用手指着自己摆在玻璃门书柜里的作品。他仔细读着书脊上的书名，一边轻轻地颔首点头，这些动作我都看在了眼里。

"你是一位作家，德拉亨蒂夫人？"

我解释说，以前在玫瑰咖啡馆，莎士比亚作品集也是摆设的家具之一，还有阿尔弗雷德·丁尼生爵士的作品。在英语写作方面，我所受过的教育只有这些。我能在心底吟诵丁尼生的名诗《夏洛特姑娘》，麦克白夫人的台词，还有那首十四行诗《我可否将你比作夏日》。我说："你可能更愿意叫我艾米莉。"

他的额头有什么地方让我挺喜欢。当他开口说，他不明白我在试图跟他讲什么时，说句实话，那种稳重的做派，让我对他颇有好感。在他那副严肃的冷淡态度下，有一种令人安心的感觉。他的态度变来变去，在遇到困扰时展现自己的本心，相安无事时又因为紧张而掩饰情绪。聪明男人可能永远都需要有人来拉他们一把。

"你是摩羯座，"我说，不管怎样，我依然想努把力，让他放松下来，"我在电话里一听你的声音，就猜到你是摩羯座。"

他打开《爱之花》翻了几页。那对暗色的眼眸刚才还是何等无动于衷，这会儿却闪过一丝惊愕的神色。他拿起《伴我共舞去天堂》，然后又将两本书放回了刚才取出的地方。

"真有趣。"他说。

"你的蚂蚁也很有趣，汤姆。"

或许这个念头很荒唐——我竟会想象一位年过不惑的昆虫学教授问我，他能不能带本《小邦妮·梅》或《日光恋人》上床去看——但就算这样，他终究没有向我开口，这让我感到失望。我们相对无言地站了一会儿，倾听着彼此的呼吸声。我在脑海中不停地看见他所研究的那些蚂蚁，爬得到处都是，一些蚂蚁还背负着另一些蚂蚁，所有的蚂蚁都在专注地做着这样或那样的事情。

"如果你愿意告诉我，汤姆，我会听你说的。关于你的蚂蚁。"

他摇了摇头。他的研究属于纯学术领域，解释起来很复杂，不适合在日常对话中讨论。

"你刚才没听明白什么，汤姆？"

"什么？"

我鼓励地笑了笑，心里本来想说，要是他也能笑得再多一点，我们俩都会更轻松一些，他长着这么漂亮的一口好牙，却从不显露，实在很可惜。我请他拿出一本《情迷九月》。作者的署名是珍妮·安·琼斯，我说。他伸手拿书的时候，我一直盯着他。

"打开它，汤姆。"

我请他在书里找出黛史密斯夫人的文字，然后为我读一段关于她的句子。起初他有点儿犹豫，下巴微微动弹，那个熟悉的抿嘴动作再次出现。我感觉，他暗自提醒着自己，在这座房子里，他妹妹的孩子所享受的那些关怀、那些爱意。

"黛史密斯夫人跪下身。"他终于开口念了起来，"她合上双眼，乞求慈悲，空荡的房间中，她的低语几可耳闻。"

他将那册书重新放回架子上，然后关上了书柜的玻璃门。

"坐下，汤姆。跟我一起喝杯格拉巴酒。"

他拒绝了这份邀请，但在我的再三恳求下，他终于答应了，因为我说这件事很重要。我给我俩各倒了一杯格拉巴酒。我开口说："黛史密斯夫人的原型是一家主日学校的老师。"我向他描述了阿尔扎皮耶蒂小姐的谦逊态度，她那电线杆似的瘦高身材，还有那头本应使她气度非凡的秀发。"她的胸脯像桌面一样平。我把她写成了一个迷人的女性，汤姆。"

"我明白了。"

"她一生从没穿过长筒袜。她的长裙一直盖到了鞋面上。"

他开始起身，那杯酒连碰也没碰。

"喝掉你的酒，汤姆。我都已经给你倒好了。"

他轻轻喝了口。我告诉他，这就是我平时处理写作素材的方法：把平凡的阿尔扎皮耶蒂小姐改写成优雅的黛史密斯夫人。我告诉他，阿尔扎皮耶蒂小姐曾在我把上帝和约瑟夫弄混的时候帮助过我。我没有声称自己把她塑造成黛史密斯夫人是一种奖励。那不过是顺其自然发生的事罢了。

"但这是好事一件啊，汤姆。同样，一位被灾难掏空内心、只剩残破躯壳的老人，依然能鼓起最后的勇气，打算在翁布里亚的炎热天气下建造一座英式花园，这也是好事一件啊。"

"是的，的确。"

当然了，错觉也会掺杂其中。错觉、秘密和伪装：难道不管怎样，都不要去理会那三位一体的神迹和剩下的东西吗？处于悲惨境地的老人在摆着圣像的医院过道里走来走去。一位主日学校的老师每天穿着长裙，内心饱受煎熬。不去理睬它的话，你就会直面一个性情凶暴、推销清洁卫具的售货员，带着包养的年轻女孩浪迹天涯。要是不去理会我在翁布里亚的别墅里定下的规矩，那么，举个例子吧，昆蒂就得滚回他开始的地方去。

"如果我对昆蒂下逐客令，汤姆，他就会带上那个吉卜赛丫头离开，两个人最后会沦落到荒郊野外。他们会用敲平的油桶铁皮搭个小棚子度日。他们会在大街上偷窃别人的东西。"

"德拉亨蒂夫人——"

"我见过住在这里的游客们对昆蒂冷眼睥睨,但有谁能去责备他们?当他开始讲起那些圣女,你肯定会以为,自己进了一家疯人院。可是,就算是谈稀奇古怪的话,也比当个罪犯要强啊。我是这么觉得的。"

他礼貌地开口说,当昆蒂聊起一个个圣徒的时候,他并没觉得无趣。我冲他笑了笑:他这又是想极力掩饰自己。我想起在锡耶纳时,当我们用完午餐,他走在罗莎·克里维丽身边,努力尝试和她聊天的情形。当时他已经喝过一两杯红酒了,我不由寻思起来,他在心里是不是以为,她是个容易到手的女人。一个沉默寡言的男人,倒也没有理由不该心存幻想,不该追求蜡黄的皮肤和吉卜赛人式的野性双眸,和弗朗辛大相径庭的另一种女人。但现在不是对这种事情考虑太久的时候。

也许到第二天早上,我提议道,我们可以一起去寻找树皮蚂蚁,这样他就能向我展示他的专业了,因为一直以来都是我在滔滔不绝地讲自己的事。首先,我不清楚树皮蚂蚁和生活在石头下的蚂蚁看着是否一样。我向他提出了这个问题,一边又往自己杯中倒了点儿格拉巴酒。我说,他以前提到过,树皮蚂蚁的行为跟人类很像,这真是一件令人着迷的事。我问他,那些蚂蚁是怎么得到这个名字的。他没有回答,等我抬起头后,我才发现,他已经不在房间里了。

十一

老人向我透露了他的打算，还把昨天傍晚他们仔细商量的结果简要地告诉了我，那个意大利人如何指出，为了造出起伏的地势，有必要使用机械挖土机而不是耕耘机。这种器械，他也可以提供，而且可以自己操作。老将军向我展示了在哪里修造平台，台阶又会建在何处。部分花园会用围墙围起来：那个意大利人手上还有机器，能把那些半废弃的马厩拆掉，将那些石头运走，用心美化别处。

老将军又说，这座花园是一份礼物。但他觉得，没有我的同意，他也不能做出如此巨大的改动。他带我看了喷泉未来所在的位置，还有提供阴凉的树木会种在哪里。

"这里会很漂亮，将军。"

"一座大花园中还应该隐藏几座小花园。里面应该有壁龛和隐秘的角落，还有让你情不自禁就想踏上的小路，即使它们哪儿也不通。长得好的，就精心呵护。长得不好的，就给扔掉。"

挖土机会挖开向日葵田旁的斜坡。还有平台，那里会是低洼的区域。刚才来的意大利人是一个很有想象力的家伙,他已经接受了这份挑战。花园里可能还需要打一口独立的水井,而不是像他起初提议的那样,去铺设水管。马厩旁边的那棵老柏树可以留下。

"这会花很多钱,将军。您确定吗?"

"是的,我确定。"

然后,在我面前,这位老人最后一次提起了自己的女儿。我们一起站在那块废弃之地的杂草丛中,眼前陈旧残破的建筑、锈迹斑斑的轮胎和轮轴,都散发出一股凄凉的味道。老将军凝视着脚下这片令他万分期待的土地。女儿在世的时候,他曾经满心憎恶一个事实:他留下的遗产,日后将由女儿和她丈夫分享。"我很乐意献出自己所有余下的时间,如果可以的话。"他喃喃说完,便再也没有讲话。

于是事情就这么定了。我以前也收过许多男人的礼物,但从来没有一份像现在这样,也从来没有一份不曾附加某些可怕的条件。推动我从头开始的是那些正在发生的事情,是在同时面临诸多选择时所抱有的那份信念,是从虚弱中转化而来的那份力量。眼前这几座废弃建筑里的木材,和那些埋入土中生锈褐色的铁料,都会被机器清走,倒塌的墙壁也会派上意想不到的新用场。一位老人的梦想将在向日葵田斜坡旁的山丘上展开。他很清楚,我也明白,他活不到能看见自己花园落成的那一天。但他知道,这无关紧要。

那天更加炎热,甚至比前几日的气温还要高。上午十点半，艾米和她舅舅出门散步，有人建议他们在日头变得更毒之前出门为好。外客厅里有许多草帽可供挑选，它们都是为游客们准备的，因为来到这里的人总想出去在山间漫步，无论气温高低。艾米应该戴顶帽子，她舅舅也是，我坚持要求；我还提醒他们要沿着公路和小道走，怕野径上有蛇出没。有那么一阵，我眺望着他们的身影，穿过一丛丛金雀花和金链花，缓缓前进，艾米穿着一袭浅蓝色的长裙，头上的宽檐巴拿马草帽显得过大。他穿一件衬衣，浅黄褐色棉质长裤，头戴一顶带棕色飘带的帽子。待他们的身影从视野里消失，我便匆匆跑进别墅，径直来到了他的卧室。

我本希望能找到一张弗朗辛的照片，这样就能证明此前我脑海中出现的画面是否属实，但屋里一张照片也没有。他的衣服整齐地挂在那个朴素的衣橱中，一条领带搭在一张椅子的椅背上。在一只盥洗用品包里，装着电动剃须刀、牙刷、牙膏、阿司匹林和除臭剂。几张机票和几枚袖扣摆在梳妆台上，脏衣物已经收叠好，塞在一只黑色鸳鸯牌提包的底部。床头柜上放着一本带灰色护封的书，书名叫《差异的案例》。我打开它，却一点儿也看不懂。令人费解的句子在纸页上大段大段地缓缓蔓延。许多字词在我眼前威胁似的跳动，而且不断地重复出现："经验性的，行为性的，划定，认知性的，验证，决定论，再认可。能否将这划定为都市环境？"书中提出这样一个问题，接着是陈述：

"四分之一的'特定数量种群'是第一代迁徙种群。"在我看来，这指的是蚂蚁，不是人类。我匆匆合上了这本书。

书下有一本蓝色笔记本，里面写满了简短的笔记，我相信那是里弗史密斯先生的字迹。笔记感觉很难看清，密密麻麻的，作者似乎压根儿没想让笔记看着赏心悦目。"是证据吗，合作经济学活动，实物交换，服务。""贸易，家庭脉络。皮尔斯弗的再创造理论不可靠。重复性实物交换不算再创造。""制裁邪恶。皮尔斯弗的睡眠动机没有证据。季节性迁徙有可疑之处。皮氏医院理论没有证据。这肯定无效。"

我翻着纸页。笔记本上画着一些貌似谱系的图表，表上没有写名字，但所有线条都连在一起，仿佛一条无比精巧和复杂的电路。笔记本中更多次地提到了再创造和皮尔斯弗，后者似乎完全不清楚自己在做什么。一条特别的笔记吸引了我的目光，因为在文字下面画了重重的下划线。"梅斯林克的理论纯属妄谈，前提现在已经失效：一九八七年四月三日。不可能外推。本质上，感官知觉无法定义。"最后一条笔记，标记着"一九八七年七月于意大利"，写的是："睡袋理论忽视了单体结构。"在我读到的上述文字中，"理论"这个字眼接连出现了四次。

就是这些东西占据了他的全部身心，就是这些东西支撑着他的理想抱负，就是这些东西令他变得沉默寡言。从前，我认识一个男人，他基本上对任何人都吐不出一个字，可是，那份矜持就像薄冰一样脆弱，一旦开裂破碎，便会带来滔滔不绝的话语洪流，让我挡也挡不住：没有多少证据显示里弗史密斯先生也像那样，尽管他在心情沮丧时，确实比那个男人更能言善辩。他杰出卓越，受人敬仰。当他解释那些在树皮里繁殖的蚂蚁的世界时，人们会专注聆听，并且为之入迷：从他身上的风度就能看出来。他不在乎那些平常的小事，就像那个打算用推土机铲平我家花园的意大利人一样。事实上，到目前为止，他还没有显露半点儿对小事上心的迹象。取代它们的是他的才智，这可不能说是毫无价值吧。当我那天早晨离开他的房间时，这就是我脑中的想法，那是在一九八七年七月二十四日，一个我永远不曾忘记的日子。

我从未忘记那一天，是因为当天下午发生的事，令我遭受了人生中最令人不快和震惊的一次打击。里弗史密斯先生向我请求再借用一下电话，打给宾夕法尼亚。我说当然可以，然后就去了自己的私人房间。我轻轻举起听筒时，他正在说，他以前从未遇见过一位言情小说家。紧接着，令我万分郁闷的是，他把昨晚还说有趣的那几本书斥作"垃圾"。我们共同享用的格拉巴酒，在他嘴里变成了一种难喝的玩意儿。他有一句话我没听清楚，但里面带着"古怪"这个字眼。我私下里向他吐露的简短秘密——尤其是查布斯太太之死——被他形容成"醉酒后的异想天开"。他还说，我以前只是去过爱达荷，便满心以为自己找到了狂野西部，要是他当时听仔细了，就会立马意识到，根本不是那么回事。"真是个怪女人！"电话另一头那个粗厉刺耳的声音好几次打断了他的话。

我不明白这是为什么。我出于好意向他展示了我的作品。我费心费力克服重重困难，安排大家一起去锡耶纳出游。我请他喝了一杯又一杯，甚至都没考虑把它们记在昆蒂的账簿里。"她已经耽于幻想无法自拔了。"他说。听他那口气，就好像在说一只蚂蚁。

我把听筒挂回原处，然后呆呆地坐在屋里，感觉浑身虚弱无力，仿佛被人狠狠打了一记闷棍。他甚至都没好好看看那本书的内容：他所做的一切只是出于我的邀请而勉强读了几行字，然后瞟了几眼封面上的插图罢了。昆蒂敲响了我的房门，通知我楼下已经备好茶点，我感谢了他，却依然没有下楼。到了晚餐时分，昆蒂再次敲响我的房门，但我仍然选择留在屋内静静独处。我眼见着暮色越发浓重，心中却求之不得，而当黑暗笼罩四野，这份心情也变得更加迫切。待我昏沉睡去后，我做了一个可怕的噩梦：是奥特玛将那东西带上了火车。在他俩的超市邂逅发生很久以前，他和他的朋友们早已盯上了那个姑娘。他们知道关于她的一切。她很适合拿来实现他们的目标。

噩梦中，我看见孩提时代的奥特玛和他父母坐在餐室里，桌上摆着烤猪胸肉。突然，外面猛地传来一声可怕的异响，有人重重地撞开了房门，紧接着，四个人冲进餐室，轻声向用餐者们问候。泪珠从奥特玛母亲脸上滴落,掉在烤猪胸肉、炸土豆和炖小番茄上。他的父亲站起身,心里明白自己大限已至。一时间,屋内只有那只钟走动的滴答声响,它搁在壁炉上,壁炉两侧摆放着一对青铜骑士雕像。奥特玛的母亲没有大声哭泣,她没有试图挡在那些男人和他们的囚犯中间。很久以前,她就已经接受了丈夫未来的命运,她自己也很清楚,那些人迟早会来。

由于在希特勒的战争中犯下的罪行,他成了那四个人的猎物,当他们带走他时,那只钟仍在滴答作响。它一直响着,哪怕不会有任何审判,处决将会秘密进行。它一直喧闹地滴答响着。与此同时,奥特玛母亲的泪水滚落在炖好的小番茄上,她已下定决心,不愿独自苟活于世。当她起身离去时,当奥特玛发现她悬挂在另一个房间里的吊灯上时,它依然不停地响着。

"是奥特玛。"一个声音不紧不慢地说,那些战犯父亲的孩子们身处历史车轮的另一个轮回中无法自拔,复仇的决心令他们缔结了新的手足之情。折断的火柴棍成了抽签的工具。"奥特玛被选中了。"

在第二百一十九号车厢,他轻轻摩挲她的臂膀。她将携带他们复仇的工具,穿过利纳特机场,坐上那架前往特拉维夫的航班。那名受害者,就像奥特玛父亲从前那样,如今专心忙碌于其他事务,过去的都已经过去了。田野中,在浅蓝天幕的映衬下,向日葵明艳灿烂。当时我看到的那只断手，那只像装饰品一样在半空中飞舞的断手，就是玛德琳的手吗？就是在超市里不小心碰翻芥末酱瓶罐的那同一只手吗？

翌日清晨，当我在窗前打开百叶窗时，第一个映入我眼帘的人便是里弗史密斯先生。他正蹲在一株我很熟悉的杏树幼苗前，树苗不过五英寸高，西奥尼拉·巴蒂妮曾用一根竹枝标记出它所在的位置。西奥尼拉·巴蒂妮怀疑，它是从一颗杏核里冒出头的，要么是有人把杏核随手扔在了地上，要么是一只大鸟把它带到了这里。在我别墅侧面的这片区域，茂密的三叶草替代了草坪。西奥尼拉·巴蒂妮曾在这儿开辟了两座环形花坛，却没有长出任何东西。直到前一天，老将军才注意到了它们的存在，他说，自己打算在这里种玫瑰。

时间尚早，我还是在穿过会客室的路上给自己倒了点儿喝的。我坐了一阵，稳住自己。在我的意识中，那通电话交谈留下的记忆比以往任何时候都要鲜明。我希望在自己重新和里弗史密斯先生搭话之前，将这份记忆稍微压抑一下。我又给自己倒了杯酒，其实基本上都是汤力水。酒下肚后，我感觉好了许多。我点燃一支香烟，然后戴好我的墨镜。

我来到里弗史密斯先生身边时，他已经从那株杏树苗前走开了，这会儿正用一只手搭着凉棚，欣赏远山的风景。

自然而然，我想直接上前告诉他，那些话深深地伤害了我。我很想马上说起这件事，好让心中的那片阴霾烟消云散。不知为什么，我总觉得，他有可能会给我一个解释。但我明白，现在耐心等待要好得多。

"多么美妙的早晨啊，里弗史密斯先生！"

"嗯，的确，是很美。"

"我最爱白天这时候的光景了。"

他亲切愉悦地点头同意，那副态度是如此和蔼，竟让我心生犹豫，怀疑自己会不会在电话里听错了什么。有时候，你看不见说话人的脸，就不好去下判断。可是，他的脸现在就在我的眼前，比我记忆中的任何时候都要显得毫不设防，肯定比上次在我的私人房间里时还要放松。或许，之前他确实是在忍受时差的折磨，现在已经恢复了。我说出了已经盘算好要讲的话。

"两天前的傍晚，当我们在露台上聊天的时候，我恐怕是让你心烦了，里弗史密斯先生。"

"没有，完全没有。"

"我紧张的时候，就喜欢在原地打转儿。我很抱歉，对你来说，那肯定叫人觉着不舒服。"

他摇了摇头。我没有马上再说话，也许他也想对此讲上几句呢。看他没有想开口的意思，我才重新说："人们一直在寻找某种药物，想治好时差综合征，但我相信，到现在还没有多少成效。"

他轻轻歪了下脑袋，表示明白我在说什么。他没有开口，我刻意让沉默持续了一小会儿，接着又说："你很疲惫，我却耽误了你休息。我自以为是地用教名来称呼你，也是冒犯到了。我真的很抱歉。"

"真的没有关系。"

"你不觉得受到了冒犯？"

"没有。"

"叫你汤姆感觉更亲切呢。"

"就这样叫我好了，没关系。"

"叫你教授会让你听起来很老气。"

我突然想到，在他来我家的头一天晚上，尽管他说自己很少用教授这个头衔，但我们从未这样喊过他，可能也让他觉得受了冒犯。我告诉他，那株杏树苗是从一条石头缝里钻出来的，可能只鸟儿把它带到了那里，接着，我又一次很想对他提起那通电话里交谈的事情。我想把这件事说出来，不让它堵在心里，然后听他亲口告诉我，是我在电话里听错了，我再把话题转移开，从此再不去想它。但我心里很清楚，现在时机未到。我明白这番话会带来怎样的尴尬与难堪。

"让我带你看看花园会建在哪儿吧。"我转而改口说，然后带着他走向别墅后面。在意大利，人们会渴望拥有大片的草坪，我说，在非洲也是如此。我向他描述了老将军、奥特玛和他们那位意大利朋友的全部计划。我指出了植物苗圃所在的位置。杜鹃花会种在巨大的花瓮里，遍布花园各处。

"应该会很壮观。"他说。稍后他会告诉弗朗辛，这一切都只是异想天开吗？他会不会说这是空谈，一位英国老人打算造一座花园作为礼物，这不过是个美好的心愿？他这会儿心里是不是正在想，火车上的可怕经历对我产生了更大的影响，比一开始表现得更严重？他移开了目光，我想，这可能是为了不让我看到，他的表情透露了他的心思。

"我们再走一小段儿，好吗？"

我带他走上那条布满尘土的小路，就在长满橄榄树和葡萄树的斜坡旁，我对它已经很熟悉了。我一边努力让谈话保持正常，一边打算就昆蒂在开车从锡耶纳返回的路上说的话向他道歉，但紧接着我又想起来，之前我已经设法这样做过了。

"我希望你在这里感到安宁。"我说。

"是的，的确。"

"意大利人有句话，教授——far niente。你知道吗？"

"我不会说意大利语，德拉亨蒂夫人。"

"我会的也不多啦。Far niente 的意思是'无所事事'。Dolce far niente。'无所事事也不赖'。"

"Far niente。"他重复了一遍。

"在咖啡馆里闲坐时就可以用上这句。就像我们在锡耶纳时那样。或者像我们现在这样，漫无目的地闲逛。享受安宁。"

"我明白了。"

就这样,又一个话题聊到了头。一时间,我们谁也没有说话。接着,我想起了这位伙伴曾透露他结过两次婚,于是我便问起了这件事,问他是否觉得,离婚就像婚姻的死亡。

"是莫大的悲哀吗?"我暗示道。

"是的。"

"它让你心碎吗,汤姆?"

"是的,很痛苦。"

我从他嘴里套出了他前妻的名字:莎莉丝特·阿黛尔。有时候,我毫不费力就能根据某人被提到时的口气,在脑海中想象出那人的样子。现在的情况就是这样:我脑海中出现的那个女人,像猫崽般妩媚娇小,长着一头黑色的秀发,比弗朗辛要漂亮许多。

"你前妻的生日是什么时候,汤姆?"

"阿黛尔的?"他不得不仔细想了想。然后他说:"五月二十九日。"

我停下脚步。"难怪这段婚姻无法长久,汤姆。"

"我想我们分手跟她的生日没关系吧!"

说这话时,他的口气很轻松,也许是他故意想开个玩笑。如果真是这样,那么这就是他来我家后第一次试图逗乐子。

"弗朗辛的星座是什么，汤姆？"

"这我恐怕不太清楚。"

"她的生日是什么时候？"

"八月十三日。"

"哦，汤姆！"

他皱起眉头，仿佛真的被弄糊涂了。我解释完原因后，他开口说："要说一个人的个体特征和他的出生日期有很大关系，这种观点我恐怕无法接受。"

我没有反驳。我没有争辩。我们继续往前走。我以一种亲密的方式挽着他的胳膊。事实上，在我拿起听筒偷听到那段令人不悦的谈话之前，我已经喝了一两杯，尽管无论如何都不算多。喝完酒后，有时你听到的事情就没有那么清晰准确。除此以外，从这里到宾夕法尼亚的通讯线路也没那么好。他说过几句像"小姑娘般的童音"这样的话。当然了，那很可能是一句恭维。我不禁心想，他把我的声音说成是像小姑娘般的稚嫩童音，这是多么美好啊。不知怎的，我的思绪始终在那句话上流连忘返。心潮澎湃之际，我忍不住想告诉他关于那一对靠四处卖艺谋生的夫妻的故事，当他们身下的摩托车越过"死亡之墙"飞向天宇，他们的生命就在那一刻走向终结。我还是忍不住想告诉他，虽然这么做显然很不明智——在所有人中只告诉他一个人——我曾牵着那条狗在海边散步，还有那个我一度以为是我父亲的男人，他先是在一家电影院里骚扰我，然后在小棚屋内猥亵我，最后在卧室中侵犯了我。我甚至还想告诉他在夹竹桃大道上发生的那桩丑闻。可是，他说起话来小心翼翼，不多时，我也就变得像他一样谨慎寡言了。

"和阿黛尔一起生活很难吗，汤姆？"

"我们不合适。"

"最后她离开了你？"

"不是。"

"双子座的人往往会率先离开。我只是好奇罢了。阿黛尔后来生孩子了吗？"

他相当简略地回答，在他们分手的时候，阿黛尔已经四十三岁了，没生过孩子。不过，实际上，她嫁给他时已经是二婚。我说我很遗憾，他和她在一起的生活很难过。

我们停下脚步，回首遥望。我指点着远山迷雾中的一座山间城镇，以及几处地标建筑，两个瑞典女人曾想修复却又放弃的一座古塔，一片貌似人形的岩层。我们继续向前走时，我开口说："你妹妹和你妻子为什么讨厌彼此，汤姆？"

他不大情愿说出原委。他的眼中流露出一种迷离恍惚的神情，我不禁想起了他床头柜上的那个笔记本里的笔记。他现在无疑正回想着那些笔记，无疑正在为某些新的缺陷严厉批评着皮尔斯弗。我追问他，态度非常轻柔。他说："她们并不讨厌彼此。只不过，我妹妹想让我和阿黛尔再试一次。"

"可那是你自己的生活，不是吗？"

"她好像不这么觉得。"

日子一天天过去，她们俩没有和好如初：在这件事背后，还有更多秘密没有吐露，事情远比他给我的简单解释要复杂。也许他当时还不知道——男人们有时会混沌无知。但我能感觉到，他妹妹已经看穿了弗朗辛的本性，在哥哥和嫂子离婚时就向弗朗辛挑明了自己的态度。"这段婚姻不会长久，汤姆。"他没有承认自己的妹妹说过这句话——在他面前，她变得更安静、更内敛了——但我能猜出她肯定说过。我还猜得到，这句话给他留下了一道深深的伤痕。

"还有一个非常好的意大利词语，汤姆。Colpa。"

"那是什么意思？"

我再一次字斟句酌，不想惊动他。Colpa 的意思是自责，我解释说。老将军因为他的女儿而感到自责。奥特玛也是，他要为玛德琳出现在意大利而负责。"你没有站在妹妹那边反对弗朗辛，而是跟她吵了一架。"

他说了几句什么，但我没有听清。我们转下小路，走上一条蜿蜒上升的山间小径，山坡上长着一丛丛意大利伞松。我提醒说，在这里，我们必须要特别提防那些昏昏欲睡的毒蛇。最好穿上橡胶长筒靴，可是昆蒂的长筒靴对他来说太小了。直到我们已经走上那条山间小径，我才意识到，在那座特别的小山上，有样东西是我很想带他去看的。

"这是一个美丽的国度，汤姆。在角落里隐藏着许多美好的点滴瞬间。在米兰的斯卡拉大剧院附近，我亲眼见过，一名身材矮小结实的歌剧演员，在去咖啡馆的路上一边溜达一边练嗓子。我在奥尔维耶托的大教堂里亲眼见证了一场婚礼，教堂的大门轰然敞开，新娘和新郎携手走到外面的阳光下。当时我感到喉咙里一阵哽咽，汤姆。"

我相信他点了点头。有时候，他的动作是那么轻微，以至于很难察觉。我继续说，我的别墅也非常宁静，假以时日，那座花园便会修建起来。从前，那里只有生锈的废铁和毁弃的房屋，如今鸟儿会在那片废墟上筑巢安家，蜜蜂会在花丛中飞舞采蜜。

"这就好像，汤姆，随着日子一天天过去，我们所有人都身在一个处于创作中的故事里。这样解释是不是更好理解？"

"我恐怕还是没有完全明白您的意思。还有关于我妹妹的事——"

"没关系，汤姆，没关系。"我把他的胳膊拉近了些。他已经快要变得紧张不安了，这实在是没必要。我问他，为什么艾米就不该恢复健康，就像我脸上的疤痕已经复原，像奥特玛的那条残肢上的伤口会愈合，还有老将军的腿那样呢？

"我们也希望如此。"

"她在这里很快乐，你知道的。或者说，现在我们都在尽可能让她快乐。"

"我和我妻子都非常感激你——"

"你就不肯做出一点点牺牲吗,汤姆?这么多年了,你一直拒绝自己的妹妹,哪怕她什么错也没有犯?难道在你的记忆里,你就一点儿也没有亏欠过她吗?就像那位老人对他女儿,还有奥特玛对玛德琳那样?"

"我到这儿来是为了把我妹妹的孩子接回家。"他直截了当地说,口吻很冷漠,我觉得。这是他头一回听上去显得有点儿愚钝,尽管我心里清楚,这何止是愚钝,简直是荒唐可笑。"我要带我妹妹的孩子回去。"他说。

我再次想起了笔记本里的那些笔记,在那些潦草的字迹背后,是一颗运转飞快、灵敏活跃的头脑。他了解蚂蚁的大脑。他了解大脑能量的本质。他自己的头脑中也包含着蚂蚁大脑思维过程的种种细节,不管他怎么称呼那些东西。他当然不可能是个愚钝的人。

"会不会是这样呢,汤姆,你到这里来,到头来只是为了发现,你应该独自一人回去?"

"德拉亨蒂夫人——"

"快看,"我打断了他的话,因为我感觉现在有必要这么做,"那是一个美国士兵的墓。"

我伸手指向小路边的草地上竖起的一座铁十字架。我解释了墓碑上为何没有字。

"这是为了纪念一个人,但同时也是为了纪念许许多多的人。那些官方认定的敌军士兵,在农民们快要饿死的时候,给他们食物和香烟。其中有一名士兵把自己所有的东西都拿了出来,他们甚至都不知道他的名字。他在一场毫无意义的小规模战斗中阵亡了,但很久很久以后,他们依然没有忘记他。想想看吧,汤姆,你把你的食物全部送给陌生人,因为你自己可以不要而他们却别无选择,这是多么慈悲的心肠。而作为回报,他们立起了这座十字架,献给一位无名的恩人,这又是何等感恩的姿态啊!他送给他们的食物也好,香烟也罢,都不可能太多的。"

说完,我走上前去,从十字架的底座上拔走牧草和杂草。接着,我们转过身,原路返回。关于那个士兵的墓,他没有做出任何评价。我再次挽住他的胳膊。

"他们觉得那是一个奇迹,汤姆,一名士兵竟然会那样做。他们是为了这个奇迹而立起十字架的。"

我的凉鞋已经覆满尘土。他的鞋子也是。我在脚指甲上涂抹的指甲油,这会儿暂时失去了光彩。我能感觉到,他那只紧贴着我柔软乳房的胳膊,每一丝肌肉都绷得紧紧的。

"我能告诉你一些事情吗,汤姆?你愿意听我说吗?"

"我一直在听。"

"两个恋爱中的男人曾经来过我的别墅,他们每天都在死去一点点。在我的别墅里,一个儿子很害怕他的母亲,因为自他出生伊始,她便将恐惧植根在他的心底,因为她实在不忍心放手。在我的房子里,两个女人被共同情人无情地利用。怜悯让我喘不过气,因为他们谁也无法逃脱命运的安排。可是现在的情况不一样,汤姆。"

我要告诉他的,就是这里发生过一起可怕的灾难,但在意大利的这个小小角落,奇迹再次显现。第二百一十九号车厢上的恐怖事件发生后,没有人可以简简单单地重新返回世界。在全世界的受害者中,有三名受害者在我家里找到了一处安身之所。他们都是彼此的力量源泉。我又一次提到了那座花园。我引述了以前脑海中浮现出的那些字句,一开始它们只让我感到茫然困惑,直到后来,老将军非同寻常地提出,要送我这份礼物。

"我们怎敢无视这个奇迹呢,汤姆?"

我寻找他的手指,就像某个角色在这样说话时所做的一样,但他粗暴地躲开了我的探求。霎时间,他变得粗鲁无礼起来,我一时竟生怕他会大吼大叫,就像过去其他男人在我面前那样。但他没有。他只是冷冷地看着我,一句话都没说,而且再也不开口,不回答我提出的问题。回到别墅后,我请他来一杯,他却说自己不想在上午九点钟就开始喝酒。

十二

那天散完步后，我总算明白弗朗辛是个什么样的人了。

弗朗辛是个破坏分子，她对此无法自持。见过汤姆·里弗史密斯后，弗朗辛对他非常渴慕。在弗朗辛眼里，性情温顺、貌美迷人却头脑蠢笨的莎莉丝特·阿黛尔只是个无名小卒。"我要得到汤姆·里弗史密斯，"弗朗辛大喊，虽然房间里除了她以外再无别人，"上帝诅咒那个愚蠢的婊子下地狱！"弗朗辛失去了她自己的丈夫，因为他一直在外面拈花惹草。十四年的婚姻，生养了三个孩子，就这样他还是会带着其他女人的气味回家。是个在百货商场连体袜专柜干活的姑娘——午夜一点，他向她承认。弗朗辛没有问他是怎么和一个卖连体袜的小柜员搞到一起的。她只是怀疑这是不是真事，或者要么是他在借此意指她比不上那女人。她从许多年前就已经不在乎了。

因此，当她发现自己跟汤姆·里弗史密斯挺合得来时，她正感到孤独寂寞。莎莉丝特·阿黛尔经常举办规模小得可怜的鸡尾酒会，因为她喜欢扮演女主人的角色。她给其他人传看海螺形的日本饼干。她让汤姆将柠檬切成薄片，调制鸡尾酒。在她邀请来的那些地产中介、律师和画廊主中间,他已经尽力表现得最好了,那些人都是校外人士,和他是完全不同类型的人。

"好啦,一起来玩吧。"人们刚走进房间,莎莉丝特·阿黛尔便会用一副蜜糖般甜美的嗓音表示欢迎,屋内的喧哗已经变得像一场骚动。她喜欢哄闹。稍后,待酒会正式开始,她会放起"大乐团"的爵士乐。"享受美好时光吧。"她会这样说。

头一回参加这种场合,弗朗辛是由一个男人带去的,那个男人以前曾邀请她看电影,还带她去四季酒店吃过一次饭。她心里清楚,两个人不会发展出什么感情。在四季酒店里吃肋排时,那个男人说起了被他抛弃的妻子,说他现在很后悔。"里弗史密斯家里总是很好玩。"他保证道,还说莎莉丝特·阿黛尔·里弗史密斯喜欢见到新面孔。路上,他们一边开车一边听着收音机,男人对前妻的美德大肆赞美,他讲得那么冗长乏味,以至于一到达目的地,弗朗辛就把他甩得远远的。"我是汤姆·里弗史密斯。"接待她的男主人发现她孤独无伴,便向她介绍了自己。

他隐隐约约地认出她是来自学校的人,便对她产生了兴趣,好奇她怎么会出现在自己妻子的酒会上。(直到后来,弗朗辛才了解到,莎莉丝特·阿黛尔从未邀请过大学里的人参加酒会,因为她觉得,让丈夫和她所谓"现实世界"中的人物多打交道,会对他更有好处。)弗朗辛当时正在研究最新发现的克里斯托论文笔记，他一听就立刻被吸引了：克里斯托整整四年的研究成果，一度被世人认为已经遗失在柬埔寨的沼泽地，后来却在纽约一家酒店的保险柜里重见天日。

"你真走运。"他听起来有些嫉妒。自从克里斯托去世以后，关于这些神秘失踪的笔记已经传说了十一年有余，却没有任何证据显示它们可能存在的地点。克里斯托这个人，生前不相信任何人，他极其小心地守护着自己发现的证据的每一个细节，因为这一点，他在学术圈内声名狼藉。

"是啊，我真走运。"

她喜欢他的沉默寡言。她无法想象，他会像自己委身并耗费了那么多时间的那个男人一样虚张声势，要是真有一个大学书呆子的话，那就非他莫属了。她无法想象他会撒谎，或在轿车后座上跟某个姑娘被抓个现行。待他年纪更大一些后，他的头发会变得花白——灰色与花白相间，那种颜色对他来说很合适。

"我会为此鄙视你一辈子。"几个月后，他妹妹说。

她站在那里，一个弗朗辛以前从未见过的女人，一个长途跋涉三千英里、只为如此声明的女人。汤姆需要莎莉丝特·阿黛尔，他们的婚姻天造地设，完美无缺。汤姆和莎莉丝特·阿黛尔就像一枚硬币的正反两面，但他们一直属于彼此，在这场婚姻中就是这样。

"是你硬插了一脚进来，"他妹妹痛苦地谴责道，"你什么都要抢走。你只为你一个人考虑。"

然后,眼泪夺眶而出,但那眼泪不是弗朗辛的。眼泪流啊流,毫无约束,尽情地流淌在另一个女人的脸颊上。弗朗辛没有试图争辩。

"她为你付出了那么多,"他妹妹向汤姆乞求道,"你不能给她孩子。你把她最美好的年华都消耗干净了。求求你,汤姆,你不能就这样扭头抛弃她,说她根本不重要。"

他摇了摇头。他没有对阿黛尔说过那样的话。

"你现在做的事情就已经摆明是这样了。"

她乞求他回心转意,与此同时,弗朗辛在一旁静静地观察聆听。他以前从不会像这样,他妹妹说,然后她把这话重复了一遍。他以前一直有颗温柔的心。

"这样最好。"他喃喃低语。

现在,她开始绝望地反驳。更多眼泪奔涌而出,但她随即冷静了下来。她清清鼻子,然后擦干脸颊上的泪水。弗朗辛以为,在这通发作结束后,她会接受无可避免的现实,认识到自己做得太出格,并且承认这一点。接下来,她会道歉,咕哝着想修补那些不必要的伤害。可是,道歉并没有来。

"你这个臭婊子!"他妹妹厉声骂道,嗓音尖锐得像冰块的碎裂声。然后她就走了。

十三

老人懒洋洋地坐在靠背椅中，艾米栖在那张绣有孔雀图案的矮凳上。我从楼梯顶上朝下望去，听不见他的喃喃低语，但我注意到，在他的温柔关照下，从她身上流露出欢乐的气息。

"我以后也想去英国看看。"就那么一小会儿，艾米的话音飘入我的耳中，接着，老人又开始轻声细语。

"最后一天。"奥特玛静静地走到我身边。和我一起朝下俯瞰。透过朦胧的泪眼，我看见他的表情似乎比最近的状态阴沉许多：当他开口说话时，一张我只能形容为哭丧脸的面孔转向我，仿佛那孩子离他而去的前景让他魂不守舍。我们的目光相会，凝视，我做过的那个梦又一次鲜活地浮现在眼前。刹那间，它就像一束真实之光，照亮一切，结束了在那个夏天里发生的故事。我看见那些折断的火柴棍，有的长，有的短。我看见他们做出了决定。"奥特玛被选中了。"那个不紧不慢的声音说。我当时肯定摇晃了一下，因为他向我伸出手要扶住我。

那天傍晚，我们在餐桌上安静无语。艾米以前住院时购买的所有衣物，现在都已经打包完毕，装进了里弗史密斯先生特意从美国带来的皮包里，那只皮包和弗朗辛为他挑选的意大利鸳鸯牌黑色提包相得益彰。

老将军基本没有开口，奥特玛也是，说起来，我也是缄默寡言。里弗史密斯先生肯定觉得这样让他很安心。他对我们说了一两句话，后来便独自出门散步去了。我不断提醒自己，要是我们开口问他，他肯定会滔滔不绝地讲起自己选择研究的那种生物的消化道，完全不会提及对人类处境的理解。我哪知道呢，也许他私下里觉得，在恐怖暴行中受伤的人们最好被世间遗忘，送往垃圾处理场，就像那些损坏的钢铁和染血的玻璃一样。

我听见他回来的动静，他穿过客厅时，我寻思着要不要过去和他道晚安，但我心里不太情愿这样做。厨房中，我往放着茶包的玻璃杯里倒满开水，然后丢入一片柠檬。待茶水变色后，我又立刻捞出了茶包。我还加了点儿格拉巴酒，在这么晚的时间喝茶，我总会这么做，因为这样能让我彻夜保持清醒。夜空清明，群星璀璨。我能听见蚊子嗡嗡作响，却看不见萤火虫的半点光亮。现在的天气就和白天一样温暖。

"玛德琳。"奥特玛的声音在我耳边回响，重复着那个姑娘的名字，别无其他。我呷了几口茶，又听到阿尔扎皮耶蒂小姐对我们讲起耶稣基督从迦南妇人的女儿身上驱逐魔鬼的故事。[①]邪恶得到纠正后，就仿佛从未存在过一样。这是所有神迹中最伟大的神迹，阿尔扎皮耶蒂小姐说。

厨房里，我倒掉了剩下的茶水。我在托盘上摆好两只玻璃杯和一瓶格拉巴酒。我身上穿着一条印度丝绸睡衣，呈现出深深浅浅的橙黄色泽，脚上的拖鞋也与其相配，带着金色的针脚。我在自己的房间里待了一会儿，给嘴唇和眼睛略施粉黛，抹了一点香粉，又喷了一点古龙水。我用梳子将头发仔细梳好。

当我轻轻叩响他的房门后，里面没有传出任何喃喃的回应声。我之前希望他可能还醒着，正在想事情，但很显然他不是。我推开房门，在屋里呆立了一会儿，背后是走廊里昏暗的灯光，然后才继续走到他的床头柜前。我把托盘放下，打开了台灯。那个笔记本和那本灰色封面的书还没有打包。我再次穿过房间，关上了房门。

"以前我卖过鞋，汤姆。"我自言自语，尽管我口中念叨着他的名字，目光凝聚在他那张熟睡的脸上。我斜倚在房门旁，不想立即上前靠近他或把他叫醒。我还隐约记得那些女人穿着长筒袜的脚，以及在我跪下给女人们穿上心仪的鞋子时，那些被她们胡乱扔在旁边的旧鞋。房间里像烤箱一样热，她们的脚热得冒汗，散发出迷人的芳香。"走路走得脚都肿了，亲爱的。鞋子都挤爆了。"她们永远只买

---

① 出自《圣经·新约·马太福音》第十五章。

尺码太小的鞋子。"窄鞋很合脚。轻轻松松地就能穿进去。"她们垂下目光,定睛注视着在鞋带下和时髦的小鞋扣里隆起的赘肉。"没错呢,要我说啊,它们很合适,亲爱的。"

轻轻地,我走到他的床前。他的嘴有点往下耷拉,仿佛因为某种隐秘的绝望,但我心里明白,原因并非如此。在睡梦中,他的额头上没有一丝皱纹,合上的双眼也显得安宁平静。他嘴上的那副表情,只不过是夜里睡觉时咧出的怪相罢了。

"里弗史密斯先生,"我轻声唤道,"里弗史密斯先生。"

他动弹了一下,尽管幅度很轻,身上盖着的被单下面,只有一只胳膊或一条腿改变了位置。我转过身,心里觉得自己在他醒来时不应该离他那么近,以免惊扰到他。我坐在房间中的那张单人椅上,角落里的阴影遮住了我的半个身子。

我的思绪再次被往日时光的点点滴滴打断。酒店餐厅里,店员们大声喊出他们收到的菜单。在玫瑰咖啡馆,我打开一本老旧的皮面书,沉醉于另一个世界:"只有早起收成的庄稼汉,在麦穗之间,才会听到一首欢愉的歌……"①"两份牧羊人派加炸薯条。一份香肠烤布丁。一份鲽鱼豌豆。"你必须把菜单多喊上几遍,以便让店员听见;你还得仔细听清楚他们喊的话,否则,等你端错一盘

---

① 出自丁尼生的叙事诗《夏洛特姑娘》第一节第四段。

菜上来，他们就会狠狠嘲笑你一番，质问你是不是第一天来上班。"好漂亮的尼龙连体袜，不赖嘛。"那些店员会飞快地把手搭在你身上揩把油。在亨伯特号邮轮上，我坠入了爱河。

"哦。"里弗史密斯先生说。

"没事儿，里弗史密斯先生。"

他强撑起身，用一只手肘支在身下，斜靠在床上。他直直地看向那瓶格拉巴酒。他还没弄明白那是什么。我的声音可能来自他从中醒来的梦境。他没看见阴影中的我。

"什么事都没有，里弗史密斯先生。"

我想起了从前在非洲的岁月，闷热的空气中，不知有多少次，我躺在床上，等待着有钱的男人在那天上门，不管他是谁。事后，在楼下，我会煮咖啡做饭。男人们玩着纸牌，我吸着烟，喝着柠檬水。现实中不存在的人物——不是我在书里读到的那些人，而是我自己写过的人——从不知什么地方挤进我的脑海：就像我以前说的，要是我没有在玫瑰咖啡馆那座人间地狱里度过那些可怕的时光，我绝对连一个字也写不出来。

"现在几点了？"

"三点吧，我想。"

"有什么不对——"

"没有，没什么不对劲的。"

我站起身，对他露出微笑，想让他更加宽心。我倒了一些格拉巴酒,给他,也给我自己。我给他递过一杯酒去。

"听着,我觉得现在我不能喝酒。"

"明天你就要走了。就少喝一点儿吧。"

我回到角落里的座椅上坐下。明天,他们俩都要走了。

"我睡得很熟。"他说,口气和那些被吵醒的人如出一辙。

"我想对你说,我很抱歉。"

"抱歉?"

"为了今天早上的事。"

"那有啥关系。"

"对我来说有关系,里弗史密斯先生。"

直到现在,他依然没有完全清醒过来。为了甩掉他的困意,他紧紧闭上眼睛,然后重新睁开。他叹了口气,无疑是想继续和徘徊不去的睡神进行一番抗争。

"我都差点做梦了,"我坦承,"即使现在没有人能比我更难入睡。"

他还是滴酒不沾。我心想,他拿着酒杯的那只手可能一直在抖,因为他还没有完全清醒过来,这一点我难以确定。

"菲儿不喜欢弗朗辛,而弗朗辛将成为艾米的继母。我要说的就是这些,汤姆。"

他还是没把那杯酒举到唇边。

"弗朗辛恨菲儿,这你不能怪她,汤姆。如果有人恨你，你也会恨对方。要让她不怀恨在心，这对任何女人来说，都是有违人性的。"

"我妹妹已经死了。我希望你不要再跟我说这件事。"

"她死去的那一刻，我就在场，汤姆。"我轻柔地提醒他。

"我和我妻子会亲自照顾我妹妹的孩子。其他的想法都很荒唐。"

"我知道，汤姆，我知道。你会带艾米回到宾夕法尼亚，弗朗辛会尽其所能——多切一块柠檬酥皮派，多给一块巧克力饼干。当事情变得棘手时，你会说，我们去看电影吧，或者是，我们开车去科罗拉多看落基山脉吧。你会给艾米买一只小猫，你会为她糟糕的高中成绩找借口，你会说她有多么漂亮。可是，弗朗辛的憎恨之情会在暗地里累积滋长。你不得不把许多精力放在你妹妹的孩子身上，这让弗朗辛非常嫉妒，因为以前发生的所有那些事。弗朗辛尝试过和解，但你妹妹却那样对她说话。凭什么她现在就该日复一日地被你们勾起那些不愉快的记忆？"

我再次感到了他的怒气。他粗鲁地说，我对他娶的那个女人根本一无所知，对他也了解甚少。我怎么可能预先猜到艾米在高中的学习成绩呢？

我听着他的话。我感到一股宽容的心情油然而生，几乎是想去呵护他。他没有多少人生经验，他没有在世界各地游历体验，他不明白一个女人对另一个女人的猜测可以有多么准确。在玫瑰咖啡馆，男人们都坚称，我似乎对他们告诉我的那些女人了解得一清二楚。"我必须做什么呢？"那个象牙切割工追问我，"艾米莉，告诉我吧，我要怎样才能得到她。"可是，后来我实话实说，坦诚地向他解释，不管哪个女人都能看出来，他的坏脾气会让他进监狱，到这个时候，他一下子又变得闷闷不乐，还跟我闹起了别扭。

"我喜欢菲儿的模样，汤姆。"

"你喜不喜欢我妹妹，跟这都没有半点儿关系。"

"这只是一种观察。我只是觉得你会在乎这个，想知道这个。"

"你只是在火车上见过我妹妹一面。无论如何，你都不可能跟她很熟。可现在你说起话来，就好像你很了解她似的。"

回话前，我再次顿了顿。接着，我对他讲起了超市里的邂逅，玛德琳伸手去拿香料时，那些掉在地上的芥末酱罐子，还有她和奥特玛一起喝的第一杯咖啡。我一边说一边观察着他的脸。我紧盯着他的眼睛，如果它们一时合上了，我就准备把自己讲的话重复一遍。

"奥特玛现在已经什么都没了。没有意志，没有激情。奥特玛已经成了一具行尸走肉。这就是为什么他会继续留在这里。"

"我现在必须请你离开了。"

"那位老人也已经彻底毁了。"

"德拉亨蒂夫人,我知道你经历过一段可怕的煎熬,心里留下了创伤——"

"你管我叫德拉亨蒂夫人,还真是不友善啊,汤姆。那甚至都不是我的真名。"

那对深黑色的眉毛紧紧皱在了一起。额头上也皱起了几道深深的纹路。他伸出舌头舔湿嘴唇,我想,这是准备要说上几句吧。结果他还是一言未发。

"我就完全没法让你相信吗,汤姆,相信像我这样的女人能感知预兆?"

"悲剧发生后,我妹妹的孩子在你家住了一段时间,这是不假,但你没有权利因为这个就跑来骚扰我。我很感激你。我妻子也很感激你。那孩子也很感激你。现在我把这些话都告诉你了,可以了吧,德拉亨蒂夫人?现在能允许我接着睡觉了吧?"

我从阴影中站起身,立在他面前,手里拿着刚才重新倒满的酒杯。我缓缓地开口了,带着明显清晰的强调语气。我说,我实在没法相信,像他这样一个循规蹈矩、力求精准的男人,一个野心勃勃的男人,一个固执追求知识真理、研究昆虫的男人,竟然会拒绝接受所有在他身边聚拢的真相。

"我不明白你到底在说什么,德拉亨蒂夫人。"

"它让你害怕,就像它让我害怕一样。几个星期以来,那个德国小伙就像一团烂果冻。老将军很乐意用一颗子弹打穿自己的脑袋。那个孩子也在逃避自我。已经发生太多的事情了,远不止出门拜访一趟牙医这种事,这你清楚。"

"你凭什么这样来纠缠我?"

"因为你心地不诚。"我厉声对他喝道。我本不想这样,于是,话音未落,我就向他道了歉。但他还是冲我发起了脾气。

"从我刚到这儿开始,你就对我纠缠不休。你说的话我根本就听不懂。我已经告诉过你了,可你还是固执己见。"

"总有一天,那孩子会知道那场争吵和她们讲过的话。总有一天,她会伸出手把弗朗辛的眼珠给挖出来。"

他说了一些类似抗议的话。我弯下身,离他更近了一些,向他强调说,我接下来的话并不是在转移话题,尽管它听起来可能很像。我描述了奥特玛童年时期的情景:烤猪胸肉上逐渐凝结的油脂,壁炉上摆放的青铜骑士雕像。我告诉他,奥特玛的父亲是如何被人带走的,而奥特玛和他的母亲又怎样听着单调的滴答钟声度过煎熬。我讲起了许多年后,那些纳粹战犯父亲的孩子们在命运的轮回中产生的羁绊,奥特玛抽中了那根最短的火柴棍。

"你到底在说些什么?"

我的话让他坐了起来。他的头发有点凌乱。我让他不要犯傻,先喝点儿格拉巴酒,因为他可能会有这个需要。但他不听我的。"这是怎么回事?"他不依不饶地问。

"我在讲以前发生的事。"我说,"我在讲人们登上一列火车，然后发生的事情，昆蒂之所以愿意接受这场悲剧中的三名受害者，是因为他们有利可图，是因为昆蒂在任何时候都贪图牟利。"

"你是在影射那个德国人。"

我又给自己倒了一杯酒。我点燃一根香烟抽上。在我能开口回答之前，他又发问了。

"你是在暗示我，那个德国人和火车上发生的事情有关系吗？他是向你坦白了还是怎么的？你是这个意思吗？"

"我们怎么会知道呢，汤姆，当一个杀人凶手在他的受害者中间醒来，我们怎么知道在他心里和脑子里想了些什么？当他无助地躺在那些无助的受害者中间，我们怎么会知道他心里是恐惧更多，还是悔恨更多呢？如果说我的别墅是奥特玛的一处避难所，那么，它也是他的拷问台。每天每刻，宪兵队都可能走下汽车，把香烟随手扔在车道的沙砾上。每天每刻，他们都可能来我的花园里搜捕他。是他自己选择了忍受这种折磨吗，汤姆？这种事情我们可能一辈子也没法知道。"

现在他开始认真听我讲了。从来我家到现在，他头一回开始认真听我讲话了。我停下时，他开口问："你现在到底在说什么？"

"如果你能喝一点格拉巴酒，我会很高兴的，汤姆。"

"我不想喝什么格拉巴酒。你怎么老是一个劲儿地想给我灌酒啊？每天不管是白天还是晚上，你好像老觉得我需要喝酒。你提出来的指控简直骇人听闻——"

"我只是在说,这是有可能发生的情况,汤姆,没有人能百分之百地确定任何事情,只有那些施暴者除外——我们两个对此都心知肚明。只有他们能告诉我们自己猜得对不对,当时的情况是不是从犯罪变成的一场意外,除此以外没有别人。"

"关于那个德国人,你说的这些话到底有没有根据?"

我顿住了。我想让他冷静下来。我开口说:"我做过一个梦,后来,当我看他镜片后面那双水汪汪的眼睛时,一切都清楚了。他胆怯了。要么就是在最后一刻——或许是在奥尔维耶托车站——他爱上了她。在第二百一十九号车厢,他轻轻抚摸她的胳膊,满怀解脱和幸福之情,他甚至也许还在心里轻轻吟诵了一段感恩祷文。但接下来,颇为讽刺的是:意外发生了。"

"一个梦?"

我解释说,在我们身边到处充斥着证据,每个人都能看出来。一名女婴,被父母卖给了一个日后用她满足卑鄙淫欲的男人。一个对宠物慷慨投注深厚感情的男人,竟然能在一名吸吮奶瓶的婴儿身上实施邪恶的计划。昆蒂曾经给一个年轻姑娘的人生留下了深深的伤痕。在玫瑰咖啡馆,我无比憎恶自己的肉体,感觉自己的肌肤已经腐烂发臭。

"那个老人暗自希望他的女儿婚姻不幸。你为了一个贪婪的女人把亲妹妹拒于千里之外。如果奥特玛心怀愧疚,从那个孩子的宽恕中,他便能获得救赎。而对艾米来说,给予他宽恕也能帮助她回归自我。如果奥特玛感到自责,这份奇迹就有可能会像那个施舍食物的士兵一样无与伦比。"很久以前,我就突然意识到,玛德琳回家的路线有点奇怪。"从罗马起飞的航班都订满了。"他肯定会这样撒谎。

"你喝醉了,德拉亨蒂夫人。我在你家的这些日子,你一直都是个醉鬼。你在凌晨三点钟把我吵醒,讲了这么一大通关于处决和复仇的乱七八糟的废话,就是指望我不带外甥女回宾夕法尼亚,理由不过是你做了一个梦。你口口声声说,那小子可能是杀害我外甥女一家人的凶手,而我外甥女以后还会喜欢上他,这简直就是禽兽般的可怕想法。像你这样对事实添油加醋,想象编造出所有这些故事,实在是太荒谬可笑了。"

他继续讲着,还是刚才那副模样。他说,照我刚才的说法,那小子对一个纯真无邪的姑娘跟踪下手,简直叫人难以置信。一个她完全不认识的陌生人,竟能让她深深地坠入爱河无法自拔,和他确立恋爱关系,而他却纯粹在欺骗她的感情,这也未免太不可思议了。他把爆炸装置偷偷塞进了她的行李,她却一点儿也没有察觉,这是绝对不可能发生的事情。那种爆炸物也绝对不可能在利纳特机场通过安检。恐怖分子决不可能通过这么愚蠢笨拙的方式来计划发动袭击。恐怖分子也不会轻易洗心革面。

"现在请你让我接着睡觉。"他说。

我怒气冲冲地朝他大吼起来,所有的温柔都已消失殆尽,我不在乎自己会不会把别墅里的人都给吵醒。我能感觉到,一股热流开始涌入我的脖颈,慢慢爬上我的脸颊。

"你这人就知道睡觉睡觉,"我朝他厉声吼道,"你会一直睡到进棺材,里弗史密斯先生。"

我把杯中的残酒一口气吞下肚,然后又给自己倒了一些。他刚才把酒杯搁在了床头柜上,一直没动过。我抓起那只酒杯,强行把它塞进他手里。有一点酒洒了出来,淋湿了他的睡衣前端。我才不在乎呢。

"像你们这种男人只有在地狱里才会醒过来,里弗史密斯先生,地狱的烈火会把你们的光腿烧个干干净净。"

他什么也没说。他被我的怒火吓到了,就像其他那些男人一样。我按捺住自己,抬起手擦了擦他睡衣上的酒渍。

"你真是醉得不可救药了。"他说。

坚称某人喝醉了酒,这向来都是一件容易事儿。如此一来,男人就能很方便地背过身去。当我在他床边低头看他时,不知怎的,从我的脑海中浮现出一九五〇年那些汽车女郎的身影。一阵小雨正从天空中飘落,她们都躲在门道里避雨,一张张面孔在汽车大灯下染上了明亮的黄色。我没有对他提起她们,因为我看不出她们和当下有什么联系。相反,我在心中暗自祈祷,希望他最终能去理解我的话。"求求你了,上帝啊。"我在心底祈求着。

我在床沿上坐下,朝他探过身去,满心觉得他也应该看到我所描绘的那幅图景：夜间的萤火虫刚刚开始在露台上飞舞，老将军穿着一身亚麻衣服，奥特玛在花园的灌木丛中漫步，艾米脸上露出快乐幸福的微笑。幸存者们属于彼此，无论这看上去有多么怪异。正常的生活已经离他们远去：她为什么就不该喜欢上他，进而理解他所承受的痛苦呢？她为什么就不应该呢？

"别再靠近我了，"他警告我说，口气很是不悦，"我从没鼓励过你这么做。"

我的印度丝绸睡衣无意间敞开了。他赶紧把目光移向了别处。我祈祷在他那双呆滞无神的眼中会闪出一丝理解的光芒，可是，即便我用眼神向他苦苦哀求，他却依然不为所动。我开口了："那件事发生后，我在奥特玛留下的少数几件物品里，找到了他母亲的一张相片。"

相片背后贴着一小张报纸，上面报道了她的死讯。要不是那个奥地利象牙切割工总是用德语对我讲枕边情话，我连一个字也不可能看懂。但我还是断断续续地看完了它，这才震惊地得知，奥特玛的母亲在电灯架上吊死了自己，就和我在梦中见到的情景一模一样。

然而，听完我的话，里弗史密斯先生却没有显出半点吃惊的样子。他死死地盯着我，眼神空洞，哪怕我把刚才的话重复了一遍，以确保自己把事情发生的顺序讲得明朗清晰，他依然如此。我小心选择着措词，向他慢慢地描述那幅情景：我站在奥特玛仅存的几件物品前，右手拿着那张照片,花了将近十分钟去读懂报纸上的德语,十五分钟后,我走进会客室,发现奥特玛和那个孩子正在用撕碎的纸片玩游戏。我做那个梦,已经是一个月以前的事了,我说。

托马斯·里弗史密斯的眼神毫无变化。我再也没有开口。

如果有人当时在那里端着照相机,我手上肯定就会有张照片,记录下那一瞬间的场景:老将军伸出手,里弗史密斯先生也准备和他握手。另外一张照片会显示,西尼奥拉·巴蒂妮仍然端着她为他们准备好在路上吃的三明治,罗莎·克里维丽正在对昆蒂说着什么,而艾米在向楼上的奥特玛微笑。还会有一张我的照片,我穿着一身宽松的浅色衣裙,戴着墨镜,站在那里,正打算向里弗史密斯先生道别,他却已经将后背转向了我。

我真希望能留下一张照片,因为在那一刻,所有事物都完整无缺,所有人都在一起。十个身影站在我家别墅门前的砾石车道上,每个人身上都留下了其他人的影子,尽管相机可能抓不住这么细微的效果。弗朗辛也在那儿,还有莎莉丝特·阿黛尔、菲儿、菲儿的丈夫和艾米的哥哥。老将军的女儿、他的女婿和妻子也在那里,还有玛德琳,还有昆蒂辜负伤害过的那个姑娘。所有的角色都在那里,和我站在一起。

"里弗史密斯先生。"昆蒂向他招手示意,里弗史密斯先生便拔腿朝汽车走去。艾米手上提着那只母鸡,那是我送给她的礼物。

车轮卷起的尘埃落定。开掘花园的机器随车辆运来时,那些尘土再次扬起。我看着机器运抵,看着土地被掘开,准备在秋天种下植物。我以为奥伯龙永远不会问她。故事最后的结局多么叫人开心呀!来自贝辛斯托克镇的伊迪丝·拉姆夫人写道,她和丈夫在什罗普郡陪她小姑的时候,曾经拜访过玛拉庄园,尽管那里现在已经不叫这名字了。她丈夫和小姑都觉得,在我的故事里这座庄园才是主角的想法是荒唐可笑的,但她自己却对此笃信不已,因为她在书中注意到许多细节,从一开始就构成了文字的迷宫。现在它叫崔姆利城堡,是一家酒店。

那一天就这么悄然发生,时间像往常一样流逝。我不用费多大劲儿就能知道,昆蒂在汽车里喋喋不休地闲聊,里弗史密斯先生思索着一种规则结构的有效性,然后自言自语说,皮尔斯弗在这方面也犯了错。飞机上,那孩子沉入了梦乡,那本蓝色笔记本上潦草地记下了一些笔记,重要的想法被写了下来:几乎可以肯定,阶级制度才是决定性因素。

我朋友想知道,德里克有没有再出现,她还想知道,罗丝如何度过余生。我的朋友——杰茜·雷克斯小姐——相信,罗丝对德里克的爱可能不会持久。整个下午,各种机器轰鸣作响，搬运着石料和泥土，粗糙地铺设出道路和花床。没有人因为那孩子的离去而出现问题，奥特玛对此当然只字不提，老将军也是。

随着时光缓缓流逝，艾米的人生也一小时接一小时地累积起来。那天傍晚，在维吉恩维尔镇，艾米第一次拥抱了舅母，触碰下，弗朗辛缺乏保养的面颊感觉很粗糙。"吃炒鸡蛋怎么样？"雨中驾车回家的路上，弗朗辛建议道，"你回新家以后的第一件事，艾米，你愿意帮我一起做炒鸡蛋吗？"孩子沉默不语，她直直地盯着挡风玻璃上的雨珠，看着雨刮器来回摇摆。

"你想来点儿什么吗？"昆蒂问，他进了我的私人房间，没有敲门，因为他从来不敲。以前在玫瑰咖啡馆的时候，他就从不敲门，这个习惯延续至今。

"不用，我没事，昆蒂。"

他换走了我的烟灰缸。他在我的书桌上放了一只小冰盒，里面是一只切好的柠檬。他为我新倒了一杯酒。

"我没事。"我又说了一遍。

夜色笼罩在宾夕法尼亚上空。里弗史密斯夫妇躺在一条被单下，他的睡衣卷成一团放在边上，弗朗辛瘦削的身体也赤裸着。既然他们已经重新聚在一起，力量便从一人传到了另一人身上。尽管那孩子有点儿疯疯癫癫，但不管怎样，他们肯定能应付过去。作为脑力工作者，他们一定会想出什么办法来的，两个人都会。

十四

如今,那年夏天已经沉入了往昔的阴影中。

如今,我每天下午都在会客室里看看老西部片,外面的百叶窗拉了下来,遮挡住午后的光线。我抽着烟,然后呷两口只兑过一丁点儿酒的汤力水。拉着驿车的马匹被车夫猛地拽住,停下脚步,它们呼呼嘶鸣,剧烈抖动着身体。几个蒙面男子掏出手枪,指挥乘客们乖乖地交出随身财物。其中一个男人显得紧张不安,这让事情变得更糟了。他大口吐出了嘴里嚼烂的烟草。在遥远的彼方,警长优哉游哉地跷着二郎腿,对这起抢劫案件毫不知情。

老人离开了人世。

两个秋天过后,因诺琴蒂医生最后一次拜访了我的别墅。他告诉我们,在维吉恩维尔镇,他们已经决定,孩子已经不再需要专业护理了。对她来说,更好的做法是,让那些技能娴熟的人去照顾她,让她住到一个地方,跟同她情况相似的人待在一起。

一天,我望向花园,发现奥特玛不见了踪影,消失在自己选择的废墟中。

除了写下那年夏天里发生的故事,我再也没有坐回自己那台黑色奥林匹亚打字机前,以后也不会了。我学到的东西不多,只有一点:在幸存者中间,爱也是各不相同的。命运的大篷车驶过,我们却因为犹豫踟蹰而未能搭上,不过,谁让世道就是这样。

游客们现在又回来了。他们对特拉西梅诺湖和山间城镇的迷人景致,还有那些阳光下的咖啡馆侃侃而谈。他们前往锡耶纳参观,写下自己的明信片,玩着自己的桥牌。在我的别墅里,人们对我的存在已经习以为常,就跟现在你看到我的情况相同。我就和过去从事这份职业的女人一样,在民宿这个行当里变得讲求实际,又在恐惧中变得多愁善感。这一切我都明白,我不想否认这一点。对于我是个什么样的女人,我并不怎么在乎,可要是别人嘀咕起来,我又有什么办法呢。在这件事上,我们谁都没有选择的余地。

在我的花园里,灌木丛已经枯萎了,因为昆蒂对找人照料它们不太上心,他只想着省钱,哪怕那些钱都是我的。游客们批评过我,有时还发起脾气,在食指和拇指间搓揉一片凋谢的花瓣,冲着我谴责一般亮出那些碎片。德国人不同意地晃着脑袋,法国人说这很典型,英国人则拿起水管,四处给花园里的杜鹃花瓮浇水。我向他们解释,所有这一切本来也就是这个样子。他们礼貌地听我说完，但随后又开始皱起眉头，低声抱怨。

也许我会逐渐老去，也许不会。也许在我余下的人生中，还会发生其他的事情，但我对此感到怀疑。待这一季结束，我便会漫步于灌木丛中，趁那些花朵尚在，趁喷泉仍在喷涌，尽情享受那绚烂的色彩。